A Babá

LANA FERGUSON

Tradução: Gabriela Peres Gomes

GLOBOLIVROS

Copyright © 2023 by Editora Globo S.A. para a presente edição
Copyright © 2023 by Lana Ferguson

Todos os direitos reservados. Nenhuma parte desta edição pode ser utilizada ou reproduzida — em qualquer meio ou forma, seja mecânico ou eletrônico, fotocópia, gravação etc. — nem apropriada ou estocada em sistema de banco de dados sem a expressa autorização da editora.

Esta edição foi publicada mediante contrato de cessão de direitos com a Berkley, um selo do Penguin Publishing Group, uma divisão da Pinguim Random House LLC.

Texto fixado conforme as regras do Acordo Ortográfico da Língua Portuguesa
(Decreto Legislativo nº 54, de 1995)

Título original: *The Nanny*

Editora responsável: Amanda Orlando
Assistente editorial: Isis Batista
Preparação: Mariana Donner
Revisão: Luísa Tieppo, Carolina Rodrigues e Anna Clara Gonçalves
Diagramação: Miriam Lerner | Equatorium Design
Adaptação de capa: Carolinne de Oliveira

1ª edição, 2023 — 2ª reimpressão, 2024

CIP-BRASIL. CATALOGAÇÃO NA PUBLICAÇÃO
SINDICATO NACIONAL DOS EDITORES DE LIVROS, RJ

F392b

Ferguson, Lana
   A babá / Lana Ferguson ; tradução Gabriela Peres Gomes. - 1. ed. - Rio de Janeiro : Globo Livros, 2023.
   416 p.; 23 cm.

   Tradução de: The nanny
   ISBN 978-65-5987-124-7

   1. Romance americano. I. Gomes, Gabriela Peres. II. Título.

23-86147
CDD: 813
CDU: 82-31(73)

Meri Gleice Rodrigues de Souza - Bibliotecária - CRB-7/6439
15/09/2023   20/09/2023

Direitos exclusivos de edição em língua portuguesa para o Brasil
adquiridos por Editora Globo S.A.
Rua Marquês de Pombal, 25 — 20230-240 — Rio de Janeiro — RJ
www.globolivros.com.br

*Para minha querida mãe, que certa vez me perguntou:
"Será que não era melhor você escrever uns livros infantis?".*

Prometi a mim mesma que não ficaria nervosa.

Eles não podem me ver, então por que meu coração está tão acelerado?

Arrumo a câmera pela quarta vez, ajusto o ângulo e em seguida dou mais uma conferida no que estou vestindo — um sutiã bonitinho e uma calcinha combinando.
O que vem depois não é uma novidade. Nada que eu já não tenha feito milhares de vezes.

A diferença é que, dessa vez, terei uma plateia invisível e receberei dinheiro em troca.

Respiro fundo e lembro a mim mesma que preciso dessa grana. O corpo é meu, e estou tomando as rédeas dele. Todas as decisões a partir desse ponto cabem a mim. Estou no controle da situação.

Pensar assim me enche de coragem.

Respiro fundo outra vez. Ajeito a peruca. Arrumo a máscara.

Eu consigo.

Então, ligo a câmera.

I

Cassie

— Vou ter que morar debaixo da ponte.

Ouço Wanda soltar um muxoxo lá da cozinha (que nem fica tão longe assim, já que o apartamento dela tem só setenta metros quadrados) e, quando levanto o rosto do veludo puído do sofá, eu a vejo sacudir uma espátula na minha direção.

— Pode parar com o chororô — retruca. — Você não vai morar debaixo da ponte. Se for o caso, pode até dormir no meu sofá.

Torço o nariz para o veludo puído e então meu olhar recai sobre os jornais empilhados na extremidade oposta do sofá antes de pousar na televisão, envolta por um revestimento de madeira, uma sobrevivente que se recusa a entregar os pontos.

— Eu não quero… incomodar — respondo hesitante, sem querer ferir os sentimentos dela. — Vou dar um jeito.

Estou no terceiro ano de especialização em terapia ocupacional, e, a essa altura do campeonato, perder o emprego no hospital infantil não estava nos planos. O salário mal dava para pagar o aluguel, mas depois das demissões em massa, a possibilidade de manter meu apartamentinho do outro lado do corredor parece cada vez mais distante.

— Deixe de besteira — protesta Wanda. — Você sabe que é mais do que bem-vinda aqui.

Afasto uma mecha acobreada do rosto e me ajeito nas almofadas. Já faz uns seis anos que conheço Wanda Simmons; nos aproximamos logo na minha primeira semana aqui, quando ela me viu trancada do lado de fora do apartamento e me convidou para tomar um chá. Ter uma mulher de setenta e dois anos como melhor amiga não era muito bem o que eu tinha em mente, mas desconfio que ela seja a mais interessante de nós duas, então acho que só me resta aceitar as coisas como são.

— Wanda — continuo, com um suspiro. — Você sabe que eu amo você, mas... aqui só tem um banheiro e nem pega wi-fi. Nunca daria certo entre nós.

— É por causa da diferença de idade, não é? — pergunta ela, fazendo beicinho.

— Claro que não. Você sempre será a única mulher do mundo para mim.

— Bom, saiba que a oferta de morar aqui ainda está de pé.

— E como vai ser quando você quiser trazer os caras do bingo para casa e der de cara comigo aqui no sofá?

— Ah, mas não vamos atrapalhar você. Pode deixar que iremos direto para o quarto.

Faço uma careta.

— Olhe só, eu superapoio você sair arrastando as asas por aí, mas as paredes do apartamento são finíssimas, e eu é que não quero estar aqui para ouvir.

Wanda solta uma risadinha enquanto mexe as almôndegas no molho.

— Em último caso, você pode voltar a fazer os vídeos de peitinho.

Solto um grunhido.

— Por favor, não chame de "vídeos de peitinho".

— Ué. São vídeos. Você mostra os peitinhos. E é paga por isso.

Torno a afundar o rosto no veludo do sofá. Estou um pouco arrependida de ter contado a Wanda sobre meu... *histórico* com o OnlyFans, mas como é que eu ia imaginar que a tequila bateria mais forte em mim do que nela naquela noite em que falei pelos cotovelos? Não que eu me envergonhe dos vídeos, de jeito nenhum. Era uma graninha boa. Quando percebi que não teria como pagar as mensalidades do curso, tirar dinheiro de pessoas que só queriam bater umazinha não pareceu uma decisão tão difícil assim. Nada mais justo do que fazer os peitos bonitos garantirem o próprio sustento. Acho que Margaret Thatcher disse algo do tipo uma vez.

— Você sabe que não posso fazer isso — respondo, resignada. — Deletei minha conta. Todos os meus assinantes se foram. Levaria mais uns dois anos para reconstruir tudo do zero.

Além do mais, aprendi minha lição da primeira vez. Mas pelo menos guardei *essa* parte só para mim.

— Então, o que você pretende fazer? Já começou a procurar outro emprego?

— Estou tentando — resmungo com os olhos fixos no celular conforme vasculho os anúncios de vaga que, em geral, não dão em nada. — Por que eles anunciam a vaga se nunca respondem?

— Tem gente demais nesta cidade — resmunga Wanda. — Sabe, quando me mudei para cá, parecia que tinha um conhecido em cada esquina. Agora é quase uma colmeia lá fora. Um zum-zum-zum de pessoas para lá e para cá. Sabia que tem um mercadinho onde a gente nem precisa passar no caixa? É só entrar, pegar as coisas e ir embora. Fiquei me sentindo uma ladra o tempo todo. Meu coração chegou a palpitar.

— Sim, a gente conversou sobre a nova loja Fresh, lembra? Eu ajudei você a criar uma conta.

— Ah, verdade. Daqui a pouco as compras de mercado vão vir voando até a nossa porta.

— Olhe só, Wanda, não é por nada, não, mas isso meio que já existe.

— Jura? Hum. Então me ajude a criar uma conta nisso aí também. Assim me poupa o trabalho de caminhar até lá.

— Pelo jeito você não é tão avessa ao futuro, hein?

— É, é. Que seja. E aquela lanchonete na avenida principal?

— Não vão me deixar sair a tempo para as aulas da pós.

— Sabe, esses dias o Sal comentou que estava precisando de uma ajudinha com...

— Eu não vou trabalhar na mercearia — corto logo de cara. — Sal é o rei da mão-boba.

— Eu sempre gostei disso nele — comenta Wanda, com um risinho.
— Você não está muito velha para ser tarada assim?
— Ora, Cassie — retruca ela. — Eu estou velha, não morta.
— Não sei mais o que fazer, *juro* — resmungo.
— Dê mais uma olhadinha nas vagas de emprego. Talvez tenha deixado passar alguma coisa.
— Já olhei dezenas de vezes — respondo, exasperada.

Enquanto Wanda continua tagarelando da cozinha, dou mais uma chance aos anúncios de emprego. Talvez, se eu vasculhar fundo o bastante, uma vaga milagrosa vai saltar da tela. Não é possível que seja tão difícil arranjar um emprego em que eu tenha as noites livres para me dedicar aos trabalhos da pós e dois fins de semana de folga por mês para ir às aulas no campus. Sabe, estamos em San Diego, não em Santa Barbara. Deve haver *alguma coisa* que eu possa...

— Puta merda — deixo escapar de repente.

Wanda sai da cozinha com a espátula em riste.

— O que foi?

— *Procura-se: babá residente para trabalhar em período integral. É imprescindível ter experiência com crianças. Hospedagem e alimentação inclusas. Só entre em contato se realmente tiver interesse.*

Wanda bufa.

— Ora, você não vai querer ficar presa nessa vida de cuidar de outra pessoa...

— *Salário inicial...* Puta merda.

— É bom?

Eu a encaro boquiaberta e, quando lhe conto o valor que estão oferecendo, Wanda solta um xingamento que ela normalmente reserva para quando os Lakers perdem uma partida. Em seguida, dá um suspiro e afofa os cachos brancos com aquele jeito agitado que ela tem.

— Bem, acho melhor você ligar logo para eles.

Jamais imaginei que Aiden Reid responderia ao meu e-mail com tamanha rapidez e certamente jamais cogitei que ele ficaria tão ansioso em marcar logo a data para a entrevista. Aliás, eu com certeza não esperava que ele fosse sugerir que eu o encontrasse em um dos restaurantes mais chiques da cidade — um lugar que não é para o meu bico, já que não tenho nem o dinheiro nem as roupas certas para pisar lá. É assim que os ricos conduzem entrevistas de emprego? Duvido muito que Sal me levasse a um restaurante cinco estrelas só para me convencer a fatiar os frios na mercearia enquanto passa a mão na minha bunda "sem querer".

Ainda assim, coloquei meu vestido preto favorito, um bem ajustado ao corpo que usei na formatura da faculdade, e espero que ele transmita o ar de mulher bem-resolvida que certamente não vou ser capaz de passar por conta própria. Estou começando a desconfiar que essa família seja mais endinheirada do que eu imaginava, então acho que fingir ter um pouquinho mais de confiança viria bem a calhar.

Quer dizer, eu adoro crianças. Quando trabalhei no hospital infantil, descobri que elas riem de todas as minhas piadas ruins, o que é outro ponto positivo. Isso sem contar que minha principal motivação para virar terapeuta ocupacional é tentar ser aquela pessoa que ajuda as crianças quando elas estão sozinhas, então trabalhar como babá deve ser moleza, certo?

Bem, ao menos é disso que estou tentando me convencer.

Posso jurar que a atendente percebeu que estou usando um perfume de baunilha barato — um sinal claro de que não posso bancar nem um mísero aperitivo neste restaurante —, mas ela trata de abrir um sorriso, o que é bem legal da parte dela, e me conduz a uma mesa quando lhe digo o nome do meu futuro patrão. É assim que as pessoas importantes se sentem? Acomodo-me na cadeira forrada de seda, sentindo-me um peixe fora d'água naquele ambiente repleto de velas acesas e músicas elegantes. Ah, droga. Vou ter que ficar me policiando para não apoiar os cotovelos na mesa.

Um garçom vem perguntar se quero pedir uma entrada, e como a atendente de olhar julgador estava certa em relação à minha conta bancária, limito-me a pedir um copo d'água. Dou alguns golinhos enquanto espero o tal de Aiden dar as caras (não é falta de educação chegar atrasado para a entrevista que ele mesmo marcou?) e me esforço para manter a pose, como se frequentasse esse tipo de lugar o tempo todo.

Eu nunca tinha pisado em um restaurante tão refinado na vida, nem mesmo tinha visto tantos centros de mesa de cristal reunidos em um só ambiente.

Wanda ficaria maluquinha se visse os preços no cardápio. Não vejo a hora de contar tudo a ela mais tarde. Aposto que vai ficar de queixo caído.

— Com licença — murmura uma voz grave, tão perto do meu ouvido que chego a engasgar.

Um filete de água escapa pelo meu lábio inferior e escorre pelo queixo enquanto tusso, e trato de esfregar a boca para tentar enxugar tudo. Com a visão um pouco embaçada, avisto um par de mãos grandes e, em seguida, um rosto.

Puta. Merda.

Meu cérebro entra em pane por alguns segundos enquanto tento entender de onde surgiu aquele homem grandalhão com cabelos castanhos fartos, maxilar definido e maçãs do rosto proeminentes e... espere aí, por que a boca dele parece mais macia do que a minha? Para melhorar, ele é alto. Não alto o bastante para alguém pensar que é jogador de basquete ou algo do tipo (mas sem dúvida poderia ser se quisesse), apenas o suficiente para dar aquela vontade de pedir que pegue algo no topo da prateleira só para você poder observar os ombros desenhados sob a camisa. Logo percebo que essa linha de raciocínio nem faz muito sentido, mas tudo o que sei é que tenho 1,70 de altura e peitos tão lindos que as pessoas pagam para ver, uma bunda esculpida por agachamentos e um amor incondicional por pães, e ainda assim esse homem faz com que eu me sinta minúscula.

E se isso já não bastasse para me deixar perplexa (cheguei até a babar a água que estava bebendo, sabe?), os olhos dele seriam a cartada final. Eu já tinha ouvido falar de heterocromia; acho que um professor de biologia mencionou isso de passagem em uma das aulas da faculdade, mas nunca tinha visto ao vivo. Os olhos dele têm cores diferentes, um castanho e o outro verde, em tons não muito intensos, como chá e água do mar, e é difícil desviar o olhar.

E então me dou conta de que estou encarando o pobre homem.

— Desculpe — gaguejo. — Você meio que me pegou desprevenida.

Pego o guardanapo para enxugar o queixo e, ao olhar para ele, vejo que está vestindo um dólmã branco de chef com um avental amarrado na cintura.

— Ah — volto a dizer. — Ainda não quero pedir nada. Estou esperando uma pessoa chegar.

— Tudo bem.

Ele exibe uma fileira de dentes tão perfeitos que deixariam qualquer dentista babando e, por sua expressão, parece estar quase arrependido de ter vindo até a mesa. Ou talvez seja só coisa da minha cabeça.

— Mas — continua ele — acho que você está esperando por mim. Você é a Cassie?

— Eu...

Ah, não. Não pode ser. Não é possível que me babei toda na frente do cara para quem pretendo trabalhar.

— Você é o sr. Reid?

Ele faz uma careta.

— Pode me chamar de Aiden, por favor. Assim não me sinto velho.

E ele não é mesmo. Acho. Quer dizer, é mais velho que eu, mas não é velho, *velho*. Aposto que não tem mais de trinta anos. Percebo que ainda o estou encarando boquiaberta.

— Tudo bem — concordo, enquanto tento me recompor.

Em seguida, me afasto da mesa e estendo a mão, um tanto desajeitada.

— Eu sou a Cassie. Cassie Evans.

Ele esboça um sorriso ao ver minha mão estendida, e logo me arrependo do gesto — tão caricato que mais pareço um ator de quinta interpretando o Homem de Lata, de *O Mágico de Oz*. Mas agora não tem como voltar atrás. Ele aceita meu aperto de mão, e imagino que só esteja tentando ser gentil. Em seguida, faz sinal para que eu torne a me sentar e então se acomoda na cadeira diante de mim.

Dou um pigarro e tento esquecer que agorinha mesmo quase cuspi minha água no homem mais gostoso do mundo, de quem espero receber rios de dinheiro para trabalhar como babá. Aí a ficha cai de novo. *Babá*. Estou em uma entrevista de emprego. Ou seja, não é nem um pouco apropriado ficar pensando naquelas mãos enormes. Uma partezinha do meu cérebro percebe que não tem uma aliança à vista.

Dê um tempo, cérebro.

Ainda assim, acho que é melhor parar de olhar tanto para as mãos dele. Mesmo que sejam tão grandes que me façam pensar que já faz um tempão que não saio com alguém.

— Então... — arrisco, meio sem jeito. — Você é cozinheiro. — Solto um grunhido, já arrependida da minha escolha de palavras. — Desculpe. Quis dizer chef. Você é chef de cozinha, não é?

Por sorte, ele não me manda dar no pé. Apenas sorri.

— Isso. Eu cozinho aqui no restaurante.

Ah, e ainda entrou na minha onda.

— Nossa, isso é... incrível. Bem legal mesmo.

Aceno com a cabeça e dou uma conferida nos arredores, observando os candelabros reluzentes e o pianista em um dos cantos.

— É um lugar bem refinado.

— É mesmo — concorda ele. — Trabalho aqui como chef executivo há alguns anos.

— Jura? Que chique.

— Chique mesmo — repete Aiden, parecendo achar graça. — Certo, então... Desculpe ter combinado a entrevista aqui no trabalho. Eu estive muito... hum. Está tudo uma loucura ultimamente.

— Não tem problema. Confesso que achei um pouco estranho isso de fazer a entrevista durante o jantar, ainda mais em um lugar assim, mas aí imaginei que...

Teria sido ótimo se tivesse acontecido *antes* de eu começar a tagarelar, mas a ficha finalmente cai e entendo o que ele realmente quis dizer. Paro de falar e sinto o rosto arder de vergonha, então até me encolho um pouco e cubro os olhos.

— Ai, meu Deus. Não era para ser uma entrevista durante o jantar. Você só queria falar comigo no intervalo do serviço, né?

— Acho que eu deveria ter sido mais... claro no e-mail.

Ai, meu Deus. Ele está tentando passar pano para mim. Alguém me tira daqui.

— Eu sou inacreditável.

— Não, não — insiste ele. — Está tudo bem.

— Nossa, eu sou muito idiota. Ainda botei esse vestido besta e...

— É um vestido muito bonito.

— Você deve achar que eu sou doida.

— Não acho, sério.

— Eu sou tão imbecil às vezes, impressionante. Foi mal.

Ele ainda parece estar achando graça. Como se meu colapso mental o divertisse. Não sei se isso melhora ou piora as coisas.

— Você pode pedir alguma coisa para comer — oferece. — Se quiser. Eu não ligo.

— Hum, valeu, mas acho que estou prestes a vomitar de vergonha. É melhor eu dar no pé, certo? Isso aqui já está um baita desastre.

— Não, espere aí. — Ele estende a mão quando faço menção de me levantar. — Não vá embora.

Eu me detenho. Não é possível que ele ainda esteja considerando a oferta. Ou é? Talvez ele também seja doido.

— Você ainda quer fazer a entrevista?

— Vou ser bem sincero — começa ele, com um suspiro. — O currículo dos outros candidatos não chegava aos pés do seu. Treinada em primeiros socorros, formada em terapia ocupacional com especialização em psicologia? Seu último emprego foi em um hospital infantil? E, quando liguei para pedir referência, todo mundo teceu muitos elogios ao seu respeito. Parecia até que odiavam o fato de você não trabalhar mais lá.

— É, também fiquei bem chateada quando fui demitida — confesso. — Tiveram um problema de verba. Mas eu amava aquele emprego.

— Bem — responde ele, rindo —, azar o deles e sorte a minha, espero. Nem acreditei quando vi seu currículo.

— Mas, agora que me conheceu, está começando a achar que tudo escrevi lá é mentira, né?

Ele deixa uma risada escapar, mal abrindo a boca enquanto baixa o olhar para o tampo da mesa, como se não quisesse que eu pensasse que está rindo de mim. Considerando a tragédia que está sendo a entrevista, ele teria todo o direito de fazer isso.

— Não — nega Aiden. — Não acho que você mentiu no currículo. Mas estou curioso para saber por que uma pessoa com sua experiência está procurando uma vaga de babá...

Afundo na cadeira e solto um suspiro antes de me inclinar sobre a mesa.

— Posso ser totalmente honesta com você?

— Até prefiro que seja — responde ele, chegando mais perto, com uma expressão intrigada no rosto.

— Estou no último ano da especialização e, como mencionei no e-mail, fui demitida porque eles precisavam reduzir o pessoal. Os aluguéis nesta cidade são um absurdo e, para ser franca, eu preciso do dinheiro. E, para ser mais franca ainda, a hospedagem e a alimentação inclusas não são de se jogar fora. Seria uma coisa a menos com que me preocupar.

— Certo. Sobre isso...

Ele franze a testa, e já imagino que esteja prestes a dizer que jamais deixaria uma doida varrida como eu chegar perto de uma criança.

— A oferta é que você more lá enquanto trabalha, mas só para deixar tudo às claras... somos só eu e a minha filha. Você teria seu próprio quarto, é claro, quase um andar inteiro só para você, na verdade... Privacidade total etc., mas... Quero ser totalmente honesto, caso isso a deixe desconfortável.

Vinte e cinco anos nas costas e a primeira vez que vou dividir o teto com um cara gato vai ser ao estilo *Grande menina, pequena mulher*. Estou morrendo de vontade de perguntar sobre a mãe da garota, nem que seja apenas para dar um basta nessa babação mental, mas meu cérebro diz que é melhor ficar quietinha. Ainda assim, Aiden tem um emprego bacana e um sorriso lindo e não me parece um assassino em série.

Abro meu sorriso mais profissional antes de responder:

— Acho que isso não será um problema. Mas, só para retribuir a honestidade, devo dizer que... faço um curso híbrido na St. Augustine's, em San Marcos.

— O que isso significa?

— A maior parte do curso é on-line, e costumo assistir às aulas à noite depois do trabalho, mas tenho que ir ao campus dois fins de semana por mês. A duração é mais longa do que a do curso tradicional, mas como me banco sozinha, assim fica mais fácil de trabalhar. Quase nenhum dos empregos para os quais me candidatei tinha uma carga horária compatível com a minha agenda, o que só complica as coisas. — Solto uma risada antes de continuar: — Pelo jeito, você é a única pessoa que ficou impressionada com meu currículo. Lanchonetes, mercearias e lojas de departamento? Nem tanto.

Aiden franze a testa, pensativo.

— Não vou fingir que chego em casa cedo toda noite. O meu trabalho é estressante... Na verdade, isso é um baita eufemismo. Às vezes o meu trabalho é um *pesadelo*. Tenho quase todas as manhãs de folga, e tem dias em que só preciso começar a trabalhar no meio da tarde... mas de vez em quando tenho que ficar aqui até tarde da noite. Você acha que seria um problema? Geralmente a Sophie vai para cama às nove. Tenho certeza de que, depois que ela tiver comido e estiver pronta para dormir, você poderia se dedicar aos estudos.

— Sophie? Sua filha?

Aiden abre um sorriso diferente, transbordando carinho e orgulho, um contraste gritante com o lampejo de tristeza que vejo nos seus olhos.

— Isso. Ela é... maravilhosa. Tem nove anos, mas parece bem mais velha. É espertinha, até demais.

— Acho que toda menina é assim — comento e dou risada, pensando em como eu era. — E nos fins de semana em que preciso ir à aula? Geralmente chego mais para o fim da tarde, então ainda poderia preparar o jantar e tudo.

Aiden pondera por um instante.

— Vou dar um jeito. Quer dizer, é o que tenho feito até agora. Em último caso, você poderia vir buscar a Sophie aqui nesses dias? Ela pode ficar jogando videogame no escritório enquanto espera. Hum, ela já está... acostumada, infelizmente.

— Mas a sua filha está de acordo com isso? Essa história de babá e tal?

Aiden assente, pensativo.

— Ela já teve outras babás. Mas nenhuma deu... muito certo. É que... Posso ser honesto de novo?

— Até prefiro que seja — respondo, repetindo o que ele mesmo dissera há pouco.

Aiden ri outra vez e percebo que, se vamos morar juntos, vou ter que me esforçar para não arrancar mais risadas dele. Vai ser para o meu próprio bem. É uma risada muito boa, entende?

— É só que... Eu preciso de uma mãozinha, Cassie. Sem rodeios. Estou tendo que me virar sozinho e é muito mais difícil do que eu imaginava. Ou talvez seja exatamente tão difícil quanto eu imaginava. Sei lá. Às vezes a Sophie é muito... teimosa, e assim fica complicado encontrar alguém disposto a cuidar dela. Já faz semanas que estou procurando uma nova babá, porque queria encontrar a que se adequasse melhor a ela. E a verdade é que nenhuma das candidatas era tão qualificada quanto você. Foram semanas fazendo malabarismo com meus horários, e já estou beirando o desespero.

— Foi uma resposta muito... sincera.

— Pode fugir para as montanhas quando quiser.

O mais estranho é que não tenho a menor vontade de ir embora. Alguma coisa nesse homem de aparência exausta, olhos lindos e risada cativante faz com que seja difícil negar algo a ele. Isso sem contar o salário astronômico que o cargo oferece.

— Como iria funcionar? Se eu aceitasse...

— Bem, eu adoraria que você começasse o mais rápido possível — avisa-me ele. — Talvez você já pudesse começar no sábado? Posso apresentar a Sophie e mostrar a casa para você. Um tour pelos cômodos e tudo o mais... Se você topar, é claro.

Seria burrice minha não aceitar, né? Quando é que vou ter outra chance dessas? Claro, é um pouco assustador pensar que vou ser diretamente responsável pela filha de outra pessoa, isso sem contar que vou ter que morar na casa deles... Na casa *dele*... Mas mesmo assim... Acho que não estou em posição de recusar uma oferta dessas.

— Tudo bem.

Aceno com a cabeça, os olhos fixos na mesa, enquanto tomo a decisão. Em seguida, encontro os olhos de Aiden mais uma vez e, sem pensar, estendo a mão na direção dele. E me arrependo imediatamente. Sério, qual é o meu problema?

Felizmente, Aiden solta um suspiro aliviado antes de envolver minha mão com a dele, muito maior.

— Então, você quer o emprego?

— Desde que você me queira — declaro em um tom que espero soar confiante.

Tento ignorar a forma como ele arregala os olhos ao ouvir a frase; falei sem pensar, mas agora não adianta chorar sobre o leite derramado. Pelo menos ele está desesperado. Ainda bem.

Acima de tudo, tento ignorar a forma como a mão dele engole a minha.

2

Cassie

Quando o sábado chega, Aiden e eu já definimos tudo em relação ao salário e à carga horária. Nesse meio-tempo, consegui me convencer de que vai ser uma ótima oportunidade. Mas talvez eu só esteja tentando aliviar o nervosismo de ter que dividir o teto com um cara gostoso enquanto torço para que a filha dele não me odeie. Por mais que eu esteja confiante em relação à minha nova profissão, Wanda não quer dar o braço a torcer. Enquanto eu terminava de separar as roupas que levaria para a casa de Aiden (uma tarefa fácil, já que não acumulei uma coleção muito significativa ao longo dos anos), ela se encarregou de fazer uma entrevista sobre a *minha* entrevista, determinada a espremer cada detalhezinho a respeito do homem misterioso com quem vou morar, *por bem ou por mal*. (Palavras dela, não minhas.)

— E se ele nem tiver mesmo uma filha?

Reviro os olhos.

— Ele tem.

— Talvez seja apenas um esquema elaborado para atrair você até lá e trancafiá-la no porão.

— Ele mora em uma casa geminada — explico. — Nem deve ter porão.

Não sei se é verdade, já que nunca pisei em uma casa desse tipo, mas Wanda não precisa saber disso.

— Acho melhor estabelecermos um código.

Paro de empacotar as meias e olho para ela.

— Código?

— Isso — responde Wanda, com ar pensativo, do meu sofá-cama (um salve para o futon). — Caso ele a impeça de falar livremente.

— Acho que você anda vendo muito filme policial...

— Ora, quero ver se você vai achar graça quando ele estiver enfiando papinha de bebê na sua boca e obrigando você a se fantasiar.

Dou risada e comento:

— Você sabe que tem gente que tem fetiche nessas coisas, né?

— Mentira!

Sua expressão chocada me faz rir ainda mais.

— Tem gente que paga uma grana alta para dar papinha e brincar de se fantasiar com garotas bonitas.

— Minha nossa. — Wanda balança a cabeça. — Por que não existiam essas coisas na minha época? Teria me poupado um trabalhão na biblioteca.

— Você adorava trabalhar lá — comento.

— Mas teria adorado ainda mais se alguém tivesse me pagado para ficar peladona durante o expediente.

— Em outra vida — continuo, aos risos —, você teria sido uma baita *camgirl*.

— Que bom que você sabe — retruca ela.

Mesmo enquanto jogo as últimas peças de roupa na mala, sinto o olhar de Wanda do outro lado do cômodo. Espero até que a mala esteja cheia e fechada antes de lhe dar atenção.

— O que foi?

— Só quero que você tome cuidado — diz ela, em um tom mais gentil. — Tem muita gente esquisita por aí.

— Eu vou ficar bem — tranquilizo-a, fingindo que toda aquela preocupação não me dá vontade de sorrir.

Por mais que seja rabugenta noventa por cento do tempo, Wanda se preocupa mais comigo do que minha própria mãe se preocupou em toda a minha vida.

— Prometo — continuo. — O salário é excelente e ele foi muito legal comigo. Além do mais, dei uma olhada no Facebook dele e a filha realmente existe.

E é linda. Sério, os genes dessa família são uma covardia.

— E se eu não sentir que a vibe do lugar é boa, vou embora. Ok?

— Vocês, jovens, adoram esse papo de "vibe" — resmunga ela. — Quando eu tinha sua idade, não nos guiávamos por isso, e sim por nossos instintos.

— Você sabe que é praticamente a mesma coisa, né? Aliás, será que dá pra parar de reclamar e me dar uma ajudinha?

Wanda cruza os braços.

— Tenho que descansar as costas. Vou jogar bingo hoje à noite.

Não peço mais detalhes. Não quero saber se ela precisa estar descansada para a jogatina ou para a noitada com o cara que ela vai acabar trazendo para casa mais tarde. Wanda e Fred Wythers brigaram na semana passada, então imagino que ele seja carta fora do baralho.

— Não é você que vive dizendo que está velha, não morta?

Ela mostra o dedo do meio para mim, e dou risada.

— Ei, você sabia que a unha desse dedo aí é a que cresce mais rápido?

— Ah, lá vem você com essas curiosidades tiradas da tampinha de Snapple.

Abafo um sorriso e volto a empacotar as coisas. Depois de guardar tudo em várias caixas e malinhas, dou um aceno satisfeito com a cabeça. De alguma forma, o lugar parece maior agora que está quase vazio. Os móveis vão continuar aqui, onde já estavam quando me mudei. E eu nem precisaria deles mesmo; meu quarto na casa de Aiden é todo mobiliado.

Sinto um friozinho na barriga quando me lembro de que vou viver sob o mesmo teto que Aiden Reid.

— Acho que é isso — declaro para Wanda.

— Pois é — concorda ela, espiando as malas espalhadas pelo chão. — Tenho certeza de que o próximo inquilino vai ser algum esquisitão.

— Talvez seja sua alma gêmea.

— Não preciso disso — reclama ela.

Não tem como não admirar a independência dessa mulher. Wanda nunca se casou e, até onde sei, sempre esteve pulando de homem em homem.

Ela faz parecer divertido, não me levem a mal, mas de vez em quando com certeza deve bater uma solidão. Gosto de pensar que precisávamos uma da outra quando nos conhecemos. Ela se tornou uma espécie de mãe substituta e melhor amiga, e fez questão de me acolher em sua vida e me tratar como a filha que nunca teve. Para ser sincera, não sei se eu sabia o verdadeiro significado de afeto antes de conhecê-la.

— E você tem certeza de que isso é uma boa ideia? Você ainda pode fazer os vídeos de peitinho, sabe...

Reflito por um momento, ciente de que Wanda gosta de viver através da minha empreitada no OnlyFans (sério, essa mulher nasceu para ser *camgirl*). E eu ganharia uma boa grana se conseguisse reconstruir minha base de assinantes, mas não tenho coragem. Não depois do que aconteceu.

— Tenho certeza — respondo, mais para mim do que para ela. — Você pode dizer que vai sentir saudade de mim, sabe?

— Saudade de você? — resmunga ela enquanto me dá um tapinha no ombro. — Se não vier me visitar, eu vou atrás de você.

Eu a puxo para um abraço, sentindo a fragrância familiar do seu perfume White Diamonds e um toquezinho de talco, algo que sempre achei estranhamente reconfortante.

— Vai ser ótimo. Você vai ver.

Wanda ainda não parece disposta a dar o braço a torcer, e, quando começo a empilhar meus últimos pertences antes que o pessoal da mudança recolha tudo no dia seguinte, me esforço ao máximo para me sentir tão confiante em relação a isso tudo quanto finjo estar.

Aiden mora em um condomínio fechado, uma área residencial tranquila repleta de casas de três andares. A dele, em particular, tem um jardinzinho adorável, cercado por uma parede de tijolos e um portão de ferro. Meu Toyota velho parece destoar em meio às várias fileiras de casas refinadas, mas, para ser sincera, eu mesma também não me encaixo muito bem aqui. Dou mais uma olhadinha no e-mail para ver se estou no número certo e depois destranco o portão, sentindo uma pontinha de nervosismo conforme me aproximo da porta de entrada.

Ajeito a alça da mala no ombro e finalmente crio coragem para tocar a campainha. Só trouxe o essencial para passar a noite, já que o resto da mudança vai chegar amanhã. De repente, a ficha cai. Vou *morar* com duas pessoas que eu mal conheço! E se Aiden for um esquisitão ou algo do tipo?

Ai, meu Deus.

Tento pescar o celular no bolso para avisar Wanda de que cheguei, mas no meio do caminho a mala escorrega do ombro e cai no chão, com o zíper meio aberto, despejando uma parte dos meus pertences pela varanda. Eu me ajoelho e começo a recolher os itens espalhados. Era só o que me faltava. Já imaginou se meu novo chefe dá de cara comigo catando minhas calcinhas na frente da casa dele?

— Droga, droga, droga.

E o universo deve estar querendo tirar uma com a minha cara, porque é assim mesmo que Aiden Reid me encontra na varanda: derrotada, com as calcinhas na mão, xingando a torto e a direito. Mas, pensando bem, a julgar pelas manchas de farinha na camiseta (justinha, *bem* justinha) e no avental preto que ele está usando — sem falar que até as bochechas dele estão sujas — e pela... gosma pegajosa que escorre da calça (que não é tão justa, mas ainda assim chama atenção), acho que talvez desta vez estejamos quites.

— Você está... — começo, enquanto avalio sua aparência desgrenhada. — Bem?

O olhar dele se desvia de mim — ainda de cócoras no chão — e passa pela calcinha verde neon com estampa de coraçõezinhos na minha mão antes de se fixar no meu rosto.

— *Você* está bem?

— Ah...

Sinto um arrepio na nuca enquanto guardo as calcinhas na mala, depois ajeito a alça no ombro e fico de pé.

— Tudo certo — continuo. — Foi só um acidente.

Estou decidida a ignorar o fato de Aiden ter acabado de ver minha calcinha, então simplesmente aponto para a calça melecada dele e pergunto:

— Pelo jeito também rolou um acidente aí, né?

O rosto dele assume uma expressão resignada, e sinto um friozinho na barriga ao ouvir o suspiro silencioso que ele deixa escapar.

— Pois é.

Ele avalia as manchas na camiseta antes de abrir um sorriso tímido.

— Você... — volta a dizer, e então morde o lábio. É melhor eu não pensar muito nisso. — Por acaso você entende de panqueca?

— Se eu entendo de panqueca?

Aiden assente, depois aponta para a escadaria atrás dele.

— Venha, vamos subir.

Eu o sigo até o topo da escada, que parece terminar em uma área que consiste numa sala e cozinha. Quando nos aproximamos da bancada, avisto uma garotinha com os cabelos da mesma cor que os de Aiden. Os lábios estão contraídos em um beicinho, e ela parece mais séria do que nas fotos que vi no Facebook. Logo percebo que a bagunça nas roupas de Aiden se estende até o chão da cozinha e metade da bancada.

— Nós, hum... queríamos fazer um agrado para você — explica Aiden. — Para comemorar seu primeiro dia aqui.

— O *papai* queria fazer isso — retruca a garotinha, alto o suficiente para eu ouvir.

Aiden lança um olhar severo para a filha. Fica bem nele. Mas é melhor eu não pensar muito nisso também.

— *Nós* achamos que você ia gostar de umas panquecas, mas... ah... Que vergonha.

— Pelo jeito você está com alguns probleminhas — comento, achando graça. — Parece que passou um furacão por aqui.

Aiden fita os próprios pés, como uma criança que quebrou um vaso e não sabe como contar à mãe.

— Eu derrubei a tigela cheia de massa. Aí fiz a maior bagunça.

— Bem — começo a dizer, e deixo meu olhar recair sobre ele outra vez, para fins puramente investigativos, claro —, eu posso dar um jeito.

— É que... não levo muito jeito para fazer panqueca — admite ele, quase como se isso lhe doesse.

Inclino a cabeça para o lado.

— Ué, mas você não é chef de cozinha?

— O restaurante não serve panqueca.

Os lábios dele se contraem em algo que parece um beicinho, e não deveria funcionar em um homem desse tamanho, mas fica bem nele.

— Além do mais, a Sophie vive dizendo que não gosta de panqueca, mas acho que na verdade ela só não gosta das que *eu* faço... Então agora é questão de honra. Eu ia testar uma receita nova, mas aí... — Ele aponta para a cozinha bagunçada. — As coisas obviamente não saíram conforme o esperado.

Abro um sorriso para ele, percebendo que realmente precisa de uma mãozinha.

— Minha nossa.

Deixo a mala na lateral da escada e começo a analisar o ambiente. É uma cozinha elegante e moderna, com armários pretos e bancada de mármore cinza — tudo o que se espera de uma casa de luxo nesta vizinhança. Os azulejos têm quase o mesmo tom da bancada, talvez um pouco mais claros, e se estendem até a beira da sala de estar logo adiante, onde se mesclam com o carpete acinzentado e os móveis pretos de couro.

Pelo jeito Aiden não é lá muito fã de coisas coloridas.

— Que lugar lindo — elogio. — Gostei da... paleta de cores.

Quando olho para trás, vejo o olhar ressabiado de Aiden.

— Eu... gosto de preto.

— Jura? Eu nem tinha percebido — brinco. Em seguida, noto que ele ainda está todo melecado. — Ah, é. As panquecas. — Dou uma olhada na cozinha. — Você tem outro avental?

Aiden vai até um armário alto e estreito ao lado da geladeira preta de aço inoxidável e pega um avental (adivinhem) preto. Passo as tiras pelo pescoço e estendo as mãos para amarrar a parte de trás enquanto sorrio para a menina, que ainda me avalia dos pés à cabeça do seu lugar na bancada.

— Você deve ser a Sophie — arrisco. — Meu nome é Cassie.

— Você é minha nova babá — declara ela em um leve tom de amargura.

— Isso mesmo. Fiquei sabendo que você já teve várias.

— Só quatro — murmura a garotinha.

— Quantos anos você tem, Sophie?

— Nove.

— Uau. Você já é uma mocinha. Não deve nem precisar de babá.
— Foi exatamente o que eu disse — reclama ela. — Eu sei me cuidar.
— É claro que sabe — concordo com um aceno sério, depois chego mais perto e baixo o tom de voz. — Cá entre nós... eu estava precisando de companhia. Não tenho muitos amigos, sabe? Quase tive que implorar ao seu pai para me dar o emprego, entende?

Sophie parece desconfiada, fica com os lábios contraídos por uns bons segundos antes de finalmente pousar o olhar sobre o balcão.

— Eu também não tenho muitos amigos.
— Bem... nós poderíamos ser amigas. Quem sabe? O que você acha?

Sophie me olha de cima a baixo, parecendo considerar a oferta.

— Você é bonita — diz, por fim.
— Não tão bonita quanto você — respondo. — Olhe só essas sardas!

Sophie estreita os olhos.

— Não tem nada de bonito nisso.
— Você tem razão — comento, com um suspiro, antes de apoiar as mãos no quadril. — Sardas não são bonitas, são *maravilhosas*.

Sophie revira os olhos, mas a vejo esboçar um sorriso. Ela não puxou a heterocromia do pai, mas seus olhos são do mesmo tom de verde suave do olho direito de Aiden e combinam perfeitamente com a cor do cabelo. Ela já é linda, mas dá para ver que vai ser estonteante quando ficar mais velha. Sério, que genética abençoada.

— Muito bem — prossigo. — Então vamos limpar essa bagunça primeiro, que tal?

Aiden continua parecendo perplexo, como se não acreditasse que foi capaz de estragar um preparo tão simples, mas se arrasta em silêncio até um armário estreito e pega uma vassoura e um esfregão.

— Desculpe — pede ele. — Nós realmente queríamos fazer um agrado para você.

Encolho os ombros, depois pego o elástico de cabelo no meu pulso e faço um rabo de cavalo.

— Não tem problema. A Sophie e eu vamos dar um jeito nisso.
— Por que eu tenho que ajudar? — questiona ela.

— Ora, para fazer panquecas, vou precisar de uma ajudante — respondo em um tom sério. — E você parece a garota perfeita para o trabalho.

Ela ainda não parece confiar muito em mim, mas o desejo por panquecas deve ser maior do que a desconfiança, pois logo salta da banqueta e vem na minha direção.

— Pode ser — concorda.

E não sorri de jeito nenhum.

Já fui com a cara dela.

As coisas correram de forma muito mais tranquila na segunda tentativa. A bagunça foi arrumada, e o chef de cozinha grandalhão (que não sabe fazer panquecas de jeito nenhum) e sua versão em miniatura cantarolam diante da massa coberta de xarope de bordo.

— Isso está tão gostoso — elogia Sophie. — O papai nunca acerta. As dele ficam todas molengas.

— Ah, então você só não gostava das minhas mesmo, né? — protesta Aiden, lançando um olhar ofendido para as panquecas. — Eu deveria comprar um mixer que preste.

Sorrio e dou mais uma garfada.

— Como é que você não tem um mixer?

— Não sou muito dessas coisas.

— Dá para ver — comento com um sorrisinho. — Você sabe que dá para comprar a mistura pronta, né?

— Mistura pronta contrariaria cada fibra do meu ser — zomba Aiden.

Mantenho a expressão séria e aponto para a pilha de louças na pia.

— Ah, claro. Aquilo ali é bem melhor mesmo.

— Agora a Cassie é a fazedora oficial de panquecas — declara Sophie, sem rodeios.

Aiden me lança um olhar agradecido, e preciso reunir todas as minhas forças para não mergulhar no brilho conflitante dos seus olhos.

— Acho que, pelo bem da cozinha do seu pai, é melhor assim mesmo — concordo, impassível.

Aiden abafa uma risada.

— Todo mundo só sabe criticar...

Quando esvaziamos os pratos e descansamos os garfos, Sophie dá um tapinha na própria barriga, com um sorrisinho satisfeito no rosto.

— Até que você é legal — diz ela para mim, tratando de substituir o sorriso por uma expressão mais severa. — Mas não pode entrar no meu quarto.

— Eu jamais faria isso — prometo. — Mas você pode entrar no meu, se quiser. Amanhã minhas coisas chegam, e eu tenho jogos de tabuleiro. — Viro-me para Aiden. — Aliás, onde fica o meu quarto?

— Ah, é. Verdade.

Ele desce da banqueta e, quando tira o avental, os músculos dos seus bíceps se contraem sob o tecido justo da camisa de algodão. Não me lembro de já ter reparado nesse tipo de coisa antes.

— Fica lá embaixo — continua ele. — Posso mostrar para você...?

— Maravilha — respondo, descendo da banqueta a apanhando a mala que deixei na lateral da escada. — Pode ir na frente.

— O primeiro andar vai ser todinho seu — explica Aiden quando já estamos quase lá. — É um quarto com banheiro integrado e TV, então já deve ter tudo de que precisa, mas, se faltar alguma coisa, é só me avisar.

Ele faz sinal para que eu abra a porta à nossa frente, e de repente me vejo em um cômodo maior do que meu apartamento. Lençóis cinza (quem diria) revestem a cama queen size com dossel, e a cômoda e as mesinhas de cabeceira são de um tom de preto elegante que combina com toda a decoração da casa. Observo o quarto, boquiaberta, tentando me lembrar se já dormi em uma cama tão boa assim. Duvido muito.

— Se você quiser mudar alguma coisa — começa Aiden baixinho —, a gente pode...

— Está perfeito. Sério, isso aqui deixa o meu apartamento no chinelo.

Ouço seu suspiro aliviado.

— Que bom. Quero que você se sinta à vontade aqui.

— Nossa, você teve um baita azar com as babás, hein?

— Você nem imagina. — Aiden se apoia no batente da porta. — A Sophie já passou por muita coisa. Acho que é por isso que ela faz birra às vezes. Sempre me esforço para fazê-la se abrir comigo e falar sobre o assunto, mas ela... — Ele puxa o ar pelo nariz, depois solta pela boca e balança a cabeça. — É como se nem falássemos a mesma língua.

— Aconteceu alguma coisa para... — Largo a mala no chão, depois coço o pescoço, um pouco desconfortável. — Não quero me intrometer, mas acho que eu preciso... Só para não fazer algum comentário insensível sem querer, sabe? A mãe da Sophie... Ela...?

O silêncio reina por um momento, e Aiden morde o lábio como se tentasse decidir a melhor forma de abordar o assunto. Sei que deve existir uma história e odeio ter que perguntar uma coisa dessas já no meu primeiro dia, mas odeio a ideia de meter os pés pelas mãos e acabar falando o que não devo.

— Ela faleceu — conta Aiden por fim, quase sussurrando. — Já faz quase um ano. Teve um AVC.

— Meu Deus. — Eu estava esperando um divórcio conturbado ou algo do tipo. Não isso. — Que coisa horrível. Eu sinto muito por sua perda.

— Foi tudo tão... repentino. Ninguém esperava. Ela era tão nova... — Aiden suspira, depois passa os dedos pelo cabelo. — Ela era maravilhosa. — Era uma mãe incrível. Muito melhor nisso do que eu. Ainda estou tentando descobrir como dar conta de tudo sem ela.

De repente, me sinto *ainda* pior por todos os meus pensamentos insistentes a respeito das mãos dele, sejam voluntários ou não.

— Eu sinto muito mesmo — digo, sem jeito. — Vocês foram casados por quanto tempo?

Aiden parece um pouco confuso.

— Quê? Ah, não. Nós não éramos casados. Nem estávamos juntos.

Devo ter feito uma expressão de perplexidade, porque ele logo trata de esclarecer:

— A Sophie foi... hum... inesperada. A Rebecca e eu nos conhecemos em uma festa no nosso último ano na faculdade e continuamos saindo vez ou outra. Quando ela descobriu que estava grávida, até tentamos namorar, mas logo ficou claro que nunca daria certo entre nós dois. Mas fizemos o possível para compartilhar a guarda da Sophie de um jeito tranquilo. Pelo bem da nossa filha.

— Ah. — Começo a fitar o chão, ainda sem jeito. — Deve estar sendo bem difícil para a Sophie.

— Está mesmo — concorda Aiden. — Desculpe por despejar tudo isso do nada. Achei que saber toda a história poderia ajudar você a entender melhor a minha filha.

— Não precisa se desculpar. Fico feliz que tenha me contado — respondo com franqueza. — Obrigada.

— Para ser sincero, eu deveria ter sido mais presente nos últimos anos. Quando fui promovido a chef executivo, as coisas ficaram tão agitadas que eu... não dediquei tanto tempo quanto deveria à minha filha. E agora estou pagando o preço.

Sinto uma pontada de compaixão por Sophie, pois sei muito bem como é ficar em segundo plano em relação à carreira dos pais. Ainda assim... Pelo menos parece que Aiden está se esforçando.

— Bem, nunca é tarde demais, certo? — Abro um sorriso encorajador. — Ela ainda é tão novinha. Você vai dar um jeito.

Aiden retribui o sorriso.

— Espero que você esteja certa.

O cômodo enorme parece menor agora que estou sorrindo feito uma idiota para o homem lindo parado à minha porta, e por fim tenho que fingir que estou apenas lançando um olhar distraído aos arredores, admirando o quadro de... ai, meu Deus. Por acaso é uma pintura de fumaça? Fumaça abstrata? Preciso trazer um pouco de cor a essa casa, *urgente*.

— Enfim... — Aiden deve ter percebido que estou sem jeito, pois se afasta da porta. — Eu vou... deixar você desfazer as malas.

— Eu não trouxe muita coisa — admito. — O resto da mudança vai chegar amanhã.

— Tudo bem. Então... posso terminar de mostrar a casa quando você tiver terminado. A área de estar fica no andar de cima. O meu quarto e o da Sophie ficam no terceiro andar.

— Legal — respondo.

Por que isso seria legal? Por que eu disse que era legal? As pessoas ainda falam assim?

— Ok, vou deixar você arrumar suas coisas — despede-se Aiden.

Prendo a respiração até ele sumir de vista, depois praguejo baixinho pelo meu comportamento *nada* legal. Até parece que nunca vi um cara gostoso na vida. Mas, pensando bem, eu nunca *morei* com um cara gostoso. Especialmente com um que tenta (e não consegue, mas de um jeito fofo) fazer panquecas e se preocupa em estreitar laços com a filha.

É só um trabalho, trato de me lembrar. *Só um trabalho*.

Aposto que os lençóis de Aiden também são pretos.

Não que eu esteja pensando nisso.

É o primeiro presente que recebo de alguém.

A embalagem é elegante, mas é o conteúdo que rouba a minha atenção.

O brinquedo é maior do que qualquer outro que já usei, e fico apreensiva só de tirá-lo da caixa. Será que vai caber? Pego o bilhete que veio junto e sinto um arrepio estranho ao pensar que existe um cara por aí que quer me ver usar isto. Ao pensar que ele está imaginando a cena agora mesmo.

Mal posso esperar para ver você com isso. — A

3

Cassie

Termino de arrumar minhas coisas e volto para o andar de cima, onde dou de cara com Aiden entretido lendo jornal. Não há o menor sinal de Sophie. Imagino que ela esteja no quarto em que não tenho permissão para entrar. Aiden trocou a camiseta suja por uma limpa (ainda preta, mas de um tom diferente se é que é possível), mas não vou reclamar da calça de moletom cinza que está vestindo, pois fica perfeita nele. O cabelo não está tão arrumado quanto na noite em que o conheci, e as mechas despenteadas pendem em cachos por cima da testa, como se ele simplesmente as tivesse enxugado com uma toalha depois de lavar a bagunça de antes. Isso o faz parecer ainda mais jovem.

Ele ergue os olhos do jornal quando nota minha presença, toda sem jeito no topo da escada, e então dobra-o ao meio e abre um sorrisinho.

— Já arrumou tudo?

— Arrã.

Cruzo os braços, sentindo-me estranha. Parece que a ficha de que vou morar aqui começou a cair.

— O quarto é ótimo — comento.

— Que bom. Me fala se precisar de alguma coisa, tá? Qualquer coisa. É só pedir.

Ai, meu Deus.

Em vez de responder, vou até a poltrona diante do sofá em que ele está e me acomodo ali, sentando-me sobre as pernas dobradas. Para ser sincera, estou dando graças a Deus por ele estar usando roupas tão casuais; assim não me sinto tão mal pelo fato de eu estar de legging e camiseta longa. Tudo bem que ele não falou nada sobre uniforme, mas sei lá.

Mas, caramba, essa calça de moletom dele é um deslumbre.

Aponto para o jornal que ele ainda está folheando.

— Alguma notícia interessante aí?

— Pior que não — responde ele, encolhendo os ombros. — Geralmente estou mais interessado nas palavras cruzadas mesmo.

Por que isso é tão fofo?

— Sabia que um especialista em palavra cruzada é chamado de cruciverbalista?

Ele abaixa o jornal e arqueia uma das sobrancelhas.

— Como é que você sabe disso?

— Eu li em uma tampinha de Snapple — explico. — É de onde veio oitenta por cento de todo o meu conhecimento.

— Você deve tomar um montão de Snapple.

— Ah, litros e mais litros. Aposto que corre chá de pêssego nas minhas veias.

Aiden sorri, balançando a cabeça.

— Algum outro fato interessante que eu deva saber?

— Os humanos são um pouquinho mais altos de manhã do que à noite.

Ele parece ressabiado.

— Isso não pode ser verdade.

— Te juro.

— Não sei, não — responde, rindo.

— Mas aposto que você vai lá se medir agora para ver se é verdade.

— Hum... — Ele reflete por um instante com uma expressão culpada no rosto. — Eu me reservo o direito de permanecer calado.

Aiden ainda está sorrindo quando vira a página, e eu tamborilo minha coxa com os dedos.

— Então... não vai cozinhar hoje à noite?

— Vou entrar no serviço mais tarde — responde, com os olhos fixos em mim. — Fiz questão de estar aqui para receber você.

— Fico feliz.

Um silêncio constrangedor surge entre nós. É o que acontece quando duas pessoas que nem se conhecem começam a morar juntas.

— Então... — Eu me ajeito na poltrona para poder olhar para qualquer outro lugar que não seja o rosto dele, que prende minha atenção. — Será que a Sophie vai jogar sujeira na minha cama hoje, ou será que ela vai me deixar ter uma falsa sensação de segurança antes de encarnar o Kevin de *Esqueceram de Mim*?

Aiden ri mais uma vez, e me lembro de como esse som é maravilhoso.

— Sabe, talvez seja melhor você dar uma olhadinha no topo das portas antes de abrir, só para garantir.

— Pelo menos tenho um banheiro só meu — comento. — Mas vou ficar de olho no xampu... Vai que ela inventa de colocar creme depilatório no frasco?

— O máximo que ela vai aprontar é deixar as toalhas no chão — rebate Aiden, com ar paternal. — É impressionante, você compra um toalheiro para a garota e ela joga a toalha do lado. Isso sem contar os sapatos espalhados pelo quarto.

— Então não posso deixar as toalhas jogadas no chão do meu banheiro — digo em tom sério. — Entendido.

— Ah. — Ele parece um pouco envergonhado. — Não foi isso que eu quis dizer. O quarto é seu. Não me dê ouvidos, eu só sou...

— Maníaco por limpeza?

— Eu não colocaria nesses termos — murmura ele. — Eu só gosto de cada coisa no seu lugar.

Chega a ser fofo ele tentar fingir que não é maníaco por controle quando isso está estampado bem na cara dele.

— Já entendi — declaro, com uma expressão impassível. — Então acho que não é uma boa hora para contar que tenho uma colônia de formigas, né?

Aiden parece horrorizado, e eu me acabo de rir.

— É brincadeirinha — aviso.

— Muito engraçado.

Mais silêncio. Odeio o silêncio. Ataca a minha ansiedade. Por isso, resolvo mudar de assunto.

— Sophie deve estar tendo que se adaptar a um monte de coisa este ano, né...

— É, tem sido bem difícil — concorda ele, e deixa o jornal de lado no sofá. — As duas eram bem próximas. Quer dizer, você com certeza sabe como é essa história de relação entre mãe e filha.

Tento abrir um sorriso, mas parece forçado demais.

— Na verdade... não sei, não.

— Ah, merda. Desculpe. Sua mãe...?

— Ela está viva, não se preocupe — respondo, com uma risada amarga. — Mas meus pais nunca foram muito carinhosos. Eu não falo com eles há... um tempão.

— Sinto muito — diz ele. — Isso é péssimo.

— As coisas são como são. Acho que nem dá para culpar os dois por serem pais tão ruins... Eles nunca quiseram ter filhos mesmo.

— Bem, dá para culpar os dois, sim — argumenta Aiden. — Sou um pai abaixo da média, então tenho lugar de fala.

Abro um sorriso.

— Não acho que você seja um pai abaixo da média. Tipo... você é presente na vida da Sophie. Está cuidando dela. Já é meio caminho andado.

— Certo... — responde ele, com um olhar distante. — Eu estou me esforçando.

— Para ser sincera, é só isso que os filhos querem. Que os pais deem o seu melhor.

Os lábios de Aiden se contraem daquele jeito — não exatamente um sorriso, mas quase isso — e seu olhar se fixa ao meu, e é difícil me esquivar do verde suave e do castanho que tingem suas íris.

— Obrigado por dizer isso.

— Então, que tal você me dizer o que quer que eu faça? — sugiro, mudando de assunto outra vez.

Aiden parece surpreso.

— O que eu quero que você faça?

Ah, droga. Isso soou estranho? Parecia normal na minha cabeça.

— Já sei as coisas básicas, e você me passou a sua agenda e a lista das alergias da Sophie, mas por acaso ela tem alguma atividade depois da escola? Algum treino de futebol de que eu precise saber? Que tal uma lista de contatos de emergência? Não quero abrir a porta para algum esquisitão fingindo ser tio dela ou algo do tipo.

— Ah... — Aiden me observa, pensativo, enquanto desdobro as pernas e pouso os pés no chão. — Ela ainda não está fazendo nenhuma atividade depois da escola. As aulas começaram há pouco tempo, né, e ela ainda está se adaptando. Não estou sabendo de nenhum tio esquisitão. Meus pais moram do outro lado do país, então praticamente só os vemos nas festas de fim de ano. A Rebecca tem uma irmã, a Iris, então pode ser que ela apareça para visitar a Sophie de vez em quando. Posso deixar o telefone do restaurante anotado e, claro, seria melhor você me passar o seu número e vice-versa.

— Passar meu número?

— Não é muito prático ficar conversando por e-mail, sabe — argumenta ele. — Já que estamos morando juntos e tal.

Ele tinha que me lembrar. Estou *morando* com esse homem maravilhoso. Não que haja motivos para ficar tão agitada com o lembrete, já que é só um trabalho e nada mais. Claro que isso não tem qualquer importância. Não faz a menor diferença o fato de Aiden ser tão lindo, já que eu sou a babá e ficar com ele está absolutamente fora de cogitação. Essa linha de raciocínio é tão absurda que chega a dar vontade de rir. Aiden é bem-sucedido, bonito e muita areia para o meu caminhãozinho. Deve trazer mulheres para cá o tempo todo.

Ai, meu Deus. Eu não tinha pensado nisso. Espero não ter que me deparar com essa cena tão cedo, sério.

— Claro — consigo dizer. — Vamos trocar números. Me empreste seu celular rapidinho que eu vou me mandar uma mensagem.

Aiden levanta o quadril do sofá e enfia a mão no bolso para pegar o celular. Acho que nem preciso explicar por que tive que desviar os olhos ao ver esse movimento vindo de um gostoso desses. Quando ele me entrega o celular, vejo Sophie no papel de parede da tela — toda sorridente no que parece ser um parque. Os cabelos estão bagunçados por causa do vento, e o sorriso é escancarado e radiante e um pouquinho torto, um dos caninos ainda crescendo.

— Que foto linda — comento enquanto abro o aplicativo de mensagens de texto.

— Esse dia foi ótimo. — Aiden abre um sorriso afetuoso. — Não foi muito tempo depois de... hum... depois de a Rebecca...

— Sinto muito — digo, com medo de ter colocado o dedo na ferida. — Não foi minha intenção...

— Não, calma. Não tem problema. Foi a primeira vez que me lembro de ter visto Sophie sorrir assim... depois do que aconteceu. É uma boa lembrança.

— Entendo — respondo baixinho. — A foto é linda mesmo.

— Obrigado.

Envio uma mensagem para o meu número e sinto o celular vibrar no bolso enquanto devolvo o de Aiden.

— Prontinho. Pode deixar que eu aviso por mensagem se eu incendiar a casa.

— Muita gentileza sua — responde Aiden, achando graça.

Encolho os ombros.

— É o mínimo, né. Questão de educação.

— Claro, claro.

Ele abre a boca para dizer mais alguma coisa, mas de repente ouvimos passos descendo as escadas. Um lampejo de cabelos castanhos surge na minha visão periférica quando Sophie chega ao último degrau.

— Pai, as pilhas do meu controle remoto estão fracas — reclama ela.

— Tem mais?

Aiden fecha a boca, engolindo o que quer que estivesse prestes a dizer, e se levanta para ir até a cozinha.

— Estão na gaveta perto da pia — diz ele para a filha. — Pode deixar que eu pego.

Quando me viro, vejo que Sophie está me encarando.

— Você vai fazer o almoço?

— Depende — respondo devagar. — Você vai me ajudar?

— Não é o seu trabalho me alimentar?

Aperto os lábios em uma linha fina e balanço a cabeça, pensativa.

— Talvez seja. Mas você sabe que sou eu quem decido se você vai comer *borscht* ou pizza, né?

— O que é *borscht*?

— Sopa de beterraba, basicamente — explica Aiden por cima do ombro, ainda procurando as pilhas. — É bem gostoso. Mas um pouquinho azedo. Fica uma maravilha com *smetana*.

— Eca. Ela não pode me dar isso para comer, pode?

Aiden se apoia na bancada da cozinha, com as pilhas na mão, e dá de ombros enquanto lança um olhar resignado a Sophie.

— Ela que manda quando não estou em casa.

Sophie se vira para mim com os olhos cerrados e a testa franzida, e eu lhe ofereço meu sorriso mais doce.

— Tudo bem — concorda, por fim. — Eu vou ajudar. Mas nada de beterraba.

Ela pega as pilhas novas e sobe as escadas enquanto Aiden sorri para mim da cozinha, parecendo achar graça da situação.

— Você não vai facilitar as coisas para ela, né?

— A ideia é essa — garanto a ele. — Até vocês dois se livrarem de mim.

O sorriso de Aiden fica ainda maior.

— Talvez você seja a única pessoa nesta cidade capaz de lidar com a minha filha — diz ele. — Então não sei se vou deixar você escapar tão fácil assim. Sinto muito.

Eu sei que ele só está brincando, mas sinto um leve friozinho na barriga.

— Então — começo, e me levanto da poltrona, bato palmas e aumento o tom de voz antes de acrescentar: — Onde é que você guarda as beterrabas?

— Nada de beterraba! — grita Sophie lá de cima.

Aiden cobre a boca com a mão para esconder uma risada.

O resto das minhas coisas chega no domingo à tarde, depois que Aiden já saiu para trabalhar, e passo um tempo arrumando tudo antes de tentar cair nas graças da garotinha enigmática que está determinada a ficar longe de mim. Por ora, ela não pareceu muito receptiva às minhas tentativas de aproximação.

— Será que ela me odeia? — pergunto a Wanda com o celular entre o ombro e a orelha, enquanto penduro uma calça jeans. — Mas acho que é mais uma questão de princípios do que algo pessoal, né? Então estou tentando não me abalar.

— São só os hormônios da pré-adolescência — pondera Wanda.

Torço o nariz.

— Mas ela tem só nove anos.

— Bem, então talvez ela esteja sendo difícil de propósito, sei lá.

— Eu não passo de uma desconhecida — comento, aos risos. — Acho que podemos dar um descontinho para ela. Além do mais, eu vou conquistar essa garota. Espere só para ver.

— Aposto que vai — responde Wanda, achando graça. — Como é a casa? Tem porão? Ele já pediu para você usar fralda?

— A casa é maravilhosa. Acho que o meu quarto é maior do que o meu apartamento aí. Mas não vi nem sinal de porão. E, na verdade, ele prefere calcinha com enchimento, mas pediu com tanto jeitinho que eu...

— Qualquer dia vou acabar tendo um treco com essas brincadeiras bobas que você faz, e aí quero só ver quem vai achar graça.

— Bem, provavelmente você é que não vai ser.

— Rá, rá. Muito engraçada. Enfim, o que você está achando deles?

— A Sophie é uma gracinha. Mas é teimosa que só. Já dá para ver que vai ser difícil domar a fera.

— E o pai?

— O Aiden é... — Ainda estou com a mão apoiada no cabide, pensando no melhor jeito de descrevê-lo. — Ele é um cara legal. Dá para ver que ama a Sophie e parece determinado a fazer com que eu me sinta à vontade na casa. Pelo que entendi, eles não tiveram muita sorte com as últimas babás que arranjaram.

— Elas devem estar todas trancafiadas no porão.

— Bem, então pelo menos vou ter companhia quando ele me jogar lá embaixo.

— Agora você ri, mas quero só ver quando ele pegar as algemas.

Hum, isso não deveria parecer tão tentador. Tento me convencer de que é uma reação natural a uma pessoa tão bonita quanto ele, e que vai melhorar quando eu estiver mais habituada à sua presença. Claro que vai.

Não posso contar a Wanda que Aiden é gostoso. De jeito nenhum. Ela não ia largar do meu pé, tenho certeza.

— Os dois são muito legais, a casa é muito legal e eu estou muito segura. Juro.

— Hum, sei. Vê se deixa o rastreador do celular ligado, hein?

— Estou compartilhando minha localização com você. Não preciso ligar nada.

— Bem, desde que eu consiga te achar quando ele te trancar no porão.

— Certo, eu também amo você.

— Tá, tá.

— Como foi o bingo?

— Ganhei um cacto.

— Mas você não sabe cuidar de planta!

— É um cacto! — zomba ela. — Não preciso fazer nada.

— Claro que precisa! Tem que regar.

— Claro que não. Eles produzem água por conta própria.

Balanço a cabeça, pensando que a plantinha já era.

— Regue um pouquinho de vez em quando, tá? — insisto. — Por mim.

— Arrã.

— Acho melhor a gente desligar — aviso. — Já terminei de desfazer as malas, então está na hora de tentar domar a ferinha fofa.

— O segredo é não demonstrar medo.

Abro um sorriso.

— Anotado.

— Vê se me liga amanhã.

— Pode deixar.

Nós nos despedimos, e eu guardo o celular no bolso, depois dou uma última olhada no quarto, satisfeita com o resultado. Ainda nem acredito em como é enorme. Daria para fazer uma pista de dança de cada lado da cama. Acho que já dei tempo suficiente para Sophie, então reúno toda a minha coragem e saio determinada a convencê-la a deixar seu quarto.

É a primeira vez que subo até o terceiro andar, já que na noite anterior ela se trancou no quarto com a desculpa de fazer o dever de casa. Bato na porta, mas não entro quando ela a abre, limitando-me a enfiar a cabeça pelo vão.

— Oi. Mais dever de casa?

Ela pausa o videogame e olha para mim.

— Já terminei.

— Ah, que bom!

— Você precisa de alguma coisa?

Sei que ela está sendo pentelha de propósito, mas é tão fofinha que sinto vontade de sorrir.

— Ah, nada demais. Mas tem um balde enorme de pipoca e os três filmes do Shrek me esperando lá embaixo.

Ela franze o nariz.

— O que é Shrek?

— Você nunca viu *Shrek*?

— Não.

— Sophie. É um fenômeno cultural. Uma história de amor épica. Uma obra-prima da comédia. Não posso, em sã consciência, permitir que você continue vivendo sem ter visto essa maravilha.

— Parece meio esquisito.

Abro a porta um pouquinho mais e me apoio no batente.

— Tem princesas no filme.

— Já estou muito velha para gostar de princesas — rebate ela, com voz estoica.

— Bem, quando terminarmos de assistir, posso levar você para um asilo.

Ela franze os lábios.

— Você não vai me deixar em paz, né?

— De jeito nenhum, boneca — respondo, com um sorriso radiante.

Sophie parece irritada enquanto descemos as escadas, depois parece relutante em se acomodar no sofá, mas percebo que não hesita em pegar um punhadinho de pipoca, embora as mastigue com mais agressividade do que o necessário.

— Por que o nome do filme é *Shrek*?

Aperto o play e o logotipo da DreamWorks surge na tela.

— Porque é o nome do personagem principal.

— Que nome esquisito.

— Bem, ele é um ogro. Então faz sentido.

— Credo. Você não falou que era um filme de princesas?

— Não, eu disse que *tinha* princesas.

Ela faz uma careta quando o filme começa.

— Que música estranha é essa?

— Ai, meu Deus, Sophie! Não vou permitir que você fale mal de Smash Mouth.

— É música de gente velha?

Puxo o balde de pipoca para longe dela.

— Por acaso a senhorita está querendo ficar sem pipoca?

— Tá, tá — retruca ela. — Até que a música é legalzinha.

A enxurrada de perguntas continua até o Burro pedir para ficar acordado até tarde trocando histórias, e Sophie enfim cai na gargalhada quando ele faz um beicinho ao ser expulso de casa pelo Shrek. Olho para ela, que está se divertindo, mas tenta disfarçar.

— Tá bom, até que é engraçadinho.

— Espere só até ver o Lorde Farquaad — aviso.

Sophie parece disposta a arrancar o próprio cabelo a ter que admitir que está gostando do filme, e a pego olhando para o balde de pipoca quase vazio.

— Quer que eu faça mais? Temos a noite toda. A gente pode maratonar todos os filmes.

Vejo as engrenagens girando na cabecinha dela enquanto seus olhos vão do balde de pipoca para a tela da TV, travando uma batalha interna entre continuar assistindo aos filmes e fingir desinteresse em relação à "babá inimiga".

— Acho que vai ser legal — admite, por fim.

Faço uma dancinha da vitória sem que ela veja, depois vou para a cozinha estourar mais pipoca.

Nem sei quando adormeci; Sophie caiu no sono logo depois do jantar, já no finzinho do segundo filme, e tenho uma vaga lembrança de ter começado a ver o terceiro. Mas, quando abro os olhos, com uma mão quente no meu ombro e uma silhueta ainda mais quentinha ao meu lado, tudo o que vejo é escuridão.

Sophie se aninhou perto de mim enquanto dormia, e quando meus olhos se ajustam à penumbra da sala, iluminada apenas pelo brilho suave da tela que mostra o terceiro filme do *Shrek*, vejo um rosto familiar pairando sobre mim e sinto Aiden tentando me acordar com um leve cutucão.

— Desculpe — sussurra. — Achei que você não ia querer passar a noite toda aqui.

Eu me aprumo no sofá, com cuidado para não acordar Sophie.

— Que horas são?

— Nove e pouco — vem a resposta. — Pelo jeito vocês nem terminaram de ver o filme, né?

Abafo um bocejo.

— Estou mostrando os clássicos do cinema para a sua filha.

— Percebi — responde Aiden, aos risos, enquanto observa a tela da TV.

— Como foi o trabalho?

— As coisas estavam mais paradas do que o normal — conta ele, e depois se acomoda do outro lado da filha. — Não é sempre que chego em casa tão cedo assim.

Ele estende a mão e sorri ao afastar o cabelo da testa de Sophie.

— Parece que ela já está gostando mais de você.

— Não se engane — retruco baixinho. — É como domar um gato selvagem. Quando acordar, ela já vai botar as garrinhas fofas de fora.

— Aprecio muito o seu esforço — comenta Aiden, lançando-me um olhar cheio de curiosidade. — Você já está cogitando ir embora na calada da noite?

— Ah, já até deixei a mochila escondida no pé da escada — respondo em tom sério. — Só estou esperando o momento certo para escapar.

Ele parece exausto, mas mesmo assim seu sorriso faz meu coração palpitar.

— Acho que é melhor eu trocar as fechaduras.

— Eu já falei sobre a teoria da minha amiga? A respeito do porão?

Ele faz uma careta.

— Eu quero mesmo saber disso?

— Depende. Qual é a sua opinião sobre piadas de sequestro?

—Acho que é uma boa hora para eu deixar claro que não tem porão aqui.

— Minha amiga diria que é isso que você *quer* que eu pense — respondo, inflexível.

A risada dele logo se transforma em um bocejo, e ele esfrega os olhos.

— Vou acabar caindo no sono no meio da conversa.

— Ah, ok. Deixe só eu...

Eu me desvencilho da coberta para que Aiden possa levar Sophie para a cama, mas só percebo tarde demais que a gola da minha camiseta largona escorregou pelo ombro e deixou à mostra um bom naco de pele e a alça do sutiã — e, a julgar pelo ar frio na minha pele, até um pouco do decote. *Ah, que ótimo.* Aiden pigarreia e desvia o olhar enquanto me ajeito, grata pela escuridão do cômodo.

— Desculpe — murmuro.

Aiden espia para ver se já está tudo bem, depois balança a cabeça.

— Não tem problema. É melhor eu levar a Sophie para a cama. Amanhã ela tem aula e tudo mais...

— Certo. Foi mal. Caí no sono sem querer... Ela estava começando a gostar dos filmes.

— Não tem problema — repete ele. — Fico feliz que você tenha conseguido tirá-la do quarto.

— Obrigada por me acordar — agradeço enquanto massageio o pescoço. — Eu ia levantar toda dolorida se tivesse passado a noite aqui.

— É verdade — concorda ele, e depois pega a filha no colo com delicadeza. — Achei que seria melhor levar você para a cama.

Aiden para de repente, com Sophie aninhada nos braços, parecendo surpreso consigo mesmo.

— Eu... Eu quis dizer que seria melhor mandar você para a cama.

— Certo... — respondo, impassível, sentindo o rosto corar. — É, eu entendi o que você quis dizer.

— Desculpe, eu estou exausto.

— Claro — respondo meio sem jeito. — Deve estar mesmo.

Ele se detém ali por um instante, com a filha adormecida no colo, e me encara como se não soubesse muito bem o que dizer. Decido nos salvar daquela situação constrangedora.

— Enfim... — Abro um sorriso. — Vejo você pela manhã?

— Claro. Boa noite, Cassie.

Aiden já disse meu nome em outras ocasiões, como na entrevista de emprego, mas é diferente ouvi-lo dizer ali, em um cômodo escuro, apenas com a luz suave da televisão iluminando as calças e a camiseta preta que ele deve usar sob o uniforme de chef. Sinto uma espécie de déjà vu, como se já tivesse escutado aquilo antes. Mas deve ser só o cansaço.

— Boa noite, Aiden — respondo baixinho, sem saber onde minha voz foi parar.

Mais uma vez agradeço aos céus pela escuridão, pois assim sei que ele não vai ver o rubor tingir meu rosto conforme me aproximo das escadas, ouvindo seus passos silenciosos se afastando na direção oposta enquanto carrega Sophie para o terceiro andar. Dou uma olhada para trás e vejo as costas de Aiden, que se curva para dar um beijinho na testa da filha. Sinto o coração palpitar, mas nem sei dizer por quê.

Acho que ele está *mesmo* tentando ser um bom pai.

Em seguida, desço as escadas com um sorriso no rosto.

4

Aiden

— Sophie! — chamo pela segunda vez, parado ao pé da escada. — A gente vai acabar se atrasando!

Em seguida, levo o celular ao ouvido outra vez e continuo perambulando pelo primeiro andar.

— Desculpe. Conte o que aconteceu.

Ouço Marco, meu subchefe, suspirar do outro lado da linha.

— O Alex esqueceu de guardar as vieiras na geladeira ontem à noite.

— Quê?

— É... Agora já era.

— Você só pode estar de sacanagem.

— Juro... — Posso ouvi-lo andar de um lado ao outro na cozinha do restaurante. — E, até onde sei, esse era todo o nosso estoque.

— *Puta merda.*

— Pois é. Vamos ficar sem vieiras até a próxima entrega, na sexta.

— Quer dizer que vamos ter que admitir para todo mundo que fizemos merda e não temos como preparar a entrada mais pedida do cardápio?

— Se serve de consolo — começa Marco —, eu fiz o Alex ligar e contar tudo para o Joe.

Reviro os olhos. Joseph Cohen pode ser muitas coisas, mas durão ele não é. Tenho certeza de que ele vai passar a mão na cabeça de Alex. E no fim eu que vou ter que bancar o durão no lugar dele.

Afasto o celular do ouvido, ainda procurando minha filha.

— Sophie!

— Você quer que eu leve a Sophie para a escola?

Tomo um susto quando vejo Cassie parada na porta do seu quarto.

— Eu acordei você?

— Ah, não — tranquiliza-me ela. — Eu já estava de pé.

Em seguida, olha para o celular na minha mão, por onde ainda dá para ouvir Marco tagarelar sobre alguma coisa.

— Mas eu posso levar Sophie, se você precisar — repete ela.

— Não, não precisa. Eu... — Levo o telefone à orelha e peço a Marco que espere um segundo. — Eu mesmo quero levá-la. É que tivemos um problema com as vieiras no restaurante e estou tendo que lidar com isso.

— Ah, tranquilo. Você que sabe — responde Cassie, depois sorri. — Sabia que uma vieira consegue produzir até dois milhões de ovas?

Faço uma careta.

— Snapple?

— Snapple — confirma ela com um aceno de cabeça.

Eu me pego sorrindo apesar do caos que reina do outro lado da linha.

— Bom saber.

— Vou lá ver se consigo apressar a sua filha — avisa Cassie com o olhar fixo na escadaria. — Aposto que ela perdeu os sapatos outra vez.

Posso ouvir Marco me chamando no celular, mas decido ignorar.

— Obrigado — agradeço a Cassie. — Vai ajudar muito.

— Não tem de quê — responde ela.

Em seguida, começa a subir as escadas em busca de Sophie, e percebo que a observo por um segundo a mais do que pretendia. Trato de desviar o olhar e fico de costas antes de voltar a dar toda a minha atenção a Marco.

— Olhe só, eu quero que você ligue para os garçons e peça que cheguem cedo para uma reunião de equipe. Vamos instruí-los a avisar todos os clientes. Amanhã bem cedinho posso ir ao mercado de peixe e renovar o estoque até a próxima entrega.

— Certo. Tá bom. — Marco solta um riso zombeteiro. — Vou mandar o Alex ligar para todo mundo. Aí ele que lide com o chilique dos garçons.

Isso me faz rir, apesar da dor de cabeça cada vez mais intensa.

— Parece ótimo. Mais tarde estou aí.

— Vamos estar esperando.

— Beleza. Tchau.

Desligo o celular e guardo-o no bolso enquanto ouço passos na escada. Quando me viro, vejo Sophie descer dois degraus por vez, com Cassie logo atrás. Levanto as mãos e pergunto:

— Por que a demora?

Sophie franze a testa.

— Eu não conseguia achar meu sapato!

Viro-me para Cassie, que me olha como quem diz "não falei?".

— Bem, vamos logo — apresso-a. — Aquela professora do apito vai gritar comigo de novo se chegarmos atrasados.

Sophie ajeita a mochila nos ombros.

— Tá bom, tá bom.

— Obrigado por ir atrás dela — digo a Cassie.

— Não foi nada — responde ela, depois trata de nos enxotar com um aceno de mão. — Andem logo, vocês dois. A mulher do apito é assustadora mesmo.

Seguro a mão de Sophie para conduzi-la em direção ao carro e, apesar do problemão que terei de enfrentar no trabalho esta noite, não consigo evitar de sorrir.

— Por que a Cassie não vai me levar para a escola hoje?

— Eu estava com a manhã livre — explico, e meu olhar encontra o de Sophie pelo retrovisor. — E desde quando a gente gosta da Cassie?

Sophie franze os lábios e volta o rosto para a janela enquanto encolhe os ombros.

— Ela é legal.

— Só legal?

— É meio esquisita.

— Ah, sério? Esquisita como?

— Fica querendo brincar comigo o tempo todo — reclama Sophie. — Ela não tem uns amigos da idade dela, não?

— Talvez ela goste de você — sugiro.

Sophie tenta parecer desinteressada, mas vejo a rapidez com que seu olhar volta a encontrar o meu no retrovisor.

— Você acha que ela gosta de mim mesmo?

— Duvido que insistisse tanto para ficar com você se não gostasse — garanto a ela. — Talvez você devesse ser mais boazinha.

— Eu sou boazinha com ela — murmura Sophie.

— Arrã, sei...

— Ela não é tão chatona igual à última babá — continua Sophie enquanto atravessamos outro quarteirão.

— Que bom, filha. Fico feliz.

E fico mesmo. Depois de ter contratado quatro babás no último ano, eu já estava beirando o desespero quando recebi o currículo de Cassie por e-mail.

Levar Sophie comigo ao restaurante até quebrava um galho, mas com o tempo aquilo começou a nos desgastar. Por isso, a chegada de Cassie foi quase milagrosa. Eu estava disposto a oferecer o que fosse para convencê-la a aceitar o cargo, tinha certeza de que ela era a pessoa certa por todas as suas qualificações, mas aí eu a conheci pessoalmente.

E nem sei o que eu esperava.

Só pensei nas suas qualificações no breve espaço de tempo entre responder ao e-mail e vê-la pela primeira vez, mas posso afirmar, com toda a certeza, que Cassie me pegou desprevenido. Mesmo que tenha sido um primeiro encontro um tanto desastroso, não deu para fingir que não fiquei desconcertado.

Não é nem um pouco apropriado admitir que reparei em como seus cabelos acobreados parecem sedosos, ou em como sua boca é carnuda. Não é nem um pouco aceitável que meus olhos tenham se afogado nas curvas acentuadas pelo vestido preto antes me forçar a afastar esses pensamentos — e é isso que tenho feito desde então.

Tenho que me lembrar todos os dias de tudo em que eu não deveria reparar em Cassie. Como o sorriso dela é lindo, ou então como seus olhos azuis cintilam quando ela ri. No fim das contas, agora tenho certeza de que ela é a pessoa certa para o cargo, e o fato de achá-la atraente só serve para pôr em risco essa boa relação profissional que começamos a construir. Sophie é mais importante do que alguns pensamentos desgarrados aos quais nunca poderei ceder.

Mesmo que às vezes eles sejam mais insistentes do que eu gostaria.

— O que aconteceu no restaurante?

A voz de Sophie me desperta torpor, e logo me lembro das vieiras estragadas.

— Alguém foi muito desatento — resmungo. — Não vamos poder servir um prato muito requisitado esta noite. E os clientes vão reclamar.

— Que ingrediente está faltando?

— Vieiras.

Ela torce o nariz.

— Eca. O que é isso?

— Tipo um mexilhão.

— Que nojo.

— Ora, que bom que isso não afeta você — comento, aos risos.

— A Cassie falou que vai me ensinar a fazer minipizza de tortilha no jantar — conta Sophie. Por mais que tente esconder, consigo ver sua empolgação. — Eca. Aposto que também é muito ruim.

— Acho que parece bem gostoso, hein? Fico até triste de não poder participar.

Sophie faz um beicinho.

— Eu queria que você ficasse em casa hoje à noite.

— Desculpe — digo, me sentindo um babaca completo. — Eu tenho que lidar com aquelas vieiras nojentas. — Depois a encaro pelo retrovisor. — E as coisas vão ficar ainda mais agitadas nas próximas semanas. Vamos acrescentar alguns pratos novos ao cardápio.

— Tudo bem — responde ela baixinho, tentando não deixar a decepção transparecer, e sinto a culpa me corroer.

As coisas não têm sido fáceis para nós nesse último ano. Às vezes tudo parece um pesadelo, e pensei mais de uma vez que, se eu soubesse de antemão que Sophie e eu nos veríamos em uma situação dessas, talvez tivesse escolhido outra profissão. Eu amo o que faço, mas odeio não poder passar mais tempo com ela. Por mais que Sophie finja não se incomodar com o fato de eu chegar tão tarde do trabalho, sei que sente a minha falta. Mas estou de mãos atadas por enquanto.

— Amanhã você vai ter que me contar tudinho sobre as minipizzas — aviso.

Sophie assente.

— Pode deixar.

Quando estamos quase na frente da escola, ligo o pisca-alerta e entro na fila de desembarque. Sei que nas próximas semanas vai ser ainda mais raro poder trazê-la à escola, e isso só aumenta minha culpa. Acho que é por isso que estou tão desesperado para as duas se darem bem. Se soubesse que Sophie está se divertindo em vez de passar o tempo todo trancada no quarto, talvez não me odiasse *tanto* por não poder estar lá.

— Avise a Cassie que é minha vez de escolher o filme que vamos ver hoje à noite — pede Sophie, antes de descer do carro. — Ela escolheu os de ontem.

Ela ainda tenta passar um ar de quem não está nem aí para isso, mas chega a dar vontade de rir. Minha filha pode ser muitas coisas, mas não é lá uma grande atriz.

Abro um sorriso para ela.

— Pode deixar.

Não volto para casa direto; em vez disso, aproveito a folga da manhã para dar um pulinho na academia, nem que seja para diminuir o tempo que passarei sozinho em casa com Cassie, sem Sophie para manter meus pés no chão. Ao longo desta última semana, descobri que correr na esteira geralmente me deixa tão cansado que nem chego a pensar no que Cassie está vestindo ou em como penteou o cabelo. Ela tem o costume de prendê-lo em um coque bagunçado no topo da cabeça, e embora não tenha nada de especial nisso, faz com que seu pescoço pareça mais longo, mais fácil de notar. Mais uma coisa em que eu não deveria estar pensando.

Quando enfim volto para casa, já estou exausto, empapado de suor e desesperado por um banho. Felizmente, é quase hora do almoço, então assim que terminar meus afazeres, posso fugir para o restaurante e evitar o perigo de passar alguns momentos a sós com a babá de Sophie.

Está tudo quieto quando entro pela porta da frente. Penduro as chaves no gancho e vejo que a porta do quarto de Cassie está fechada. Penso em dar uma passadinha para ver como ela está, mas no fundo eu sei que não seria uma boa ideia, então vou direto para a escada. Repasso o que tenho que fazer antes de ir ao trabalho. Ainda estou entretido com essa lista mental quando chego ao último degrau e sigo em direção à cozinha. Talvez seja por isso que não a vejo logo de cara.

Atravesso a cozinha, abro a porta da geladeira e dou uma olhada no que está faltando. Acho que preciso adicionar uma ida ao supermercado à minha lista de afazeres. Se eu arranjar um tempo, claro.

— Posso dar um pulinho lá mais tarde se você quiser — ouço Cassie dizer da sala de estar, e sou tomado pelo susto. — Tenho só mais uns trabalhos para fazer.

Fico parado ali, com a porta da geladeira aberta, distraído pelas mechas ruivas trançadas no topo da cabeça dela. Preciso me esforçar para manter o olhar fixo ali, no seu rosto, em vez de permitir que vá mais para baixo. Assim é mais seguro.

— Eu não vi que você estava aí — aviso. — Desculpe.

Ela balança a cabeça e se remexe na poltrona, ajeitando o notebook apoiado sobre as pernas.

— Não tem problema. Já que você levou a Sophie, aproveitei para adiantar algumas coisas da pós. Mas saiba que eu posso fazer isso para você, viu?

— Não, não. Está tudo bem — garanto a ela. — Eu queria ir.

— Alguma atualização sobre as vieiras?

Solto um muxoxo e nego com a cabeça.

— Hoje já era. Minha esperança é conseguir arranjar pelo menos um pouco para amanhã à noite. Os clientes vão pirar se ficarmos a semana toda sem vieiras no cardápio.

— Ah, não — responde ela, com um quê de divertimento na voz. — Vocês vão ser condenados ao *ostra*cismo?

Dou um grunhido diante daquele trocadilho terrível, mas não consigo evitar de sorrir enquanto cubro os olhos.

— Isso foi péssimo.

— É por aí que eu fico em termos de humor. Entre o péssimo e o horrível.

Os lábios de Cassie se curvam em um sorriso, e isso também me desconcerta. A essa altura do campeonato, só me resta torcer para não fazer uma cara estranha toda vez que olho para ela.

— Enfim, estou bem à toa agora — continua ela. — Posso dar um pulinho no supermercado se você quiser. Assim você não precisa ir.

Dou mais uma olhada na geladeira, pego uma garrafa de água e retomo a linha de raciocínio de antes.

— Seria ótimo, na verdade. Posso deixar meu cartão de crédito com você. Aí é só comprar o que vocês duas quiserem.

— E faz mais sentido assim, né — comenta ela. — Já que sou eu que estou cozinhando quase tudo.

Faço uma careta.

— Ai, me desculpe por isso.

— Ué, pelo quê? — Cassie parece genuinamente confusa. — Não precisa se desculpar. Faz parte do meu trabalho, não faz?

— É... — respondo enquanto abro a tampa da garrafa d'água. Em seguida, dou a volta na bancada e me apoio ali, mantendo uma distância segura da sala de estar. — Faz parte mesmo. Foi mal.

Ela ri baixinho.

— Você vive se desculpando sem necessidade.

— Desculp... — Franzo as sobrancelhas. — Eu nem percebo que faço isso.

Vejo que ela está olhando para a minha camiseta, ainda toda encharcada de suor, e a encaro com uma expressão arrependida.

— Preciso tomar um banho.

— Tô vendo — comenta ela, rindo. — Você trabalha até tão tarde! Nem sei de onde tira energia para malhar.

Encolho os ombros.

— Você acaba se acostumando. Aí é só arranjar um tempinho aqui e ali.

— Eu não conseguiria.

Aponto para o notebook no colo dela.

— Em que você está trabalhando aí?

— Nada divertido — responde, com um suspiro. — Mas tenho que terminar tudo antes das aulas do fim de semana, e prometi à Sophie que faríamos minipizzas e assistiríamos a um filme hoje à noite.

— Ela me contou. — Abro um sorriso. — Ah, e também pediu para avisar que está na vez dela de escolher.

Cassie abafa uma risada.

— É bem a cara dela mesmo. Da última vez ela me passou a perna e escolheu o que queria. Aposto que vamos acabar vendo *Encanto* pela terceira vez.

— *Encanto*?

Ela me olha como se estivesse ofendida com a pergunta.

— Sério mesmo? "Não falamos do Bruno"?

— Por que não falamos do Bruno?

— Como você não sabe do que eu estou falando? Acho que a Sophie já cantou essa música umas oitenta vezes esta semana.

— Espere aí. É aquela música do casamento?

— É aquela música que não sai da cabeça nem com reza brava. Não consigo nem tomar banho sem começar a cantarolar o refrão.

Não pense em Cassie tomando banho. Não pense.

— Hum, acho que preciso ver o filme.

— Ah, não se preocupe. Cedo ou tarde a Sophie vai dar um jeito de obrigar você a assistir.

Dou risada da expressão dela, um misto de decepção e afeto.

— Acho que a Sophie gosta de você.

Cassie parece animada.

— Sério?

— Sério. Ela gosta de bancar a durona, mas dá para ver que já está mais afeiçoada a você.

— Ela bem que poderia me dar uma colher de chá e deixar isso claro, né?

Não consigo deixar de rir.

— Isso seria fácil demais. Ela tem que fazer você sentir que mereceu.

— Ela é tão teimosa — comenta Cassie, sorridente. — Adoro ela.

— Eu fico... muito feliz em ouvir isso.

— Ela é uma menina incrível — diz ela em um tom sério. — Não tem como não gostar dela.

Fito meus próprios pés com um resquício de sorriso nos lábios.

— Ela é incrível mesmo.

É tão fácil conversar com Cassie. Acho que é por isso que tenho tanto medo de conversar a sós com ela. Claro, vez ou outra vem um silêncio constrangedor, e preciso me concentrar para não a encarar de todas as formas que não deveria — mas toda vez que falo com ela, é quase como se nos conhecêssemos desde sempre.

— Eu estava para te dizer... — começo, mudando de assunto. — Além da história do *ostra*cismo... — Cassie parece tão orgulhosa da piada que chego a revirar os olhos. — As coisas vão ficar bem caóticas no trabalho nos próximos dias.

Ela parece desconcertada.

— Ah, é?

— É. Vamos testar alguns pratos novos para acrescentar ao cardápio, e isso sempre envolve avaliar todas as críticas e ajustar os detalhes. Vou ter que conversar com os fornecedores novos e dar uma olhada nas receitas com meus subchefes e... quase sempre é uma dor de cabeça danada.

— Ah... — Ela assente. — Eu entendo. Alguém tem que trabalhar, não é mesmo?

— Continue estudando o máximo que puder — aconselho. — O mercado de trabalho está um lixo.

Cassie dá risada.

— Aposto que o salário caindo na conta todo mês faz valer a pena.

— É, pode-se dizer que sim.

O sorriso dela é... tão, tão lindo. Os lábios se curvam para um lado primeiro, como se ela estivesse pensando no assunto, mas depois o outro lado também se curva e o sorriso se escancara. Fica difícil não olhar quando ela sorri desse jeito. E eu sei que deveria deixá-la voltar para os afazeres da pós; sei que deveria dar as costas, ir tomar uma chuveirada e deixá-la em paz.

Em vez disso, porém, vou até o sofá e me acomodo ali antes de tomar mais um gole de água. Tento me convencer de que só estou tirando um tempinho para descansar.

Não deixe o clima ficar estranho.

— Você sempre quis trabalhar com terapia ocupacional?

— Desde o segundo ano da faculdade — responde-me ela. — Talvez antes até. O salário é bom e acho que gosto de trabalhar com isso.

— Você lida muito bem com crianças, né... Pretende seguir nessa área?

— Acho que sim. Eu contei que meus pais eram péssimos, né?

Ser lembrado disso me atinge com mais força do que deveria, talvez por conta da situação em que vivo.

— Contou, sim.

— Pois então. Eu gosto da ideia de poder ajudar crianças assim. Sabe? Crianças que acham que não têm mais ninguém.

Cada coisinha que descubro sobre Cassie torna o ato de conversar com ela ainda mais perigoso.

— Entendo — digo, apertando o plástico da garrafa. — É uma boa motivação. Além do mais, parece que você tem bastante prática por causa do hospital infantil. Você trabalhou lá por quase um ano, não foi? O que fazia antes disso?

Cassie parece surpresa com a pergunta e, com um estranho rubor tingindo suas bochechas, desvia o olhar, de repente interessada na tela do notebook.

— Ah — começa a dizer. — Fiz uns bicos por aí. Nada tão interessante quanto o hospital. E tentei ser estudante em tempo integral também, acho.

— Hum...

Há um quê de nervosismo no seu comportamento, e percebo que ela não deve querer falar sobre o assunto, seja lá qual for. É bem estranho, mas acho que não é da minha conta. Por isso, tomo sua esquiva como uma deixa para não me intrometer.

— Bem, tenho certeza de que foi muito gratificante. E agora vai ser bom para ganhar mais experiência, imagino. É bem impressionante... tudo isso que você tem feito.

— Mas aí a vida pessoal vai para o saco, né — comenta ela, rindo. — Minha melhor amiga tem setenta e poucos anos, sabe...

Fico perplexo.

— Jura?

— Ah, você ia adorar a Wanda. Quer dizer, isso se você conseguir ignorar o fato de ela ainda achar que você tem um porão escondido por aqui.

— Ah, é *aquela* amiga.

Ela me olha, radiante.

— Ela se preocupa demais com as coisas.

— Espero que você a tenha atualizado em relação ao porão.

— Atualizei, sim, mas ela ainda acha que pode ter uma portinha escondida em algum canto.

— Quanto mais ouço sobre a Wanda, mais apavorado fico com a perspectiva de conhecê-la — comento, abafando uma risada.

— Ah, sim. É para ter medo mesmo. São sessenta quilos de puro terror.

De repente ela se detém, perdida em pensamentos.

— Na verdade — continua —, eu adoraria levar a Sophie para conhecê-la qualquer dia desses. Se você concordar, é claro. Acho que as duas se dariam muito bem.

— Não vejo por que não — respondo depois de um instante. — Tenho certeza de que a Sophie adoraria.

— E aposto que a Wanda acharia demais. Mas só se você tiver certeza de que está tudo bem, tá? E claro, você pode vir com a gente se tiver um tempinho livre...

— Ah, não, tudo bem. Tenho certeza de que eu ainda vou estar atolado de serviço. Mas é só me passar o endereço dela e dizer quando pretendem ir. E, sei lá, me avise quando chegarem em casa, só para eu saber onde vocês estão. Pensando bem, talvez seja melhor a gente compartilhar nossa localização em tempo real, porque aí, se acontecer alguma coisa...

Vejo que Cassie voltou a sorrir e trato de calar a boca.

— Eu estou parecendo um idiota, né?

— Está parecendo um pai controlador. Mas não é algo ruim. Posso fazer o que você quiser.

Não há motivo para remoer essa última frase dela; sei que foi dita na maior inocência, mas não impede que uma sensação estranha irrompa no meu peito.

— Certo. Desculpe.

— Lá vem você pedindo desculpa outra vez — comenta ela, rindo.

— Tenho certeza de que a Sophie vai adorar sair um pouquinho de casa. Ela já deve estar de saco cheio de ficar enfurnada aqui comigo o dia inteiro. Isso sem contar quando eu a levo ao restaurante.

— Sophie adora ficar com você — argumenta Cassie. — Ela não para de falar de você um minuto.

Fico boquiaberto.

— Sério?

— Juro. O tempo inteirinho. Então, pode se dar um pouco mais de crédito.

Aceno com a cabeça devagar, pensativo.

— Eu... Bem, obrigado.

— Só estou dizendo a verdade.

— Ah, merda. — Franzo a testa. — Acabei de me lembrar... A Iris deve dar uma passadinha aqui mais tarde.

— Iris?

— A tia da Sophie. Acho que falei dela, não?

— Ah. — Ela acena que sim. — Lembrei. Falou, sim.

— Ela pediu para ver a Sophie.

Cassie dá risada.

— Por que você parece tão incomodado com isso?

— A Iris é... — Dou um suspiro. — Acho que é melhor eu dizer de uma vez. Às vezes as coisas ficam um pouco tensas entre nós.

— Eita.

— Pois é. Sei que ela tem boas intenções, de verdade, mas sempre participou tanto da vida da Sophie... e acho que fica incomodada porque agora não pode ver a sobrinha sempre que quer. Ela já tentou até me convencer a dividir a guarda da Sophie com ela... mais de uma vez.

— Mas você é o pai dela — protesta Cassie.

Concordo balançando a cabeça.

— Eu sei. E fico feliz em deixar a Iris ver a Sophie sempre que posso, mas quero que minha filha cresça em um ambiente estável.

— Isso faz todo o sentido — concorda Cassie.

É bom ouvir isso, como se eu nem tivesse percebido como precisava da validação de outra pessoa.

— Às vezes ela pode ser meio... seca. Com as babás. Fez isso com as outras.

— Nossa, ela vai partir para cima de mim?

A pergunta me faz rir.

— Não, de jeito nenhum. Acho que ela só fica incomodada com o fato de eu contratar alguém para tomar conta da Sophie. A Iris acha que eu deveria deixar minha filha com ela. Mas volto a dizer... isso parece meio arriscado. Quero que a Sophie saiba que a casa dela é aqui. Acho que ela precisa disso.

— Talvez eu seja suspeita para falar — começa Cassie —, já que você me paga e tal... — Nós dois rimos do comentário. — Mas... eu acho que você tomou a melhor decisão. As crianças precisam ter a sensação de que pertencem a um lugar, sabe? Mesmo que você não passe o dia todo aqui, imagino que a Sophie fique aliviada em saber que você sempre vai voltar para casa. Se é que isso faz sentido.

Aceno com a cabeça, atordoado, sem saber como alguém que mal nos conhece conseguiu resumir tão bem tudo o que tenho me esforçado para fazer por minha filha.

— Faz sentido, sim — respondo. — Faz todo o sentido.

Cassie prende uma mecha de cabelo atrás da orelha.

— Não se preocupe — avisa ela com um sorriso. — Eu posso lidar com a Iris.

— Que bom — digo, e dou risada.

Um silêncio constrangedor se instala entre nós outra vez, pois já não sei o que dizer. O estalar suave de plástico preenche o ambiente enquanto amasso a garrafa de água. Mais uma vez tento me obrigar a ir para o quarto, a deixá-la em paz para voltar aos estudos, mas não consigo. Ainda não estou pronto para encerrar a conversa.

— Você disse que tem que ir à aula nesse fim de semana, certo?

— Isso. Não tem problema, né? Vou voltar a tempo de preparar o jantar da Sophie.

— Imagine, não tem problema nenhum. Só quis confirmar para não esquecer. — Aceno a cabeça a esmo. — Mas, afinal, como você conheceu a Wanda?

A essa altura, estou me agarrando a qualquer assunto para fazer a conversa render um pouco mais.

— Ela era minha vizinha no prédio em que eu morava. Um dia fiquei trancada fora de casa e ela me ofereceu um chá enquanto o chaveiro não chegava. É geniosa que só, mas eu a amo. — Cassie sorri antes de continuar: — Mesmo que ela tenha acreditado piamente que você era um bandido usando uma filha fajuta para me atrair para cá.

Solto um suspiro.

— Por que eu sinto que deveria me preocupar com isso se a Sophie estivesse no seu lugar?

— Ah, não se preocupe. Juro que você jamais conseguiria ser tão paranoico quanto a Wanda.

— Que alívio — comento, impassível.

— É sério, chega a ser hilário ela se preocupar tanto comigo assim. É ela quem vive arranjando uns caras aleatórios no bingo e os levando para casa.

— Você tá de sacanagem, né?

— Quem me dera. A mulher é mais saidinha do que eu jamais vou ser.

Não pense nisso. Não pense.

— Ela parece... uma figura e tanto.

— É, ela é bem intensa. Para ser sincera, a vida amorosa dela é impressionante. Ela vive me dando dicas e, juro, são tão ridículas que você nem imagina. Graças a Deus nem estou pensando nessas coisas por enquanto.

Não pergunte. Não se atreva a perguntar, Aiden.

— Você não tem saído com ninguém?

Ah, puta merda. Como pode ser tão imbecil?

Cassie parece ficar surpresa com a pergunta, e por que não ficaria? Não é nada apropriada. Mas logo tento corrigir:

— Eu quis dizer que... — Ela com certeza percebe que estou tentando enrolar. Espero que não esteja estampado na minha cara. — Bem, percebi que a gente nunca discutiu, hum, como lidaríamos com isso. Claro que a sua vida amorosa é um assunto particular, mas a Sophie pode ficar um pouco confusa se você trouxer alguém para cá. — Meu Deus, quero me enfiar em um buraco e não sair nunca mais. — Quer dizer, talvez se ela já estiver dormindo e você ficar lá embaixo...

— Ah. — Leva um momento antes de os olhos dela se arregalarem e ela entender. — *Ah*. — Então, ela cai na risada, o que faz com que eu me sinta menos idiota, mas só um pouco. — Não, não. Não se preocupe. Isso não vai ser um problema. Até parece que tenho tempo pra isso. Vivo ocupada com as coisas da pós e tal. Não sobra muito tempo para conhecer o homem certo, entende?

Não há o menor motivo para eu ficar feliz com essa notícia. Não mesmo. Não deveria me sentir *melhor* por saber que Cassie não vai trazer um cara aleatório para minha casa, porque isso nem deveria ser da minha conta.

— Claro — digo por fim, sem conseguir manter contato visual. — Entendo perfeitamente.

Ela volta a rir.

— Acho que por enquanto eu só poderia namorar, sei lá, algum colega de quarto disposto a transar nos horários mais inusitados.

Acho que chego a prender a respiração, mas só por um instante. Vejo os olhos de Cassie se arregalarem e o rosto corar quando ela se dá conta do que acabou de dizer.

— Nossa, eu nem *pensei* antes de abrir a boca. Desculpe. Eu meio que fico totalmente sem filtro quando estou nervosa.

Sei que quanto mais eu demorar para responder, mais estranho vai ficar o clima, mas parece que estou com a língua colada no céu da boca. Não consigo parar de me perguntar o motivo do nervosismo dela. Será que é por minha causa?

Não importa. Dê um basta nessa conversa, anda logo.

— Tranquilo — digo com firmeza. — Está tudo bem.

E estou determinado a dar no pé, porque é evidente que hoje não consigo manter uma conversa com Cassie sem fazer papel de idiota. Já estou prestes a dar uma desculpa para ir embora quando ela pergunta:

— E você?

Ela me pega tão desprevenido que até esqueço o que estava prestes a fazer.

— O que tem eu?

— Bem, alguém como você não deve ter a menor dificuldade para arranjar encontros.

Percebo que a encaro, perplexo.

— Alguém como… eu.

— É, você entendeu.

Definitivamente não entendi, e digo isso a ela.

— Não entendi, não.

Ela revira os olhos e solta um suspiro impaciente.

— Ah, pelo amor de Deus. Você é lindo. E é chef de um restaurante chique e tal.

Sinto minhas sobrancelhas se arquearem, ainda pensando na parte em que ela diz que sou *lindo*.

— Tipo… — continua Cassie. — Eu preciso levar a Sophie para dar um passeio quando você trouxer alguém para casa, ou você coloca, sei lá, uma meia na maçaneta do quarto para indicar que está ocupado?

Saber que neste exato momento Cassie está pensando nos meus momentos íntimos com outra pessoa, mesmo que dito de um jeito tão despreocupado… não é nada bom. Faz com que eu sinta algo que não deveria sentir. Não tem por que dar asas à imaginação.

— Meia na maçaneta do quarto — repito baixinho antes de uma risada seca escapar dos meus lábios. — Não — trato de acrescentar. — Você não precisa se preocupar com isso. Ando tão ocupado com a Sophie e com o trabalho que nem tenho tido tempo para isso… por enquanto.

Até porque minha última tentativa foi um desastre completo.

Mas isso já é outra história.

Tento me convencer de que foi apenas fruto da minha imaginação, mas uma expressão quase aliviada toma o rosto de Cassie, e em seguida desaparece tão rapidamente quanto surgiu. Mas não estou pensando direito, então meu cérebro deve estar imaginando o que queria ver. É mais provável que ela esteja apenas feliz por não ter que passar por uma situação constrangedora. E cá estou eu pensando o que não devo. Mais uma vez.

Dou uma olhada no relógio, mas nem registro a hora direito.

— É melhor eu ir para o banho. Ainda preciso resolver umas coisas antes do trabalho.

— Tudo bem.

De rabo de olho, eu a vejo balançando a cabeça. Mas ainda não consigo encará-la propriamente.

— Eu não queria alugar sua orelha — continua Cassie.

Enfim olho para ela, sem conseguir evitar.

— Não, não. Você não alugou nada. Só estou muito... ocupado.

— Claro.

Eu me levanto do sofá e faço um aceno de cabeça antes de subir a escada. Não olho para trás enquanto me afasto, pois tenho medo de que ela perceba a raiva que estou sentindo de mim mesmo, mas só volto a ouvir o batuque das teclas do notebook quando já estou quase fora de vista.

Não deixe o clima ficar estranho.

Parece que não deu certo.

— Você pode acariciar seus mamilos pra mim, Cici?

Meu Deus, essa voz. É rouca, grossa, e faz todo o meu corpo formigar. Até porque ele parece saber exatamente o que quer que eu faça.

Belisco meus mamilos com a ponta dos dedos e posso ouvir sua respiração ofegante do outro lado da tela.

— Isso. Assim mesmo. Eles são tão lindos. Devem ter um gostinho tão bom.

Eu me pergunto se tudo deveria parecer tão íntimo assim. Não consigo ver a cara dele, e ele nem sabe meu nome.

Mas isso não me impede de gozar bem do jeito que ele mandou.

5

Cassie

— Ora, só quis dizer que pode ter um esquema elaborado — protesta Wanda do outro lado da linha.

Dou risada e balanço a cabeça enquanto viro o queijo quente de Sophie na frigideira.

— Já faz mais de uma semana que estou morando aqui. Acho que já dá para dizer que eles não estão planejando um sequestro.

— Nunca se sabe...

O barulho estridente de panelas batendo atravessa o celular.

— Não consigo achar aquele raio de panela — reclama Wanda.

— Deve estar no armário do lado do fogão.

— Você acha que eu já não olhei... Ah, não é que está mesmo?

— Viu?

— Mas que diacho! Como você sabe onde estão minhas coisas e eu não?

— É que você tem a capacidade de organização de uma acumuladora com amnésia.

Wanda solta um muxoxo indignado.

— Que grosseria.

— Tá bem, tá bem.

— E a menina? É uma peste?

Espio para além da cozinha e vejo Sophie na sala de estar, toda esparramada no sofá, entretida com o videogame. O rostinho está todo franzido de concentração, a língua escapando por entre os dentes. A visão me faz sorrir.

— Ela é incrível — sussurro para Wanda. — Tipo, ela é uma pestinha mesmo, mas até que eu gosto disso.

— Parece até alguém que eu conheço — comenta minha amiga, abafando uma risada. — Que bom que ela existe mesmo. Sabe, eu estava com um pouco de medo desse tal de Aiden ser um dos tarados dos vídeos de peitinho.

— Ah, claro — respondo, achando graça. — Até parece. Acho que alguém como ele não precisa entrar nesses sites.

— Hum... alguém como ele?

— É que... eu tenho certeza de que ele pode ver tudo ao vivo e de graça quando quiser. — Abaixo a voz antes de continuar: — Não parece o tipo de cara que teria problema em arranjar mulheres.

— Cassie Evans. Por acaso você está insinuando que seu novo chefe é bonito?

Fico quieta, com uma súbita vontade de me xingar. Não era para Wanda saber disso.

— Bem, eu não diria que ele *não* é atraente — respondo, tentando soar casual, como se nem tivesse pensado no assunto.

— Ah, céus. É ou não é? Mas ele é gostoso mesmo? Muito ou pouco?

— Sei lá. Nem reparei.

— Você sabe que eu percebo quando está mentindo, né?

— Tá bom — concedo, em tom de derrota. Dou uma olhadinha em Sophie antes de sussurrar: — Ele é um absurdo de gostoso. Satisfeita agora?

— Minha nossa. Você deveria me mandar uma foto dele...

— De jeito nenhum. E desde quando você sabe abrir foto no celular sem a minha ajuda?

— Que grosseria — repete Wanda. — Vê se toma cuidado, hein? Cara bonito é sempre uma dor de cabeça.

— Pode deixar, vou me manter pura — respondo, fingindo seriedade. — Mas, sério mesmo, não vai dar em nada. Além do mais, ele é muita areia pro meu caminhãozinho.

— Ah, garota. Você sabe muito bem que é um arraso de linda.

— Claro, claro. E você, hein? Já arranjou mais alguém?

Ouço o som de água corrente enquanto Wanda prepara o próprio jantar.

— Ninguém que valha a pena mencionar — reclama ela. — Mas o sacana do Fred não para de me ligar. Pelo jeito ainda não entendeu que não quero nada com ele.

— Ué, talvez ele apenas ache você irresistível.

— Ora, mas isso nem está aberto para discussão — responde Wanda, sem rodeios. — Mas ainda não estou solitária a esse ponto. Mesmo que você tenha me abandonado aqui.

— Ah, esse é o seu jeito de falar que está com saudade de mim?

Wanda estala a língua.

— Pode ser. Quem sabe?

— Mas estou querendo mesmo fazer uma visita em breve se você topar. Eu adoraria que você conhecesse a Sophie. Já falei com o Aiden e ele concordou.

— Ora, é claro que eu quero conhecer a pestinha. Quero ver se ela está fazendo você batalhar por aquele salário generoso que a arrebatou para longe de mim.

Viro o queijo quente outra vez e caio na gargalhada.

— Claro, claro.

— Pode trazer a menina para jantar aqui. Vou preparar minhas almôndegas.

— Você sabe como me agradar, né?

— Tentei convencer você a não me abandonar, mas você foi mesmo assim...

— Eu sei, eu sei. Bem, vou ver que dia fica melhor e aviso você, tá? O jantar da Sophie está quase pronto. Preciso alimentar a fera antes que ela comece a mordiscar meus tornozelos.

— Ei! Eu ouvi isso! — exclama a voz de Sophie, vindo do outro lado do cômodo.

— Tudo bem — despede-se Wanda. — Pode ir. Mas não deixe de vir me visitar, hein? Estou com saudade do seu rosto.

— Eu também te amo — respondo, dando risada. — Até logo.

— Sei...

Sophie entra na cozinha assim que desligo o telefone, depois dá uma espiada no queijo quente que sirvo no prato.

— Você pode cortar na diagonal, por favor?

— Mas é *óbvio* — respondo de imediato. — Assim fica até mais gostoso.

Sou recompensada com um sorriso de orelha a orelha.

— Fica mesmo.

— Você quer leite ou suco?

— Hum...

Sophie reflete por um instante, avaliando as opções.

— Leite. Não, suco. Isso. Quero suco.

— Acho que sobrou um pouco de suco de maçã — aviso. — Dá uma olhadinha na geladeira.

— Tá bom.

Enquanto ela vai até a geladeira para espiar o que tem lá dentro, termino de preparar meu queijo quente e desligo o fogão. Não é lá grande coisa, mas não é tão difícil agradar uma criança de nove anos. Graças a Deus. Posso ouvi-la se apoiando na bancada para pegar um copo, o que é esperado dessa garotinha independente, e estou armando o sermão quando escuto a campainha. Olho para Sophie com uma expressão curiosa; não faço ideia de quem poderia vir a uma hora dessas, considerando que Aiden já saiu para o trabalho.

Aí eu me lembro.

— Nossa. Deve ser sua tia. Seu pai comentou que ela daria uma passadinha aqui.

O olhar de Sophie se ilumina.

— Tia Iris!

Ela sai em disparada sem nem me esperar, e trato de enxugar as mãos em um pano de prato antes de descer as escadas atrás dela. Sophie já abriu a porta e se jogou nos braços de uma mulher alta e magra. Os cabelos loiros e sedosos caem pelos ombros, e o rosto está tomado por um sorriso radiante enquanto abraça a sobrinha, e é só quando ela olha para mim que sua expressão muda. As sobrancelhas delicadas, do mesmo tom do cabelo, se juntam em uma linha só, e o sorriso vacila.

Mas não vou me deixar abalar.

— Oi! — cumprimento, toda alegre. — Você deve ser a Iris. Aiden avisou que você viria.

— Certo — responde ela secamente, e vejo como me varre de cima a baixo com os olhos, como se estivesse me avaliando. — Você deve ser a babá nova.

Minha nossa.

— Isso mesmo — digo, mantendo o tom alegre. — Sophie e eu estávamos preparando o jantar... Você quer subir e se juntar a nós?

Iris esquadrinha o ambiente.

— Aiden não está em casa?

— Ele foi trabalhar — respondo, percebendo a tensão no seu tom de voz.

— Hum...

Ela fica em silêncio, apenas entra e fecha a porta. Bem, acho que isso significa que aceitou o convite para jantar.

— Eu fiz queijo quente para nós duas — explico, virando-me para subir a escada. — Mas posso preparar outra coisa se você preferir...

— Eu já jantei, obrigada — responde ela com rispidez.

Acho que vai ser difícil domar *essa* fera.

Deixo o silêncio se prolongar enquanto me aproximo da cozinha para servir um copo de suco para Sophie.

— Há quanto tempo você trabalha aqui?

Olho por cima da bancada e vejo Iris acomodada no sofá, observando Sophie se sentar em uma das banquetas para jantar.

— Não muito — respondo. — Pouco mais de uma semana.

— Você parece tão à vontade — comenta Iris.

— Ah, bem... Aiden e Sophie têm sido muito gentis comigo.

— Desculpe se estou parecendo muito rude — começa Iris. — É que sempre odiei a ideia de deixar a Sophie com gente desconhecida.

— Claro — respondo com um sorriso forçado.

Ela fica de olho em mim enquanto sirvo o suco e só volta a falar quando deslizo o copo para Sophie sobre a bancada.

— Aliás, quantos anos você tem? Parece meio novinha para ser babá.

— Tenho vinte e cinco — respondo com firmeza.

Seja gentil, me obrigo em pensamento.

— Uau. — Iris dá risada. — Você é bem novinha mesmo. Deve ter acabado de sair da faculdade.

— Na verdade, eu ainda estudo — corrijo. — Estou batalhando por uma carreira.

— Ah, é? E o que pretende fazer?

— Terapia ocupacional.

— Nossa! — Ela acena com a cabeça, parecendo quase impressionada, ainda que a contragosto. — Isso é bem surpreendente.

— Espero que seja — respondo antes de mordiscar o sanduíche. — E você? Faz o que da vida?

— Eu tenho uma floricultura.

Solto uma risadinha empolgada.

— Meu Deus! Isso é tão fofo!

Iris me olha de um jeito meio estranho.

— Por causa do seu nome... — explico.

— Ah, tá... — Agora me olha como se eu fosse doida. — Enfim, a Rebecca me ajudava a administrar a loja. Está bem mais difícil fazer tudo sozinha.

Meu sorriso vai embora.

— Ah. Claro. Fiquei muito triste quando ouvi a história.

— Ficou, é? — pergunta ela, categórica.

Dou outra mordida no sanduíche, depois mais uma, querendo fugir daquele clima terrível de tensão. Engulo sem nem mastigar direito, e Sophie faz um joinha para mostrar que gostou do lanche.

— Mamãe sempre me dava flores no meu aniversário.

Abro um sorriso.

— Ah, é?

— Elas eram lindas — conta Sophie.

— Isso é muito fofo.

Percebo que Iris observa essa interação atentamente, como se estivesse me analisando em busca de algum defeito.

Enfio o último naco de sanduíche na boca e percebo que estou sobrando ali.

— Soph, acho que vou lavar umas roupas enquanto você curte sua tia, tudo bem?

— Tudo bem — responde Sophie.

— Ótimo. — Sorrio e coloco meu prato na pia, decidida a lavar a louça mais tarde. — Estarei logo ali se precisarem de alguma coisa. É só chamar.

Arrisco lançar um sorriso na direção de Iris, mas ela não retribui.

— Foi um prazer conhecer você, Iris.

Ela responde com um aceno discreto de cabeça.

— Prazer.

Saio da cozinha mais do que depressa, e vou ao terceiro andar para recolher as roupas sujas de Sophie. Devem estar todas espalhadas pelo chão do quarto e do banheiro. Pelo menos ela nem parece ter notado o clima estranho entre mim e a tia, mas tenho que admitir que estou um tiquinho desconfortável. Está bem claro que Iris acha que eu não deveria estar aqui, e talvez isso complique ainda mais as coisas daqui para a frente. Ainda assim... com base em tudo que Aiden me contou, não tem como não me compadecer dela. Deve ter sido difícil perder a irmã e a sobrinha em uma tacada só. Acho que eu também me afundaria em amargura. Tento me convencer de que haverá tempo de sobra para cair nas graças de Iris, e quem sabe? Talvez possamos até virar amigas. Um dia.

Mas é só me lembrar da expressão fria dela que todo o meu otimismo quase vai por água abaixo.

É, não sei, não.

Passo o resto da noite remoendo a visita de Iris — durante uma rodada de jogos de tabuleiro e até enquanto colocava Sophie para dormir — e talvez seja por isso que não estou conseguindo pregar os olhos. Fico me debatendo na cama por quase uma hora e chego até a cochilar em determinado momento, mas é um sono inquieto. Como aquelas vezes em que estamos despertos o bastante para saber que estamos dormindo, mas inconscientes o bastante para saber que não estamos acordados. Se é que faz sentido.

Até que chega uma hora que desisto de dormir e, em um acesso de raiva, saio da cama e decido ir até a cozinha para tomar alguma coisa. Se não consigo cair no sono, que ao menos eu esteja hidratada. Esfrego os olhos e saio do quarto, depois fecho a porta e subo as escadas.

Não o vejo logo de cara, grogue de sono como estou, e sigo arrastando os pés pela sala, aos bocejos, até chegar à cozinha. Pouco antes de contornar a bancada, porém, escuto alguém ofegar de susto e acabo me assustando também.

— Aiden?

Ele parece surpreso em me ver ali, quase como se tivesse esquecido minha existência. Vejo as olheiras escuras sob seus olhos exaustos, a camisa de botão parcialmente aberta revelando uma camiseta branca por baixo.

— Cassie? Por que você ainda está acordada?

— Desculpe — peço, abafando outro bocejo. — Eu não estava conseguindo dormir.

— Ah. — Ele assente, iluminado pela réstia de luz que escapa da geladeira, com uma garrafa âmbar na mão. — Fiz muito barulho?

Aceno que não.

— De jeito nenhum. Não foi culpa sua. Só tive um dia cansativo.

— Nem me fale — responde ele, soltando o ar pela boca.

Em seguida, enfim fecha a porta da geladeira, e a única fonte de iluminação da cozinha passa a ser a lâmpada fraquinha do exaustor do fogão.

— Dia difícil?

Ele abre a tampa da cerveja.

— Demais.

— Sinto muito.

Então ele toma um gole e estala os beiços ao afastar a garrafa. Mesmo com a aparência cansada, é difícil não reparar em como é bonito. E aí cai a ficha de que estamos sozinhos em um cômodo escuro, sem fazer qualquer coisa além de olhar um para o outro. Não sei se é uma boa ideia.

Coço a cabeça, sonolenta. Meu Deus, estou exausta.

— Conheci a Iris hoje. Ela é... uma figura.

Os lábios de Aiden se contraem em uma linha fina.

— Ela não foi antipática com você, foi?

— Bem, não acho que ela vá me convidar para o aniversário dela ou algo assim — digo. — Mas creio que poderia ter sido pior.

Aiden se apoia na bancada ao lado da geladeira.

— Ah, que bom que pelo menos ela não foi grossa.

— Eu não sabia que a mãe da Sophie tinha uma floricultura — comento, sem nem saber por que estou puxando papo a uma hora dessas.

— Ah, sim. — Aiden assente com a cabeça antes de tomar outro gole. — É uma floricultura bem famosa. Agora a Iris toma conta de tudo sozinha.

— Dá para ver que ela ama a Sophie — observo.

— Sim. A Iris é ótima com ela. Praticamente a criou, na verdade. Não ficou muito feliz quando a Sophie veio morar comigo depois que a Rebecca morreu. A Iris acha que era melhor minha filha ter ficado com ela, já que, em suas palavras, ela foi mais presente na vida da Sophie do que eu. Isso desencadeou um montão de brigas lá no comecinho.

— Mas você é o pai dela — argumento. — É claro que a Sophie deveria ficar com você.

— Essa também foi a opinião do tribunal, mas a Iris... — Ele balança a cabeça. — Às vezes acho que ela só está esperando que eu estrague a porra toda.

Nossa. Sei que estou morrendo de sono, mas sinto um friozinho na barriga ao ouvir a voz grave de Aiden proferir uma palavra tão suja. Definitivamente não é o momento adequado para isso.

— E não ajuda em nada o fato de eu estar mais atolado de trabalho do que nunca — continua ele, suspirando. — Por causa disso, passo mais tempo fora de casa do que gostaria.

Não vou fingir que isso não traz à tona as memórias de infância, quando meus pais, sempre ocupados com as próprias carreiras, faziam questão de me lembrar que eu era um fardo financeiro. Tenho quase certeza de que Aiden não tem nada a ver com meus pais, já que ele parece gostar de passar o tempo com a filha e tenta estar com ela sempre que pode. Por isso, deixo de lado minha visão enviesada e tento enxergar as coisas sob o ângulo dele.

— Eu entendo. Você precisa trabalhar. Além do mais, não é como se você a deixasse largada aqui sozinha. E você aproveita cada momento de folga para ficar com ela, não é?

— Sempre que posso — concorda Aiden, assentindo. — É só que... — Ele solta um som exasperado. — Estou me esforçando ao máximo, mas às vezes acho que não é o suficiente.

— Sinto muito — torno a dizer. — Acho que você não queria ter uma conversa dessas depois de chegar exausto em casa. Não foi minha intenção cutucar a ferida.

— Não, de jeito nenhum. Eu é que peço desculpas por despejar tudo isso em você. É que é um fardo pesado de carregar.

— Não precisa se desculpar — aviso, e vou enfim até a geladeira para pegar uma garrafa de água. — Diremos apenas que um pouquinho de terapia faz parte das minhas funções. Vou enviar a conta por correio.

Os lábios dele se curvam em um sorriso.

— Claro, claro.

— Enfim... Imagino que você esteja cansado. É melhor eu voltar a *não* dormir.

— Claro, não quero prender você aqui — responde ele, rindo.

— É um trabalho ingrato, mas alguém tem que fazer.

Fecho a porta da geladeira, pronta para deixá-lo sozinho, mas sou pega de surpresa quando ele segura meu pulso. Olho para aqueles dedos grossos, cálidos contra a minha pele, e, quando levanto a cabeça para encará-lo, vejo uma expressão preocupada.

— Desculpe — pede em voz baixa. — É só que... Você está bem, né?

Fico confusa com a pergunta.

— Quê?

— Ela não... disse nada para chatear você, né?

— Para me chatear?

Aiden balança a cabeça.

— É só que... espero que ela não a tenha convencido a dar no pé.

— Ah...

Essa ideia nem tinha passado pela minha cabeça. Ok, tudo bem, Iris foi bem seca comigo, mas já sou bem grandinha. Ela não é o suficiente para me abalar.

— Eu estou bem — declaro. — Não se preocupe. Não vou a lugar nenhum.

Dá para ver que ele fica mais relaxado.

— Que bom.

Acho que Aiden finalmente percebe que ainda está segurando meu pulso, pois trata de soltá-lo.

— Desculpe. Eu estou exausto. Nem pensei direito.

— Não tem problema — tranquilizo-o com um sussurro, e aquele friozinho na barriga se transforma em uma nevasca. — Acho que a gente deveria ir para a cama.

Ele arregala um pouco os olhos, e só então me dou conta do que acabei de dizer.

— Não, tipo… — Sinto o rosto arder. — Quis dizer cada um para a sua. Você vai para o seu quarto e eu…

— Claro — interrompe ele, vindo ao meu resgate. A voz dele está mais rouca que antes ou é só impressão minha? — Entendi o que você quis dizer.

— Então tá.

O ar-condicionado parece mais frio do que antes, e os arrepios se espalham pela minha pele, deixando meus mamilos intumescidos sob o tecido fino da blusa. E é só então que me lembro (um pouco tarde demais, devo acrescentar) de que saí do quarto sem sutiã. A ficha só cai por completo quando vejo Aiden dar uma conferida quase instintiva, como se não pudesse evitar. Ouço sua respiração entrecortada enquanto uma onda de calor desliza pelo meu pescoço, e trato de cruzar os braços sobre o peito, morta de vergonha.

Decido que a melhor alternativa é fingir que nem percebi, então mantenho o olhar fixo no meu pé em vez de encará-lo.

— Certo. Enfim… Vou dormir. Até amanhã.

— Claro — responde Aiden devagar. — Até amanhã.

Saio em disparada, andando o mais rápido que posso sem de fato correr, e só paro quando estou diante da escada.

— Boa noite, Aiden.

— Boa noite — responde ele de longe, e percebo que ainda está parado no mesmo lugar.

Acho que só volto a respirar quando estou na segurança do meu quarto, com a porta fechada atrás de mim, as costas apoiadas no batente e os olhos cobertos com as mãos. Só me resta torcer para que estivesse escuro demais para ele enxergar o que quer que fosse. Quero morrer só de pensar que meu chefe, extremamente gostoso, mas proibido, pode ter visto o contorno dos meus mamilos.

Solto um suspiro, frustrada por ter sido tão descuidada, e observo a penumbra do quarto enquanto tento me convencer de que não é grande coisa. De que algumas gafes são inevitáveis em uma situação como a nossa. Com certeza Aiden nem vai mais se lembrar disso pela manhã.

Tudo bem, penso enquanto me enfio debaixo das cobertas. *Não é grande coisa. Não foi nada.*

Mas a verdade é que não consigo parar de pensar na forma como ele olhou para mim.

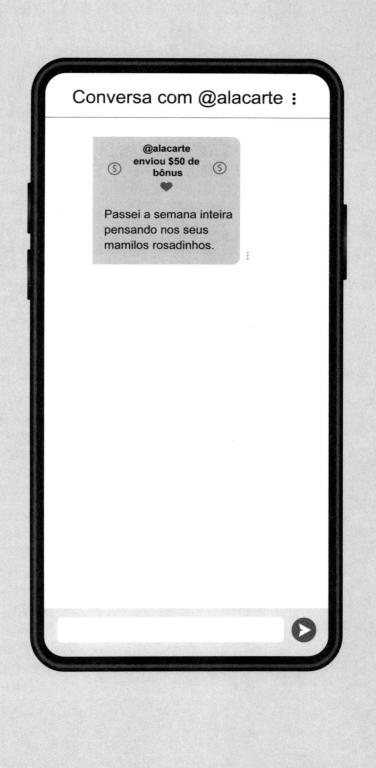

6

Cassie

No fim eu nem precisava ter esquentado a cabeça com aquele momento a sós com Aiden na calada da noite, já que mal o vejo ao longo da semana seguinte. Ele leva Sophie para a escola todos os dias desde então, depois passa o resto da manhã na academia, entrando e saindo do chuveiro de fininho antes de ir para o trabalho. Eu diria até que ele está me evitando, o que só aumenta minha ansiedade, mas acho que não é o caso. Fico com medo de ter criado um clima estranho entre nós, o que acabaria arruinando a rotina tranquila que tínhamos começado a estabelecer. Quando o sábado finalmente chega, posso contar nos dedos de uma mão quantas vezes vi Aiden Reid durante a semana, e olhe que moramos na mesma casa.

Pela manhã, me esgueiro para a cozinha mais cedo do que de costume, ávida pela oportunidade de tomar um café sozinha antes de Sophie acordar. Acho que ainda tenho um tempinho antes de Aiden sair da cama e arranjar alguma desculpa para não falar comigo. Já decidi que não vou me abalar com essa situação. Se o clima ficar estranho entre nós dois, a culpa vai ser toda dele, não minha.

Pelo amor de Deus, sabe. Não foi a primeira vez que o cara viu mamilos. E como se eu não tivesse mostrado os meus para metade da internet no passado... Nem sei por que estou tão incomodada com isso. Não é o fim do mundo.

Começo a me espreguiçar enquanto a máquina prepara o café. O roupão escorrega dos meus ombros e pende, frouxo, quando me apoio na bancada. Enquanto alongo os ombros, sinto um formigamento familiar na coluna. Estico a mão e aliso a pele em relevo, soltando o suspiro habitual ao me lembrar da cicatriz que tenho ali.

Quando o café fica pronto, adoço com mais açúcar do que seria socialmente aceitável — mas nem ligo. Fecho os olhos quando dou o primeiro gole daquela maravilha líquida quentinha, e cantarolo com alegria enquanto ela se encarrega de me acordar. Ainda estou parada ali na bancada, com a percepção equivocada de que ainda passarei um bom tempo sozinha, o roupão pendendo dos ombros e as mãos ocupadas com a xícara de café, quando enfim avisto uma silhueta grande descendo as escadas.

Aiden boceja, o cabelo todo bagunçado, e levanta os braços para se espreguiçar. Com o gesto, a camiseta cinza sobe o suficiente para revelar as linhas trincadas do seu abdômen, logo acima do cós baixo das calças de pijama. Meu olhar é atraído para os músculos definidos, frutos de tantos treinos, e fico sem reação. Sei que não deveria ficar babando nele, sei mesmo, mas... não dá para evitar. Não com um corpo daqueles.

E é bem nesse momento que ele nota minha presença.

— Cassie?

De repente, percebo que o estou encarando, boquiaberta.

— Ah, oi. Você acordou cedo.

— Pois é. — Ele passa os dedos pelo cabelo, distraído, ainda com cara de sono. — Tenho uma reunião agora de manhã.

Ele ainda está parado ao pé da escada, quase como se tivesse medo de chegar muito perto de mim. Isso só aumenta minhas suspeitas de que o clima anda meio estranho entre nós dois.

— Eu fiz café — ofereço. — Se você quiser um pouco.

— Ah, eu quero.

Ele desvia o olhar do meu rosto para a camiseta rosa baby-doll, e logo percebo que é a mesma que eu estava vestindo durante aquele momento desastroso. Será que devo me sentir culpada por estar gostando disso? Mas pelo menos dessa vez estou de sutiã. Já aprendi a lição: nada de sair do quarto sem ele.

Mas dá para ver que ele reconheceu a blusa.

Trato de apoiar a xícara na bancada para ajeitar o roupão, ajusto-o nos ombros e amarro o cordão na cintura para esconder a camisa. Não quero que Aiden fique imaginando meus mamilos enquanto tenta falar comigo.

Pigarreio, tentando não pensar em como estou agindo de forma óbvia.

— Quer que eu coloque açúcar no café?

— Não, gosto dele puro.

Contraio os lábios.

— Sério?

— Eu não gosto de colocar mais nada — admite ele.

Não consigo deixar de sorrir.

— Sabe, eu vivo dizendo que quem toma café puro não tem amor-próprio.

— Não sei se tem muita lógica nisso — responde Aiden, os lábios se curvando em um sorriso.

Não digo nada, apenas me viro para preparar uma xícara de café. Finalmente escuto seus passos cruzando a sala para se juntar a mim na cozinha, depois ouço uma banqueta sendo arrastada logo atrás. É o mais perto que ele chega de mim desde o fim de semana anterior, e tenho que admitir que meus nervos estão à flor da pele. Quase consigo sentir seu olhar em mim enquanto sirvo o café. Será que ele está pensando na última vez que estivemos tão próximos assim? Será que ainda está pensando no que viu, ou por acaso sou a única preocupada com isso?

Termino de servir o café e me viro para entregar a ele, e quando Aiden estica a mão para pegar a xícara, seus dedos roçam nos meus. Sinto a pele formigar àquele toque, que não é interrompido de imediato. Um segundo se passa, talvez mais, antes que ele pegue a xícara. Levanto a minha e proponho um brinde de brincadeira, ainda do outro lado da bancada, enquanto tento não pensar na largura dos seus ombros nessa camiseta ou na calidez do seu toque na minha pele.

— Nossa — começa Aiden, tomando um golinho de café. — Tá quente. — Ele faz uma careta antes de continuar: — Perdi alguma coisa interessante esta semana?

— Bem, comecei a levar a Sophie nas minhas jogatinas clandestinas, mas ela não é lá grande coisa.

Os lábios dele esboçam um sorriso.

— Ah, jura?

— Pois é. — Solto um suspiro dramático. — A garota não sabe blefar. Acho que essa vida não é para ela.

— Não sei se eu deveria ficar feliz ou decepcionado com isso.

— Decepcionado, né. Se ela não consegue jogar nem *blackjack*, imagina como vai ser em Texas Hold'em?

Aiden concorda, sério.

— Verdade, isso parece muito mais educativo do que a tabuada.

— Ah, ela ainda não está pronta para isso, não. Passa dos vinte e um pontos em toda rodada.

Aiden começa a rir, e fico feliz em ver algo além dos olhares furtivos e a silhueta distante de quando ele tentava me evitar. Eu poderia muito bem continuar com esse joguinho de "vamos fingir que nada aconteceu" até que as coisas voltassem ao normal, mas, infelizmente, eu gosto de sofrer.

Desvio o olhar e levo a xícara aos lábios.

— Você não estava brincando quando comentou que ia ficar ocupado, hein?

Aiden suspira e assopra o café.

— Está tudo um caos. Um dos fornecedores atuais não conseguiu fazer a entrega a tempo. Esse é o motivo da reunião de hoje... Vou encontrar outro fornecedor para ver se as coisas voltam aos eixos.

Por seu tom de voz, dá para perceber que ele vai ficar cada vez mais ausente antes que as coisas melhorem. Penso em todas as vezes que Sophie mencionou Aiden ao longo da semana e, por mais que eu saiba que ele não tem o que fazer em relação ao trabalho, me compadeço da garotinha que esperava ao menos conseguir ver o pai nos fins de semana.

Eu sei que não é da minha conta, mas é difícil me conter.

— A Sophie vai ficar com saudade de você durante o fim de semana.

— Aposto que ela vai se divertir mais com você do que comigo — responde ele, com uma risada aérea.

Eu queria muito saber por que Aiden vive se colocando para baixo. Será que acha mesmo que a filha prefere ficar com uma desconhecida a passar um tempo com ele?

— Ela sente sua falta quando você não está aqui — argumento, tentando manter um tom casual. — Dá para ver.

Aiden se põe a observar a xícara, pensativo.

— Também fico com saudade dela. Espero que as coisas fiquem mais tranquilas logo.

Tenho que me conter para não revelar que Sophie não é a única pessoa que notou sua ausência, mas acho que isso só serviria para deixar tudo ainda mais estranho. Afinal, está claro que ele tem me evitado nos últimos dias, e não sei ao certo se trazer o assunto à tona seria melhor ou pior do que simplesmente fingir que nada aconteceu.

— Eu sei que você anda bem ocupado — comento, cheia de dedos, antes de tomar mais um gole de café. — Mal o vi esta semana.

Pronto. Falei. Acho que vou acabar me arrependendo, mas agora já foi.

— Ah. — Vejo a mandíbula dele se retesar, mas também percebo que evita manter contato visual. — Pois é. Tivemos que adiantar um montão de coisas.

— Ah... — Talvez seja verdade. Talvez seja só coisa da minha cabeça. Mas ainda assim... — Eu achei que... sei lá. — Mudo o peso de um pé para o outro, nervosa. — Fiquei com receio de você estar...

Ele finalmente olha para mim e, quando aqueles olhos lindos encontram os meus, até perco o fio da meada.

— Ficou com receio de quê?

— Eu... — Engulo em seco, sem saber como trazer à tona o que tenho chamado de "incidente do mamilo" sem nos matar de vergonha. — Sei lá, só achei que talvez você estivesse me evitando. Depois que... você sabe.

Não consigo ler a expressão no semblante impassível dele, os lábios carnudos contraídos em uma linha fina, o olhar duro como pedra. Eu daria qualquer coisa para descobrir o que está se passando na cabeça dele nesse momento, sem saber se devo me preparar para uma bronca ou uma conversa muito constrangedora, e quando ele enfim faz menção de abrir a boca, posso jurar que estou suando frio.

— Cassie, a verdade é que eu...

— Bom dia — murmura uma voz sonolenta atrás dele, nos assustando.

Sophie, que tinha passado despercebida até então, se arrasta até a cozinha para se juntar a nós, com os olhinhos ainda fechados de sono e os cabelos despenteados. Aiden me olha por um instante, como se ainda estivesse com a resposta engatilhada na ponta da língua, mas logo põe um sorriso no rosto e começa a bagunçar o cabelo da filha.

— Bom dia. Pelo jeito alguém dormiu feito pedra essa noite.

Sophie parece confusa.

— Como assim?

— Ué, olhe seu cabelo — responde ele, achando graça.

Ela estende a mão e começa a alisar os tufos rebeldes.

— O seu também está bem esquisito.

— Ah, é? — Aiden tenta ajeitar o próprio cabelo, e faz careta quando percebe que também está todo bagunçado. — Acho que você puxou a mim.

Sophie apoia a mão na barriga.

— O que tem para comer?

— Comprei mistura pronta de panqueca — aviso. — A gente pode tentar fazer outra vez. É só torcer para não dar tudo errado de novo.

Ela sorri.

— É só o papai nem chegar perto.

— Rá, rá, muito engraçadinhas — protesta Aiden, e então confere o relógio. — Infelizmente, não posso ficar para o café da manhã. Mas pelo menos vocês sabem que não vou estragar as panquecas.

Sophie parece decepcionada.

— Você já vai trabalhar?

— Sinto muito, filha — diz Aiden a ela, e parece sincero. — Mas eu tenho mesmo que ir.

— Ah... — Sophie olha para os próprios pés, depois dá de ombros. — Achei que você ia levar a gente na praia hoje.

O comportamento dela desperta algo dentro de mim, trazendo à tona lembranças de fazer as refeições sozinha enquanto ansiava pela companhia de alguém. Sei que Aiden está bem longe de ser igual aos meus pais, mas a expressão de Sophie desencadeia sentimentos que achei que estavam enterrados havia muito.

— Bem que eu gostaria — responde ele, com honestidade. — Vocês duas vão ter um dia bem mais divertido do que o meu.

De repente, imagino Aiden só de sunga, e sinto que estou prestes a desmaiar.

Ele olha para mim.

— Para que praia vocês vão?

— Coronado. Pensei em almoçar no Del.

— A pizza do Eno's é uma delícia — sugere ele. — Vou deixar um dinheiro para você levar.

Tento recusar com um aceno.

— Ah, o que é isso, não precisa... Pode deixar que eu...

— Você vai passar o dia inteirinho na praia com uma criança de nove anos — interrompe ele, direto ao ponto. — O almoço é por minha conta.

— Tá bom — concordo, revirando os olhos.

Parece estranho aceitar que ele banque uma experiência que também vai acabar sendo divertida para mim, mas tento me convencer de que, tecnicamente, ainda estarei lá a trabalho.

Estou absorta nessa linha de raciocínio quando o olhar de Aiden torna a encontrar o meu, e algo em sua expressão me diz que ele pretendia revelar alguma coisa antes de ser interrompido por Sophie, e que *ainda* pretende. Isso só serve para atiçar minha curiosidade.

— Acho que vou tomar um banho — avisa ele, abrindo um sorriso discreto. — Não quero me atrasar.

— Tudo bem — murmura Sophie, ainda visivelmente chateada.

— Obrigado pelo café — agradece Aiden, seu olhar ainda insinuando todas as coisas não ditas.

— Era café puro — respondo, fazendo careta. — Nem sei se você deveria me agradecer.

— Claro. — O calor do seu sorriso me contagia. — Divirtam-se, hein, meninas? — continua ele, e então se abaixa para dar um beijinho na cabeça da filha. — Não se metam em encrenca.

Fico em silêncio enquanto ele sai da cozinha, e eu poderia até sentir vergonha por estar observando cada um dos seus passos se não o tivesse flagrado me lançando um último olhar antes de desaparecer escada acima.

Bebo o restante do café de uma só vez, sentindo-o por toda a língua enquanto os pensamentos fervilham na minha mente. Uma pergunta se destaca entre as demais, porém, e tenho a impressão de que vou passar o resto do dia pensando nela, talvez até mais.

O que Aiden queria me dizer?

Foi uma ótima ideia trazer Sophie para cá. Ela parece mais feliz do que nunca, e acho que Aiden tinha razão quando sugeriu que a filha gostaria de sair um pouco de casa. Está um pouco mais animadinha do que estava no café da manhã, entretida em construir um castelo de areia com a pá e o baldinho.

Estou distraída enquanto fico de olho nela, a mente tomada pela expressão de Aiden e a forma suave como ele disse meu nome. Talvez eu esteja vendo coisa onde não tem, mas saber que Aiden tem me evitado me deixa apreensiva, e nem sei exatamente por quê. Adoraria dizer que é por estar preocupada que isso possa afetar meu emprego... mas não sei se é só isso mesmo. Bem lá no fundo, acho que sinto falta das nossas conversas. Sei que é bobagem ficar tão preocupada com isso; é mais provável que ele fosse apenas dizer que deveríamos fingir que aquilo nunca aconteceu, o que seria até melhor.

Mas não é tão fácil na prática.

A empolgação de Sophie diminuiu depois do almoço, mas ela ainda não deu o menor sinal de que quer ir para casa. Acho que passaria o dia inteirinho aqui se eu deixasse.

— Ei, psiu — chamo por fim, afastando os pensamentos de Aiden. — Preciso passar mais protetor em você.

Ela faz careta.

— Mas nem estou me queimando.

— Isso é o que você pensa. Se continuar assim, vai ficar parecendo um pimentão.

— Tá bom — retruca ela, a contragosto, e espana a areia do corpo antes de se acomodar ao meu lado na canga.

Então fica de costas para mim, abraça as próprias pernas e apoia o queixo nos joelhos. Pego o frasco de protetor solar na bolsa, esguicho um pouco nas mãos e começo a espalhar uma camada nos ombros dela, que já estão mais rosados do que deveriam.

Ela estremece, e eu estalo a língua.

— Viu só? Bem na hora.

— Tá, tá — resmunga ela.

— Você está se divertindo?

Sophie encolhe os ombros.

— Tô.

— Nossa, que balde de água fria — brinco. — Quem vê pensa que você está aqui catando alga e não brincando.

— Sei lá... — Ela suspira. — É que eu queria que o papai estivesse aqui.

Interrompo o que estou fazendo, sentindo uma pontada de compaixão. Uma parte de mim ainda acha que não devo me intrometer na relação entre pai e filha. Que devo apenas ser paga para fazer o meu trabalho e não me preocupar com outras coisas... Mas é tão difícil. Até porque me afeiçoei a essa garotinha teimosa e possivelmente mais esperta do que eu.

Isso sem contar que, de certa forma, me identifico com ela. Houve uma época em que eu também não queria mais nada além da companhia de pessoas que deveriam se importar comigo. Termino de espalhar o protetor antes de enxugar as mãos na toalha, depois digo a Sophie que já pode voltar a brincar. Ela não se afasta logo de cara, ainda ocupada em observar as ondas quebrando na costa, perdida em pensamentos.

— Você pode se abrir comigo, sabe — ofereço, hesitante.

Ela encolhe os ombros outra vez.

— Não é nada.

— Não existem segredos entre amigas — continuo, em tom sério. — E agora nós somos amigas, não somos?

Ela assente, e tenho que me conter para não dar um gritinho de alegria.

— Acho que somos.

— Então, me conte o que você está aí pensando com seus botões.

— É que eu achei que o papai não estaria tão ocupado hoje.

Sinto um aperto no peito.

— Tenho certeza de que ele adoraria estar aqui com você.

— É, acho que sim — murmura ela. — Eu odeio quando ele está ocupado.

— Isso costuma acontecer muito?

Outra encolhida de ombros, e dessa vez chega a dar dó.

— Às vezes. O trabalho dele é idiota.

— Ah, como assim? Não é idiota. Seu pai precisa trabalhar para poder comprar mais videogames para você, não é?

— É...

Chego mais perto, e ela me observa de canto de olho.

— É só que... — começa a dizer. Dá para ver que está lutando com as palavras, a voz mais suave, como se estivesse com vergonha. — Quando ele passa tanto tempo longe assim, eu fico com muita saudade da minha mãe.

— Ah, docinho. — Estico o braço e pouso a mão nas costas dela, acariciando devagar. — É claro que sente.

Vê-la à beira das lágrimas parte meu coração. É o primeiro sinal de vulnerabilidade que ela demonstrou desde que a conheci.

— Ela era incrível.

— Aposto que sim. Não tinha como ela não ser incrível, sabe. Afinal, criou uma criança legal como você.

— Ela era tão engraçada — continua Sophie. — E vivia contando piada. E toda noite lia uma historinha para eu dormir.

Uma lágrima solitária se esgueira pelos seus cílios inferiores e escorre pela bochecha.

— O papai trabalha até tarde da noite, então...

— Eu sou uma ótima leitora, sabia?

Sophie estica a mão para enxugar o nariz, ainda se esforçando para manter a compostura.

— Já estou velha demais para histórias de ninar.

— Quem disse?

— Sei lá.

— Bem, eu sou *muito* velha e ainda gosto de histórias de ninar.

Ela se anima um pouquinho.

— Gosta mesmo?

— Arrã. Esses dias eu estava pensando que adoraria ler uma história das boas. Será que você pode me ajudar a escolher uma?

Sophie morde o lábio inferior para evitar sorrir, depois desvia o olhar e apoia o queixo nos joelhos outra vez.

— Acho que posso, sim. Se é o que você quer.

— Nossa, você estaria me fazendo um favorzão.

Só conheço essa garotinha há duas semanas, mas estou começando a achar que faria qualquer coisa para vê-la sorrir. Até porque, depois de tudo o que aconteceu, sinto que ela precisa disso.

— Tudo bem — concorda Sophie, com um aceno de cabeça. — Combinado.

— Ei, você sabia que não dá para cantarolar e prender a respiração ao mesmo tempo?

Os lábios dela se contraem.

— Quê?

Tampo o nariz e faço uma cara ridícula enquanto tento cantarolar. Sinto meus olhos cada vez mais esbugalhados, as bochechas inchadas, e Sophie desata a rir.

— Viu? É impossível.

— Não pode ser — argumenta ela. — Eu consigo.

Uma expressão concentrada toma seu rosto enquanto ela repete o que fiz, o nariz tampado e o corpo todo tenso enquanto tenta forçar a garganta a emitir algum som. E continua tentando até seu rosto começar a ficar vermelho, e por fim tenho que puxar suas mãos para que ela não acabe rompendo alguma veia. Não tem como não rir da expressão irritada, como se estivesse com raiva por não conseguir contradizer minha curiosidade aleatória.

Mas percebo que a tristeza parece ter ido embora, então acho que valeu a pena.

— Viu? Falei que era impossível.

— Eu ia conseguir — reclama ela.

— Ah, claro que ia — respondo, achando graça. Dou uma cutucadinha nela com o cotovelo. — Ei. Por que não saímos para passear amanhã de novo? Tem um parque perto de casa. Passar um dia só nós, meninas, foi legal, não foi?

Ela arregala os olhos, interessada.

— Um parque?

— E talvez a gente possa ir a uma livraria para comprar historinhas de ninar. Para você me ajudar e tal, sabe?

Sou recompensada com um sorrisão de orelha a orelha e estendo a outra mão para enxugar uma lágrima teimosa no rosto dela.

— Nada de chorar, combinado?

— Combinado.

— Agora, vamos terminar logo este castelo de areia antes que a gente fique vermelha igual pimentão...

Deixo escapar um grunhido de surpresa quando seus bracinhos me puxam para um abraço repentino; o corpinho de Sophie me envolve naquele aperto caloroso. Fico sem reação por um ou dois segundos antes de abrir um sorriso, passar meus braços ao redor dos seus ombros e apoiar o rosto na cabeça dela.

— Até que você não é tão chata assim — murmura ela com o rosto enfiado na minha camisa. — Para uma babá.

Fecho os olhos e sinto o cheirinho suave de xampu de melancia misturado com água do mar.

— Vou encarar isso como o maior dos elogios.

Rastejo pela areia para ajudar Sophie a construir o castelo, munida de um baldinho enquanto ela me dá ordens a torto e a direito. A melancolia de antes parece ter se dissipado com nossa conversa, e embora eu mesma continue apreensiva por outras razões, saber que Sophie está relativamente bem faz com que eu me sinta melhor.

Tento me convencer de que é por causa de Sophie que estou tão preocupada com aquela conversa com Aiden, que só estou com medo de que ele decida que não devo mais trabalhar lá, e que vou sentir saudade dessa garotinha a quem estou cada vez mais apegada. Qualquer outro motivo seria absurdo. Inclusive qualquer possível interesse no pai da garotinha em questão. É território proibido. E tentar ultrapassar esses limites seria quase o equivalente a invadir a Área 51. Tudo bem se ele continuar me ignorando, desde que eu possa continuar no emprego.

Tento me concentrar no castelo de areia, deixando Aiden e todo o resto de lado, determinada a parar de remoer suas palavras não ditas e seus olhares indecifráveis. Eu nem deveria estar tentando descobrir o que isso significa. Preciso me concentrar em Sophie.

Cassie, a verdade é que eu...

É. Pare de pensar nisso.

Voltamos para casa um pouco mais tarde do que o esperado; Sophie me convenceu a dar uma passadinha na sorveteria, depois no fliperama e, no fim, acabamos jantando por lá mesmo. Já são quase nove da noite quando me vejo diante da porta da frente, com uma criança de trinta e cinco quilos no colo. Ela está tão cansada que nem deve conseguir parar em pé, então a seguro com um dos braços enquanto tento destrancar a porta com a outra mão. Quando estou prestes a jogar a toalha e acordar Sophie, a porta se abre sozinha, me pegando de surpresa.

— Aiden? O que você está fazendo em casa?

— Acabei de chegar — responde ele. — Não teve muito movimento no restaurante hoje.

Ao ver minha situação, ele estica os braços para pegar Sophie no colo.

— Nossa, pelo jeito ela teve um dia e tanto.

— Ah, com certeza — respondo enquanto ele toma a filha nos braços. — Ela me convenceu a passar em um montão de lugares depois da praia.

— Pois é — diz ele, achando graça. — Ela é boa nisso.

Aiden leva um segundo para perceber que ainda estou fora de casa.

— Ah, droga. Espere aí... — Ele dá um passo para o lado para me deixar entrar. — Você deve estar com... frio.

E só então percebo que estou vestindo apenas uma saída de praia por cima do biquíni e do short, que de repente parece muito curto. Aiden pigarreia e desvia o olhar, e eu passo por ele, ciente de que o tecido preto translúcido deixa pouco espaço para a imaginação. Não parecia grande coisa quando saímos de casa mais cedo — afinal, estamos na Califórnia —, mas ali, a poucos metros de Aiden Reid, estar com metade dos peitos à mostra depois do incidente do mamilo parece um pouco demais.

Esta manhã mesmo eu estava prestes a pedir desculpas, determinada a tentar melhorar o clima entre nós, e cá estou eu agora, de biquíni, enquanto ele faz de tudo para não olhar. E tenho que reconhecer seu esforço. De repente, ele parece muito interessado em analisar as paredes do cômodo.

— Que bom que vocês se divertiram — comenta com a voz séria.

Cruzo os braços por cima do peito.

— Foi bem divertido mesmo. Mas Sophie sentiu sua falta.

— Ah, é?

Aiden se vira na minha direção, um gesto tão inconsciente que acho que ele só se dá conta quando seu olhar encontra o meu. Mas aí a ficha cai e ele volta a fitar o chão.

— Eu queria ter ido junto.

— Quem sabe na próxima?

Ele assente.

— Quem sabe...

Pelo amor de Deus, será que o clima tem que ficar tão estranho assim? Precisamos arranjar um jeito de lidar com as coisas se vamos continuar a morar juntos. Eu tenho peitos. O rosto dele foi feito sob medida para tirar meu fôlego. Vamos ter que lidar com isso.

— Enfim — retoma Aiden. — Acho melhor eu levar a Sophie para o...

— Posso perguntar uma coisa?

Eu sei que não deveria. Mas passei o dia todo com isso na cabeça, e ver todo o esforço dele para não olhar para mim não ajudou em nada.

— Pode — responde ele, na lata.

— O que... — Tenho que respirar fundo para criar coragem. — O que você ia dizer hoje de manhã? Antes de a Sophie aparecer.

Ele faz menção de dizer alguma coisa, mas torna a fechar a boca por um instante antes de responder, baixinho:

— Ia dizer que você estava certa. Eu estava mesmo evitando você. Desculpe.

— Ah.

Por essa eu não esperava. Acho.

— Bem, eu entendo — digo. — Foi meio estranho mesmo.

— Não, é que... — Ele solta um som frustrado. — Eu fiquei com medo de você ter ficado desconfortável. E aí só não quis piorar as coisas.

— Eu... ah. Mas eu não... fiquei. Essas coisas acontecem, né? Não foi nada.

— Entendi — responde Aiden. — Que bom. Fico feliz que você não tenha ficado... desconfortável.

— Não fiquei — tranquilizo-o. — Só não quero que o clima fique estranho entre a gente. Acho que é normal rolar uma gafe ou outra, considerando que moramos juntos e tal.

Seu olhar encontra o meu, menos hesitante do que antes.

— Você tem razão. Desculpe se eu piorei as coisas.

— Nada disso. — Tranquilizo-o com um aceno. — E vou, hum, tentar ser mais cuidadosa também. Chega de incidentes com mamilos nesta casa.

Ah, merda.

Quis tirar sarro da situação, mas assim que as palavras saem da minha boca, começo a amaldiçoar minha falta de filtro quando estou nervosa. Aiden arregala os olhos, depois engole em seco, e então dá um aceno rígido com a cabeça, quase forçado.

— Certo — responde com a voz mais baixa do que antes. — Isso seria... É.

Cassie, você consegue ser tão otária às vezes.

— Enfim... Acho melhor eu ir dormir.

— Claro — concorda Aiden, com um aceno tão rígido quanto o anterior. — Também vou levar a Sophie para a cama.

— Ela é mais pesada do que parece — brinco.

— Arrã.

Apesar do que diz, Aiden nem se mexe quando passo por ele, e me despeço com um aceno desajeitado antes de entrar no quarto e fechar a porta atrás de mim. Não sei por que o universo insiste em tornar o clima estranho entre nós dois, mas devo dizer que está de parabéns. Também, sei lá... é só um biquíni. Estamos na *Califórnia*. Aiden deve estar cansado de ver esse tipo de coisa. Viu? Não é o fim do mundo.

Pelo jeito, evitar situações constrangedoras com meu chefe gostoso já virou rotina.

Que ótimo.

Foi um descuido. Fiz de tudo para esconder, mas agora que um dos meus principais assinantes viu, eu me sinto exposta, até envergonhada.

— Eu sei que é horrorosa.

Passo a mão pelo ombro, e os dedos roçam a pele áspera da cicatriz que existe ali. Percebo que estou parada, depois de gozar, esperando que ele encerre a chamada e pare de vir atrás dos shows particulares.

— Não achei nem um pouco horrorosa — diz ele por fim, e seu tom deixa claro que não está mentindo. Sinto que a ansiedade começa a ir embora, e a apreensão diminui ainda mais quando ele volta a falar. — Eu também tenho uma cicatriz, sabia?

7

Cassie

— Cuidado aí! Não vou subir atrás de você se ficar presa.

Sophie ri, pendurada no topo do trepa-trepa.

— Que medrosa!

— Quero só ver se você vai continuar fazendo graça quando precisar da minha ajuda — grito de volta, sentada em um banco ao lado do parquinho.

Já faz quase uma hora que Sophie está brincando enquanto eu faço um trabalho da pós, desviando o olhar da tela do notebook de tempos em tempos para ver se ela está bem.

Aposto que ela vai ficar furiosa quando eu disser que está na hora do almoço; consigo até ouvi-la fazendo manha por não querer ir embora. Mas vou dar um jeito de trazê-la aqui de novo em breve. É uma boa oportunidade para brincar com crianças da mesma idade, já que ela mesma me contou que está com dificuldade de se enturmar na escola.

Assim que termino o trabalho, dou uma olhadinha nos meus e-mails e, para minha insatisfação, tem um do OnlyFans a respeito de algum evento especial. Ainda recebo e-mails deles de vez em quando, e sei que já deveria ter me descadastrado, mas ainda não fiz isso. Não que eu tenha planos de voltar para lá — e, graças ao meu salário atual, nem preciso —, mas mesmo um ano depois de ter desativado tudo, ainda não consigo largar de uma vez por todas. Sei que é besteira. E nem tem como alguém entrar em contato comigo pelo site, mas cá estou eu, toda melancólica, deletando e-mails que não servem para nada — e sempre faço questão de apagar todos.

Guardo o notebook na mochila, jogo as lembranças ruins para escanteio e sigo em direção ao balanço para onde Sophie foi brincar. Ela é mais digna da minha atenção, afinal de contas. Apoio a mochila no chão e me acomodo no balanço vazio ao lado dela.

— Aposto que você não consegue balançar tão alto quanto eu — desafia ela.

— Ah, mas não consigo mesmo — concordo. — Você é muito melhor do que eu.

Sophie sorri.

— Pois é.

— Está se divertindo?

— Muito! Podemos voltar amanhã depois da escola?

— Claro que podemos — respondo, com um sorriso no rosto. — E se a gente chamar o seu pai para vir junto?

Vejo sua expressão vacilar.

— Ele vai estar muito ocupado.

— Será? — argumento. — Ele não vai passar o resto da vida ocupado.

— Sei lá — resmunga ela.

Ajeito o balanço e começo a me impulsionar para a frente e para trás.

— Você já tentou conversar com ele sobre isso? Acho que ele ia gostar de saber como você se sente.

— Eu não quero que ele fique bravo — confessa ela baixinho.

— Mas não acho que ele ficaria bravo. Seu pai não parece ser do tipo que fica irritado com esse tipo de coisa. Ele ama você, sabia?

Ela assente, bem devagar.

— Eu sei. Ele só está ocupado.

Mais uma vez, sinto uma pontada no peito ao lembrar de que tinha que ir sozinha para a cama e preciso me esforçar para não deixar esses sentimentos influenciarem a conversa que estou tendo com Sophie. Não seria justo nem com ela nem com Aiden. Sei muito bem que ele é diferente dos meus pais, que sua ausência é um lapso, não é intencional.

— Por que não vamos almoçar? — sugiro, em uma tentativa de animá-la. — Você deve estar com fome depois de brincar tanto.

— Estou mesmo — admite ela.

— Então vamos. — Eu me levanto do balanço e pego a mochila no chão. — Ah, mas primeiro temos que passar na livraria. Depois vamos correr para arranjar alguma coisa para você comer. Preciso proteger meus tornozelos, sabe.

— Eu não mordo — avisa ela, com uma risadinha.

Estalo a língua.

— Isso é o que você diz.

— Podemos comer pizza?

— Já comemos pizza ontem.

— Mas eu quero.

Ela faz beicinho.

— Ah, claro, esse é um *ótimo* argumento — respondo, rindo.

— Posso carregar a pizza?

— Está quente — aviso. — Você já está carregando os livros.

Ela escolheu um sobre abóboras falantes, outro sobre monstros bonzinhos e um terceiro sobre um unicórnio perdido e segura-os como se sua vida dependesse disso.

— Eu consigo carregar tudo.

— Pode deixar que eu levo. Além do mais, já estamos quase chegando.

— Mas eu dou conta — insiste Sophie.

— Eu sei, mas aí você pode queimar as mãos e vai acabar usando isso como desculpa para não me ajudar a lavar a louça.

— Não vou, não!

Faço uma cara desconfiada.

— Sei, sei... Isso está me cheirando a armadilha.

— Você é tão esquisita — retruca ela.

— E você acha que eu não sei?

— Tá bem, mas quando a gente chegar em casa eu quero...

— Sophie?

Paramos no meio da calçada ao avistar uma figura familiar esperando diante do portão, com um saco de papel nas mãos. Aiden não comentou que Iris faria uma visita, então sou pega de surpresa por essa aparição. Hesito por um instante, mas depois esboço um sorriso para ela.

— Oi! O que a traz aqui?

— Por acaso preciso de motivo para ver a minha sobrinha? — vocifera Iris, com rispidez.

Credo.

— Hum, não — respondo, com uma risada constrangida. — Acho que não. Mas talvez seja melhor você me avisar com antecedência da próxima vez, assim posso trazer a Sophie para casa mais cedo.

— Arrã — retruca ela, antes de abrir um sorriso para Sophie. — Não vai abraçar a sua tia, não?

Sophie retribui o sorriso e se joga nos braços da tia.

— Como foi a escola esta semana, meu bem?

Sophie dá de ombros.

— Foi normal.

— Já fez amigos?

— Ainda não — responde ela, com um suspiro.

— Mas vai fazer, não se preocupe — tranquiliza Iris com doçura.

Ela parece outra pessoa com Sophie.

— Trouxe uns livros para você — continua Iris, e então vê a pilha nos braços da sobrinha. — Mas pelo jeito alguém foi mais rápida do que eu.

Sério, parece que só estou dando bola fora com essa mulher.

— Não tem problema — avisa Sophie. — A Cassie pode ler os seus também.

— Ah, aposto que sim — responde Iris.

Sophie pega a embalagem das mãos da tia e sorri para mim, e faço o possível para retribuir. Não sei muito bem como lidar com essa situação estranha em que me meti, mas, pelo bem de Sophie, tento manter a compostura.

— Ei, Soph, se importa de levar a pizza lá para dentro? Já estou indo também. — Hesito antes de entregar a caixa para ela. — Mas tome cuidado — alerto. — Ainda está quente.

— Tudo bem — responde Sophie, toda alegrinha, antes de equilibrar os livros em cima da caixa. — Tchau, tia Iris.

— Tchau, meu amor. Logo a gente se vê de novo.

Nós duas ficamos em silêncio enquanto Sophie atravessa o portão, e Iris espera que ela esteja em segurança dentro de casa antes de continuar, com um tom mais severo do que antes:

— Pelo jeito não tem nem sinal do pai dela de novo, né?

— Ele está trabalhando.

Iris ri, mas não parece achar graça.

— Ele está sempre trabalhando.

— Desculpe, mas não acho que seja errado ele trabalhar para garantir o sustento da filha.

Iris me encara com as sobrancelhas arqueadas.

— E o que você tem a ver com isso? Você é só a babá. — Vejo um ar de curiosidade no olhar dela. — A não ser que esteja mais... envolvida do que parece. Qual exatamente é a sua função aqui?

— Estou aqui para tomar conta da Sophie — declaro. — Olhe só, acho que começamos com o pé esquerdo. Não quero prejudicar seu relacionamento com a Sophie. De jeito nenhum. Acho que ela precisa de todo o carinho que puder receber. Não quero que ela fique confusa.

— Ora, mas ela já deve estar bem confusa, considerando que o pai nem se dá ao trabalho de ficar com ela.

Cruzo os braços.

— Isso não é justo.

— Injustiça é o que não falta nessa situação — responde Iris, amargurada.

— Escute, eu até entendo seu lado, mas você não pode...

— Você nem sabe qual é o meu lado — interrompe ela. — Você nem me conhece. E mal conhece a Sophie. Não sei o que o Aiden andou lhe dizendo, mas ele não é...

— *Ei!*

Ela me encara, surpresa, parecendo tão chocada quanto eu com a minha intromissão.

— Desculpe — trato de acrescentar, mais baixo. — Mas não posso ficar aqui escutando você falar mal do pai dela para mim. Você tem razão.

Ainda não conheço a Sophie e o Aiden tão bem assim, mas dá para ver que ele está se esforçando. Ele é o pai dela, sabe? Você não acha que ficar com ele é o melhor para a Sophie?

Iris me olha por um bom tempo, quase como se estivesse tentando me decifrar.

— Eu não preciso de uma lição de moral sua — retruca por fim. — Você não sabe nada. Está totalmente por fora. E, para ser sincera, nem é da sua conta.

— Bem, querendo ou não, a *Sophie* é da minha conta — revido. — É o meu trabalho cuidar dela, e você brotar aqui do nada também faz com que seja da minha conta.

— Sabe o que é engraçado? — diz Iris alguns instantes depois. — Você é bem mais nova do que as outras babás que a Sophie já teve. E mais bonita. Por que será, hein?

Sinto minhas orelhas formigarem, mas estou determinada a não responder a suas insinuações.

— Acho melhor você ir embora — aviso da forma mais educada que posso. — Dá para ver que você está chateada.

— Chateada — repete Iris, com uma risada seca, ainda me olhando de um jeito que me causa repulsa. — Claro. Diga a Aiden que entrarei em contato.

Eu a vejo se afastar em direção ao carro, e espero até que esteja atrás do volante para enfim entrar na casa, praguejando baixinho a cada passo que dou. Não consigo entender o que fiz para Iris me odiar tanto, mas já ficou claro que não existem conversas educadas e sorrisos forçados suficientes para aplacar todo aquele ressentimento reprimido. Céus, continuo abalada mesmo quando já estou dentro de casa. Mas tenho que dar o braço a torcer, porque Iris estava certa a respeito de uma coisa: estou bem mais envolvida nisso do que deveria.

E eu achando que o mais complicado seria falar com Aiden sobre os sentimentos da Sophie.

***

Fiz questão de estar totalmente vestida dessa vez, com direito a sutiã e tudo. Depois que Sophie foi dormir, decidi esperar por Aiden no segundo andar, com o discurso já na ponta da língua, crente que bateríamos um papo rápido sobre o que conversei com Sophie antes de encerrar com uma breve menção cuidadosa ao meu último encontro com Iris. Mamão com açúcar.

Mas jamais imaginei que eu acabaria pegando no sono no sofá muito antes de Aiden aparecer.

Nem sei que horas são quando acordo, despertada por um xingamento abafado vindo da cozinha. Tento acostumar os olhos à escuridão, ainda sonolenta, o ambiente iluminado apenas pela luz fraca do exaustor. O que vejo é o suficiente para me acordar de vez, e fico sem reação quando percebo que, por algum motivo, Aiden está parado no meio da cozinha... sem camisa.

Levo um momento para processar a cena: Aiden está usando o que suponho ser sua camiseta para enxugar a bancada. Imagino que tenha entornado a lata de cerveja, cujos contornos mal consigo discernir, e achado que o melhor a fazer era usar a blusa como pano de prato. Não foi lá uma decisão das mais sensatas, mas quem sou eu para julgar? Sei que preciso falar alguma coisa, alertá-lo de que estou paralisada em meio ao breu da sala de estar, mas não consigo. Não era para ser tão difícil assim.

Até porque mal consigo tirar os olhos do seu corpo seminu.

Só consigo vê-lo da cintura para cima atrás da bancada, mas é o suficiente para saber que todas aquelas idas à academia... valeram muito a pena. O corpo de Aiden parece definido nos lugares certos, e sou invadida pelo desejo de acariciar aquelas linhas proeminentes e explorar os sulcos da sua pele. Uma vontade nada apropriada quando o dono do corpo em questão é o meu *chefe*. Mas duvido que alguém fosse me julgar se pudesse ver o que estou vendo. Aiden solta outro palavrão naquela mesma voz baixa que me acordou, e a situação como um todo me desperta sentimentos totalmente inadequados.

Não é justo que ele seja tão bonito assim. Isso sem contar que é gentil e engraçado e está se esforçando muito para cuidar da filha... Meus ovários estão prestes a fundar um fã-clube para ele.

Sei que quanto mais eu demorar, mais esquisito vai ser quando ele finalmente notar minha presença, e por mais que eu queira admirá-lo em silêncio, sei que vim até aqui por um motivo.

— Aiden?

Ele toma um susto e se vira para esquadrinhar a sala, a camiseta ainda bem firme nas mãos.

— Cassie?

— Desculpe — começo, empertigando-me no sofá. — Acabei caindo no sono.

— Ah... Isso é...

Ele olha para baixo como se de repente se lembrasse de que está seminu, depois endireita os ombros e tenta se cobrir com a camiseta molhada. Não que faça alguma diferença.

— Eu derramei a cerveja — explica ele.

— Percebi.

— Acho melhor eu... ir buscar outra camisa. Desculpe se acordei você.

— Aiden, espere aí.

Ele se detém no meio do caminho, ainda parado atrás da bancada enquanto me levanto do sofá. Ajeito o roupão e sigo na direção da cozinha, pensando que pelo menos um de nós vai ficar com o corpo todo coberto esta noite.

— Eu queria conversar com você — aviso. — Por isso estava esperando no sofá.

Mas não faço ideia de como vou conseguir manter essa conversa enquanto os mamilos de Aiden estão bem ali, na minha cara.

Parece que o jogo virou, hein?

— Sobre o que você queria conversar?

— Sobre a Sophie.

Uma expressão preocupada toma seu semblante.

— Ela está bem? Aconteceu alguma coisa?

— Ela está ótima, não se preocupe — trato de tranquilizá-lo. — É só que... ela se abriu comigo hoje. Disse que sente muito a sua falta quando você não está em casa.

Vejo a tristeza estampada em seu rosto, e quase me arrependo de contar tudo a ele.

— Ah.

— Nem sei se eu deveria estar falando essas coisas para você, mas parte meu coração ouvir o quanto ela sente a sua falta.

— Não, foi bom você ter me contado. Mas não sei o que posso fazer para resolver isso agora. Tem muita coisa acontecendo no restaurante, você sabe.

— Sim, eu sei — continuo. — Mas acho que isso está afetando a Sophie.

— Eu bem que falei que meu trabalho era um inferno às vezes.

— E eu entendo, juro — prossigo, cheia de dedos. — Mas... nos últimos tempos, você tem ido trabalhar até no fim de semana, assim que termina o café da manhã. Às vezes até antes.

— Eu não tenho muito controle sobre isso — explica ele, exausto. — É o meu trabalho. Não posso simplesmente mandar todo mundo à merda.

— Não estou tentando dar uma lição de moral — aviso. — Só estou preocupada com a Sophie. Já percebi que ela não gosta muito de tocar no assunto da mãe, mas... quando você não está aqui, a Sophie sente ainda mais saudade dela.

Aiden fica boquiaberto, sua expressão suavizando.

— Ela falou isso?

— Falou — respondo baixinho.

Ele esfrega o rosto com as mãos.

— A Sophie nunca fala sobre a Rebecca. Nunca. Sempre tento fazer com que ela se abra comigo, mas... — Ele fecha os olhos, depois respira fundo. — Ela sempre age como se estivesse tudo bem.

— Acho que ela fica preocupada com você — arrisco dizer. — Ela tem medo de magoar você com essas coisas.

Ele solta uma risada amarga.

— Até minha filha acha que não sirvo para cuidar dela.

— Ei, nada disso. — Faço menção de ir até ele, mas me interrompo. Sei que não seria apropriado. — Não acho que seja o caso, Aiden. Pelo que eu vejo, ela só está preocupada com os seus sentimentos, assim como você está com os dela.

— Eu juro que estou tentando — desabafa ele. — Sei que a Iris deve achar que sou o pior pai do mundo, e talvez eu tenha sido mesmo no passado, mas agora... juro que estou me esforçando.

— Eu acredito em você — digo, porque acredito mesmo. — Sei que deve ser mais difícil saber a melhor forma de lidar com alguém como a Sophie. Ela parece tão durona.

— Parece mesmo — concorda Aiden. — É mais durona que eu. — Ele balança a cabeça. — Não era isso que você tinha em mente quando se candidatou a essa vaga, hein? — comenta ele com uma risada seca. — Aposto que não imaginou que teria que bancar a terapeuta familiar.

— Não, não tem problema. Sério. Posso mandar outra conta por correio — brinco, tentando aliviar o clima.

Sou recompensada com uma risada abafada.

— Claro.

— Olha só, eu sei que você já está lidando com um monte de coisa, então me sinto péssima por despejar mais isso em você agora, mas é que...

Posso ver o cansaço estampado no rosto de Aiden, e não apenas por causa de um dia difícil. É uma espécie de exaustão que parece pesar sobre ele de dentro para fora.

— Eu me importo muito com vocês — continuo, e o vejo arregalar os olhos, então desvio o olhar. — É que me identifico um pouco com o que Sophie está passando e não quero que ela cresça cheia de dores assim como eu cresci. Nem você, aliás.

— Também não quero isso para ela — enfatiza Aiden. — E sinto muito que isso tenha trazido lembranças dolorosas para você.

— Ah, não, está tudo... — Fecho a boca quando as memórias começam a jorrar sem serem convidadas e sinto um aperto no peito. — Você não tem nada a ver com meus pais, Aiden. Juro.

— Foi tão ruim assim?

— Você nem imagina. — Dou uma risada amarga. — Meus pais eram horríveis. Passei a infância inteira tendo que ouvir que eles tinham que se matar de trabalhar por minha causa. Como se eu fosse um fardo... Como se eles preferissem que eu nem tivesse nascido.

O semblante de Aiden se contorce em empatia.

— E era verdade?

— Acho que a minha sorte foi eles serem tão religiosos — comento, com uma risada seca. — Caso contrário, eu nem estaria aqui.

— Cassie...

Percebo que ele está tentando achar a coisa certa a dizer, e nem acredito que despejei tudo isso nele. Em geral, faço o possível para evitar o assunto.

— Eu sinto muito por isso — conclui ele, enfim.

— Está tudo bem — respondo com leveza, ignorando a pontada de dor no peito. — Só quis contar isso a você porque meus pais... nunca foram presentes. Eu tinha que ir para a cama sozinha e preparar meu próprio jantar. Passava os fins de semana conversando com uma quantidade absurda de amigos imaginários só para fingir que tinha algum tipo de contato humano. Esse tipo de solidão pode arruinar a cabeça de uma criança.

Olho direto para ele antes de continuar:

— Mas você não é igual a eles. E sei disso porque sei identificar pais horríveis que não se importam com os filhos. E eu sei que você se importa com a Sophie, Aiden.

Ele me encara de um jeito estranho, como se estivesse vendo mais do que eu gostaria. Estou um pouquinho envergonhada por ter sido tão franca assim, e espero que ele diga algo logo para amenizar o clima.

— Eu sinto muito por isso — diz ele outra vez. — Eu não... Obrigado por me contar essas coisas.

Respiro fundo.

— Desculpe se passei dos limites.

— De jeito nenhum! Você tem razão — continua Aiden. — Tem toda a razão. Eu estou metendo os pés pelas mãos.

— Não está — argumento. — Sério, Aiden. Você é humano. É normal não fazer tudo direitinho. Eu só achei que... você gostaria de saber que a Sophie fica com saudade quando você não está aqui.

Aiden abaixa a cabeça, alisa os cabelos em um gesto nervoso e deixa escapar um suspiro.

— Eu sei. Mas preciso melhorar.

— Não estou falando isso para fazer você se sentir mal — insisto. Mordo a parte interna do meu lábio, com medo de passar da linha outra vez. — Só quero que vocês sejam felizes — concluo. — Só isso.

Tenho a sensação de que todo o meu corpo está ficando quente sob o olhar atento de Aiden, sua expressão se transformando em algo sério demais para o que representamos um para o outro. Isso me deixa tonta.

— Sinto muito que você tenha precisado remoer essas experiências dolorosas — diz ele baixinho, quebrando um pouco do encanto. — Mas obrigado por me contar.

— Está tudo bem — respondo no mesmo tom. — Agora é tudo passado.

— Mesmo assim — insiste. Meu olhar encontra o dele, e aquele mesmo calor ameaça acabar comigo. — Obrigado.

Então me lembro de que tinha outro assunto para tratar com ele, e parece quase cruel despejar mais um fardo em seus ombros. Mas acho que é melhor falar tudo de uma vez, na lata.

— E acho que você precisa saber que... — Faço uma careta. — A Iris passou aqui hoje de novo.

— Ah, claro que ela fez isso. — Ele puxa o ar pela boca, depois o solta. — Já cansei de pedir para ela me avisar antes de vir, mas às vezes ela gosta de dificultar as coisas. Acho que ela adoraria me desmascarar como um pai de merda.

— Você não é um pai de merda — protesto. — Lembra do que eu falei? Os filhos só querem que os pais se esforcem.

Ele assente, sério.

— Sei que posso melhorar. Sei mesmo. Vou ser mais presente. Prometo.

— Sophie vai adorar.

E eu também, penso.

Fico inquieta de repente, sem saber a melhor forma de contar o resto. Coço o braço, depois olho para os meus pés e por fim limpo a garganta.

— Enfim, também acho que você precisa saber que a Iris... insinuou algumas coisas — continuo. — Ao meu respeito.

— Quê? — O semblante de Aiden enrijece. — O que ela falou para você?

— Ela estava falando mal de você, aí tentei sair em sua defesa, e talvez ela tenha... dado a entender que eu estava... mais envolvida do que deveria.

Aiden não entende logo de cara.

— Como assim?

— Ela... — Ah, céus, ele vai me obrigar a dizer em voz alta. — Acho que ela quis insinuar que estava rolando alguma coisa... inapropriada... entre nós dois.

— Como é que é?

— Eu sei, é um absurdo, mas... Não quero que ela me use contra você, então achei melhor contar tudo de uma vez.

— Entendi — responde ele, engolindo em seco. — Um absurdo.

Ai, essa doeu. Tudo bem que eu tinha acabado de dizer isso, mas ouvir da boca dele doeu mesmo.

— Achei que você deveria saber. Sei lá... talvez a gente possa bolar algum tipo de cronograma para a Iris vir mais vezes. Acho que a Sophie vai gostar de passar mais tempo com a tia.

— Até que não é uma má ideia — pondera Aiden. — Vou falar com ela.

— Mal não vai fazer — comento.

Ele ainda parece um pouco desorientado.

— Você me defendeu?

Tento bater em retirada, mas mudo de ideia.

— Hum... defendi?

— Você não precisava ter feito isso.

— Eu só falei a verdade.

— Ah. Muito... obrigado.

— Eu já disse — insisto. — Você é um bom pai, Aiden. Tenho certeza.

Ele assente devagar, depois me olha com uma expressão indecifrável.

Decido retomar o plano de sair de fininho, porque não quero deixar as coisas ainda mais estranhas do que já estão.

— Nossa, estou começando a achar que a gente não devia falar nada depois das onze da noite — brinco, dando risada.

Os lábios dele esboçam um sorriso.

— Pois é, parece que sempre dá tudo errado.

— Exatamente. Bem, acho melhor eu ir para a cama.

— Claro.

Ele começa a contornar bancada e, quando me lembro que ele ainda está sem camisa, me seguro para não espiar.

— Vou mexer uns pauzinhos no trabalho amanhã para conseguir tomar café aqui. E vou conversar com a Iris. Prometo.

— Eu acho mesmo que a Sophie vai ficar muito...

Esqueço tudo o que estava prestes a dizer quando Aiden termina de contornar a bancada, e não tem nada a ver com o fato de ele estar sem camisa. Está tão escuro que mal consigo discernir muita coisa, mas, mesmo sem nunca ter visto aquilo antes, sinto o coração acelerar no peito e o sangue martelar nos ouvidos. Não sei quanto tempo Aiden demora para perceber que meu olhar está fixo em um pontinho bem ao lado do seu umbigo, onde a pele é mais escura e saliente.

— Ah — diz ele, rindo. — Sei que é meio esquisita. Está aqui há muito tempo.

— Isso é um... coração.

— Sim, até que parece, né? Tenho desde o curso de gastronomia. — Ele toca a cicatriz, distraído. — Eu me queimei com óleo quente... A droga da panela escorregou da minha mão. Fui um chef meio destrambelhado nesse dia.

Mal consigo respirar, e meu pânico só aumenta a cada palavra que ele diz. Nem parece real... ver aquilo, ouvir aquilo... é muita coincidência. Não entra na minha cabeça. Examino a queimadura em forma de coração no seu abdômen por mais tempo do que seria apropriado e enfim desvio o olhar, fixando-o no rosto cada vez mais confuso de Aiden.

— Estou exausta — deixo escapar, sentindo os joelhos fraquejarem. — Acho melhor eu ir dormir.

— Ah... tá bom — responde ele devagar.

Deve estar se perguntando por que fiquei tão estranha de uma hora para outra. Mas não tenho alternativa. Preciso sair de perto dele *agora*.

— Boa noite, Aiden — trato de me despedir enquanto me afasto, sua cicatriz ainda fresca na minha mente, assim como todas as outras lembranças associadas a ela.

Não, não, não. Não pode ser.

Corro escada abaixo e, se ele achou estranho, ao menos não veio atrás de mim para perguntar. Só desacelero o passo quando já estou na segurança do meu quarto, o coração prestes a sair pela boca, e me acomodo na beirada da cama, em transe.

— *Eu também tenho uma cicatriz, sabia?*

— *Sério? Aposto que não é tão feia quanto a minha.*

— É bem grande e parece um coração. Ou seja, não serve nem para me dar um ar descolado.

— Como ela foi parar aí?

— Ah, eu me queimei com óleo quente uns anos atrás. Muito destrambelhado.

Já ouvi essa história antes... sussurrada pelo computador por um homem cujo rosto nunca vi. Um homem que quase me fez acreditar — antes de sumir da minha vida — que se importava comigo.

Eu o conhecia como "A". Só faz um ano... Não é um absurdo que eu não tenha reconhecido sua voz? Que não tenha ligado os pontos até agora? Depois que ele sumiu do mapa, achei que tudo não tinha passado de uma experiência ruim; que eu deveria atribuir aquilo à minha ingenuidade, uma consequência de ter me aproximado de alguém que estava pagando para me ver gozar. E cá estou eu, um ano depois, sem conseguir me descadastrar do *mailing* do OnlyFans, alimentando a fantasia boba de que ele vai tentar me encontrar depois de todo esse tempo, mesmo sabendo que seria quase impossível, mesmo *se* ele quisesse. Afinal, deletei minha conta em meio a um episódio depressivo pós-término. E isso nem faz sentido, porque nunca nem chegamos a ficar juntos. Era só um cara por quem me iludi. Achei que o conhecia. Achei que era alguém que eu nunca tinha visto pessoalmente e que nunca chegaria a ver. Mas percebo agora que não é o caso.

A verdade está escancarada, acho, por mais assustadora que seja. Achava que meu período no OnlyFans era coisa do passado, mas ele deu um jeito de se materializar na forma do exato motivo que me fez largar essa vida. O homem que me conquistou e depois desapareceu, fazendo com que eu me sentisse um lixo.

Porque Aiden Reid, meu chefe muito gostoso, mas extremamente proibido, era um dos meus assinantes.

E um dos mais assíduos.

8

Aiden

Já faz uns vinte minutos que Cassie foi dormir, e ainda estou debaixo do chuveiro, tentando entender o que eu fiz de errado. Sei que ela tem razão, que estou me sabotando no que diz respeito a Sophie e até mesmo na questão com Iris. E fui sincero quando disse que tomaria as providências necessárias para corrigir isso. Achei que a conversa tinha fluido relativamente bem, por isso não consigo entender por que as coisas desandaram mais para o final.

Por mais que tenha sido um assunto pesado, achei que estava tudo bem entre nós... ou ao menos foi o que me pareceu. Então, por que Cassie saiu correndo do nada? Não me esqueço da sua expressão, uma mistura de surpresa e pânico, e por mais que tente entender, não consigo. Tão diferente da forma como ela estava me encarando momentos antes.

Isso também não sai da minha cabeça.

Percebi que seu olhar se demorava em mim por mais tempo do que de costume e, tudo bem, jamais pensei que ela iria me flagrar sem camisa no meio da cozinha, mas tenho certeza de que aquele olhar não foi fruto da minha imaginação. Sei muito bem que eu não deveria ter prestado atenção, que deveria ter ignorado por completo, mas não consegui evitar.

Talvez não seja nem um pouco apropriado deixar a imaginação correr solta no que diz respeito a Cassie. E sei que não é certo, sei mesmo, mas, se vale de alguma coisa, ao menos estou me esforçando para cacete para afastar esses pensamentos. Sobretudo depois do nosso... incidente, naquela noite em que ela me contou sobre a primeira visita de Iris.

Apoio a cabeça na parede do boxe e fecho os olhos enquanto a água escorre pelo meu cabelo. É involuntário pensar naquela camiseta justinha, que evidenciava algumas partes do seu corpo que eu não deveria ter visto. Aliás, fiz de tudo para não recordar a cena ao longo da última semana. Cheguei até a me afastar de Cassie. A verdade é que eu não deveria ficar pensando naquela boca macia dizendo que não vai a lugar algum, ou no seu rosto corado quando cometeu o deslize de dizer que deveríamos ir para a cama. E, acima de tudo, não deveria ficar pensando na forma como os mamilos dela ficavam marcados por baixo da blusa justinha.

É difícil não nutrir pensamentos inapropriados em relação a ela. Chega a ser torturante.

Deixo a água fria escorrer pelo meu corpo, uma tentativa de acalmar minha imaginação traiçoeira, e estremeço de leve antes de desligar o chuveiro. Ajuda, mas quase nada. Continuo sem entender por que Cassie mudou de uma hora para outra, e o que a motivou a fugir em disparada segundos depois de estarmos rindo juntos. Olho para a cicatriz escura no meu abdômen, pensativo. Foi quase como se Cassie tivesse ficado assustada ao ver a marca, mas isso nem faz sentido.

Já é tarde da noite quando enfim me enxugo e visto o pijama, os olhos ardendo de sono. Antes de ir para a cama, vou me arrastando até o quarto de Sophie para dar uma olhadinha nela. Está toda esparramada no colchão, com uma perna para fora do edredom, e ronca baixinho. Sorrio e chego mais perto para dar um beijinho na testa dela. De repente me lembro de tudo o que Cassie contou e sinto uma pontada familiar de culpa no peito.

Esse tipo de solidão pode arruinar a cabeça de uma criança.

Faço outra promessa silenciosa de ser mais presente. Sophie merece.

Eu me esgueiro para fora do quarto em silêncio e suspiro baixinho antes de fechar a porta atrás de mim. Estou no terceiro andar, mas minha mente está distante — dois andares abaixo, onde sei que não deveria estar. Chega a ser ridículo cogitar a ideia de ir ver se Cassie está bem, então afasto esse pensamento e sigo em direção ao meu próprio quarto. Já passou da meia-noite, e sei que preciso descansar depois desse dia de cão e me preparar para pegar no batente amanhã à noite, mas não consigo pregar os olhos.

Você é um bom pai, Aiden. Tenho certeza.

Por que parece tão importante que ela pense isso?

Fecho os olhos e me apoio na cabeceira da cama. Talvez eu esteja em uma enrascada das grandes. Falei para Cassie que a evitei pelo seu próprio bem, e por mais que tenha um fundo de verdade nisso, o real motivo é que, desde aquela noite, só consigo pensar nela de um jeito nada apropriado, considerando que sou seu chefe. Isso sem contar a nossa situação. Ela acabaria pedindo demissão se descobrisse a verdade, e como parece ser a *primeira* babá a cair nas graças de Sophie, não quero arriscar de jeito nenhum. Rio com amargura, pensando que tenho um talento nato em nutrir interesse apenas pelas mulheres erradas.

Parece que sempre acabo me envolvendo com quem não deveria.

Deslizo os dedos pela bainha da camisa, depois me ponho a tracejar as bordas irregulares da cicatriz enquanto me lembro da vez que contei sobre ela a uma mulher a quem eu tinha começado a me afeiçoar. Não é de se admirar que a reação de Cassie traga à tona a lembrança dessa mulher que me esforço tanto para esquecer. Afinal, a cicatriz lhe causou o mesmo espanto. Pensando bem, acho que ela foi a última pessoa com quem toquei no assunto. Uma tentativa desesperada de me conectar a alguém que estava insegura em relação a suas próprias cicatrizes. Foi uma burrice sem tamanho da minha parte.

Eu já estava familiarizado com o OnlyFans mesmo antes de ele virar um fenômeno. Ao que parecia, todo mundo já tinha ouvido falar do site, e comigo não foi diferente. A questão é que, antes de ir atrás, achei que não fazia muito meu estilo.

Talvez tenha sido afetado pela solidão de trabalhar tanto, praticamente sem oportunidades de conhecer pessoas novas. Talvez tenha sido por isso que, certa noite, aceitei a sugestão de um colega de trabalho e acabei me rendendo ao OnlyFans. Encontrei o perfil dela por acaso, e embora seu rosto estivesse parcialmente coberto por uma máscara, algo nela me atraiu.

Tudo começou com uma olhadinha inocente, só uma espiada na página aberta ao público, projetada para convencer as pessoas a se tornarem assinantes. E funcionou. Nem precisou de muito. A princípio, eu comprava os vídeos que ela postava. Eram sempre dela sozinha, na frente da câmera, com uma música suave ao fundo. Mas havia alguma coisa nessa mulher cujo rosto eu não via e cujos cabelos estavam sempre cobertos por uma peruca brilhante... alguma coisa que me fisgou.

Então, comecei a pagar por sessões particulares. Na verdade, isso chega a ser ridículo. Comecei a pagar por *muitas* sessões do tipo. Era tão fácil acessar o Skype com a webcam desligada. Tão fácil me deixar levar pela fantasia de um showzinho feito só para mim. Como se, para ela, não existisse outra pessoa no mundo além de mim. Acho que a ideia de ter que dividi-la com outros assinantes começou a me deixar... enciumado. Ou algo assim. Não é absurdo? Não é ridículo que eu tenha passado a romantizar meus encontros com uma mulher que eu estava pagando para ver gozar?

A questão é que... ela também parecia solitária. Até me disse isso uma vez. Mais de uma vez, na verdade. Acho que minha ilusão nasceu daí. Foi fácil acreditar que ela me achava especial, mas o que tivemos nunca foi verdadeiro. Ela nunca teve a intenção de me conhecer pessoalmente. Por mais que dissesse que sim. O chá de sumiço que ela me deu foi prova viva disso.

Ainda hoje me lembro das curvas suaves do seu corpo, do quadril que clamava pelas minhas mãos e dos seios que clamavam pela minha boca, e quando ela se tocava, quando seus dedinhos finos deslizavam pelas suas reentrâncias molhadas para me provocar noite após noite... bem. É claro que fiquei um pouco obcecado. Até porque, em muitas noites, aquilo parecia ser tudo o que eu tinha.

Só de pensar nisso me sinto enrijecer sob o pijama, um anseio latejante por uma mulher cujo nome jamais descobri. Mesmo depois de todo esse tempo, ela ainda me afeta. Eu a conhecia como Cici, mas não sou idiota o bastante para achar que esse era seu nome verdadeiro. Mais um lembrete de que tudo aquilo não passou de uma ilusão.

Sibilo entre os dentes e pressiono a mão contra o tecido estirado, e por mais que me sinta patético por ter que recorrer a isso, sei que a essa altura não tenho muitas opções para me aliviar. Ando tão ocupado com o trabalho e com Sophie que não sobra tempo para sair com alguém. Fecho os olhos e mordo o lábio inferior quando enfio a mão na calça e envolvo o calor do meu pau, deixando escapar um suspiro conforme faço movimentos de vaivém. Sinto o líquido escorregadio verter pela ponta e se espalhar. Mergulho nas lembranças daquela mulher mascarada de nome falso, com aqueles dedos que exploravam por entre as pernas e beliscavam os próprios mamilos só para mim, tudo só para mim.

Mesmo naquela época, pensei em como ela se sentiria se eu pudesse tocá-la. Como seria se fossem as *minhas* mãos ali a provocá-la. Depois de um tempo, essa possibilidade me pareceu cada vez mais concreta. Ela me levou a acreditar que me queria tanto quanto eu a queria. Então, por que ela desapareceu? Não fiquei muito tempo fora, fiquei? Enquanto lidava com a morte de Rebecca?

Por que, quando voltei para me desculpar, ela já não estava mais lá?

Porque o que tivemos nunca foi verdadeiro.

Cerro os dentes e aumento o ritmo, sentindo um aperto no peito quando a pulsação acelera e o sangue dispara com o prazer que se intensifica a cada movimento do meu punho. Consigo sentir, como uma pressão ardente que fica maior e maior e maior, a cabeça pendendo para trás enquanto a respiração entrecortada escapa por entre os meus lábios.

Tento me manter imerso naquela lembrança, aquela que está a salvo na memória, agarrado àquela mulher sem rosto de curvas suaves, de corpo perfeito e seios lindos com os quais ainda sonho de tempos em tempos, mas minha mente vagueia para outro lugar. Os pensamentos seguem à deriva, passando por blusas de algodão esticadas sobre o contorno acentuado de mamilos. Não quero pensar nela, não mesmo, mas meu cérebro assume as rédeas e começa a fantasiar com uma outra mulher cujo rosto eu conheço muito bem, com um sorriso doce e olhar radiante e um corpo que é tão tentador quanto aquele, se não mais, mesmo totalmente vestido.

Sem meu consentimento, minha imaginação traiçoeira começa a fantasiar com Cassie.

Com a respiração ofegante, as costas arqueadas, acelero o ritmo e a pressão aumenta a ponto de irromper, e meus pensamentos vêm e vão entre lembranças antigas e novas até que eu já não consiga diferenciar onde termina a mulher sem rosto e onde começa Cassie. Por que é tão mais difícil respirar agora que vejo o rosto de Cassie na minha cabeça? E por que o êxtase parece tão mais iminente agora que estou pensando nela?

E quando o líquido quente jorra sobre meu corpo latejante, a memória se dissipa por completo, deixando apenas o rosto de Cassie para trás. Tento recobrar o fôlego, os olhos fixos no teto, mas sem discernir coisa alguma, e enquanto me recupero do arroubo de euforia, a culpa começa a se insinuar, pouco a pouco.

Era de esperar que eu já tivesse aprendido a lição. Será que não aprendi nada com a última experiência, ao me afeiçoar a uma mulher tão fora do meu alcance? E com a decepção de me deixar levar pela solidão, de tomar decisões questionáveis, para no fim me dar conta de que nada daquilo tinha sido verdadeiro? Fecho os olhos, ainda ofegante, e xingo baixinho.

Cá estou eu, um ano depois, me apaixonando por outra mulher que está completamente fora do meu alcance, e que talvez seja boa demais para mim. Que raios Cassie poderia querer com um pai solteiro que só sabe trabalhar, um homem que não consegue dar um jeito na própria vida?

Chega a ser absurdo sequer cogitar, por vários motivos.

Eu me importo muito com vocês.

Mas talvez isso não signifique o que eu gostaria que significasse. Cassie é assim mesmo. Só deve me ver como um projeto de caridade, um pai solteiro se esforçando para se aproximar da filha. Nada além disso.

Vou até o banheiro lavar as mãos, tomado pela vergonha, e encaro a torneira enquanto a água fria ajuda a clarear meus sentidos. Depois de secar as mãos na toalha, vejo meu rosto ainda corado no espelho e lanço um olhar de censura para o meu próprio reflexo.

— Seu imbecil do caralho — resmungo.

Caio de cara na cama, ainda atormentado por ser um completo idiota, mas ao menos um pouco mais relaxado. Mesmo agora, depois de afundar a contragosto ainda mais na canalhice, continuo pensando em Cassie. E, para ser sincero, isso tem acontecido desde que ela se mudou para cá. É imprudente e inapropriado, mas as coisas são como são.

Solto um suspiro, enfio os braços debaixo do travesseiro e afundo na fronha enquanto tento tirar o rosto de Cassie da cabeça. Tento me convencer de que, quando acordar, vou fazer de tudo para enterrar essa paixão estúpida nas profundezas do meu ser, de onde nunca deveria ter saído. Vou tomar café da manhã com Cassie e Sophie e fingir que não me masturbei fantasiando com a babá, porque só de pensar nisso me sinto um crápula.

Bem, talvez eu seja mesmo.

Mal consigo pregar os olhos durante a noite, mas isso eu já esperava.

Estou prestes a me despedir dele, pois já fizemos tudo o que tínhamos para fazer; ele já me viu gozar, já pagou... então por que estou tão hesitante?

Ainda posso ouvir sua respiração do outro lado, e não é a primeira vez que fico curiosa para saber como ele é. Sua voz me faz sentir coisas indescritíveis, quanto a isso não restam dúvidas, então certamente a aparência não deve deixar muito a desejar, não é?

Vou encerrar a sessão. É ridículo ficar enrolando tanto assim.

Limpo a garganta e vou agradecer por mais uma sessão privativa, mas ele é mais rápido:

— Eu queria saber... quanto custaria para continuar aqui batendo papo com você?

Sinto meu coração acelerar, mesmo quando não deveria.

9

Cassie

QUERIA SABER COMO ELE ERA.

Sua voz é baixa, como um sussurro constante, sempre dando ordens silenciosas enquanto faço de tudo para satisfazer seus caprichos. Alguma coisa no jeito confiante como ele pede o que quer de mim, sem o menor pingo de pudor ou incerteza, faz todo o meu corpo formigar, quase como se eu pudesse sentir seu toque.

— Abra as pernas, Cici — instrui ele pelo microfone. — Quero ver você.

Nem hesito e já vou logo afastando ainda mais as coxas diante da câmera para que ele veja como estou molhada. Para que veja como me deixou excitada.

— Pode se tocar — ordena. — Isso, bem aí no seu clitóris.

Massageio aquele pontinho sensível com movimentos circulares, sentindo o corpo faiscar a cada espasmo.

— Assim?

— Isso, assim — geme ele. — Você é tão linda. E está tão molhadinha.

— Queria que fosse sua mão aqui — sussurro, uma frase pronta que, no caso dele, é sincera.

Eu realmente queria que fosse ele aqui.

— Mas não seria só a mão — continua ele, com a voz rouca. — Eu passaria o fim de semana todinho metendo o pau em você.
— É?
— Você ia gostar disso, Cici? Ia gostar de gozar no meu pau, não ia?
— Arrã — respondo, e mexo meus dedos um pouco mais rápido. — Eu queria ver isso.
— Talvez veja — murmura ele. — Se você quiser.
Balanço a cabeça, e meus cílios tremulam.
— Eu quero. Eu quero você.
— Você nem imagina como eu quero te comer, Cassie.
Peraí. Cassie?
Mas ele só me conhece como Cici.
Tem alguma coisa errada.
Abro os olhos, surpresa ao perceber que não há o menor sinal de câmera. Aiden está sentado na minha frente, me observando com atenção. Seu olhar se inflama com a visão do meu corpo e, apesar do choque com a sua presença, tudo o que quero é implorar para que ele venha assumir o controle. Quero que me cubra com suas mãos e seus lábios e seu pau até que eu já não lembre nem meu próprio nome.
— Cassie.
A voz está mais nítida agora. Mais forte. Resvalando na minha pele como o toque suave de um dedo. Ele repete de novo e de novo enquanto acelero mais e mais o ritmo, e estou tão perto de gozar que sinto um tremor nas pernas. Sei que se eu fizer o que me pediu, ele vai chegar mais perto e ceder a todas as minhas vontades.
Estou quase lá. Quase lá. E ele ainda está ali, me olhando, e só preciso de mais um pouquinho, e então eu vou...
Levanto-me de um salto, ainda corada e sem fôlego e coberta de suor... por causa de um maldito sonho. Eu só estava sonhando. Ainda posso ver o olhar de Aiden fixo em mim, e só de pensar nisso sinto algo formigar entre as pernas.
Trate de se controlar, Cassie.
É evidente que ainda não consegui processar o que descobri na noite passada. A conversa com Aiden ainda está fresca na minha memória. Não sei

o que fazer com essa informação. O homem que mora sob o mesmo teto que eu — e que, para todos os efeitos, é meu *chefe* — já me viu pelada. Mais de uma vez. É um misto de confusão e "será que alguém pode me dar um tiro, por favor", e fico tonta só de pensar em todas as coisas que Aiden me *pagou* para fazer.

Ai, meu Deus. Melhor nem pensar.

Sem contar todos os outros questionamentos que vieram a reboque e me tomaram a maior parte da noite, já que mal preguei os olhos. Coisas do tipo: onde foi que ele se meteu? Por que disse que queria me ver e depois sumiu do mapa? Por que disse que queria me conhecer pessoalmente? Não apenas tenho que reviver todo o constrangimento do que acabou se revelando um mero papinho de internet, mas tenho que fazer isso ao vivo e em cores, cara a cara com a pessoa que alugou um triplex na minha cabeça, para o qual, em um descuido, vez ou outra me deixo arrastar.

Tateio em busca do meu celular e vejo que horas são. Ainda está cedo, mas sei que logo, logo Sophie vai estar andando de um lado para o outro feito um zumbi, ávida pelo café da manhã... uma refeição que vamos fazer ao lado de Aiden, que agora sei que é "A". Mas que momento péssimo para tê-lo incentivado a passar mais tempo em casa. Acho que deve ser castigo por ter ficado babando no meu chefe sem camisa.

Pelo amor de Deus, como é que eu consegui ter uma quedinha pelo mesmo cara duas vezes? Alguém que está tão fora do meu alcance agora quanto antes? Aiden me contratou para ser babá. Ele não poderia nutrir qualquer outro tipo de interesse por mim. Especialmente se descobrir que sou a mesma mulher que ele descartou como um trapo velho.

A situação é tão absurda que nem parece real.

Ainda assim... eu sempre quis saber como era a aparência de "A". Dada a natureza do nosso relacionamento, nem estranhei o fato de ele só interagir comigo por chamadas de voz. Era praxe, e eu já estava careca de saber, mas não vou fingir que não passei horas e mais horas imaginando o rosto por trás daquela voz baixa e sussurrada que me dava ordens para eu me tocar assim ou assado. E a realidade... se saiu melhor do que a encomenda, porque às vezes tenho a impressão de que Aiden foi feito sob medida com o único propósito de me desconcertar.

Vai ser o café da manhã mais constrangedor da história.

Faço um esforço para sair da cama, ciente de que, se não fizer isso, Sophie virá atrás de mim — ou pior, Aiden. E acho que ainda não estou preparada para lidar com a ideia de ele estar no meu quarto. Por isso, trato de vestir o roupão como se o universo não tivesse acabado de jogar uma bomba na minha cabeça, depois vou ao banheiro para tentar dar um jeito no cabelo. Minhas olheiras estão enormes, e até que faz sentido, considerando que mal dormi essa noite. Jogo um punhado de água fria no rosto para ver se acordo.

Não estou lá grandes coisas, mas fazer o quê?

Saio do quarto e escuto as vozes de Aiden e Sophie vindo do andar de cima. Fecho a porta, respiro fundo e tento recobrar a compostura antes de me juntar a eles. Claro que os dois já estão acordados. Tento me convencer de que estou pronta para o que der e vier, que posso fingir que nada aconteceu e me concentrar no trabalho — afinal, *preciso* dele. Se Aiden já se esqueceu de nosso passado juntos, posso muito bem fazer o mesmo.

Quando chego no topo da escadaria, vejo os dois sentados à bancada, aos risos, enquanto Aiden estica o braço para despentear o cabelo da filha. Percebo que ele parece tão exausto quanto eu, com olheiras evidentes e barba por fazer. É muito injusto que, mesmo que nós dois estejamos esgotados, a aparência dele esteja melhor do que a minha. Se bem que duvido muito que nosso cansaço tenha a mesma origem. Pelo menos isso me consola um pouquinho. Aiden com certeza não passou a noite em claro pensando em mim.

De repente, ele percebe minha presença, e o verde vivo e o castanho suave dos seus olhos se voltam na minha direção antes de os lábios se curvarem em um sorriso cauteloso, quase como se estivesse com medo de me assustar. Faz sentido, considerando que praticamente saí correndo de perto dele na noite passada.

— Bom dia — digo, e me esforço para não deixar transparecer o coração acelerado ao vê-lo.

Sophie se vira e olha para mim.

— Cassie! Fale para o papai que gotinhas de chocolate são bem melhores do que mirtilos.

— Bem, isso depende — respondo enquanto adentro a cozinha. — Em que contexto?

— Nas panquecas! — Ela lança um olhar decepcionado ao pai. — O papai falou que mirtilos são melhores porque são mais *saudáveis*.

— E ele tem razão — concordo, acomodando-me na banqueta diante dela. Aiden solta um som triunfante, então trato de chegar mais perto de Sophie e acrescentar, em um sussurro: — Mas as gotinhas de chocolate são muito mais gostosas.

Sophie fica radiante e abre um sorriso todo convencido para o pai.

— Viu só? Eu falei.

— Tudo bem, tudo bem — concede ele. — Acho que vocês venceram.

Seu olhar encontra o meu, com uma expressão quase questionadora, e aquele mesmo pânico me invade, fazendo meu coração acelerar, e sou inundada por uma enxurrada de lembranças. Trato de afastá-las para bem longe e esboço um sorriso para tentar deixar transparecer qualquer coisa que não seja "você pagava para me ver gozar". Só espero que ele não venha questionar meu comportamento na noite passada, porque não sei se vou conseguir arranjar uma desculpa convincente. Contar a verdade está fora de cogitação, porque o mais provável é que ele me expulse da sua casa e da sua vida — pela segunda vez —, e agora tenho muitas coisas em jogo. Nem estou falando só do dinheiro, embora precise muito dele, mas principalmente da relação que criei com Sophie. Não posso abandoná-la a essa altura, justo quando ela começou a confiar em mim. Ela não merece passar por mais uma decepção.

E pode ser que exista uma pequena parte de mim que ainda não esteja pronta para perder Aiden outra vez... Tento me convencer de que é um sentimento totalmente válido e nem um pouco absurdo.

— Então... que tal você fazer umas panquecas?

A pergunta esperançosa de Sophie me tira do meu torpor, e desvio o olhar de Aiden antes de me virar para ela, fazendo de conta que estou pensando no assunto.

— Hum... Não sei. Seu pai comentou que vai tomar café com a gente hoje, e pelo jeito ele odeia gotas de chocolate, então estamos em um impasse.

— Quê? — Sophie se vira para o pai, toda animada. — Você vai tomar café com a gente?

Os olhos de Aiden se enrugam com um sorriso.

— Vou, sim. — Ele estica a mão e dá um apertãozinho no nariz dela. — Vou tentar ficar para o café mais vezes.

O rosto de Sophie se ilumina por completo, mas meu olhar está fixo em Aiden, atenta à sua reação. Ele percebe que aquela coisinha tão simples fez toda a diferença para a filha, e é nítido o quanto isso o deixa feliz. Sinto algo inusitado desabrochar no meu peito — uma sensação calorosa, indistinta e desconhecida. Percebo que fico feliz em ver a felicidade dos dois, e reparo que isso não se deve em nada ao meu passado complicado com Aiden, e sim a essa família que, pouco a pouco, está conquistando meu coração.

Mas é um sentimento perigoso e isso, sim, infelizmente, se deve ao meu passado complicado com Aiden.

Os dois ainda estão entretidos em uma conversa animada quando desço da banqueta para começar a preparar as panquecas. Eu me perco em pensamentos, arrebatada por uma estranha afluência de sentimentos, tentando repassar tudo o que vivi no dia anterior. Sei muito bem que uma parte de mim sempre vai querer entender o que aconteceu com "A" — ou melhor, Aiden —, mas a melhor coisa a fazer é engarrafar tudo o que sinto em relação ao que compartilhamos um ano atrás, enterrar todas as emoções bem lá no fundo para que não estraguem o que construí com essa família que merece tanto ser feliz. Mas, acima de tudo, tenho certeza de uma coisa: Aiden nunca pode descobrir.

Por mais que eu queira contar tudo a ele.

Mais tarde, enquanto atravesso o campus da St. Augustine's para chegar ao laboratório, o incômodo ainda permanece. Estava tão animada para essa aula antes, ansiosa para usar a mesa anatômica, mas agora não consigo parar de pensar no passado e no presente, tudo colidindo para deixar minha vida ainda mais confusa. Mal escuto a explicação da instrutora, distraída enquanto me debruço sobre a carteira para roer as unhas.

Quando fazemos um intervalo para estudar em grupo, minha parceira de laboratório, Camila, enfim comenta sobre meu comportamento atípico.

— Aconteceu alguma coisa? Você nem prestou atenção quando ela explicou como a mesa funciona.

— Pois é — respondo, com um suspiro, enquanto folheio o manual de instruções. — Estou com uns problemas em casa.

— Ah... Você ainda está trabalhando como babá?

— Estou, sim.

— É por causa da menina? Você falou que ela tem nove anos, é isso? Tenho uma sobrinha dessa idade. Elas sabem ser bem babaquinhas mesmo.

— Não, não, ela é uma criança ótima — trato de explicar. — Só estou tendo que lidar com umas coisas pessoais.

— Entendi.

Camila me lança um olhar desconfiado, depois se inclina por cima da mesa anatômica e tira as veias do caminho para poder analisar os ossos do cadáver digital.

— Você comentou que a menina morava sozinha com o pai, né? Deve ser bem esquisito. Morar com um cara que você nem conhece.

— Não é esquisito — respondo. — Os dois são ótimos.

O problema é que meu chefe já me viu gozar várias e várias vezes.

Mas não posso dizer isso.

— Minha *abuela* vive dizendo que morar com homem solteiro nunca termina bem para a moça.

— Valeu — murmuro. — Ajudou muito.

Camila dá risada.

— Ela tem uns oitenta anos, então o que ela diz entra por um ouvido e sai pelo outro.

É impossível não pensar em Wanda, a solteirona inveterada, e não me perguntar qual seria a opinião dela sobre o assunto. Reviro os olhos. É bem provável que me dissesse para parar de palhaçada e dar logo para ele.

— Camila — começo a dizer, cheia de dedos, pois talvez a opinião imparcial de uma pessoa de fora venha bem a calhar. — O que você faria se reencontrasse alguém do seu passado... mas que não se lembra de você?

Ela torce o nariz.

— Esse tipo de coisa acontece mesmo? Tipo, alguém que você conhecia na infância?

— Não, não... É diferente.

Camila para de brincar com as configurações da mesa, depois espia a instrutora, que está ajudando alguns alunos do outro lado da sala.

— Você era muito próxima dessa pessoa?

Hum, sei lá? Ele me viu acariciar meus próprios mamilos, então...

— Bastante — decido dizer. — Mas era uma espécie de... amizade virtual.

— Hum. — Camila tamborila o queixo com os dedos. — Se foi só virtual, faz mais sentido a pessoa não reconhecer você. E se você falar a verdade? Acho que pode ser uma boa surpresa. A menos que as coisas não tenham terminado muito bem entre vocês.

Olho para o chão, pensativa. Não sei muito bem como explicar por que Aiden — ou melhor "A" — e eu deixamos de nos falar. E nem foi exatamente isso que aconteceu. Ele simplesmente... sumiu do mapa.

— É, as coisas não terminaram às mil maravilhas.

— Ué — continua Camila —, então é até melhor a pessoa nem se lembrar de você, né? Ia ficar o maior climão.

Dito isso, ela volta para a mesa e se põe a identificar os metacarpos. As palavras de Camila rodopiam na minha mente, deixando-me mais aliviada e, por estranho que pareça, mais... deprimida.

Então é até melhor a pessoa nem se lembrar de você, né?

Ora, então por que é que estou me sentindo um lixo?

Ao longo da semana, Aiden mantém sua promessa de passar mais tempo em casa antes de ir para o trabalho, quase sempre pela manhã e no comecinho da tarde. A novidade teria me deixado eufórica uns dias atrás, mas agora que descobri a verdade, só serve para deixar meus nervos à flor da pele. Tento me convencer de que, se ele ainda não me reconheceu a essa altura, estou livre de perigo. Pelo jeito, a máscara e a peruca que eu usava na época do OnlyFans serviram ao seu propósito, e sei que eu deveria estar aliviada por Aiden não fazer ideia de que divide o teto com a mulher que ele pagou para ver gozar.

Mas então por que isso me deixa tão incomodada? Não quero que Aiden me reconheça. Isso *não pode* acontecer.

Depois de dias tendo que pisar em ovos e lidar com a presença dele nos cafés da manhã, dou graças aos céus por me ver fora de casa, aproveitando o convite para jantar de Wanda como uma oportunidade de espairecer. Ela e Sophie se dão bem logo de cara, mas isso eu já imaginava. Afinal, a personalidade destemida da garotinha combina perfeitamente com a da minha amiga. As duas são farinha do mesmo saco.

— Ó, tome cuidado com isso aí — avisa Wanda enquanto Sophie espia sua coleção de copinhos de shot. — Tem uns que são mais velhos do que você.

Sophie pega um deles antes de perguntar:

— Você comprou este aqui no Alasca mesmo?

— Claro que comprei — responde Wanda. — Eu viajava à beça quando era mais nova. Queria comprar um de cada estado. — Em seguida, Wanda aponta para o corredor. — Tem uns álbuns de fotos lá no quarto — diz ela a Sophie. — Vá lá na minha estante e pegue o de capa vermelha. Quero mostrar uma coisa.

O rosto de Sophie se ilumina e ela sai em disparada pelo corredor, ávida por buscar seu prêmio.

— E aí, não vai me contar o que está acontecendo com você? — pergunta Wanda, agora que estamos a sós.

Lanço um olhar confuso para minha amiga, que está sentada em uma cadeira de balanço do outro lado do cômodo.

— Como assim?

— Ah, nem comece — repreende ela. — Você está toda avoada desde o jantar. Eu sei quando tem alguma coisa errada com você, garota.

— Não tem nada de errado comigo — rebato. — Só tive um dia cansativo.

Uma semana cansativa, para ser sincera.

— Olhe só, você sabe que não me engana, então pode parar de gracinha. Eu sei que você está preocupada com alguma coisa. Então, por que não desembucha logo antes que a menina volte com o álbum?

Dou uma risada seca, o rosto apoiado entre as mãos.

— Nossa, está tão na cara assim?

— Claro que está. Pelo menos para mim.

— Nem sei por onde começar.

— É só me contar por que está chateada — resmunga ela. — Não tem mistério.

Dou uma espiada no corredor para ver se Sophie continua longe, depois respiro fundo e solto o ar pela boca.

— Tem a ver com o meu OnlyFans.

— Você voltou à ativa? Porque eu bem que disse que você poderia...

— Não, não é isso — interrompo, negando com um aceno enfático da cabeça. — Não voltei para lá, mas é que... nunca contei a você por que excluí meu perfil.

— É, você veio com uma conversa para boi dormir sobre estar cansada daquilo — comenta Wanda. — Mas não entra na minha cabeça como alguém se cansaria de ganhar dinheiro fácil.

— Bem, em parte isso era verdade, mas não parava por aí.

— Ah, meu Deus.

— Já vou avisando que é bem constrangedor.

— Minha filha, eu tenho que usar absorvente geriátrico todo dia. Vê lá se tem cabimento você ficar com vergonha de me contar alguma coisa?

Abro um sorriso, apesar de tudo, e me afundo ainda mais nas almofadas do sofá.

— Eu conheci um cara...

— É sempre assim — diz Wanda, com um suspiro.

— Ele era... Tipo, eu sei que ele pagava pelo meu conteúdo, não sou completamente maluca, mas é que... — Solto um suspiro frustrado. — Ai, meu Deus. Parece tão idiota.

Vejo a compaixão no seu rosto, e isso só serve para que eu me sinta ainda mais imbecil.

— Você acabou se apegando, né?

— Com ele parecia diferente. Nós... Quer dizer, ele me via igual a todos os outros, mas a gente... também conversava.

— E aí? O que aconteceu?

— Um dia ele sumiu do mapa. Chegamos até a marcar um encontro, mas ele... nem deu as caras. E, depois disso, desapareceu por completo. Eu achava... Achava que ele gostava de mim. Fui muito burra, né?

Sinto aquele aperto familiar no peito quando me lembro de passar mais de uma hora plantada na cafeteria à espera dele.

— Antes de qualquer coisa, saiba que a culpa é sempre do homem. Você é inteligente e tem uns peitões, então já é automaticamente melhor do que todo mundo.

Caio na gargalhada, sem conseguir me conter.

— A gente deveria mandar fazer uma camiseta com essa frase.

— Faça o favor de não se chamar de burra por causa de um sujeitinho qualquer. Que isso não se repita. Estamos entendidas?

Abro um sorriso melancólico.

— Estamos.

— Então, imagino que esse bobalhão misterioso não esteja tão fora do mapa quanto você imaginava, certo?

— Como você sabe?

— Já sou velha, Cassie. Eu sei tudo.

— É... Isso mesmo.

— Ele foi atrás de você?

Solto um som estrangulado que era para ser uma risada, depois afundo o rosto nas mãos.

— É o Aiden.

— Quê?

Tiro as mãos do rosto.

— É o *Aiden*.

— Seu chefe?

Acho que é a primeira vez que vejo Wanda sem saber o que dizer, mas não se passam nem dez segundos antes que a perplexidade dela se transforme em raiva.

— Ele contratou você por causa disso? — explode Wanda, levantando-se da cadeira de um salto, com o dedo apontado para mim. — Eu juro por tudo que é mais sagrado, vou botar a minha prótese de quadril para jogo e meter um chutão bem no meio do...

— *Psiu*. Ele não sabia — explico para ela, depois espio o corredor para ver se Sophie continua no quarto. — E ainda não sabe.

— Então como diabos você descobriu?

— Ele tem uma cicatriz — respondo baixinho, depois aponto para minha barriga. — Bem aqui. E me contou sobre ela uma vez. Seria muita... coincidência... não ser a mesma pessoa.

— Ele sabe sobre a sua cicatriz?

Em um gesto quase inconsciente, estico a mão e toco meu ombro.

— Ele viu.

— Recentemente?

— Não, claro que não. Ele teria sacado na hora. Foi quando eu ainda tinha o perfil no OnlyFans. Foi... — Mantenho o olhar fixo no chão, e o aperto no peito fica cada vez mais forte. — Foi a única pessoa para quem mostrei.

— Então ele não sabe quem você é.

Balanço a cabeça, negando.

— Nem pode saber.

— Mas você não fica com a pulguinha atrás da orelha para entender por que ele...

— Claro que fico, mas... ele sumiu por um motivo. Está na cara que não sentia o mesmo que eu, então você não acha que o clima ia ficar meio estranho se ele descobrisse? Capaz até de me demitir.

— Vixe. — Wanda cruza os braços, o semblante contraído enquanto analisa o tapete. — Você acha que ele faria uma coisa dessas?

— Sei lá, por acaso ia querer continuar dividindo o teto com uma mulher que você viu pelada e depois ignorou? Não consigo nem imaginar uma situação mais constrangedora do que essa.

Wanda bate o pé no chão, absorta em pensamentos.

— Mas que droga!

— Pois é. Eu falei que era complicado.

— Então, o que você vai fazer?

Jogo as mãos para cima em um gesto exasperado.

— E dá para fazer alguma coisa? Acho que só me resta impedir que ele descubra. Se ele ainda não somou dois mais dois até agora, dificilmente vai somar. Ele só não pode ver a... — Franzo a testa e sinto a cicatriz formigar. — É, acho que vai ficar tudo bem.

— Mas *você* vai ficar bem?

— Eu... — Fecho a boca com força, sentindo o mesmo aperto no peito que me acompanhou durante toda a semana. — Acho que vou. Já é passado. Tipo... Eu já superei e preciso muito desse emprego.

Wanda não parece convencida.

— Arrã, sei.

— Eu estou bem — insisto. — Sério.

— Cassie, você sabe que quem fala que está bem está sempre mentindo, né?

— Hum, isso não faz sentido.

— Claro que faz. Eu sou mais sábia que você.

— Escute aqui, você não pode apelar para a sua idade sempre que convém.

— Claro que posso — protesta ela, com um dar de ombros. — Sempre funciona. — Em seguida, me lança um olhar preocupado por cima dos óculos. — Só não quero ver você sofrer, menina. Então... tome cuidado, está bem?

— Achei! — grita uma voz, enquanto passos ecoam pelo corredor.

Sophie aparece na sala com o objeto valioso em mãos, parecendo muito empolgada com a perspectiva de ver um monte de fotos velhas. Ela coloca o álbum na mesinha de centro, depois se ajoelha bem ao lado.

— Você tirou foto de algum urso-polar?

Wanda ri, outra vez acomodada na cadeira de balanço.

— Nunca vi um desses, benzinho. Mas tem uma fotografia ótima de um alce aí em algum lugar.

Sophie parece interessada.

— Um *alce*?

— É, com chifres e tudo — responde Wanda, sorridente.

— Cassie, você já viu um alce?

Nego com a cabeça.

— Nunquinha.

Sophie dá um tapinha no tapete ao seu lado.

— Então vamos ver juntas.

— Tá bom, tá bom — concordo, achando graça, e me acomodo ao lado dela no chão.

Sophie aponta para todas as fotos de neve que chamam sua atenção no álbum e chega a soltar um gritinho de empolgação quando enfim encontra a foto do tal alce. Enquanto Wanda lhe conta a história por trás daquela imagem, penso no que ela me disse momentos antes.

Quem fala que está bem está sempre mentindo.

Chega a ser ridículo de tão verdadeiro, porque a realidade é que não estou bem. Na verdade, estou presa em um pesadelo que eu mesma criei. Um purgatório originado com base nas minhas próprias decisões. Posso muito bem fingir que não ligo para o fato de Aiden ter sumido da minha vida um ano atrás, posso fazer de conta que já nem me importo mais com isso, ou pelo menos poderia... se não o tivesse conhecido.

Tenho mentido muito para mim mesma nos últimos tempos. Menti ao dizer que só quero resolver as coisas pelo bem de Sophie. Menti ao tentar me convencer de que não ligo para o fato de Aiden ser "A", porque, no fim das contas, é só um emprego, ele é só um cara, eu sou só a babá e nada disso deveria me abalar.

Mas agora ele tem um rosto. Conta piadas. Pergunta como foi meu dia. Beija a testa da filha. Queima as panquecas. Ouve meus desabafos. E se preocupa com meus sentimentos. Isso sem contar que é tão lindo que chega a doer — mas isso não é tão importante quanto o resto.

Porque, por mais que eu tente negar, eu... gosto de Aiden. Tanto quanto gostava de "A". E por mais que tente me convencer de que não quero que ele descubra a verdade e corte laços comigo outra vez pelo bem de Sophie, a verdade é que, no fundo, eu também sairia machucada. Eu sofreria se ele sumisse do mapa outra vez, e saber disso é a coisa mais perigosa de todas.

Até porque, se ele descobrir, é justamente isso que vai fazer.

10

Cassie

— Você se divertiu na casa da amiga da Cassie ontem?

Sophie assente enquanto dá uma colherada no cereal.

— Ela é tão esquisita.

— Esquisita? — Aiden olha para mim, curioso. — E isso é bom?

Faço que sim.

— Na língua da Sophie, acho que é.

— Ah — responde ele, com uma risada. — Então tá.

É uma manhã de domingo como todas as outras. Acordamos, tomamos café, e tudo parece transcorrer de forma tranquila, doce e despreocupada. Com uma única exceção. Euzinha.

Toda hora fico me perguntando se Aiden vai reparar como é sofrido olhar para ele, se vai perceber que sinto o rosto e as orelhas queimarem toda vez que o encaro por muito tempo. Sempre que isso acontece, sempre que meu olhar se detém nele por um segundo a mais do que deveria, começo a recordar tudo o que Aiden viu, e nem faz ideia... Ele me viu por completo. Relembro as conversas sussurradas e as palavras doces e sacanas, todas murmuradas em um quarto escuro do qual ele nem deve se lembrar.

Passei tanto tempo fantasiando com sua aparência e, agora que sei como é a boca que proferiu aquelas palavras, que sei como são as mãos que me prometeram o mundo... é difícil pensar em outra coisa.

— O que me diz, Cassie?

Olho para Aiden, perplexa, com a colher a meio caminho da boca, sem ter escutado os últimos segundos de conversa.

— Perdão, o que disse?

— Perguntei à Sophie o que ela queria fazer no aniversário dela — repete ele. — Na quinta.

Sophie se empertiga na banqueta.

— Eu quero ir para a Disney!

— Nossa! — exclamo, surpresa. — Para a Disney?

— Expectativas bem altas considerando a minha agenda — comenta Aiden, atordoado.

Dou risada.

— Pois é, de onde você tiraria tempo para isso?

— Por *favor* — choraminga Sophie. — Por favor?

— Não sei se vou conseguir, o restaurante anda tão lotado — responde Aiden, com pesar. — Quem sabe no mês que vem?

A expressão de Sophie desaba, o olhar fixo na tigela enquanto ela remexe o cereal com a colher.

— Hum...

— Sophie — começa Aiden, suspirando. — Você sabe que eu adoraria...

— A mamãe ficou de me levar — interrompe ela com um sussurro. — No meu aniversário do ano passado.

O olhar de Aiden encontra o meu, desamparado e cheio de culpa. Encolho os ombros, sem saber o que dizer, e aceno para Sophie com o que espero ser um gesto encorajador.

Aiden suspira outra vez, passa os dedos pelos cabelos e então faz um cafuné na filha.

— Acho que podemos... dar um jeito.

Sophie se anima na hora.

— Jura?

— Acho que consigo tirar um dia de folga — continua ele. — Anaheim fica a uma hora de carro... Podemos passar o dia no parque e voltar na manhã seguinte antes do trabalho... Eu vou dar um jeito.

Ele lança um olhar severo para Sophie.

— Mas você vai ter que pedir para a professora passar o dever do dia que você faltar.

— Posso falar com ela amanhã quando deixar a Sophie na escola — ofereço.

Aiden me dá um sorriso tão agradecido que sinto meu estômago revirar.

Mas que inferno.

— Está ótimo.

— E a Cassie pode ir com a gente também, né? — pergunta Sophie, toda esperançosa.

Aiden e eu trocamos um olhar, e vejo que ele parece incerto em relação a isso.

— Não sei se a Cassie vai querer ir com...

— Ela quer — afirma Sophie, olhando para mim. — Não quer?

— Eu... não quero me intrometer na sua viagem em família.

Sophie faz beicinho.

— Não vai ser tão legal sem você.

— Eu... — Olho para Aiden em busca de ajuda. — Não sei se...

— Você será muito bem-vinda — declara ele. — Se quiser vir. — Em seguida, esboça um sorriso tímido e acrescenta: — Não seria tão divertido sem você.

— Ah. — Pela expressão de Sophie, já sei que não vou poder recusar. — Bem, se vocês têm certeza mesmo...

— Que tal se a gente for na quarta de manhã? — sugere Aiden, conferindo alguma coisa no celular. — É na véspera do aniversário, mas no meio da semana o restaurante costuma ter menos movimento. Acho que vai ser melhor assim. Você pode? Ou tem algum plano?

— Para mim está ótimo — confirmo, e começo a calcular os gastos. — É só me dizer qual é o valor dos ingressos e...

— Ah, de jeito nenhum — interrompe Aiden, balançando a cabeça. — Não esquente com isso. Tudo por minha conta. Vou reservar hoje à noite.

— Mas não posso deixar você...
— Eu insisto — diz ele com firmeza. — Não se preocupe com isso.
— Tudo bem.
Sophie chacoalha o braço do pai.
— A tia Iris pode ir com a gente também?
— Ah, eu... — Aiden parece meio perdido. — Não sei se ela vai querer.
Trocamos um olhar e, mais uma vez, aceno como incentivo. Aiden esboça um sorriso para a filha antes de dizer:
— Vou ligar para convidar a sua tia.
Sophie começa a cantarolar de emoção, e o cereal fica esquecido na tigela. Ela me pergunta se pode ligar para Wanda para contar sobre a viagem. Aiden parece confuso enquanto entrego o celular a ela, que sai em disparada.
— Você não faz ideia de como ela e a Wanda se deram bem.
Aiden sorri.
— Dá para ver.
— Acho que até já viraram melhores amigas — brinco. — Fui jogada para escanteio.
— Fico feliz que você a tenha levado lá — comenta ele. — A Sophie passou a manhã inteirinha falando disso. Acho que se divertiu bastante.
— Espere só até você conhecer a Wanda — respondo, e dou risada. — Aí você vai entender.
— Não vejo a hora.
De repente, vejo a preocupação no seu semblante.
— Você acha que convidar a Iris é uma ideia muito ruim? — pergunta.
Encolho os ombros.
— Acho que pode ser meio desconfortável, mas não é uma má ideia. Pode ser uma boa oportunidade para vocês dois se acertarem.
— Verdade — responde ele, distraído. — Você tem razão.
Dou outra colherada no cereal só para não ter que olhar para Aiden, pois sinto o coração acelerar cada vez que o vejo. Já era estranho assim antes? Que pergunta idiota. Claro que era. Mas agora piorou, porque sei que ele já me viu pelada.
— Ainda nem agradeci direito — continua Aiden.

Ergo o olhar para encará-lo.

— Por quê?

— Só por... continuar com a gente. Quer dizer, com a Sophie. Ela ama você.

Essa parte é tranquila; os meus sentimentos por ela não vêm acompanhados de um caminhão de ansiedade.

— Eu também a amo. Ela é uma criança maravilhosa.

Aiden assente, parecendo aliviado.

— Ainda bem que foi você quem respondeu ao anúncio de emprego.

— Ah, bem... — Engulo em seco, sentindo aquela queimação familiar nas orelhas. — Também fico feliz com isso. Estou adorando.

— Nós dois temos sorte de ter você, Cassie — continua Aiden, me fazendo corar ainda mais. — Espero que você saiba disso.

Ele só está feliz porque você se dá bem com a filha dele. Não se empolgue.

— Hum... obrigada — agradeço, e espero que meu cabelo esteja cobrindo o pescoço, porque sinto que ele está ficando cada vez mais vermelho. — De verdade.

— Espero que ainda esteja... feliz aqui? Você tem andado meio quieta.

Ah, droga.

— Tenho?

— Sei lá, talvez seja só impressão minha — explica-se ele. — Mas achei que você parecia... Não sei. Achei que talvez estivesse chateada comigo.

— Quê? — Sou pega de surpresa. — Não estou chateada com você.

— Ah, é só que... senti que você está me evitando desde que a gente conversou.

— Eu não estou chateada — repito. — Só estou com muita coisa na cabeça.

Aiden franze a testa, e algo na expressão me diz que ele quer perguntar outra coisa, mas não sabe como. A ruga na testa e o esgar na boca tornam impossível decifrar o que se passa na mente dele, e fico com medo de que ele consiga adivinhar meus pensamentos, que seja capaz de enxergar a verdade que se esconde atrás das minhas frágeis mentiras.

Ele não tem como saber. Está tudo bem.

— Sinto muito... — diz ele por fim. — Por ter despejado tudo aquilo em você.

— Não tem problema, sério. — Esboço um sorriso, mas estou tão nervosa que deve ter parecido forçado. — Acho que é inevitável para quem se importa com a Sophie.

— Claro — concorda Aiden. — Espero que saiba o quanto eu... sou grato a você.

Prendo a respiração.

É só por causa do seu trabalho. Pare de ver coisa onde não tem.

— Fico feliz — consigo dizer. — Gosto de estar aqui. Com vocês.

Nós dois permanecemos em silêncio por um momento, e eu sei que deveria olhar para o outro lado, que é estranho continuar encarando Aiden desse jeito, mas a questão é que... ele também não desvia o olhar. Mais uma vez me vejo querendo adivinhar seus pensamentos.

— Que bom — diz ele por fim, com uma expressão ainda difícil de ler. — Fico feliz.

Faço menção de responder alguma coisa, sem nem saber muito bem o quê, mas Sophie decide voltar para a cozinha bem nessa hora, então acabo não falando.

— A Wanda falou para eu tirar várias fotos — conta Sophie. — E pediu para eu trazer um copinho de shot para ela.

Aiden parece perplexo.

— Um copinho de shot?

— É — responde a menina. — É um copinho bem pequenininho. Mas elas não quiseram me contar o que se bebe neles. E a Wanda tem um do Alasca!

— Ela tem um de quase todos os lugares — comento, dando risada.

— E ela viu um alce — acrescenta Sophie.

— Eu sei — diz Aiden, achando graça. — Você me contou do alce. Mais de uma vez.

Sophie me devolve o celular, depois me olha cheia de expectativa.

— Então, o que vamos fazer hoje?

— Bem — começo. — Que tal se a gente for de novo naquele parque? Você se divertiu lá, né? E acho que vai fazer um dia lindo.

— Sim! Vai ser demais! — Ela lança um olhar esperançoso ao pai. — Você pode ir junto? Por favor? Só um pouquinho? Eu chego tão alto no balanço, você tem que ver.

— Ah, eu... — Aiden olha para mim, desamparado, e me limito a dar de ombros. — Pode ser — concorda por fim, e vejo em sua expressão que o atraso vai prejudicar as coisas no trabalho, mas isso só torna o gesto ainda mais doce. — Vou adorar passear no parque. Por que você não vai se trocar enquanto eu tomo banho?

Sophie solta um gritinho de alegria antes de correr na direção das escadas. Aiden baixa a cabeça, pesaroso, depois espicha o pescoço para olhar para mim.

— Tenho que admitir... O sorriso dela compensa o caos que vou ter que enfrentar essa noite.

— Pai do ano — elogio.

Os lábios dele se curvam em um sorriso, e acho que são em momentos como esse que me sinto mais insegura. Vê-lo assim, tão despreocupado, com um sorriso fácil e os olhos lindos e o cabelo ainda todo despenteado igual ao de Sophie quando acaba de acordar... Fica ainda mais difícil fingir que não estou muito mais envolvida do que deveria. Que não estou imaginando como seria acariciar aqueles cabelos ou sentir o sorriso dele contra minha pele.

— Acho melhor eu ir tomar um banho — avisa ele, descendo da banqueta.

Assinto de leve enquanto ele se dirige para as escadas e só volto a relaxar quando estou a sós. Solto o ar pela boca e apoio o rosto na bancada para que o granito esfrie o rubor nas minhas bochechas.

Eu? Imaginando Aiden debaixo do chuveiro? De jeito nenhum.

Não sei quem está se divertindo mais no parquinho, pai ou filha. A última hora foi preenchida com os gritinhos dela e as risadas dele, enquanto Aiden fazia questão de satisfazer todas as vontades de Sophie, fosse empurrando-a no balanço ou a acompanhando no trepa-trepa, que é definitivamente pequeno demais para ele. Foi divertido ver um homão daquele tamanho tentando se equilibrar no brinquedo.

Observo-os de longe, de um banquinho na lateral do parque, feliz em ver os dois se divertindo juntos. De tempos em tempos, Aiden sorri para mim como se compartilhássemos um segredo. Chega a ser irônico, já que *existe* mesmo um segredo entre nós... ele só não sabe disso. Não sei quanto tempo depois, ele se joga ao meu lado no banco, o rosto corado e a respiração ofegante, enquanto Sophie brinca com outras crianças no carrossel.

— Acho que estou ficando velho — declara Aiden, aos risos.

— Ah, me poupe. — Reviro os olhos. — Você mal passou dos trinta.

— Vou fazer trinta e dois daqui a quatro meses — enfatiza ele. — Já estou com o pé na cova.

— Já vou reservar seu lugar no asilo.

Aiden suspira, fingindo estar aliviado.

— Ufa, uma coisa a menos com que me preocupar.

— Faz parte do meu plano maligno — digo em tom sério. — Tirar você de casa e criar a Sophie como minha ajudante de supervilã.

— Pff, boa sorte — rebate Aiden, abafando uma risada. — A menina reclama até para escovar os dentes. Algo que me diz que ela não tem a paciência necessária para se juntar ao crime organizado.

— Ah, droga — praguejo, balançando a cabeça. — Lá se vai meu plano para os próximos cinco anos.

O sol está quase a pino no céu, e Aiden ergue o rosto e cobre os olhos, a testa toda franzida.

— Eu deveria ter passado protetor na Sophie.

— Já, já ela vai ficar com fome e vamos ter que ir embora. Está tudo certo.

— Verdade. Ela pode brincar mais um pouquinho antes de a gente ir. Não quero que ela se queime.

— Você sabia que porcos também se queimam de sol?

Aiden parece incrédulo e encantado ao mesmo tempo.

— Onde é que você armazena tantas informações aleatórias?

— Ah, agora você me pegou. — Ergo a mão e dou um tapinha na minha cabeça. — Aposto que estão ocupando todo o espaço que eu deveria reservar para coisas mais importantes... Tipo, sei lá, direito tributário.

Vejo o esboço de um sorriso se formar nos seus lábios, e tenho que me conter para não retribuir. Por um tempo, ficamos ali em silêncio, vendo Sophie brincar, e só percebo que estou sorrindo sozinha quando vejo Aiden me espiar de rabo de olho.

— Desculpe — peço baixinho. — É que ela está tão feliz.

O olhar dele continua fixo em mim, com aquela mesma expressão indecifrável que me faz desejar poder ler seus pensamentos.

— Imagine, não tem por que se desculpar.

— Eu sei que acabei passando dos limites na nossa última conversa, mas... acho que fez toda a diferença... Ela poder passar mais tempo com você e tal.

— Você não fez isso — contesta ele, finalmente desviando o olhar para ver a filha. — Não passou dos limites. Não disse nada que não fosse verdade.

— Mesmo assim. Deve ser irritante ver alguém que chegou há menos de um mês querendo bancar a sabichona.

Aiden ri baixinho.

— Isso é tão esquisito. Parece que já faz bem mais tempo.

— Sério?

— Acho que é porque você se deu muito bem com a Sophie.

— Bem, pelo menos ela nunca botou sujeira na minha cama.

Ele sorri de leve, ainda de olho na filha.

— Que bom que você não está com raiva de mim. Fico feliz.

— Não mesmo, juro.

Tento esconder os olhares furtivos que lanço para ele, fingindo não notar os cabelos jogados ao vento e a calça jeans justinha e o suéter cinza colado no peito, mas toda hora sou flagrada por Aiden, que também me dá alguns olhares.

— Enfim — diz ele, um tempo depois. — É que foi estranho. Parecia até que você estava me evitando.

— Bem... você meio que me evitou primeiro.

Um sorriso ilumina o rosto de Aiden.

— Não somos muto bons em lidar com os nossos sentimentos, né?

— Não sei do que você está falando. Até onde sei, a melhor forma de lidar com situações constrangedoras é simplesmente ignorá-las.

— Ah, então você admite que foi constrangedor... — provoca ele.

Você não faz ideia, penso amargamente.

— Sei lá, eu nunca tive uma conversa importante com meu chefe enquanto ele estava seminu, sabe... Então, analisando agora, acho até que lidei muito bem com a situação.

— Pois é... Não sei onde eu estava com a cabeça quando resolvi usar a camisa para enxugar a cerveja.

— Tinha pano de prato na gaveta, sabe...

— Eu estava muito cansado, ok?

Tudo parece tão fácil neste instante, tão fácil que quase me faz esquecer todos os outros problemas que insistem em atormentar minha mente. Basta pensar muito neles para que a ansiedade dê as caras. Por que Aiden tinha que ser *tão* legal? Isso só dificulta meu trabalho de fazer a coisa certa — ou seja, esconder todos os meus sentimentos.

Acho que é melhor mudar de assunto.

— Então... Disney, hein?

— Pois é — responde ele, resignado. — Já estou até ouvindo a bronca que vou tomar do meu chefe.

— Mas pense em como a Sophie vai ficar feliz — argumento.

— Verdade. Ela vai pirar.

— Você já foi para lá?

Ele faz uma careta.

— Nunca.

— Minha nossa... Isso vai ser ainda mais divertido.

— Vou me arrepender muito?

— Não se preocupe, eu vou estar lá para lidar com a parte difícil.

— Que parte difícil?

— Ah... tirar foto com as princesas, visitar o castelo da Bela Adormecida... esse tipo de coisa. Você sabe que ela vai querer ir fantasiada, né? Aliás, você gosta de montanha-russa?

Aiden parece até meio enjoado.

— Quais são as chances de ela querer passar uma boa parte do dia nas atrações de *Star Wars*?

— Eu não contaria com isso — respondo, achando graça. — Pode se preparar para ver um montão de princesas. Talvez a gente possa até assistir a um desfile! — A expressão no rosto dele me faz rir ainda mais. — Nossa, vai ser bem divertido.

— Que bom que você está tão empolgada assim — resmunga ele.

— Não se preocupe, vou ficar de olho para você não se perder.

Estico o braço e dou-lhe um tapinha na mão.

Foi um gesto inocente, mas, quando a risada morre nos meus lábios, percebo que a minha mão continua sobre a dele. Aiden baixa os olhos, observando o ponto onde nossos dedos se tocam, e algo na expressão dele me faz perder o fio da meada. Não sei quanto tempo passamos desse jeito antes de eu sair do torpor e, com um pigarro, recolher a mão o mais depressa possível sem causar estranheza.

— Desculpe.

— Não tem problema — responde ele, prontamente. — Estou feliz por você ir com a gente.

— Está?

Ele assente, sem olhar para mim.

— Por causa da Sophie, claro. Tenho certeza de que ela vai se divertir mais se você estiver lá.

—Ah. É...

Por causa da Sophie. Por que dói ouvir isso? É o único motivo de eu estar aqui, afinal.

— Acho que vai ser bem divertido — concluo.

Aiden pigarreia e então diz:

— Liguei para a Iris.

— Ah, ligou?

— Ela não conseguiu arranjar alguém para cobrir o turno dela na floricultura nos dois dias — continua ele. — E vamos ficar em um Airbnb depois.

Por favor, não me lembre disso, penso com pesar. Se bem que não faz o menor sentido ficar toda alvoroçada com a ideia de dividir um Airbnb com Aiden. Nós já moramos juntos mesmo.

A BABÁ 153

— Ah, que pena — digo, e por mais estranho que pareça, foi sincero. — A Sophie vai ficar chateada.

Aiden concorda com a cabeça.

— A Iris vai dar uma passada lá em casa na sexta antes do trabalho.

— Pelo menos uma coisa boa. Foi esquisita? A ligação?

— Hum... — Ele pressiona os lábios por um instante, depois balança a cabeça. — Ela parecia... grata. Pelo convite. Acho que foi uma das conversas mais tranquilas que a gente teve nesse último ano.

— Talvez a Iris tenha percebido que você está tentando se entender com ela.

— É, pode ser. — Ele olha para mim. — Obrigado por ter sugerido.

— Ah, imagina — respondo, tentando parecer indiferente. — Foi pelo bem da Sophie.

E pelo seu também, penso.

Acho que ficamos sem saber o que dizer, pois de repente o silêncio se instala entre nós enquanto observamos a Sophie brincar nas barras do trepa-trepa. E assim ficamos até que, de repente, uma mulher passa por nós, com um carrinho de bebê a reboque, para se acomodar no banco ao lado, ofegando ao derrubar a bolsinha de fraldas no chão.

— Vocês se importam se eu me sentar aqui?

— Não, de jeito nenhum — diz Aiden a ela. — Fique à vontade.

Parece que faz dias que essa mulher não sabe o que é uma boa noite de sono. Ela tem o cabelo preso em um coque bagunçado e olheiras fundas sob os olhos.

— Ainda bem que este parque existe, hein? — comenta ela enquanto ajeita o lacinho da bebê. — Eu ia ficar maluquinha se não pudesse trazer o irmão dela para gastar um pouco de energia aqui.

Inclino o corpo para a frente e espiar o bebê.

— Ela é uma gracinha. Quantos meses?

— Seis — conta a mulher. — Ela dá trabalho, mas pelo menos é quietinha. — Em seguida, aponta com a cabeça para um garotinho de cabelos escuros que está brincando no trepa-trepa. — *Aquele* ali não para um minuto — acrescenta, antes de abrir um sorriso bondoso. — Qual desses é o seu?

— Ali — responde Aiden, apontando para as barras do brinquedo. — Aquela ali é minha filha.

— Ela é muito lindinha.

Aiden sorri com gratidão.

— Obrigado.

— Vocês três formam uma família tão linda — elogia ela, e sinto o rosto arder de imediato.

— Ah, nós não somos...

— Daniel! O que foi que eu disse? — Ela nos lança um olhar carregado de desculpas. — Vocês me deem licença, por favor. Preciso ir lá antes que ele se quebre.

Ela empurra o carrinho para longe, afastando-se depressa para ir atrás do filho, que a essa altura está dependurado de ponta-cabeça no trepa-trepa.

Quando enfim reúno coragem suficiente para olhar para Aiden, vejo que ele parece tão envergonhado quanto eu.

— Acho que ia acabar acontecendo cedo ou tarde — comenta ele, com uma risadinha tímida. — Não foi nada.

— É. — Levanto a mão para prender uma mecha de cabelo atrás da orelha, depois encaro o piso de concreto. — Mas é ridículo se for parar para pensar.

Aiden se vira para mim com o rosto inclinado.

— Como assim?

— É que...

Acho que, no ímpeto de suavizar o clima, acabei deixando as coisas ainda mais estranhas.

— Bem — continuo —, está na cara que você é muita areia pro meu caminhãozinho. Mesmo que eu fizesse mais de uma viagem. Então duvido muito que outras pessoas acabem se confundindo como essa mulher.

— Você acha que sou muita areia pro seu caminhãozinho?

Pelo amor de Deus, o que foi que eu fiz? Ainda dá tempo de fugir?

— É que... objetivamente falando, está na cara que você é...

— Eu não acho que seja tão óbvio assim — interrompe ele, categórico.

— Objetivamente falando.

O ar fica preso nos meus pulmões, e, quando tomo coragem de olhar para Aiden, vejo que seu semblante está sério.

— Que foi?

— Na verdade — continua Aiden —, você que seria muita areia pro meu.

Fico boquiaberta, em choque.

— Quê? Até parece que...

— Cassie, você precisa entender... — Ele se detém, parecendo se dar conta do que estamos falando. — É. Acho que agora eu que passei dos limites.

— Não, tudo bem, eu não queria que...

— Só acho que você não deveria insinuar que não é boa o bastante para alguém — enfatiza ele. — Muito menos para mim.

Fico sem saber o que dizer, ainda boquiaberta, tentando encontrar a resposta certa. Por acaso ele está dizendo que não é demais para mim? Como se tivesse cogitado algo do tipo? Ou só está sendo gentil? Estou com muito medo de perguntar; essa conversa pode tomar rumos perigosos.

Ficamos nos encarando pelo que parece uma eternidade, mas provavelmente foram menos de dez segundos. Percebo a forma como os olhos de Aiden se perdem na minha boca, o jeito como seu pescoço estremece quando ele engole em seco e o peito sobe e desce mais devagar do que antes.

— Papai! Papai! Venha me empurrar no balanço!

Aiden se vira para olhar, a respiração ainda ofegante, e vê Sophie acenando do outro lado do parquinho. Ele se reveza entre olhar para mim e para ela, depois balança a cabeça e se levanta do banco.

— Desculpe. Isso foi... Eu não deveria ter... — Ele suspira. — Apenas esqueça tudo o que eu disse.

Fico em silêncio, sem saber o que dizer, enquanto observo sua silhueta se afastar cada vez mais. Minha mente está inquieta, analisando e revirando cada coisinha que ele acabou de dizer, tentando encontrar o significado por trás de tudo e chegando a uma infinidade de conclusões, cada uma mais irracional do que a anterior. Por acaso Aiden acabou de declarar, de um jeito estranho e nada direto, que ele não é muita areia para o meu caminhãozinho? E que eu não sou para o dele?

E, se for o caso, o que diabos isso significa?

Levo um bom tempo para enfim sair do banco enquanto os pensamentos correm soltos, ciente de que vou fazer o oposto do que ele pediu.

Apenas esqueça tudo o que eu disse.

Rá, rá. Até parece.

11

Cassie

O comportamento de Aiden na Disney acaba se mostrando uma das coisas mais hilárias que já presenciei. Ele parece deslocado ali, com as roupas pretas e os óculos escuros, um bom palmo e meio mais alto do que a maioria dos turistas, o tempo todo deixando transparecer um misto de nervosismo e determinação estoica. Ainda assim, faz todas as vontades de Sophie com um sorriso no rosto. Usa tiaras de orelhinha para combinar com as nossas. Espera pacientemente na loja enquanto a filha se fantasia com tudo a que tem direito: vestido, coroa, varinha e sapatinhos (pelo jeito, ela não estava velha demais para gostar de princesas). Até acompanha Sophie em todos os brinquedos, embora eu tenha quase certeza de que ele morre de medo de altura; ficou branco feito um fantasma quando Sophie o convenceu a ir à Incredicoaster.

Seria o dia perfeito… se não fosse pelo clima estranho entre nós dois.

Desde que Aiden foi embora do parquinho no último domingo, nossas interações têm se resumido a "ois" e "tchaus" e a uma mensagem de texto curtinha sobre os ingressos da Disney e a reserva do Airbnb. Ele nem voltou a tocar no assunto da conversa inusitada que tivemos no parquinho — na verdade, não tocou mais em qualquer assunto. Mesmo na viagem de uma hora até Anaheim esta manhã, parece que só se dirigiu a mim quando era estritamente necessário, retomando esse nosso hábito ioiô de evitar qualquer situação constrangedora.

A nossa capacidade de comunicação cai por terra quando um de nós acha que passou dos limites. Parece até que estamos no quinto ano. Isso me daria nos nervos se eu não estivesse sendo tão idiota quanto ele. Já que também não tenho coragem de retomar o assunto, seria injusto ficar chateada com Aiden.

Ao meio-dia, assim que Sophie e eu saímos do Matterhorn, avisto Aiden em um banco à sombra de uma árvore, visivelmente esgotado. Ele deu a desculpa de que precisava muito ir a banheiro, mas tenho lá minhas dúvidas se ele só não estava com medinho do Abominável Homem das Neves. A aniversariante está saltitante ao meu lado, tagarelando sem parar sobre a atração a que acabamos de ir. Ela para e ajusta a coroa que arranjou na Bibbidi Bobbidi Boutique (azul, porque pelo jeito rosa era muito menininha para o seu gosto) e só então vê o pai.

— Papai, papai — grita, empolgada, enquanto corre para perto dele. — Foi tão legal!

— Aposto que foi. — Ele estende a mão, pega duas bebidas sobre o banco e entrega uma para cada. — Imaginei que vocês poderiam estar com sede.

Eu não deveria ficar tão radiante por causa de uma garrafa de Snapple, mas não consigo evitar. Só mencionei meu sabor preferido uma vez, de passagem, mas pelo jeito Aiden achou importante o suficiente para registrar na memória. Agito a garrafinha e sorrio para ele, cheia de gratidão.

— Chá de pêssego.

— Ouvi dizer que até corre nas suas veias...

Finjo que estou distraída com o rótulo só para que ele não veja meu sorriso bobo. Depois abro a garrafa, viro a tampinha de cabeça para baixo e, quando leio a curiosidade aleatória escrita ali, começo a rir.

Aiden inclina a cabeça, curioso.

— O que foi?

— É muita coincidência — respondo, tentando conter a risada, e começo a ler a tampinha para os dois: — "As cem dobras no chapéu de um chef de cozinha representam os cem jeitos diferentes de cozinhar um ovo."

Aiden ri e estende a mão.

— Não pode ser.

Entrego a tampinha para ele.

— Você sabe cozinhar um ovo de tantos jeitos assim?

— Hum... — Ele fica pensativo. — Sabe que não sei? Será que deveria?

— Ora — provoco —, todos os cozinheiros que conheço são fissurados em ovos.

Os lábios de Aiden se curvam em um sorriso, e talvez seja o primeiro momento de normalidade que compartilhamos desde domingo.

Sophie não parece nem um pouco interessada na conversa, muito ocupada em tomar seu Gatorade. Em seguida, solta um suspiro pesaroso e diz:

— Quero ir no Matterhorn de novo. Vamos? — Ela lança um olhar suplicante ao pai. — Você ia amar, papai. Vamos, vamos?

— Ah, eu... — Ele sorri para ela, mas parece apreensivo. — Ainda tem tanta coisa para fazer... Que tal se eu for no próximo brinquedo?

— Tá bom — responde Sophie, armando um beicinho.

Dou uma cutucadinha nela.

— Acho que seu pai está com medo do Abominável Homem das Neves.

— Quê? — Sophie olha para o pai, preocupada. — Você está com medo?

Aiden arqueia uma sobrancelha.

— De jeito nenhum.

— É exatamente o que um medroso diria — provoco.

— Claro, claro.

— Só acho que é muita coincidência — insisto, dando de ombros. — Assim que ficou sabendo do monstro, você falou que precisava ir ao banheiro.

— Rá, rá. Que engraçado — responde ele, impassível. — Vocês querem comer alguma coisa?

Sophie põe a mão na barriga.

— Estou morrendo de fome.

— Vi que tem uns carrinhos de comida por ali — diz Aiden, apontando para a Fantasyland. — A gente pode ir lá dar uma olhada.

— Ainda temos que ir no brinquedo do Peter Pan!

— Já, já — promete Aiden. — Ainda temos o resto do dia.

— *Tá bom* — concorda ela, dando o braço a torcer. — Mas a gente tem que...

Demoramos um instante para perceber que Sophie não está mais nos seguindo, e quando nos viramos para procurá-la, logo fica claro que ela se distraiu com alguma outra coisa. Sigo o olhar dela, na direção da Fantasyland, e tento ver o que chamou sua atenção.

— Aquela ali é a...?

— Mirabel! — berra Sophie.

Ela me agarra pela mão e começa a me puxar na direção da princesa, deixando um Aiden muito confuso para trás. A atriz é linda, com cachos escuros e pele marrom, e rodopia com a blusa branca esvoaçante e a saia azul-petróleo cheia de bordadinhos. Mas são os óculos que arrematam a fantasia, redondos e de um tom bem vivo de verde. A atriz para e acena para as criancinhas por quem ela passa, e Sophie parece prestes a desmaiar de tanta emoção.

— Cassie! Cassie! É a Mirabel!

— Eu vi — respondo, achando graça. — Você quer ir lá falar com ela?

— Posso?

— Claro, pode ir — encorajo, empurrando-a na direção da personagem, que está a uns três metros de onde estamos.

Sophie sai em disparada atrás de Mirabel, quase correndo, e só diminui a velocidade quando já está quase colada nela. Em seguida fica parada ali, paciente, esperando que a pessoa fantasiada termine de conversar com um garotinho que parece ser um pouco mais novo do que ela.

— Era para eu ter entendido o que acabou de acontecer?

Olho para Aiden, que finalmente nos alcançou.

— Tá precisando se atualizar, hein? — brinco. — *Encanto* está com tudo!

— Percebi... — Ele para ao meu lado, as mãos enfiadas nos bolsos. — Acho que nunca vi Sophie tão animada assim.

— Ela é maluca pela Mirabel — explico. — O filme é bem fofinho. Você deveria assistir.

— Vou tentar ver com ela na semana que vem — promete Aiden.

Finalmente chega a vez de Sophie interagir com Mirabel, e ficamos a observando de longe. O rosto dela se ilumina quando a personagem se agacha para ficar da mesma altura, toda sorridente. Não consigo ouvir a conversa, mas deve estar ótima, já que Sophie se comporta como se estivesse diante do presidente em pessoa — ou de um equivalente que seja mais interessante para o público infantil.

— Até que você está se saindo bem aqui na Disney — comento, tomando outro gole de chá. — Achei que as tiaras de orelhinha seriam a gota d'água.

Ele estende a mão para tocar as orelhas do Mickey que Sophie insistiu em comprar — e depois jogou para escanteio assim que viu a coroa na butique.

— Adotei o visual dos pais que chegaram ao fundo do poço.

— Mas esses pais são bonitinhos, não se preocupe — respondo, achando graça.

Ele pigarreia de leve.

— São?

— Claro, eles...

É um erro olhar para Aiden. Como é que alguém consegue ficar maravilhoso desse jeito, com orelhinhas do Mickey e todo vestido de preto em plena Disney? Não consigo enxergar seus olhos por trás dos óculos de sol, mas acho que não faz muita diferença, pois sei que está olhando diretamente para mim.

— Ficam bem em você — digo, um pouco mais baixo.

Percebo que ele contrai a mandíbula de leve antes de olhar para Sophie, que está fazendo Mirabel assinar seu caderninho de autógrafos.

— Em você também.

Por que você não pergunta de uma vez?, sussurra uma voz na minha cabeça. *Por que não pergunta o que ele quis dizer lá no parquinho? Que mal vai fazer?*

Vai fazer mal se ele disser que só estava sendo gentil. Aí é que está.

— Então, Aiden, o que...

— Pai! Cassie!

Quando me viro, Sophie está apontando freneticamente para um arbusto às suas costas, onde avisto uma cabeleira repleta de cachos e um poncho verde-esmeralda. O ator parece tão nervoso quanto o personagem que representa, espiando por trás de um galho e dando um aceno tímido para Sophie conforme ela se aproxima.

— É, pelo jeito vamos falar do Bruno — cantarolo.

Aiden parece confuso.

— Quê?

— Nada, não — respondo, rindo. — É melhor a gente ir atrás dela antes que tenha um piripaque.

Mas acho que é melhor assim, penso. *A curiosidade matou o gato.*

Mas dane-se o gato, estou preocupada mesmo é com os meus malditos sentimentos.

De todo modo, passo o resto do dia sem tocar no assunto.

Dedicamos cada segundo do dia a explorar a Disney, arrastados por Sophie de brinquedo em brinquedo até bem depois de o sol se pôr. Aiden tem que praticamente obrigá-la a ir embora, pois a garotinha queria ficar no parque até o último minuto. É difícil explicar a uma criança que acabou de fazer dez anos que não é uma boa ideia ficar fora de casa até tão tarde da noite.

Ela cai no sono quando ainda estamos no carro a caminho do Airbnb, mas mesmo com o silêncio da estrada, interrompido apenas pelo vaivém dos veículos do lado de fora, Aiden e eu não falamos qualquer coisa para aliviar o clima. Ele mal me olhou desde que saímos do parque, e mesmo que a noite já tenha caído, consigo enxergar suas feições à luz dos postes sempre que arrisco uma espiadinha. Vai ser estranho dividir aquele Airbnb minúsculo com ele se as coisas continuarem nesse pé. Em casa pelo menos podemos nos refugiar na segurança de nossos respectivos andares.

Não sei quanto tempo ficamos assim, até que o silêncio me dá nos nervos, e quando o escuto batucar no volante pela quarta vez seguida, sei que é a gota d'água.

— Acho que já dá para dizer que hoje foi um sucesso — comento. — Aposto que ela vai querer ir fantasiada de princesa para a escola.

Aiden ri baixinho.

— Vão soltar os cachorros para cima de mim no trabalho, mas valeu a pena.

— Pai do ano — respondo, repetindo o que disse um dia desses.

Vejo o esboço de um sorriso.

— Pois é...

— Acho que ela não vai nem acordar quando você colocá-la na cama.

— Ah, com certeza — concorda Aiden, e quando olho outra vez, eu o vejo espiar pelo retrovisor. — Ela teve um dia e tanto.

— Você se divertiu?

— Até que sim.

— Que tal você usar a tiara de orelhinha para ir trabalhar?

— Ah, claro — zomba ele. — Vai nessa.

Sorrio em meio ao breu, com o rosto virado para a janela. É curioso como o clima entre nós fica estranho em questão de segundos. Aiden dá um pigarro para chamar minha atenção, como se ainda tivesse mais algo a dizer.

— Você falou que ficava bem em mim, esqueceu? — retoma ele, com a voz mais baixa do que antes. — Então...

Viro a cabeça de leve, sentindo o coração acelerar no peito.

— Verdade. Falei mesmo.

— Você ia me perguntar alguma coisa mais cedo — continua ele. — O que era?

— Ah... — Engulo em seco, com um nó repentino na garganta. — É só que... — Sei que não é uma boa ideia, sei mesmo. Eu deveria largar o osso, mas não consigo. — Eu ia perguntar o que você quis dizer aquele dia.

— Aquele dia... — repete ele baixinho.

— É, quando você... — Eu me ajeito no banco do carro, endireitando a coluna e espalmando as mãos sobre os joelhos. — Aquele dia no parque. Quando a mulher falou que... E eu disse que você era... — *Pelo amor de Deus.* — Você disse que não era óbvio.

Espero que ele tenha entendido alguma parte dessa lenga-lenga, porque meu coração está tão acelerado que mal consigo ouvir meus pensamentos. Sinto o peito palpitar, faiscar, e a respiração sai entrecortada.

— Ah.

Fico esperando que ele diga mais alguma coisa, mas o silêncio se estende por quase um minuto. E a cada segundo o meu pânico só aumenta, já arrependida de ter tocado nesse assunto outra vez.

— Você disse que eu obviamente era muita areia para o seu caminhãozinho — responde Aiden, em um quase sussurro.

Acho que parei até de respirar. É difícil saber.

— E você disse que não era.

— Porque não sou.

Meus lábios se abrem, e não estou mais lançando olhares furtivos na sua direção; na verdade, estou quase totalmente virada no banco, os olhos fixos nele.

— Mas não sei o que isso quer dizer.

— Eu também não.

— Você precisa entender — consigo repetir. — Foi o que você me disse aquele dia. *Cassie, você precisa entender.* Preciso entender o quê, Aiden?

Percebo que ele está agarrando o volante com força, ainda sem olhar para mim.

— Não sei se a gente deveria tocar nesse assunto.

— Ah. — Todas as faíscas no meu peito se apagam de uma vez. — Certo. Claro.

— É só que eu não acho uma boa ideia se...

— Claro, entendo — interrompo. — Desculpe. Você tem razão. Totalmente inapropriado.

— Cassie, é só...

— Eu entendo, Aiden. — Viro o rosto para a janela. — Sério. Só estava curiosa. Não foi nada.

Ele fica em silêncio outra vez, e logo sou inundada pelo arrependimento de ter trazido o assunto à tona, como eu já imaginava. Os postes de luz continuam iluminando as ruas lá fora, e meu coração continua acelerado, mas já não sinto a pontinha da expectativa que estava aqui há um minuto. Só restou constrangimento e decepção.

Você deveria ter fechado a matraca.

***

Fico esperando Aiden dizer mais alguma coisa, mas o silêncio reina entre nós durante o trajeto até o Airbnb. Acho que posso ter estragado tudo ao nos colocar nessa sinuca de bico. Está claro que eu deveria ter deixado o assunto morrer, pois me parece cada vez mais provável que Aiden só estava sendo gentil aquele dia no parque. E agora deve estar preocupado achando que a babá viu coisa onde não tinha. Acho que se eu estivesse no lugar dele, também ficaria um pouco sem jeito.

Eu me tranco no banheiro enquanto Aiden leva Sophie para o quarto, e escovo os dentes com agressividade enquanto relembro tudo o que fizemos durante o dia. Tento descobrir onde posso ter errado ao interpretar as coisas ditas por Aiden — e as não ditas também.

Cassie, você precisa entender...

Pelo amor de Deus. Nem vou conseguir pregar os olhos esta noite.

Cuspo a pasta de dente na pia e abro a torneira, depois guardo a escova e apoio as mãos sobre a bancada para contemplar meu reflexo no espelho. Chega a ser ridículo ter torcido para que houvesse algo a mais nas suas palavras; está claro que não seria uma boa ideia, e a longo prazo... as coisas não iriam terminar bem. Mesmo *se* Aiden estivesse interessado. E não está. Ou talvez esteja, mas sabe que é melhor não seguir por esse caminho. Mas pode ser que eu esteja cogitando isso só para me sentir melhor. Sei lá.

Penteio o cabelo com os dedos e solto um suspiro, afastando os pensamentos ruins que, afinal, não vão me ajudar em nada. Tenho que me lembrar toda hora que não importa se Aiden é mesmo a pessoa que me acompanhava no OnlyFans. Não importa se é a pessoa que parecia sentir alguma coisa por mim, porque, no fim das contas, ele sumiu. E, se eu continuar vendo coisa onde não tem, é capaz de ele dar no pé outra vez.

Saio do banheiro e fecho a porta em silêncio. O corredor está escuro, iluminado apenas por uma réstia de luz vinda da sala de estar, e talvez seja por isso que não o vejo logo de cara. Sigo em direção ao meu quarto, mas acabo trombando em algo grande e sólido no meio do caminho — colidindo com o fruto das minhas preocupações bem ali, na escuridão do corredor.

As mãos de Aiden agarram meus ombros como se por instinto, ajudando-me a recuperar o equilíbrio.

— Cassie?

Meu cérebro leva um segundo para computar que estou cara a cara — e pele na pele — com a pessoa que atormentava meus pensamentos instantes antes.

— Desculpe — gaguejo. — Não vi você aí.

— Imagina, não tem problema. Eu só estava... — Ele parece perceber que ainda está com as mãos nos meus ombros, pois trata de afastá-las depressa. — Fui pegar alguma coisa para beber.

Espio o fim do corredor, onde fica o quarto de Aiden e Sophie, a uns bons três metros do meu.

— A Sophie já está dormindo?

— Feito pedra.

— É, foi um dia agitado.

Ele assente.

— Foi mesmo.

Ficamos parados ali, sem jeito, Aiden coçando a nuca enquanto eu olho para os meus próprios pés.

— Você se divertiu hoje, né? — arrisca ele.

— Claro — respondo. — Foi um dia ótimo.

— Ah, que bom. Que bom.

Cassie, você precisa entender...

É melhor eu ir dormir. É melhor dormir e esquecer esse dia, esquecer tudo a respeito de Aiden e de tudo o que ele viu. Preciso acordar decidida a fazer meu trabalho sem distrações. Eu consigo, certo? Posso fingir que Aiden não passa do pai de Sophie. *Eu consigo.*

Mas, pelo jeito, sou incapaz de ficar de boca fechada.

— Escute, aquilo que aconteceu mais cedo...

— Sim?

Seu tom ansioso me pega de surpresa, e quando ergo o olhar, vejo a mesma ansiedade na sua expressão. Meu cérebro se agarra a esse fiapo de esperança, mas trato de mandá-lo ficar quietinho.

— É que... Sinto muito. Se deixei você desconfortável. Eu não quero que o clima fique estranho entre a gente.

— Ah. — Ele balança a cabeça devagar, e aquele olhar ansioso se dissipa. — Claro. Mas não deixou, não.

— Acho que acabei presumindo um monte de bobagem — continuo, tentando tirar sarro da situação.

— Bobagem — repete ele, sem parecer ter achado a menor graça.

Nossa, ele não facilita.

— É claro que você só estava sendo gentil e eu interpretei tudo errado. Só não quero que você ache que não posso fazer meu trabalho ou algo do tipo só porque pensei que você estava falando sério.

Aiden não responde, e, quando olho para ele, vejo que sua expressão parece quase aflita. Acho que estou só piorando as coisas. Ele está com cara de quem quer morrer.

Dou um pigarro e faço menção de ir embora, na esperança de me refugiar no quarto e pensar em formas de sumir de vez.

— Enfim, acho que é melhor eu...

De repente, Aiden envolve meu braço com uma das mãos. Não chega a apertar, mas segura forte o bastante para deixar claro que gostaria que eu continuasse ali. Olho para a mão dele, confusa, depois volto a fitar seu rosto e percebo que o olhar continua fixo no lugar onde eu estava instantes antes, parecendo tão perplexo com sua reação quanto eu.

— Aiden?

— Não é — declara ele com firmeza, ainda sem olhar para mim.

Fico confusa.

— Não é o quê?

— Bobagem — diz ele. — Não é bobagem.

Sinto o coração acelerar. Tento me convencer a não nutrir esperanças, a não ver coisa onde não tem, porque até agora isso só me trouxe decepção.

— Não entendi.

Aiden balança a cabeça.

— Eu também não entendo muito bem.

— Mas não pode ficar por isso mesmo — protesto, frustrada. — Você precisa falar mais alguma coisa. Está sendo muito confuso.

Aiden ri, mas de um jeito estranho.

— Eu fico confuso perto de você.

— Quê? O que você quer dizer com isso...

— Que não deveria estar pensando tanto assim em você.

Todo o ar escapa dos meus pulmões.

— Quê?

Aiden finalmente olha para mim, e mesmo no escuro vejo a voracidade no seu olhar. É o suficiente para me tirar o fôlego.

— E não deveria estar pensando em você do jeito que penso.

Engulo em seco, e estamos tão perto um do outro que tenho certeza de que ele notou.

— Aiden, eu...

— Você não precisa falar nada — interrompe ele, com um suspiro. — E talvez seja até melhor não falar. Sei que passei dos limites, é só que... Sinto que estou ficando maluco. Estou até começando a achar que todo esse nosso arranjo foi uma péssima ideia, mas a Sophie gosta tanto de você, e não quero estragar a porra toda só porque não consigo parar de...

Não sei se é a escuridão ou a forma como suas palavras correm soltas de repente, um contraste gritante com seu comportamento sempre tão controlado, mas Aiden não percebe quando me desvencilho da mão dele, quando chego ainda mais perto para acabar com a distância entre nós. Suas palavras morrem na boca quando ele me olha, e mal consigo distinguir seus olhos, um brilhante e o outro escuro, os dois fixos em mim. Ainda sinto o coração acelerado no peito, ainda ouço a pulsação martelar nos meus ouvidos enquanto me questiono, mesmo agora, mas alguma coisa no jeito como Aiden me olha me enche de coragem.

— E se... — Engulo em seco, correndo o olhar dos seus lábios para os olhos. — E se eu não quiser que você pare?

Ouço a respiração dele entrecortada.

— Quê?

— Quem disse que você é o único? E se eu também estiver pensando em você?

Nem parece consciente, a maneira como as mãos dele se erguem e as pontas dos dedos roçam a minha pele entre a bainha da blusa e o short de algodão cheio de coraçõezinhos — só agora me lembro desse detalhe.

A voz dele está incrivelmente baixa agora, quase rouca.

— E está?

— Há semanas — admito, me sentindo corajosa.

Ele agarra meu quadril.

— Isso é loucura, não é?

Ah, você não sabe da missa a metade.

— Não ligo para um pouquinho de loucura — respondo, minha boca a centímetros da dele.

Sinto o toque quente da sua mão por baixo da blusa, enlaçando minha cintura enquanto ele olha para o meu peito.

— Você está com essa blusa de novo.

— É a minha preferida.

Ele emite um som que nunca ouvi antes, algo entre um gemido e um rosnado, e sinto todo o corpo estremecer.

— É a minha preferida também.

Aiden nem se mexe quando espalmo minhas mãos no peito dele, quando as deslizo mais para cima e agarro-lhe os ombros, enfim me permitindo sentir seu corpo contra o meu, como venho fantasiando há tempos. Se a coisa dura pressionando minha barriga servir de indicação, acho que dá para acreditar que Aiden realmente também esteve pensando em mim.

— Isso é loucura — sussurra ele outra vez.

Deixo minhas mãos deslizarem de volta para a rigidez do seu peitoral.

— Seria uma loucura ainda maior se você me beijasse.

— Posso?

— *Aiden.*

Ele parte logo para a ação.

Sua boca é tão macia quanto parece, exploradora, mas gentil enquanto seus lábios se colam aos meus. Posso sentir a avidez da sua língua, que lambe meu lábio inferior de forma indagadora, e não preciso de mais nada para entreabrir os lábios e deixá-lo entrar. Parece que algo se acende quando nossas línguas se encontram e, em um piscar de olhos, as mãos dele estão no meu queixo, nos cabelos e em todos os lugares, puxando e tocando tudo o que estiver ao alcance. Engulo os sons famintos que ele solta enquanto me pressiona contra a parede e faço questão de memorizar cada um deles para poder revisitá-los mais tarde, como se fossem tesouros.

Ainda sinto sua rigidez pressionar minha barriga, e Aiden eleva os quadris de um jeito quase impulsivo, como se nem percebesse o que está fazendo.

Sinto seus dentes mordiscando meu lábio, depois o hálito quente no meu pescoço, todas as sensações se misturando conforme seu toque me incendeia.

— Não podemos fazer isso. — Sua voz soa aflita contra a minha pele. — Não é certo que...

Sou invadida por uma onda de pânico.

— Quê? Como assim?

— Aqui não — rosna ele baixinho. — Sophie... Ela pode acordar...

Até parece que vou deixar Aiden voltar atrás depois de me deixar ávida desse jeito. Por isso, eu o empurro em direção ao banheiro, estendendo a mão por trás dele para abrir a maçaneta enquanto nos apressamos porta adentro. Ele acende a luz, e agora que consigo enxergá-lo direito — cabelo bagunçado, boca vermelha de tanto beijar —, a ficha parece cair de uma vez.

Estamos mesmo fazendo isso?

Pelo jeito sim, se a forma como Aiden beija meu pescoço servir como prova.

— Essa blusa aí é perturbadora — sussurra ele.

Inclino o pescoço para trás enquanto seus lábios deslizam pela minha pele e beijam a minha clavícula, depois sinto a mão dele alisar minha camiseta, bem abaixo do peito.

— Não consegui parar de pensar nela... no que tem aí embaixo — continua.

— Não foi minha intenção...

Deixo escapar um suspiro quando sua boca envolve meu mamilo através do tecido fino, um arquejo suave que fica mais alto ao ecoar pelos azulejos do banheiro. Aiden se retrai de imediato, depois me encara com os olhos semicerrados.

— Você não pode fazer barulho — murmura para mim. — Entendeu?

— Entendi. — Arfo mais baixinho quando seus lábios voltam para onde estavam, mas a intensidade é a mesma. — Não vou fazer barulho.

Sinto seu hálito quente contra meu mamilo, o tecido cada vez mais úmido roça minha pele a ponto de formigar, e enrosco os dedos nos seus cabelos, puxando-o para mais perto. É tudo o que imaginei que seria, o toque dele, tanto agora quanto um ano atrás — e uma parte minha se esforça para assimilar tudo isso.

Mas Aiden não me dá muito tempo para devaneios.

Sua mão desliza pela minha cintura e vai até a barriga, o polegar acariciando o tecido entre as minhas pernas com tanta leveza que parece uma pluma.

— Fale se quiser que eu pare — pede Aiden com a voz rouca. — Se quiser, é só falar que eu paro.

— Não quero que você pare — declaro, e puxo seu cabelo para forçá-lo a olhar para mim.

Os dois olhos de Aiden parecem escuros agora, as pupilas dilatadas, e escuto sua respiração ofegante quando puxo seu rosto para trazer seus lábios aos meus. E então sussurro, em um fiapo de voz:

— Eu quero você.

O beijo fica mais voraz, as mãos mais insistentes, e quando deslizo os dedos pelo cós da calça, enganchando a cueca para afastá-la de vez, Aiden sibila entre os dentes de um jeito que faz uma parte do meu corpo palpitar... e não é o coração.

— Porra — rosna ele contra a minha boca.

Isso também tem um efeito em mim, ouvi-lo xingar desse jeito, mas tocar sua ereção dura e grossa tem um efeito ainda maior. Sinto-o pulsar na minha mão, latejar entre meus dedos quando deslizo o punho para baixo, e quando volto para a pontinha, sinto um líquido escorregadio escorrer pela minha palma.

Aiden inclina o corpo para trás e me observa, com as mãos agarradas nas laterais do meu quadril e os olhos fixos em mim enquanto eu o toco. Os lábios se abrem, deixando escapar um suspiro ofegante, e ele parece tão perto do ápice que me sinto estranhamente poderosa.

— Você vai me fazer gozar — geme ele.

Abro um sorriso.

— Acho que a ideia é essa, né?

— Eu não quero gozar na sua mão.

Paro de imediato. Em seguida, pressiono o polegar contra a pontinha úmida e levo-o à boca, dou uma lambida e depois retomo os movimentos de vaivém, sem tirar os olhos de Aiden.

— E onde você quer gozar, Aiden?

Ele chega mais perto de mim, seus lábios roçam meu queixo, a língua quente contra minha pele.

— Dentro de você.

— A gente pode...

Estamos tão colados que, mesmo por cima da blusa, posso sentir seu calor contra minha barriga. Estico a mão, apressada, e faço menção de tirar o short.

— Eu posso tirar isto aqui, é só... — continuo.

— Não podemos — responde ele, como se doesse dizer isso.

Sinto algo murchar dentro de mim.

— Ah. Desculpe, eu não queria que...

— Eu quero — esclarece Aiden —, mas eu não tenho camisinha. Não trouxe.

— Ah. *Aaah*.

Engulo em seco, nervosa, cem por cento ciente de que ainda estou com a mão no pau dele.

— Eu uso DIU — digo a ele. — E não estou... Tipo, faço exames sempre, então, se você quiser...

Ele me encara com voracidade, depois seu olhar recai na minha mão.

— Eu quero — declara. — Você não faz ideia de como quero.

— E você... hum. Você também...

— Não tenho nada — garante-me ele.

— Ah. Tá certo. Então, se você quiser...

A sua resposta vem na forma de um movimento rápido; primeiro, envolve meu quadril com as duas mãos, depois me levanta e me apoia na bancada da pia. Em questão de segundos, estou nua da cintura para baixo. Fico ofegante enquanto seus dedos acariciam a umidade entre minhas pernas, e então, com a mão livre, Aiden enlaça meu quadril e me puxa para mais perto, e mais, até que eu possa sentir o calor do seu pau, tirando meu fôlego de vez. Os lábios pressionam meu pescoço de novo, beijando aquele ponto fraco que eu nem sabia que tinha, e a voz dele contra a minha pele me faz estremecer.

— Você faz ideia de como eu fantasiei com isso?

Nego com a cabeça, ou pelo menos acho que nego. Meu cérebro está todo embaralhado.

— Caralho, Cassie, você... — Ele desliza um dedo para dentro de mim, e eu pendo a cabeça para trás. — Você é... perfeita.

Ele me provoca com os movimentos de vaivém, tirando e colocando o dedo até que eu queira mais e mais.

— Ah, quero fazer tanta coisa com essa bocetinha linda...

Meu Deus.

Não o ouço usar essa palavra desde antes de descobrir o nome dele. Não a escuto desde que ele a sussurrou para mim pelo alto-falante do computador, tanto tempo atrás que parece outra vida.

Protesto baixinho quando ele recolhe a mão, mas não dura muito, já que logo o sinto se posicionar entre as minhas pernas e o pau resvalar bem lá embaixo. Seus lábios cobrem os meus e engolem o gemido que solto quando tudo se encaixa, e ele me preenche devagar, sussurrando para que eu fique quietinha enquanto o tomo por inteiro.

— *Ssshhh* — pede ele. — Você disse que não ia fazer barulho, Cassie. Esqueceu?

Sinto meu corpo se contrair em torno dele, e, se eu já não estivesse sentada, meus joelhos já estariam bambos a essa altura. Parece que fomos transportados para uma outra época, quando ele sussurrava esse tipo de coisa para mim sem nem saber quem eu era, e isso me deixa ainda mais excitada. Todas as minhas fantasias, todas as vezes que imaginei seu toque... nem se comparam à realidade.

Faço que sim, ofegante, e sinto sua respiração estremecer contra meus lábios.

— Você é tão gostosa — murmura ele, rouco. — Gostosa pra caralho.

Nossos quadris estão alinhados, cada centímetro dele enraizado bem lá no fundo. Aiden me preenche por completo, e meu corpo todo estremece, sem conseguir ficar imóvel sobre a bancada.

— Será que você pode... ah. Será que dá para...

— Você quer que eu comece? — Ele me beija lentamente, depois mexe o quadril para me provocar. — Quer que eu coma essa bocetinha perfeita? — Posso senti-lo deslizar para dentro de mim, e preciso agarrar o ombro dele com a mão livre para me firmar. — Ande, fale para mim que você quer.

Digo que sim, toda trêmula.

— Eu quero.

— Ainda bem — rosna ele.

Então agarra meu quadril com mais força, desliza para fora e depois volta com força. Aiden grunhe quando me preenche, e um arrepio percorre minha espinha ao ouvir a rouquidão da sua voz, mas mal tenho tempo de assimilar antes que ele repita o gesto.

Outra arremetida, agora mais forte, e deixo escapar um gemido:

— Ah.

— *Sshh* — sussurra ele, envolvendo meu queixo com a mão enquanto o polegar pressiona meus lábios. — Seja boazinha, Cassie. Você precisa ser boazinha para eu poder te comer.

Acho que aceno com a cabeça, mas não sei ao certo. Estou concentrada demais no ritmo constante, cada metida mais profunda do que a anterior, e o som suave do nosso enlace reverbera pelos azulejos. Estou me esforçando para não fazer barulho, mas fica cada vez mais difícil.

— Aiden... Aiden, será que você pode...

— Fale o que você quer de mim — rosna ele. — Fale como quer gozar.

— Quero que você me toque — gemo, pegando a mão dele e colocando-a entre minhas pernas. — Pode me tocar?

Aiden começa a massagear meu clitóris, fazendo movimentos circulares com a ponta dos dedos, e logo reclino a cabeça para trás e contraio a barriga. Estou quase lá, o vaivém delicioso do seu pau me deixa maluca, e a fricção dos dedos dele na parte mais sensível do meu corpo só aumenta a pressão cálida entre minhas pernas, prestes a irromper a qualquer momento.

Sinto seu hálito quente na minha mandíbula.

— Assim está bom?

— Arrã — respondo, ofegante. — Assim mesmo.

— Caralho, eu vou gozar — geme ele baixinho, os lábios colados aos meus. — Você tá quase lá?

Tento acompanhar os movimentos de Aiden, com as mãos apoiadas na bancada para espelhar suas arremetidas enquanto os dedos dele deslizam pelo meu clitóris. Estou quase lá.

— Isso... não para... assim mesmo... ah. *Ah.*

— Cassie — geme ele.

Talvez seja a forma como Aiden diz meu nome. Talvez seja a calidez abrasadora dos seus lábios contra os meus quando sua língua desliza entre eles. Talvez sejam as mãos dele, o pau ou o calor do seu corpo — seja lá o que for, cada parte de mim estremece e cada músculo da coxa se contrai para receber o orgasmo. Posso sentir quando ele próprio atinge o ápice instantes depois, como se tivesse esperado por mim. Posso sentir o latejar do pau dele bem lá no fundo e ouvir o grunhido baixinho no meu ouvido, que desencadeia um frio nas profundezas da minha barriga. E então ele enterra o rosto no meu pescoço e desaba sobre mim, com o peito arfante contra o meu.

Ficamos assim por um instante, em silêncio enquanto tentamos recuperar o fôlego, e espero o arrependimento vir, a preocupação com as consequências, mas nada acontece. Sinto apenas o formigamento satisfeito na pele e do calor reconfortante do corpo de Aiden enquanto suas mãos continuam a acariciar minha pele.

Quando ele enfim se afasta para me olhar, vejo a sua expressão igualmente confusa e maravilhada, como se ele nem acreditasse que aquilo tinha sido real. Envolvo seu rosto entre as mãos e o puxo para outro beijo demorado, engolindo o gemido que ele deixa escapar na minha boca enquanto desliza para fora de mim.

Eu o beijo outra vez, mais devagar agora, e sinto seus lábios se curvarem em um sorriso acompanhado de uma risada ofegante.

— Parece um sonho — sussurra Aiden.

Ainda não interrompi o beijo. Não sei se consigo parar.

— Mas não é.

Ele aninha o rosto nos meus peitos e mexe a cabeça para a frente e para trás, e eu rio baixinho.

— Essa maldita camiseta — resmunga ele. — Estava me deixando maluco.

— Acho que vou pedir um vale-pijama para o meu chefe — provoco.

— Bem, ele diria que não está no orçamento — responde, e em seguida me lança um olhar sério. — Foi... esquisito?

Eu recuo.

— Esquisito?

— É, tipo... — Ele parece inseguro de repente. — Já fazia muito tempo desde a última vez, e você é tão... — Seu olhar viaja pelo meu corpo, me fazendo estremecer. — Acho que me empolguei.

Ah.

Quer que eu coma essa bocetinha perfeita?

— Está tudo bem. — Dou-lhe um beijo suave. — Eu gostei.

Não sei como contar a Aiden que ele já me disse coisa parecida antes — e muitas outras.

— Que bom — responde ele. — Porque não me vejo agindo com moderação em relação a você em um futuro próximo.

Não consigo deixar de sorrir, e a ansiedade que vinha se acumulando ao longo da semana vai embora, dando lugar a uma estranha calmaria. Mas, mesmo assim, ainda preciso sanar uma dúvida:

— O que vai... — Pigarreio. — O que vai acontecer com meu emprego?

— Quê? — Aiden parece genuinamente confuso. — Você não quer pedir as contas, quer?

— Não, não, claro que não! Mas... as coisas não vão ficar... estranhas depois do que aconteceu?

— Só se a gente deixar — tranquiliza-me ele. — É só não misturarmos as coisas.

— Como assim?

— Não vamos contar para a Sophie — explica ele. — Até... até a gente descobrir onde isso vai dar.

Ouvir isso não deveria me deixar desse jeito — afinal, ele está coberto de razão. Não seria justo contar tudo a Sophie se ainda nem sabemos rotular essa relação.

Então, por que a ansiedade voltou assim, tão de repente?

Recordo as noites insones e as lágrimas derramadas depois que Aiden sumiu e agora que o conheço de verdade, sinto que seria ainda pior.

Talvez seja por isso que fico quieta, mesmo sabendo que deveria.

Eu poderia contar tudo a ele nesse exato momento. Poderia contar tudo sobre nós dois, sobre a nossa história juntos, mas uma vozinha bem lá no fundo me diz que é melhor ficar calada. Ele saiu da minha vida uma vez, e eu sobrevivi, mas será que aguentaria passar por tudo isso de novo? A essa altura do campeonato? Estou tão consumida pelas dúvidas que não consigo dizer tudo o que deveria, então apenas me inclino para a frente e puxo Aiden para um beijo demorado.

— Não precisamos misturar as coisas — digo a ele. — Pelo bem da Sophie.

Ele me puxa mais para perto, buscando meu olhar.

— Mas isso não significa que foi só hoje e nunca mais — declara ele, enfático. — Né?

Meus lábios se curvam em um sorriso tímido.

— Por mim, não.

— Que bom — responde ele, com um suspiro. Em seguida, me beija outra vez. — Porque a gente ainda não acabou por aqui, Cassie. Não mesmo.

Ainda não tinha percebido o quanto eu precisava ouvir isso — tanto que chego a ficar tonta.

Aiden me ajuda a colocar as roupas antes de vestir a calça, depois me tira da bancada, inclina meu queixo para cima e dá um beijinho na bochecha. Sinto o sorriso dele na pele, a mão alisando meu quadril como se quisesse memorizar seu formato.

Ele apaga as luzes do banheiro e me leva para o corredor, segurando-me por mais tempo do que o necessário, como se não estivesse pronto para ficar longe de mim. Posso dizer que sei muito bem como ele se sente.

— Boa noite, Cassie.

— Boa noite — sussurro de volta. Meus joelhos ficam trêmulos com a rouquidão da voz dele.

Aiden desliza a mão pelo meu braço quando me afasto, os dedos resvalam na pele até encontrarem a palma da mão, agarram-se a ela por alguns segundos antes de enfim me deixar ir. Dou as costas para ir para o quarto, e preciso de um esforço descomunal para não implorar que ele venha junto, e um esforço ainda maior para não me virar e dar uma última olhada nele.

Até porque sinto seu olhar grudado em mim durante todo o trajeto.

Já faz meia hora que estou esperando Cici ficar on-line.

Acho que já dá para dizer que estou um pouquinho obcecado.

Mas vou continuar esperando mesmo assim.

12

Aiden

Passo a noite em claro pensando nela.

Não consigo pregar os olhos, então só me resta encarar o teto branco do Airbnb, embalado pelos roncos de Sophie. Eu deveria ter reservado um apartamento com cama de casal, ou talvez até mesmo um com um quarto só para ela. Repasso todos os motivos pelos quais seria uma má ideia me esgueirar de fininho para ver Cassie. Toda vez que fecho os olhos, me lembro dos sons vindos daqueles lábios macios, e penso no seu corpo ainda mais macio — e a sensação de estar dentro dela toma conta de cada pedacinho da minha cabeça, instalando-se ali de vez.

A manhã chega, e acabo desistindo de dormir, então saio do quarto, com Sophie ainda adormecida, e fecho a porta em silêncio atrás de mim, decidido a preparar um café. Perco o fio da meada quando vejo Cassie no meio da cozinha. Pelo jeito, alguém teve a mesma ideia que eu. Nem cheguei a pensar em como seriam as coisas pela manhã, depois da noite que tivemos juntos; achei que poderia ser estranho, considerando tudo o que fizemos e dissemos, mas ao vê-la ali — os olhos arregalados, o cabelo ruivo levemente bagunçado e os lábios ainda vermelhos e inchados depois de tantos beijos — só consigo pensar em como quero tocá-la outra vez.

Ela não está com aquela maldita camiseta que me deixa maluco, mas apenas de blusinha e short jeans. É difícil não pensar na sensação da sua pele nua sob meus dedos.

— Bom dia — cumprimenta Cassie, acanhada, escondendo o sorriso atrás da xícara. — Eu fiz café.

Retribuo o sorriso, tentando não pensar que agora sei como é sentir seus mamilos na ponta da língua ou que lamento o fato de ela estar de sutiã.

— Bom dia.
— Quer uma xícara?
— Depois.
— Depois?

Atravesso a distância entre nós em um instante, e Cassie fica surpresa quando envolvo seu queixo com as mãos e inclino seu rosto para beijar seus lábios. Ela suspira baixinho, entreabrindo-os como um convite, e sinto a doçura do café com açúcar e creme. Aproveito ao máximo antes de me afastar, sem saber quando poderei tocá-la outra vez.

— Depois — esclareço.
— Bem, eu diria que você me deixou mais acordada do que o café — brinca Cassie.
— Você conseguiu dormir?
— Nadinha.
— Nem eu.

Estendo a mão para ajeitar uma mecha de cabelo atrás da orelha dela, depois acaricio seu rosto com o polegar. Deve ser a primeira vez que me permito admirá-la sem reservas, já que antes tinha medo de que meu olhar me entregasse. Tudo nela — desde o nariz delicado até os lábios carnudos e os olhos brilhantes — parece ter sido feito sob medida para me atrair. Sou invadido por uma vontade súbita de beijá-la outra vez.

Balanço a cabeça.

— Como é que eu vou fazer para não ficar o tempo todo agarrando você?

— Você vai ter que aprender a se controlar, sr. Reid.

Pelo jeito, meu pau ainda não entendeu que vamos manter tudo em segredo.

— Eu não deveria ter gostado de ouvir você me chamar assim...
— Fiz você se sentir velho?
— Não quando é você falando.
— Humm...

Cassie troca a xícara de mão, depois estende o outro braço e começa a acariciar a pele bem abaixo da bainha da minha blusa.

— Bom saber — diz.

Ela fica na ponta dos pés, dá um beijinho rápido nos meus lábios e então me empurra de leve para longe.

— Agora vá se sentar enquanto preparo um café para você.
— Sim, senhora — murmuro em resposta.

Eu me acomodo em uma banqueta diante da bancada com o queixo apoiado na mão. É fácil vê-la em movimento; passei semanas querendo observar Cassie mais livremente, e agora que posso, não sei se vou conseguir tirar os olhos. Ela coloca a xícara bem diante de mim, inclinando-se sobre a bancada para tomar um gole de café, com o olhar fixo ao meu. A tensão entre nós está carregada com tudo o que fizemos e tudo o que ainda quero fazer, e já começo a calcular se devo ir para a cama dela ou levá-la para a minha.

Ela pende a cabeça para o lado.

— Então, como vai funcionar?
— Como você quiser. O poder é todo seu, Cassie.

Ela esboça um sorriso.

— Ah, é?
— Com certeza.
— Bem... Espero que você pare de sumir enquanto a Sophie estiver na escola.
— Acho que agora você já sabe por que eu fazia isso.

Seu sorriso fica mais acanhado.

— Não entendi.
— Ah, não?
— Não. Talvez seja melhor você me explicar com mais detalhes...
— Está me provocando, Cassie?
— *Eu*? Jamais — garante-me ela, parecendo inocente por dois segundos antes de piscar para mim. — A menos que você me peça.

Tenho que abafar um gemido quando ouço a porta do quarto se abrir e sinto o corpo retesar quando escuto os passinhos de Sophie e um bom-dia silencioso conforme ela se arrasta em direção à cozinha.

— Tô com fome — reclama ela.

Ao contrário de mim, Cassie nem titubeia.

— Ah, aí está a princesa Sophie! — exclama. — E aí, está se sentindo diferente com dez anos?

Sophie faz uma careta.

— Nem um pouco.

— Ué, mas você está com cara de dez anos — responde Cassie, em tom sério. — Parece até que cresceu desde ontem...

— Quê? — Sophie leva a mão ao topo da cabeça. — Não cresci, não.

— Hum... não sei, não... — Cassie me lança um olhar arteiro. — Acho que já dá até para você voltar dirigindo para casa.

— Mas eu nem sei dirigir!

Dou risada das duas.

— Eu assumo o volante, não se preocupem.

— Ah, espere aí — pede Cassie.

Ela se vira e segue em direção ao quarto, voltando um instante depois com algo escondido às costas. Então se abaixa para ficar da altura de Sophie, com um sorriso de orelha a orelha enquanto mostra um buquê cheinho de girassóis e margaridas e uma flor azul que não conheço. Sophie encara a surpresa por um instante, boquiaberta, e demora alguns segundos para retribuir o olhar de Cassie e pegar as flores, com cuidado.

— Feliz aniversário, Sophie — diz Cassie baixinho.

O beicinho de Sophie estremece de leve, e em seguida ela coloca o buquê sobre a bancada e envolve a cintura de Cassie, puxando-a para um abraço.

— Obrigada — sussurra ela, com o rosto enterrado na blusa de Cassie, que a abraça com força antes de beijar seu cabelo.

— De nada.

Ainda não entendi direito o que está acontecendo, mas sinto um aperto no peito ao ver a relação das duas. Parece até que se conhecem desde sempre. Como Cassie consegue fazer tudo parecer tão fácil?

— Não chore — pede ela, a voz embargada enquanto enxuga as lágrimas dos olhos de Sophie. — Senão eu vou chorar também. E eu fico horrorosa quando choro.

Isso arranca uma risada chorosa da minha filha, e Cassie faz um gesto para pedir que ela vá para o quarto.

— Vá lavar o rosto. Quando você voltar, a gente decide o que comer.

Sophie assente antes de seguir pelo corredor. Espero até que ela esteja fora de vista antes de perguntar, ainda confuso:

— O que aconteceu?

— Ah. — Cassie parece um pouco acanhada. — Esses dias ela me contou que sempre ganhava flores da mãe no aniversário. E aí achei que... — Ela coça o braço. — Eu estava à toa hoje de manhã porque não conseguia dormir, então pesquisei no Google e achei uma floricultura aqui no bairro.

Fico tão atordoado que, por um instante, nem consigo falar. Além de nunca ter ouvido falar dessa tradição entre Sophie e Rebecca — minha filha nunca tocou no assunto —, o que mais me choca é descobrir que Cassie já sabia. E não para por aí. Pelo jeito, sua primeira reação foi dar um jeito de replicar o gesto só para deixar Sophie feliz. Não sei nem identificar como me sinto em relação a isso.

— Obrigado — digo, com a voz embargada. — Isso foi... — Meu coração está tão acelerado. Será que ela consegue ouvir? — Foi incrível da sua parte.

— Não foi nada — murmura ela, fitando os próprios sapatos.

Quero tanto beijá-la que chega a doer.

— Foi, sim — declaro. — Sério.

Cassie esboça um sorriso tímido, e apenas fico ali, sentado à bancada, lutando contra as emoções turbulentas que assolam meu peito.

— Ainda tô com fome — anuncia Sophie, escolhendo aquele momento para irromper na cozinha. Pelo jeito, já engoliu o choro de antes. — Será que a gente pode comer?

— Está bem, está bem — responde Cassie, achando graça. — O que você quer?

— Panqueca.

— Você *sempre* quer panqueca.

— Engraçado, né, antes você nem queria saber de panqueca — resmungo.

— Não temos os ingredientes aqui — explica Cassie para Sophie —, mas aposto que a gente consegue arranjar umas panquecas para você em algum lugar.

Sophie parece cética.

— Com gotinhas de chocolate?

— Claro, né — responde Cassie, depois a chama para mais perto e começa a ajeitar seu cabelo, com um sorriso brincalhão nos lábios. — Seu cabelo fica igualzinho ao do seu pai quando você acorda, todo bagunçado.

Cassie arruma o cabelo de Sophie e as duas desatam a rir, e aquele mesmo aperto invade meu peito quando Cassie a puxa para um abraço e dá outro beijinho na cabeça dela, como sempre faço. Sinto algo estranho ao ver as duas juntas assim, sou pego desprevenido pela naturalidade entre elas, pelo carinho que parecem sentir uma pela outra. Faz com que eu me sinta — por falta de um palavreado melhor — quentinho por dentro.

— Já está quase na hora de pegar a estrada mesmo — aviso para as duas. — Tenho que chegar mais cedo no trabalho, já que faltei ontem. A gente pode arranjar as panquecas no caminho, desde que não sejam iguais às minhas.

Sophie me dá aquele sorriso de orelha a orelha que faz meu coração apertar, e Cassie a puxa mais para perto para continuar dando um jeito no seu cabelo. Em seguida, me espia por cima do ombro enquanto leva Sophie em direção ao banheiro e pisca de um jeito que faz meu corpo esquentar... de outras maneiras.

Termino o café sozinho com a mente longe, os pensamentos fixos em Cassie e Sophie.

Acho que estou em apuros.

A viagem de volta é mais demorada do que o esperado, já que Sophie quis parar em uma lanchonete fora de mão, mas a empolgação dela ao ver a panqueca cheinha de chocolate fez o desvio de meia hora valer a pena. E ela não para de tagarelar sobre isso. Nem por um segundo. Nem quando já estamos em casa.

— Como é que eles deixaram a panqueca colorida, hein? E era tão gostosa. Parecia granulado, só que no recheio!

Cassie ri enquanto coloca a mala ao pé da escada.

— É tipo um bolo de confete.

— O que é isso?

— Você não sabe o que é bolo de confete?

Sophie nega com a cabeça, e Cassie solta um suspiro dramático.

— Não pode ser. Bem, vamos sair para comprar mistura pronta para bolo de confete assim que seu pai for trabalhar.

Minha filha ergue o punho em comemoração.

— Oba!

— Mistura pronta? — Arqueio a sobrancelha para Cassie. — Sério?

Ela encolhe os ombros.

— Não se preocupe, vou limpar todos os rastros antes de você voltar para casa. Assim não ofendo sua sensibilidade delicada de chef.

— Posso ligar para a Wanda? — pede Sophie, puxando a mão de Cassie com expectativa. — Eu prometi a ela que ia ligar para contar sobre a viagem!

— Claro, vá em frente — concorda Cassie, e tira o celular no bolso. — Avise que já, já vamos levar um pedacinho de bolo para ela.

Sophie parece radiante quando pega o celular, já a meio caminho do quarto. Espero até que ela desapareça escada acima, ouvindo seus passos ecoando pelos degraus.

— Sabe... — começa Cassie, enquanto estou distraído. — Se você pedir com jeitinho, posso guardar um pedaço de bolo para você. Mas você vai ter que elogiar a mistura pron... *ah*.

Ela faz um som surpreso quando a conduzo para o outro lado da escada, em direção ao pequeno vão perto do sofazinho, e cubro sua boca com a minha. No instante seguinte ela já se derreteu no meu beijo, os braços enlaçados no meu pescoço enquanto os dedos se enroscam no meu cabelo. Alguma coisa em Cassie me deixa tarado feito um adolescente no ápice da puberdade, e esgotei toda a minha paciência enquanto esperava por esse momento, quando finalmente poderia tocá-la outra vez.

Cassie está sorrindo quando enfim se afasta, os lábios um pouco mais avermelhados.

— Oi.

— Desculpe — sussurro. — Já fazia horas que eu queria fazer isso.

— Nossa, deve ter sido difícil para você. Nem percebi.

— Bem, saiba que, daqui para a frente, sempre vou estar com vontade de você.

Ela morde o lábio para conter o sorriso.

— Bom saber.

— Vou ter que dar um jeito de me controlar — comento, com um suspiro.

— Ou talvez nem precise — responde ela, com ar de inocência. — Eu meio que gosto de você assim, sem reservas.

— Assim fica difícil.

Ela fica na ponta dos pés e beija meu rosto.

— Então não se controle.

Tenho que fechar os olhos e tentar me distrair para controlar a ereção. Não é hora para isso.

— Você vai acabar comigo.

— Jamais.

Cassie se desvencilha de mim e me dá um tapinha brincalhão no ombro. É incrível como toda a tensão entre nós dois se dissipou depois daquela noite. Se eu soubesse que seria fácil assim, teria feito antes.

— Acho que você deveria estar se arrumando para ir trabalhar, não?

— Pois é — respondo, resignado. — Vai ser uma noite e tanto.

— E se eu disser que você vai ter uma surpresa quando chegar em casa?

Deve ser patética a forma como fico visivelmente mais empolgado.

— É?

Cassie chega mais perto, estica a mão e traceja meus lábios com a ponta dos dedos.

— Assim você fica com expectativa.

— Vou chegar tarde…

Ela abre um sorriso doce e estica o braço outra vez, e posso sentir meus olhos se fechando à espera do beijo.

— Não tem problema.

Em seguida, ela pressiona os lábios nos meus bem devagar, depois os afasta e dá uma batidinha na ponta do meu nariz.

— Vou deixar o seu pedaço de bolo na bancada.

Ela ri enquanto se afasta, e fico perplexo por uns segundos antes de a ficha cair. Balanço a cabeça e belisco a ponte do nariz enquanto a escuto subir as escadas atrás de Sophie.

— Ela vai mesmo acabar comigo — murmuro para o nada.

Estava o maior caos no trabalho, como eu já esperava.

Dois dos cozinheiros faltaram porque estavam gripados, e meu sub-chef se cortou com uma faca filha da mãe e acabou tendo que ir tomar ponto no hospital. Parece que o universo resolveu me punir por tirar uma noite de folga.

Fiquei tão exausto ao final do expediente que nem me dei o trabalho de tirar o dólmã, então limito-me a desabotoar o primeiro botão enquanto entro pela porta da frente, suspirando de alívio por enfim estar em casa. Penduro as chaves no gancho e me espreguiço, tentando me livrar do estresse acumulado ao longo da noite.

Meu olhar recai na porta fechada do quarto de Cassie, e sinto a tentação faiscar bem no fundo do peito, mas dou uma olhada no relógio e vejo que já é quase meia-noite.

— Droga — reclamo baixinho.

Também não teria sido aceitável acordá-la uma hora atrás só para isso, mas não posso fingir que não cogitei a ideia. Abro outro botão do dólmã e penteio o cabelo com os dedos, me esforçando para não ceder à tentação. Começo a subir as escadas, resignado a tomar um banho e ir para a cama. Tento me convencer de que consigo me controlar por uma noite. Afinal, tenho feito isso há semanas.

Sou pego de surpresa quando sinto um puxão na parte de trás da roupa e, quando me dou conta, já estou sendo arrastado por uma porta que estava fechada minutos antes. Sou pressionado contra ela por um corpo menor e mais macio e então, à luz do abajur, vejo lábios tentadores sorrindo para mim.

— Cassie?

— Eu falei que ia ter uma surpresa à sua espera.

Todo o desejo reprimido ameaça voltar à superfície.

— Ué, mas o que aconteceu com o bolo?

— Ah, foi um baita sucesso — conta ela. — Se é isso que você prefere, ainda deve ter uns pedaços lá em cima...

— De jeito nenhum.

— Humm... — Seu dedo alisa o terceiro botão do dólmã, que ainda está fechado. — Noite difícil?

— Pra caralho.

Ela abre o botão com facilidade, ainda sem olhar para mim.

— Que pena. Posso fazer alguma coisa para ajudar?

— Tem certeza de que não está cansada? Já é bem tarde e...

Cassie abre outro botão, fazendo com que eu me cale.

— Jura que vai ficar preocupado com isso agora?

— Eu...

Outro botão, uma fenda grande o suficiente para que ela consiga deslizar a mão para dentro da roupa e acariciar meu peitoral.

— Não — concluo. — Não vou.

Sou recompensado com um sorriso enquanto ela abre o penúltimo botão.

— Esse seu uniforme de cozinheiro até que é sexy.

Essa é nova.

Dou uma conferida na roupa dela antes de dizer:

— Pelo jeito não sou o único cheio de botões.

— É, alguém reclamou do meu pijama ontem à noite.

Apoio a mão no quadril dela e deixo o dedo resvalar em um dos botões brancos da blusa de pijama — roxa com estampa de gatinhos.

— Você gosta de gatos?

— E quem não gosta?

— Ah, eles são meio arrogantes.

— Nossa, uau. — Cassie dá risada. — Você sabia que os gatos têm mais de cem cordas vocais?

— É sério que você vai me contar uma curiosidade aleatória agora?

— Desculpe.

Ela afasta o tecido, os dedos se esgueirando sob a bainha da camiseta que visto por baixo do dólmã.

— Você não fica excitado com fatos inúteis? — pergunta.

Fecho os olhos enquanto ela alisa meu abdômen.

— Isso não está nada justo.

— Você não gostou do meu pijama?

— Vou gostar mais quando ele estiver no chão.

Cassie mordisca o lábio.

— Você não me respondeu ainda... O que posso fazer para você se sentir melhor?

— Ah, tenho algumas ideias — sussurro, brincando com os botões do pijama dela. — Você só precisa tirar isto aqui primeiro.

Vejo algo mudar no seu semblante, uma minúscula pontada de hesitação antes de começar a me arrastar em direção à cama. Cassie agarra meu dólmã de modo que sou obrigado a ficar em cima dela. Ela deita de costas em cima do edredom enquanto puxa meu rosto e me beija.

Em seguida, me ajuda a arrancar o dólmã enquanto ainda estou atrapalhado com a blusa dela, depois tira a minha camisa e é só então consigo abrir o último botão do pijama e ver o que tem por baixo.

— Porra, Cassie — sussurro, e a boca seca de repente.

Sentir seu corpo é uma coisa, ver é outra. Ela é toda macia, os seios escapam das minhas mãos, os mamilos rosados e duros imploram pela minha boca.

— Ah.

Ela deixa escapar um gemido baixinho quando abocanho seu mamilo, e isso só agrava a situação crescente na minha cueca, mas digo ao meu pau que sossegue e me deixe curtir o momento. Já faz tanto tempo que venho fantasiando com Cassie... e tanto tempo que venho me torturando por nutrir essas fantasias. Os dedos dela se enroscam no meu cabelo enquanto envolvo a protuberância rosada com os lábios, deslizando a língua para cima e para baixo para provocar mais gemidos.

Porque eles são *viciantes*.

Cassie não os abafa, não tenta se conter, e dou graças aos céus por existir um andar inteiro entre nós e o quarto de Sophie enquanto os suspiros silenciosos se transformam em gemidos ofegantes que a fazem arquear as costas.

— Não era eu que deveria fazer você se sentir melhor? — pergunta ela, ofegante.

Circulo um dos mamilos com a ponta da língua enquanto estendo a mão para acariciar o outro.

— Estou me sentindo melhor assim — respondo com o rosto afundado na sua pele.

— Ah. — Ela se contorce quando meus dentes resvalam logo abaixo do seu seio, enquanto deixo uma trilha de beijos pelas suas costelas. — Você não quer...

Estico o braço e prendo seu quadril contra a cama.

— Fique quietinha. Eu quero isso aqui.

— Tá bom — consegue dizer, ofegante, e posso sentir seu corpo relaxar. — Não quero atrapalhar.

Dou risada, com a boca colada na barriga dela.

— Tá bom mesmo.

Tenho que conter a empolgação enquanto puxo o shortinho do pijama dela para baixo, revelando uma calcinha amarela com estampa de picolé.

— Todas as suas roupas são estampadas?

— Bem, todas as minhas calcinhas, pelo menos.

— Não vejo a hora de ver o resto — murmuro, depois olho para ela, com os dedos enganchados no elástico da calcinha. — Posso continuar?

— Hum... — Os lábios de Cassie se curvam em um sorriso acanhado. — Se isso vai ajudar você a se sentir melhor...

Não preciso de nada mais. Nem sei onde a calcinha dela vai parar, já que a arremesso por cima do ombro, e para ser sincero, nem ligo. As coxas de Cassie são macias e convidativas, pressionadas uma contra a outra de um jeito lindo, quase como se ela estivesse envergonhada pela forma como a olho. Eu as afasto com delicadeza, engolindo em seco quando enfim a vejo por inteiro. Os pelos são do mesmo tom avermelhado do cabelo, um contraste perfeito com a pele rosada e escorregadia entre suas pernas, que me deixam maluco. Deslizo o dedo pela superfície molhadinha, e Cassie balança o quadril, impaciente, com a respiração entrecortada.

— Aiden...

— Você é tão linda aqui embaixo — digo, com a voz carregada. — Posso chupar?

— Quê? — Ela parece preocupada. — Ah. Eu não...

Não consigo parar de tocá-la, ainda a provocando com os dedos.

— Você não gosta?

— Não é isso, é que... — Ela morde o lábio. — Nunca consegui gozar assim.

— Quê?

— Sei lá. Devo ter a vagina quebrada.

Solto um grunhido e acho que Cassie estava prestes a rir, mas a risada se transforma em um gemido abafado quando a acaricio ali.

— Não tem, não.

— Só não quero que você perca seu tempo, sabe? A gente pode só ir direto ao ponto mesmo.

Eu a encaro com a testa franzida ao ver seu olhar preocupado e penso em todos os babacas que pelo jeito não a trataram como deveriam. Sinto um rompante estranho de fúria só de imaginar que outro babaca encostou nela. Eu nem sabia que era ciumento.

— Eu juro — começo, já afastando ainda mais suas coxas — que isso não é uma perda de tempo para mim.

— A-ah... Bem, você que sabe... ah.

Fecho os olhos quando provo o gosto dela pela primeira vez, erótico e inebriante e quase um exagero, e deslizo a língua pela sua umidade. Suas coxas tremem sob meus dedos quando repito o gesto, e me remexo no colchão para tentar aliviar a ereção que ela causou.

Exploro suas partes com a língua até encontrar aquele pontinho quente um pouco mais firme que o resto, depois faço movimentos circulares e demorados enquanto Cassie prende a respiração. Continuo sem pressa, excitando-a aos poucos, querendo compensar por todas aquelas vezes em que ela não gozou. Porra, eu passaria horas assim se ela deixasse.

Porque Cassie é viciante pra caralho.

O jeito como ela ofega quando encontro o lugar certo, a forma como se contrai quando precisa de mais, o jeito como suas coxas apertam minhas orelhas quando ela acha que não vai mais aguentar. Quando abocanho o clitóris agora inchado, chupando-o para extrair cada gotinha do seu prazer, tenho que segurá-la contra o colchão para impedir que se contorça para longe de mim.

— Fique quietinha — sussurro com os lábios colados nela. — Você vai gozar na minha língua, Cassie.

— Eu... Eu acho...

Sem perder tempo, estimulo o clitóris com a ponta da língua antes de voltar a abocanhá-lo. Cassie enrosca os dedos nos meus cabelos, puxando-os, e mesmo com a leve dorzinha, sinto meu pau latejar. O rebolar do quadril mostra que ela já se deixou levar. Que quer que eu a faça gozar tanto quanto eu.

Percebo que ela está quase lá — o quadril erguido, os dedos entrelaçados ao meu cabelo —, cada movimento, cada som me deixa ainda mais duro, ainda mais desesperado para comer Cassie. Mas estou determinado a resistir até que ela esteja tremendo na ponta da minha língua. Sua respiração ofegante deu lugar a súplicas choramingadas de "não pare" e "isso, isso", e a seguro com firmeza enquanto estimulo seu clitóris até levá-la ao ápice.

— Aiden. *Aiden*. Continue... *isso*... bem aí... *ah*. Não pare.

O clímax só vem quando deslizo dois dedos para dentro dela, mantendo-os ali enquanto dedico toda a minha atenção ao clitóris intumescido entre meus lábios. Penso em como quero deslizar outra coisa para dentro dela daqui a pouco, e isso basta para me deixar tonto enquanto ela agarra meu cabelo. Cassie faz um som lindo quando goza, um arquejo silencioso que parece vir de dentro, e todo o seu corpo estremece e oscila enquanto ela se desmancha.

É lindo pra caralho.

Só paro quando ela começa a me afastar, choramingando meu nome para dizer que não vai mais aguentar. Ergo a cabeça e vejo seu rosto corado e me sinto ofegante e quente quando ela sorri para mim com aqueles olhos vidrados.

— Isso foi... uau.

Viro o rosto e deslizo pela coxa, limpando a boca na sua pele.

— Estou bem melhor agora.

— Fico feliz em ajudar — murmura ela. — Volte quando quiser.

Começo a rir enquanto pairo sobre ela, passando o dedo pela lateral do pijama aberto antes de afastá-lo do seu peito ainda arfante.

— Tenho outra coisa em mente agora.

Cassie enlaça meu pescoço com os braços e me puxa para mais perto.

— Como quiser, sr. Reid.

13

Cassie

Mesmo depois de uma noite feliz regada a orgasmos, é difícil evitar a tensão que me invade pela manhã. Não paro de olhar o relógio na cozinha, contando as horas para a chegada de Iris. Estou sozinha, já que Aiden resolveu dar um pulinho na academia — muito conveniente sair de casa bem durante a visita de Iris, mas ele jurou de pés juntos que não foi de propósito. O que me consola é pensar em como Sophie está animada para ver a tia.

A campainha toca e eu me levanto depressa do sofá, com os nervos à flor da pele, e Sophie passa por mim correndo enquanto a sigo com passos vacilantes. Iris sempre fica diferente quando a sobrinha está perto, a rigidez se dissipa ao abraçar a garotinha adorável, e só me resta torcer para encontrar alguma brecha. Sei que seria melhor para todo mundo se esse lado dela viesse à tona com mais frequência. Como esperado, a expressão da mulher muda ao me ver ao pé da escada, e ela me cumprimenta com um breve aceno de cabeça enquanto se desvencilha do abraço de Sophie.

— Oi — arrisco, sem jeito, acenando com a mão.

Nossa última conversa ainda está fresca na minha memória, e imagino que na de Iris também. Dá para sentir a tensão entre nós duas. Até porque todas as coisas que ela insinuou ao meu respeito acabaram se provando verdadeiras.

Sou recompensada com outro aceno.

— Bom dia — diz Iris.

Sophie vê o embrulho na mão da tia e trata de perguntar, toda alegre:

— Isso aí é o meu presente?

— É! — responde Iris, sorrindo. — Quer abrir?

— Quero!

Sophie agarra o embrulho com avidez e sai em disparada para o andar de cima, subindo os degraus de dois em dois. Dou um pigarro e coço o braço, tentando esboçar um sorriso educado.

— Você já tomou café da manhã? Vou servir já, já.

Iris balança a cabeça.

— Não precisa — responde. — Comi um bagel quando estava vindo para cá.

— Ah, tudo bem.

O silêncio se estende por alguns segundos, e ficamos ali, imóveis, até que não consigo mais me conter.

— Sobre o outro dia...

— Eu queria pedir desculpas — interrompe-me Iris.

Eu a encaro, surpresa.

— Quê?

— Insinuei umas coisas bem pesadas. — Ela olha para os pés. — É que me dói saber que a Sophie passa a maior parte do tempo com alguém que não sou eu.

Sob a testa franzida e os lábios curvados para baixo, quase posso ver os sentimentos genuínos espreitando por trás daquela fachada durona.

— Hum, bem... — Mudo o peso de um pé para o outro. — Deve ser difícil mesmo.

Fico dividida entre me envolver ainda mais nessa situação complicada, mas acho que não conseguiria me perdoar se não o fizesse.

— Sabe — continuo —, eu não quero atrapalhar a relação de vocês duas. Talvez a gente possa se ajudar — enfatizo. — Como eu disse outro dia... A Sophie precisa de todo o carinho que puder receber.

Iris parece genuinamente surpresa, com a boca entreaberta enquanto processa o que acabei de dizer. Em seguida, ela assente devagar, uma concessão lenta, e respira fundo antes de expirar.

— Você tem razão. Ela precisa mesmo disso.

Em seguida, volta a fitar os próprios pés. Tenho a sensação de que ela não está acostumada a pedir desculpas.

— O Aiden deu a entender que você sugeriu me convidar para aquela viagem — continua Iris.

— Ah, imagine — rebato. — Sophie queria que você fosse! Eu só disse ao Aiden que seria mais fácil se ele... — Iris me lança um olhar esquisito, e trato de fechar a boca. — Enfim, só quero que a Sophie seja feliz.

— Estou começando a entender isso — responde ela, com sinceridade.

Pequenas vitórias. Até comemoro por dentro.

— Oiê — chama Sophie do andar de cima. — Vocês não vão vir, não?

Iris esboça um sorriso para mim, e também encaro isso como uma vitória.

— Acho que nossa presença foi requisitada.

— Já aprendi que paciência não é uma das qualidades dela — brinco.

Iris me segue escada acima até a sala de estar, onde Sophie está sentada ao lado de um embrulho vazio e uma pilha de papéis de seda, segurando três jogos novos para o Nintendo Switch.

— Cassie! — exclama ela, mostrando uma das embalagens. — A tia Iris me deu *Animal Crossing* de presente!

— Meu Deus! — respondo, ajoelhando-me ao lado dela. — É exatamente o que você queria!

— Dá para construir uma ilha todinha!

— Uau, parece um sonho — comento.

Sophie começa a ler a contracapa de cada um dos jogos, então me viro para Iris, que nos observa de braços cruzados. Faço um joinha para ela, e sou recompensada com outro sorriso. Acho que hoje vai ser um dia repleto de vitórias.

Sophie mostra outra caixinha.

— Também ganhei o *Sonic* da tia Iris!

— Nossa, esse é daquele filme que você está insistindo para a gente ver, né?

Sophie revira os olhos.

— Aquele é o *Sonic 2* — corrige-me ela. — Parece ser tão divertido!

— Eu sei, eu sei, mas tenho aula neste fim de semana. Talvez a gente possa ir semana que vem, ou quem sabe...

Algo me ocorre de repente, uma ideia vinda do nada. Com a boca ainda entreaberta, eu me viro para Iris, ciente de que talvez possa ganhar mais uns pontos com a tia rígida que parece estar começando a gostar de mim.

— Ei — chamo, apontando para ela enquanto a ideia fervilha na minha cabeça. — Você vai trabalhar hoje?

Iris parece confusa.

— Mais tarde? Preciso cobrir o turno da balconista lá pelas duas. Ela tem um compromisso.

— Por que você e a Sophie não vão ao cinema? Depois vocês podem tomar café ou almoçar... O que acha?

Ao que parece, é a segunda vez que surpreendo Iris esta manhã.

— Será que o Aiden não vai se importar?

— Vou mandar uma mensagem para ele — garanto a ela. — E pode deixar que vou dizer que a ideia partiu de mim. Mas acho que ele vai concordar. Ah, e podemos trocar telefones caso aconteça algum imprevisto e eu precise buscar a Sophie. E aí, o que acha?

— Isso parece... — Iris descruza os braços devagar, alternando-se entre olhar para mim e para a sobrinha, ainda um pouco atordoada. — Parece ótimo, na verdade. Se você tiver certeza de que não vai ter problema.

Certeza, *certeza* eu não tenho, mas acho que vai ficar tudo bem.

— Sophie — chamo, virando-me na sua direção. — Você quer ir ao cinema com a tia Iris?

Ela concorda com entusiasmo.

— Quero!

— Então que tal você ir lá se trocar enquanto eu mando uma mensagem para o seu pai? Aposto que ele vai deixar. Vocês duas podem ter um dia só das garotas para comemorar seu aniversário.

Sophie se levanta de um salto, pega os jogos e, abandonando a bagunça dos embrulhos para trás, praticamente corre em direção às escadas. Tiro o celular do bolso e envio uma mensagem para Aiden, quase certa de que ele vai concordar, mas quero uma confirmação antes de deixar as duas irem embora. E, se for o caso, estou disposta a convencê-lo.

— Obrigada — agradece Iris, parada atrás de mim. Quando me viro, vejo o semblante suavizado e o brilho de gratidão em seus olhos. — Sério — enfatiza ela.

— Não foi nada — respondo. — A felicidade da Sophie é o que importa, certo?

Iris assente.

— Certo.

— Bem, você é parte disso.

— Isso me deixa muito feliz — responde Iris, quase como se estivesse aliviada com o que eu disse.

Talvez ela tivesse começado a duvidar.

— Bem, divirtam-se — continuo. — Tenho que adiantar alguns trabalhos da pós, então você está até me fazendo um favor.

Os lábios de Iris se curvam em um sorriso.

— Claro.

Retribuo o sorriso, comemorando por dentro. Parece que estou encontrando os buracos na armadura dessa mulher, afinal. Mesmo que não sejam muitos.

A sorte é que sou a paciência em pessoa.

Depois de passar uma hora à toa no quarto, com o olhar vidrado na tela do notebook, finalmente me acalmo e paro de conferir o celular de minuto em minuto. Tive que me lembrar várias e várias vezes de que Aiden deixou Sophie ir ao cinema com a tia e que alguém vai me avisar se acontecer alguma coisa.

Chega a ser engraçado me preocupar tanto assim com Sophie, como se ela fosse minha filha ou algo do tipo.

Ainda estou deitada na cama com a porta do quarto entreaberta quando ouço o tilintar das chaves de Aiden, sinalizando sua chegada.

— Cassie?

— Aqui — grito de volta, fechando o notebook.

Ele aparece e se apoia no batente da porta e... é uma visão e tanto. Aiden Reid encharcado de suor. Lembro de todas as vezes que tive que desviar o olhar quando ele voltava da academia, temendo ser pega. Agora que posso admirá-lo sem reservas, sofro ainda mais com o tempo perdido.

Ele cruza os braços, com os bíceps contraídos sob as mangas da camiseta.

— Elas ainda não voltaram?

— Não, acho que ainda vão demorar um tempinho. Se não me engano, iam tomar café em algum lugar. — Dou uma conferida no relógio. — O filme começava às onze, então... Acho que só vão voltar lá pela uma da tarde.

— Foi legal da sua parte organizar essa ida ao cinema — comenta Aiden.

Encolho os ombros.

— Estou determinada a ser a primeira babá que a Iris não odeia. — Levanto o celular e o sacudo na cara dele. — Até peguei o número dela. Aposto que nenhuma das outras babás conseguiu essa proeza.

Aiden sorri.

— Não mesmo.

— Pelo jeito o seu tempo escondido na academia rendeu, hein? — provoco, olhando para a camiseta ainda empapada de suor.

— Eu não estava me escondendo — rebate ele.

Reviro os olhos.

— Ah, tá. Claro que não. Acho que alguém aqui tem medinho da Iris, aquela mulher grande e assustadora.

— Tenho, é? — murmura ele, me encarando.

Sinto o desejo fervilhar no ventre enquanto os olhos de Aiden passeiam pelo meu corpo, demorando-se nas coxas e no peito. Estou começando a ter ideias.

— Você disse que elas só vão voltar daqui a algumas horas — continua ele, sem tirar os olhos de mim.

Assinto devagar.

— Isso mesmo.

— Preciso tomar um banho — declara ele, de forma deliberada. — Por acaso quer vir comigo?

Esboço um sorriso, pronta para concordar, mas algo me ocorre de repente. Se eu for, ficarei completamente exposta. Até agora, consegui esconder a cicatriz nas costas — aquela que pode pôr tudo a perder, mas Aiden com certeza a veria se estivéssemos debaixo do chuveiro. Com isso, ele acabaria descobrindo que já me conhecia bem demais... mesmo antes da intimidade que estabelecemos nos últimos dias.

Tento esconder a ansiedade galopante no meu peito e mantenho a expressão impassível enquanto empurro o notebook para o lado.

— E se eu gostar de você desse jeito?

— Assim? — Ele olha para suas roupas encharcadas. — Mas eu estou coberto de suor.

— Tenho razões melhores para que você continue suado — sugiro, acanhada.

Vejo sua expressão mudar.

— Tem, é?

— Arrã.

Dou um tapinha na cama e, sem demora, Aiden se ajoelha sobre o colchão e começa a rastejar até mim. Em seguida, apoia uma mão em cada lado do meu quadril, prendendo-me contra o lençol. Tenho que admitir que a mistura de suor e desodorante e seu aroma natural não é nem um pouco desagradável.

— E o que você sugere que a gente faça para passar o tempo, Cassie?

Enfio a mão por baixo da blusa dele, tateando o abdômen e sentindo os músculos retesados ao meu toque.

— Hum, tenho algumas ideias.

— Ah, é?

Ele leva os lábios ao meu pescoço, e eu fecho os olhos, agarrando as laterais do quadril dele com força.

— Você está me pedindo para comer você, Cassie?

Sinto o estômago se contrair. Ainda é um pouco difícil associar o Aiden tímido e sorridente ao Aiden desbocado, embora agora saiba que são a mesma pessoa, e não posso deixar de me perguntar o quanto ele teve que se conter perto de mim.

— Talvez — respondo, ofegante, enquanto o joelho dele se esgueira por entre minhas pernas. — Se você não estiver muito cansado. Sei que com a sua idade é melhor não exagerar no exercício e...

Solto um gritinho enquanto seus dentes roçam a base do meu pescoço, sua mão envolve meu seio e o polegar estimula o mamilo por cima do sutiã. Em seguida, ele começa a tirar minha legging — minha pele fica arrepiada com o ar-condicionado quando ele as arranca de vez, levando a calcinha junto.

— Você já está toda molhadinha — sussurra ele. — Acho que está louca para dar para mim.

Viro o rosto para beijar sua mandíbula, depois enfio a mão pelo cós da bermuda e a puxo para baixo. Aiden deixa escapar um gemido quando envolvo sua ereção e começo a masturbá-lo.

— Você não está muito atrás, sr. Reid.

— Pelo jeito estou *sempre* querendo comer você, Cassie. Já está virando um problema.

— Eu não diria que é um problema — respondo, ofegante, e deslizo o polegar pela pontinha para espalhar a umidade que verte dali. — Até porque sinto o mesmo.

Aiden começa a tirar minha blusa, e uma onda de pânico se mistura ao tesão quando um alerta se acende na minha cabeça. Empurro o quadril dele com gentileza, fazendo-o se acomodar de barriga para cima na cama. Ele apoia as costas na cabeceira, cercado dos meus travesseiros, e eu logo me acomodo em seu colo, rebolando em um vaivém vagaroso enquanto ele agarra as laterais do meu quadril.

— Deixe comigo — aviso. — Não quero que você se canse.

Ele esboça um sorriso que logo se desfaz quando me esfrego sobre ele outra vez. Então me apoio no seu ombro com um dos braços, estico a outra mão para envolver seu pau enquanto me encaixo nele devagar. Vejo a cicatriz no torso dele, a pele protuberante sob a camisa, e sinto uma pontada de culpa. Mas então Aiden começa a me preencher, e ela logo vai embora.

Gosto de como seus lábios ficam entreabertos quando ele se vê desaparecer dentro de mim, as pálpebras pesadas, os dentes fincados no lábio inferior quando nossa pele se encontra e eu o tomo por inteiro.

— Faça como for mais gostoso para você — sussurra ele com a voz grossa como mel, tão espessa que quase posso senti-la escorrer pela minha pele. — Quero ver você me usar. — A mão desliza pelo meu quadril até envolver minha bunda, e Aiden me lança um olhar abrasador. — Porque depois disso, Cassie... vai ser minha vez de comer você.

Sinto a calidez correr em mim feito um líquido, fico encharcada com as palavras dele, sem conseguir respirar enquanto as chamas lambem os meus pulmões. Seu olhar está fixo na nossa união, esperando que eu siga no meu próprio ritmo. Ele parece tão maior assim, tão mais grosso, e deixo escapar um gemido quando me contraio ao redor dele — e de nada adianta, porque não há mais para onde ir. Aiden me preenche por completo.

Tento içar o corpo devagar, sentindo cada centímetro dele enquanto me afasto. Quando desço outra vez, parece que estou prestes a explodir tamanha a grossura, mas a leve ardência é deliciosa e a fricção, divina.

— Isso — grunhe ele, com um som áspero nos meus ouvidos. — Boa garota.

Estremeço, gemendo baixinho quando me contraio outra vez, também em vão. Aiden acaricia minha coxa bem devagar, tracejando círculos contra a pele.

— Está gostando? — Sinto-o deslizar a mão por nosso enlace, o polegar acariciando meu clitóris para me provocar. — Está gostando de me sentir inteiro em você?

Acho que aceno com a cabeça, o movimento tão imperceptível e, ainda assim, intenso demais. Aiden sussurra em aprovação e continua estimulando a parte mais sensível do meu corpo.

— É uma delícia sentir você por dentro — murmura ele. — Não pare, Cassie. Quero ver você rebolando no meu pau.

Tento içar meu corpo outra vez, mas é difícil demais; Aiden me preenche de tal forma que é quase impossível me desvencilhar. Escuto-o sibilar por entre os dentes quando levanto o quadril, deslizando por cada centímetro dele, e ouço sua respiração pesada quando torno a afundar no seu colo.

— *Isso* — rosna ele. — De novo.

Repito o movimento, bem devagar, as unhas cravadas na sua camisa enquanto rebolo o quadril. Vou ainda mais fundo dessa vez, e não consigo evitar o gemido alto que escapa dos meus lábios enquanto apoio a cabeça no ombro dele.

— Aiden — chamo, ofegante, apoiando-me sobre os joelhos para me desvencilhar dele antes de voltar a afundar, e mais uma vez sua grossura me tira o fôlego. — Aiden, eu preciso...

— Você quer que eu te coma agora, Cassie?

Ele envolve meu rosto com a mão, afastando-o do seu ombro, e desliza os dedos pelo meu cabelo enquanto eu o observo com as pálpebras pesadas.

— Você precisa de mais um pouquinho? — insiste.

Mordo o lábio, rebolando para a frente e para trás enquanto aceno. Aiden agarra as laterais do meu quadril com força e pede:

— Segure em mim.

Enrosco os braços no pescoço dele enquanto ele beija meu rosto, e a maciez dos lábios contrasta com a dureza do pau dentro de mim.

— Cassie...

Quando afasto o corpo, vejo que Aiden me observa atentamente, os olhos mais escuros do que o normal. Ele chega mais perto, bem devagar, até que a boca fique a apenas alguns centímetros da minha, plantando um beijo demorado antes de sussurrar:

— Você é melhor do que qualquer fantasia.

Sinto uma onda correr do meu peito ao estômago, a suavidade da voz dele me enche como uma vertigem, mas mal tenho tempo de processar esse sentimento antes que Aiden assuma o controle e comece a se mexer.

— *Ah.*

Ele me levanta com a maior facilidade, as mãos agarradas nas laterais do meu quadril enquanto me puxa para cima antes de me fazer afundar no seu pau outra vez, completando o movimento com uma arremetida. Eu o sinto bem lá no fundo, profundo o bastante para beirar o desconforto, mas o sinto deslizar dentro de mim, uma fricção úmida quando cada partezinha dele me estimula do jeito certo. Agarro seus ombros com força para me firmar enquanto ele mete de novo, parecendo desesperado, como se precisasse de mais e mais a cada segundo.

— Você é tão... — começa, cada palavra sussurrada e ofegante — *gostosa*, porra.

Ele movimenta meu quadril para a frente e para trás enquanto me preenche por completo, sentindo cada pedacinho de mim. Há uma sequência de sussurros entrecortados — *não acredito* e *apertadinha pra caralho* e *que bocetinha gostosa* —, e cada um faz meu coração acelerar um pouco mais, e eu me contraio mais e mais ao redor dele.

Aiden adota um ritmo compassado, uma arremetida intensa seguida por uma queda acentuada que me faz quicar no seu colo. Ele apoia a cabeça na cabeceira enquanto um gemido gutural escapa dos lábios, e seus olhos se reviram de prazer quando não estão focados no vaivém entre nós dois.

— Eu vou gozar — avisa entre os dentes cerrados. — Mas não sem você.

Ele começa a movimentar meu quadril para a frente e para trás outra vez, e embora tenha parado com as estocadas, a fricção é suficiente para me manter à beira do clímax.

— Você pode se tocar? — pede Aiden. — Quero que você goze no meu pau.

Depois se inclina para beijar meu pescoço enquanto eu massageio meu clitóris com os dedos trêmulos, estimulando o montinho inchado que já está tão sensível, tão perto. Estico o pescoço para trás para facilitar seus beijos e continuo os movimentos acelerados, e na sua inércia sinto a pulsação do pau dentro de mim ainda mais intensa, tornando a plenitude — a calidez — muito mais inebriante.

Aiden me faz quicar no seu colo outra vez, naquele ritmo alucinante que torna difícil até respirar, mas a sensação é tão gostosa que nem consigo pensar em outra coisa. Meus arquejos se transformam em gemidos que mal consigo conter, e eu o escuto sibilar por entre os dentes enquanto continua tentando me comer, mesmo quando os movimentos ficam erráticos, levados a um ritmo atrapalhado, mas não menos delicioso.

Meus dedos escorregam na umidade do clitóris, mas não paro nem por um instante, em movimentos tão frenéticos quanto os dele, ecoando o seu desespero na minha busca pelo ápice.

— Aiden. Caralho, Aiden.

— Goze — rosna ele. — Pode gozar, Cassie.

Nem sei de onde vem — do estímulo no meu clitóris ou do vaivém do seu pau, que se enterra em mim do jeitinho certo —, mas não faz diferença.

É uma pressão vagarosa, turbulenta, que cresce e cresce até irromper — como fogos de artifício no meu sangue e nos meus olhos e bem lá no fundo, onde ainda sinto o membro dele pulsar —, as faíscas pousando com um arrepio enquanto todo o meu corpo estremece.

Então vêm mais sussurros inaudíveis e respirações pesadas que não consigo entender enquanto o sangue martela meus ouvidos, mas sinto quando Aiden atinge o clímax. A contração no quadril, a pulsação constante do pau dentro de mim. Ele me puxa para perto, me envolve com seus braços musculosos, e os lábios deslizam com avidez pelo pescoço e o queixo até enfim alcançarem a minha boca, enquanto ele se esvazia nas minhas profundezas.

— Que delícia — murmura ele. — Perfeita pra caralho.

O elogio me faz estremecer, assim como as faíscas do meu orgasmo que continuam a fervilhar sob a pele. Desabo sobre Aiden, uma pilha inerte enquanto ele acaricia minhas costas, como se não conseguisse parar de me tocar. Mesmo depois que acaba, continua a me beijar preguiçosamente, e sinto a pressão agradável dos seus lábios na minha pele.

— Eu perco o juízo quando encosto em você — sussurra Aiden depois de um tempo.

— Hum — respondo, me aconchegando a ele. — Eu não me importo.

— Está começando a virar um problema — argumenta ele. — Percebi que estou *sempre* querendo encostar em você.

Eu me afasto e abro um sorriso fácil, depois dou de ombros.

— Também não me importo com isso.

— Como é que você consegue ser tão...

As palavras se perdem quando ele balança a cabeça, como se tivesse mudado de ideia, e em seguida cola os lábios nos meus.

Eu me derreto no seu beijo, deixando o peso e o calor do seu corpo penetrarem nos meus músculos como um bálsamo relaxante, e mal percebo que ele ainda está dentro de mim.

— Agora, sim, você está todo encharcado de suor — brinco ao me afastar.

Sinto seus lábios se curvarem contra os meus.

— Mas acho que assim valeu muito mais a pena.

— Que bom — respondo, retomando o beijo.

— Bem, eu ainda preciso de um banho.

Sinto a pontada de culpa, já tão familiar, mas trato de afastá-la para manter a calma.

— Por mais tentador que seja... você me interrompeu enquanto eu fazia um trabalho da pós.

Aiden solta uma risada.

— Ah, interrompi, é?

— Mas também valeu a pena.

— Longe de mim atrapalhar os seus estudos.

— Mais do que já atrapalhou, né? — provoco.

Ele sorri e me dá outro beijinho rápido, estremecendo quando desliza para fora de mim. Em seguida, me vira de barriga para cima no colchão e, pairando logo acima, diz:

— Acho que vou ter que vir atrás de você mais tarde, então.

— Duas vezes no mesmo dia? Uau, que escândalo!

O sorriso vem devagar, tomando seu rosto aos poucos enquanto ele se abaixa na minha direção, deixando a boca a poucos centímetros da minha.

— E ainda assim não seria o suficiente.

Sinto o coração acelerar quando Aiden me beija outra vez e fecho os olhos para apreciar a maciez dos seus lábios enquanto ordeno ao músculo traidor que se acalme. É quase decepcionante quando ele enfim se afasta, vestindo a bermuda outra vez, e parte de mim fica tentada a mandar o bom senso à merda e me enfiar debaixo do chuveiro com ele.

Mas então penso em todos os motivos pelos quais não posso agir assim, e mais uma vez sou tomada pela culpa por ainda não ter contado a Aiden sobre nosso passado. Tenho medo de trazer o assunto à tona e acabar pondo tudo a perder. Por mais que eu queira acreditar que isso não faria diferença agora, que ele gosta de mim o bastante para deixar a situação de lado, a incerteza me impede de abrir o jogo. E me sinto horrível por isso.

— Bem, se você mudar de ideia... — continua Aiden, enquanto desliza para fora da cama. — Sabe onde me encontrar.

Ele pisca para mim antes de desaparecer porta afora, e eu me jogo contra as cobertas, frustrada, fechando os olhos enquanto meu corpo inerte e exaurido se acomoda no colchão. Daqui a pouquinho vou me vestir e retomar os afazeres de antes. E *não* vou atrás de Aiden, por mais tentador que seja, porque sei que, bem lá no fundo, ainda não estou pronta para isso. Não estou pronta para encarar a verdade e todos os riscos que vêm com ela.

Mesmo sabendo que, no fim das contas, a minha hesitação só deixa tudo ainda mais difícil.

14

Cassie

No fim acabei resistindo à tentação de me enfiar debaixo do chuveiro com Aiden, mas isso não significa que foi fácil. Passei o resto da manhã de sexta-feira sendo uma boa menina e terminando os trabalhos da pós, pois sabia que a Cassie do futuro me agradeceria muito por não ter que fazer tudo correndo antes da aula de sábado. E calhou que eu estava certa, porque Aiden me deixou dormir até mais tarde na manhã seguinte, já que, a pedido de Sophie, ele a levou ao New Children's Museum. Tenho que admitir, a garota está sabendo aproveitar a semana de aniversário. Dou risada só de pensar em Aiden, grandalhão daquele jeito, tentando se esgueirar por algumas das exposições interativas do museu. Mas confesso que também fico um pouquinho chateada por não ter ido com eles.

No momento, estou sentada à bancada da cozinha tomando café, um pouco atordoada enquanto lembranças do último dia — ou melhor dizendo, dos últimos dias (e noites, a propósito) — invadem minha memória. Parece que meu cérebro está impregnado com pensamentos de uma voz profunda e um corpo musculoso que parece não se cansar de mim (logo *eu*!). Quando fecho os olhos, ainda consigo sentir o toque cálido de Aiden nas minhas coxas, ouvir as sacanagens sussurradas ao pé do ouvido que podem estar se tornando meu mais novo vício. E claro, a culpa ainda está lá, e sei que eu deveria estar procurando o melhor jeito de contar toda a verdade para ele, mas é difícil me concentrar nessas coisas quando estou sobrevivendo à base de pau e água todas as noites.

Preciso me apressar e ficar pronta para ir para a aula. Tenho que sair daqui a uma hora e ainda nem sequei o cabelo, e estou cem por cento disposta a fazer isso. Estou mesmo.

Mas antes preciso parar de me distrair com as mensagens de Aiden.

Meu celular vibra sobre a bancada como se tivesse sido convocado, e tenho que conter um sorriso quando o pego para ler o que Aiden mandou.

É uma foto dele mesmo, todo frustrado enquanto tenta sair de um tubo inflável gigantesco e colorido, com o corpo obviamente grande demais para caber naquela atração infantil. Eu queria saber como ele consegue ficar tão bonito mesmo de cara amarrada.

CASSIE

> Foi a Sophie que tirou? Nossa, parece que está puxado para você aí, hein.

AIDEN

> Falei para ela que eu não ia caber.

CASSIE

> Mas não quis podar as asas da imaginação dela, certo?

AIDEN

> Rá, rá. Engraçadinha. Já saiu para a aula? Você não está mexendo no celular enquanto dirige, né?

Chego a revirar os olhos. É uma pergunta tão paternal. Mesmo assim, não vou fingir que não sinto um friozinho na barriga ao saber que ele se preocupa comigo.

CASSIE
Não, pai. Ainda tô em casa. Vou sair já, já.

AIDEN
Hum, não sei como me sinto sendo chamado de pai por você.

CASSIE
Prefere que eu chame de papai?

AIDEN
Você sabe que vão me botar atrás das grades se eu tiver uma ereção em um museu cheinho de crianças, né?

CASSIE
Sorte a sua que não tenho fetiche com isso, senão eu ia adorar tirar uma com a sua cara.

AIDEN
Você é má.

CASSIE
Ué, você pode me punir mais tarde. 😏

AIDEN
A maldade em pessoa.

CASSIE
A Sophie tá se divertindo?

AIDEN
Pra caramba. Mas tá um pouquinho tímida. Dá pra ver que ela quer se enturmar com as outras crianças, mas não sei como ajudar.

CASSIE
Ah, ela tá em uma idade complicada. Às vezes até fazer amigos fica difícil.

AIDEN
Pois é. Mas odeio ver minha filha assim.

CASSIE
Não tem como forçar essas coisas. Vai acontecer naturalmente. Ela é incrível, logo vai se enturmar.

AIDEN
Você tem razão. Agora, se apresse aí pra não precisar sair cantando pneu.

CASSIE
Tá bom. Pode deixar, paizinho.

AIDEN
Má.

Dou risada enquanto guardo o celular no bolso da calça de pijama, depois tomo o último gole de café e enxáguo a xícara antes de colocá-la na lava-louças.

Chega a ser engraçado. Antes, a pós era minha maior fonte de ansiedade; sem saber se teria dinheiro para pagar a mensalidade seguinte, se os empréstimos estudantis seriam concedidos, se teria que trancar a matrícula por mais um ano... Mas com o salário que recebo como babá, passei o último mês na maior tranquilidade, sem nem pensar no assunto. Se as coisas seguirem por esse caminho, vai ser o primeiro ano letivo que vou conseguir pagar sozinha, sem precisar recorrer aos empréstimos estudantis.

Acho que nunca vou conseguir acreditar no salário astronômico desse emprego.

Mais uma coisa para somar à minha culpa; sem contar que ainda não decidi como vou contar a Aiden que não é a primeira vez que nos relacionamos de forma íntima, mesmo que seja a primeira vez que ele me toca em carne e osso. Ao longo da semana, cheguei a me perguntar se não deveria estar mais incomodada com a situação, com o fato de estar sendo paga pelo homem com quem estou transando, mas cheguei à conclusão de que são duas coisas distintas. Tudo bem, estamos fazendo de tudo para esconder nossas... travessuras... de Sophie, mas isso não significa que seja uma relação totalmente sórdida. É só uma ligeira diferença, que provavelmente nem serve de justificativa para mim mesma, mas pelo menos é melhor do que nada.

Ainda assim, é insano pensar que só tenho mais um ano na pós — os dois anos de especialização que se transformaram em quatro graças à experiência fantástica de ter que me dividir entre o trabalho e os estudos. É um alívio enorme ver a linha de chegada, saber que logo, logo poderei fazer bom uso do meu diploma, mas não tem como fingir que não fico nervosa ao pensar no que vai ser da minha vida depois disso. A formatura vem acompanhada de certa pressão, de ter que encarar o mundo real e refletir sobre todos os outros aspectos da minha vida, de tentar saber como me vejo daqui a cinco anos.

As coisas ficam bem mais confusas agora que tem um homem de sorriso estonteante na situação. Sei que ainda é muito cedo para sequer *fantasiar* com qualquer coisa em relação a Aiden Reid, mas a verdade é que uma parte de mim não para de se preocupar com a possibilidade de ver tudo isso escorrendo pelo ralo. Perder não apenas Aiden, mas Sophie também. E esse é o principal motivo que me impede de deixar tudo em pratos limpos. Pela primeira vez em muito tempo, quase sinto que pertenço a este lugar, que estou fazendo um bom trabalho, e considerando que é a primeira família que me recebe de braços abertos... por acaso tenho culpa de estar disposta a fazer qualquer coisa para que tudo continue como está?

Pensar nisso dá um nó na minha cabeça.

Sei muito bem que não tenho muito a oferecer a Aiden e Sophie além de mim mesma, que há anos e diferenças gritantes entre nós que não posso mudar, mas não consigo parar de pensar nas coisas que ele me disse — "Eu não deveria estar pensando tanto assim em você" e "Sinto que estou ficando maluco". Isso significa alguma coisa, certo?

É besteira da minha parte criar tanta expectativa em relação a uma coisa tão nova, que nenhum de nós ainda sabe como definir, mas não consigo evitar. Não mesmo. A verdade é que também estou ficando um pouco maluca por causa de Aiden Reid. E isso basta para me fazer pensar sobre o futuro.

E isso basta para me fazer pensar no que nos aguarda no fim da linha.

Dessa vez, o foco da aula são as cadeiras pediátricas adaptáveis, e me concentrar nas funções e partes de todos os equipamentos que trouxeram se mostra uma excelente distração. Passei os últimos vinte minutos testando os níveis de inclinação de uma cadeira Rifton, e acho que já estou quase pronta para analisar o próximo modelo.

— Pode me ajudar a prender o cinto? — pede Camila, segurando o peitoral que pode ser adicionado a este tipo de cadeira. — Não sei como faz para encaixar.

— Aqui — respondo, com a mão estendida. — Acho que é aqui.

Camila observa enquanto encaixo o cinto de segurança no lugar certo, prendendo as quatro hastes como mandam as instruções.

— Nossa, nem tinha visto — reclama Camila. — Tem umas cadeiras que vou te contar, viu.

— Ah, mas elas são fantásticas — argumento. — São tão versáteis hoje em dia.

— É, isso é verdade. — Camila examina o encosto da cadeira, depois ajusta a inclinação para a posição inicial. — Acho que agora foi, né? Vamos passar para a da Leckey?

— Bom, pelo menos aquela não tem botão de inclinar — comento.

— Verdade. Parece que o pessoal já está terminando, aí depois é nossa vez.

Ficamos esperando enquanto o grupo termina de analisar as diferentes funções da cadeira Leckey, e Camila está toda esparramada na cadeira de plástico ao lado. Ela solta um suspiro antes de dizer:

— Nossa, só mais um ano até a gente se formar.

— Nem parece, né?

— Você acha que as provas finais vão ser muito puxadas?

— Com certeza — respondo, achando graça. — Mas a gente vai se sair bem.

— Ah, fale por você — rebate ela. — Você é a melhor aluna da turma.

— Ué, mas você também está indo bem.

— E aí, como está o emprego de babá? Você estava meio estranha da última vez que a gente conversou.

— Ah...

Sinto o rosto esquentar, mas torço para que Camila não perceba. Não posso contar a ela que comecei a me relacionar com a pessoa do meu passado que não se lembra de mim e compliquei ainda mais as coisas.

— Está tudo ótimo — continuo. — Eu amo a garotinha de quem cuido, a Sophie. Ela é... uma figura.

— Eu falei — responde Camila, rindo. — Elas sabem ser bem complicadas.

— Você comentou que tem uma sobrinha dessa idade, né?

— Isso, a Lucia. Ela é uma pestinha, mas é tão fofa.

Faço que sim, distraída enquanto vejo o outro grupo testar todas as funcionalidades da cadeira. Meus pensamentos voam longe, e nem sei de onde vem a ideia que acaba de me ocorrer. Talvez seja por causa das mensagens que Aiden me enviou mais cedo, sobre como gostaria que Sophie tivesse mais facilidade de se enturmar...

— Camila — chamo de repente.

Ela se vira para mim.

— Oi?

— Você acha que sua sobrinha gostaria de ir ao zoológico?

— Hum, sinto que estou prestes a me meter em uma enrascada.

— É só que... a Sophie... ela é nova na escola e não está conseguindo fazer amizades. Aí pensei que.. se ela pudesse brincar com alguém da mesma idade sem toda aquela pressão do ambiente escolar... Você acha que é uma ideia muito ruim?

— Para mim, talvez — responde ela, abafando uma risada. — Acabei de falar que a Lucia é uma peste.

— Ah, imagina. Ela é sua sobrinha. Deve ser legal como a tia.

Camila estreita os olhos.

— Você está tentando me bajular?

— Está funcionando?

Ela revira os olhos.

— Infelizmente, sim. Está bem, está bem. Mas saiba que você vai pagar o meu almoço.

— Sem problemas. Faço o que for. Nossa, vai ser tão bom.

Camila continua resmungando enquanto me parabenizo mentalmente pela ideia genial.

— Uma ida ao zoológico?

Eu me recuso a ser distraída por Aiden no seu habitat, com os braços cruzados sobre a roupa de chef, o avental todo manchado de comida enquanto o resto da equipe trabalha com afinco logo atrás.

— Ela vai adorar — insisto. — E minha colega da pós vai levar a sobrinha, então vai ser ótimo para a Sophie interagir com alguém da idade dela.

— Não fale isso perto dela — avisa Aiden, inclinando-se para espiar o escritório, onde Sophie ainda está muito entretida com os joguinhos no Nintendo Switch. — Quer dizer, por mim tudo bem, mas tem certeza de que você quer ir? Vai ser puxado.

— Claro que quero! Vai ser divertido demais. Especialmente para a Sophie. Ela já foi ao zoológico?

— Acho que uma vez quando era mais nova... — Ele coça a nuca. — Não voltamos mais depois de... bem, você sabe.

— Sei, sim.

Estendo a mão em um gesto inconsciente e meus dedos resvalam na borda do avental na cintura dele antes de me lembrar de onde estamos. Recolho a mão e solto um pigarro para disfarçar.

— Você pode ir com a gente se quiser. Escapar do trabalho e tal...

Aiden ri, olhando para toda a movimentação a suas costas.

— Acho que eles fariam picadinho de mim.

— Foi só uma ideia.

Há um esboço de sorriso nos seus lábios quando ele se vira para mim, com o olhar tão caloroso que chego a sentir um friozinho na barriga.

— Eu preferiria mil vezes ir com vocês, juro.

— Bom, saiba que vou mandar um montão de fotos.

— Maravilha. Ah, me envie uma mensagem para eu não esquecer. Quando tiver um tempinho, vou comprar os ingressos para vocês.

— Imagine, pode deixar que...

— Eu insisto — declara ele sem rodeios e sem deixar margem para discussão.

Meus lábios se curvam em um sorriso.

— Como o senhor quiser.

— Acho melhor acrescentar isso à lista de frases que você está proibida de dizer para mim em público.

Arqueio uma sobrancelha e baixo o tom de voz antes de perguntar:

— Mas você está me saindo um belo de um pervertido, hein?

— Acho que você aflora isso em mim — responde ele, dando uma risada.

O friozinho na barriga se intensifica, porque não estou mais pensando apenas nos últimos dias que passamos juntos, e sim em todas as vezes que as coisas esquentaram ainda mais no escuro do quarto, quando ele era apenas uma pessoa desconhecida do outro lado da tela. Tenho que conter um arrepio e tento afastar esses pensamentos para me concentrar em Sophie.

— Vou contar a novidade para ela — aviso.

Aiden ri outra vez.

— Mas não deixe que ela descubra que você armou tudo isso só para arranjar uma amiga para ela. É capaz de ela dar um chutão na sua canela.

— Sophie jamais faria isso comigo — protesto. — Ela me ama.

— Ok, depois não diga que não avisei.

Reviro os olhos e atravesso a cozinha em direção ao escritório, depois dou uma batidinha no batente da porta e enfio a cabeça pelo vão.

— Ei, Soph. Tem planos para amanhã?

— Amanhã é domingo — responde ela, sem entender nada. — E eu tenho dez anos.

— O que acha de sairmos em uma pequena aventura?

Sophie faz o possível para conter a empolgação, larga o Switch no colo enquanto tenta agir com indiferença.

— Que tipo de aventura?

— Ainda não acredito que você assistiu ao último vídeo durante o expediente — comento, achando graça.

Está se tornando um hábito estranho nosso — conversar um pouco depois da chamada de vídeo. Ele ainda assiste enquanto me toco e, para ser sincera, a situação me agrada um pouquinho mais quando é ele do outro lado.
Não é um absurdo?

— Valeu a pena — murmura sua voz em resposta. — Mas não sei se meus colegas de trabalho concordam comigo. Devem achar até que estou com uns probleminhas de estômago.

Não consigo evitar o riso. Ajusto a máscara no rosto, e os dedos se demoram nas laterais enquanto mordisco o lábio inferior.

— Estou tentando imaginar a cena — comento baixinho. — É tão estranho não saber como você é.

— É mesmo. — Eu o escuto pigarrear. — Mas também não sei muito bem como você é, né?

— Isso é meio esquisito — respondo, com uma risadinha nervosa e o coração acelerado.

— Pois é — diz ele, rindo baixinho. — Esquisito.

Ele não me pede para tirar a máscara, e agradeço aos céus por isso.

Porque agora já não posso dizer que não faria isso por ele.

Cassie

— Mas que bela aventura, hein? — reclama Sophie do banco do passageiro do meu carro.

Deixo escapar um suspiro.

— Só preciso de mais um minutinho.

Tento ligar a ignição outra vez, mas escuto aquele ronco fatal enquanto o motor se esforça para pegar no tranco por alguns segundos antes de engasgar e morrer novamente.

— Ah, qual é — protesto. — Não me deixe na mão assim.

— Acabou a gasolina?

— Tem gasolina de sobra.

— E o óleo, como está?

— Ué, por acaso você virou mecânica?

Sophie dá de ombros.

— Só estava tentando ajudar.

— Eu sei, eu sei. Mas não entendo qual é o problema do carro. Acho que ele me odeia, só pode.

— Como vamos fazer para ir ao zoológico?

Apoio a cabeça no volante e solto um suspiro, tentando pensar em uma alternativa.

— A gente pode chamar um Uber.
— Tem muito trânsito a essa hora — responde ela, com naturalidade. — Vai demorar um tempão para chegar.

Afasto a cabeça do volante e a encaro, surpresa.

— Como é que você entende tanto sobre trânsito?
— Minha mãe não tinha carro — explica para mim. — Então a gente sempre ia de Uber quando precisava.
— Hum, entendi. Que tal irmos de ônibus?

Sophie faz uma careta.

— De ônibus?
— Ué, você nunca andou de ônibus?
— Está o maior calor.
— Bem, não temos muita alternativa. Minha amiga Camila mora do outro lado do zoológico. Até ela chegar aqui para buscar a gente, já estaria bem tarde.
— E se a gente ligar para o papai?

E deixar que Aiden descubra que meu carro é uma lata-velha? Nem pensar. Do jeito que ele é, capaz de deixar o carro comigo e ir para o trabalho de ônibus. Seria bem a cara dele.

— Ah, a gente não precisa incomodar o seu pai com essas coisas.
— Mas eu quero *tanto* ir ao zoológico — choraminga Sophie.
— Eu sei, mas já que não podemos ir de Uber e você se recusa a andar de ônibus, não vejo como...

Algo me ocorre de repente, e paro de falar. Talvez não seja lá uma grande ideia, considerando que só comecei a cair nas graças da pessoa recentemente, mas acho que, se eu fizer tudo direitinho, pode até ser uma oportunidade de estreitar nossos laços.

— Ei, Soph — chamo, virando-me para lhe dar um sorriso. — Que horas abre a floricultura da sua tia?

— Obrigada por vir nos buscar — agradeço mais uma vez quando entramos no carro de Iris. — Você salvou o dia, sério.
— Imagine — responde Iris. — Não quero que a Sophie ande de ônibus.

Gente, mas o que esse povo tem contra ônibus?
Percebo que não é a melhor hora para tentar descobrir.
— Tem certeza de que não quer ir junto?
— Ah, eu adoraria — diz Iris, e seu tom parece sincero. — Mas não tem ninguém para me cobrir na floricultura. Só tenho dois funcionários.
— Nossa, parece puxado. É muito corrido?
Iris assente.
— Está chegando a temporada de casamentos, então estamos lotados de pedidos. Estou tentando me virar do jeito que está, mas não posso me dar ao luxo de contratar mais gente.
— Poxa, que pena — respondo meio sem jeito, sem saber muito bem o que dizer.
— Não é nada. — Iris encolhe os ombros. — Ossos do ofício. — Em seguida, me lança um olhar de soslaio enquanto pega a saída para a rodovia.
— Foi ideia sua ir ao zoológico? — pergunta.
— Hum... foi. Uma colega de aula tem uma sobrinha da idade da Sophie. Aí achei que... — Paro de falar quando percebo que Sophie está ouvindo tudo atentamente. — Quer dizer, essa minha amiga perguntou se eu conhecia alguma criança interessada em fazer um passeio no zoológico com elas.
Iris me lança um olhar de entendimento, depois me surpreende ao abrir um sorriso, como se tivesse lido tudo nas entrelinhas.
— Parece divertido.
— Você já foi lá?
— Ah, sim — responde Iris. — Rebecca e eu levamos a Sophie quando ela tinha... o quê? Uns seis anos?
Sophie encolhe os ombros.
— Acho que sim. Eu era bem pequena. Mas lembro que fiz carinho em uma girafa!
— Fizemos o passeio do safári — explica Iris. — Rebecca era maluca por girafas.
Percebo a melancolia no tom, a expressão distante, mas ela logo se dá conta e tenta mascarar as emoções, adotando o ar indiferente de costume.
— Deve ter sido ótimo — comento.

Iris assente.

— Foi mesmo. Acho que tenho uma foto de nós três com a girafa.

— Ah, eu adoraria ver qualquer dia.

Ela me olha de novo.

— Vou ver se levo a foto da próxima vez.

Da próxima vez.

As duas começam a conversar sobre um dos livros que Iris comprou para Sophie, então viro o rosto para esconder meu sorriso. Ver Iris não estava nos planos de hoje; nem cogitei convidá-la para o zoológico, e agora me sinto mal por isso. Mas a verdade é que estou até um pouquinho feliz por meu carro ter enguiçado esta manhã. Parece que a cada vez que vejo Iris, eu a entendo mais. Aos poucos, sei que estou conseguindo conquista-lá.

E estou determinada a ir até o fim.

O restante do trajeto transcorre sem problemas, e Iris promete até me enviar a foto por mensagem assim que a encontrar. Encaro isso como outra vitória. A entrada do zoológico está apinhada de gente em pleno domingo, e levamos uns dez minutos para encontrar Camila e Lucia do lado de fora.

— Até que enfim — comemora Camila quando nos vê. — Achei que tinha perdido vocês.

Dou uma conferida nos arredores.

— Está bem cheio hoje.

— Pois é, a Lucia ia ter um treco se tivesse que esperar mais um minuto.

A garotinha, que tem os mesmos cabelos escuros e os olhos castanhos da tia, faz uma careta para Camila.

— Que mentira, nem foi assim.

— Arrã, conta outra — zomba Camila. — Ah, você é a Sophie, né?

Camila se abaixa e estende a mão para Sophie, que a aperta com delicadeza.

— Esta é minha sobrinha, Lucia. Juro que ela não é tão malvada quanto parece.

Lucia revira os olhos.

— Eu não sou malvada.

— Oi — cumprimenta Sophie, um pouco acanhada.

Por sorte, Lucia não parece ter um pingo de timidez, pois já vai logo apontando para a mochila de Sophie e perguntando:

— É uma mochila de *Encanto*?

— Isso! — concorda Sophie. — Comprei lá na Disney.

— Que sortuda! Eu e minha mãe vamos para lá no ano que vem. Você viu a Mirabel?

Os olhos de Sophie chegam a brilhar.

— Vi! E o Bruno também!

— Ai, meu Deus. Por acaso eles...

As duas se aproximam para dar seguimento à conversa, e nós as seguimos em direção à bilheteria.

Camila me olha com um sorriso zombeteiro.

— Acho que não vamos ter que nos preocupar com essas duas.

— Louvada seja a família Madrigal — comento, dando risada.

— Não precisa exagerar, né. Se eu escutar aquela maldita música mais uma vez, juro que vou...

— Hum, então quer dizer que não falamos do Bruno, não?

Camila me lança um olhar fulminante enquanto entramos na fila para retirar os ingressos.

— Saiba que agora você está me devendo o almoço *e* uma raspadinha.

Lucia e Sophie já tinham virado praticamente melhores amigas antes mesmo de chegarmos à Floresta Perdida. Nossa ideia é dar uma volta completa no zoológico para conseguir ver tudo antes de ir embora.

Sophie encosta o nariz no vidro para espiar os hipopótamos, depois suspira com admiração. Enquanto isso, Lucia está ocupada lendo a plaquinha com as informações.

— Aqui está dizendo que os hipopótamos matam mais de quinhentas pessoas por ano — conta ela e, em vez de choque, percebo o fascínio na sua voz.

Sophie a encara com descrença.

— Jura? Os hipopótamos?

— Pois é — continua Lucia. — Será que eles sentam nas pessoas e elas morrem esmagadas?

— Não — explica Camila, resignada. — Olhe só as presas deles! Fariam picadinho de vocês.

— Cruzes — responde Sophie, depois espia os arredores. — Será que estamos perto dos cangurus? Quero ver os cangurus.

Camila dá uma olhada no mapa.

— O local deles fica mais adiante. Ainda vai demorar um pouquinho para chegar.

— Vocês sabiam — interrompo — que os cangurus não andam para trás?

— Quê? — Sophie torce o nariz. — Sem chance.

— Sabe o que é pior? — pergunta Camila, com um suspiro. — Tenho certeza de que é verdade. Ela deve ter lido na tampinha daqueles chás de pêssego que ela toma.

— Ah, e tem mais — continuo, estalando os dedos. — Coalas dormem tipo vinte e duas horas por dia.

Camila me olha feio.

— Será que você pode começar a tomar água, igual a uma pessoa normal?

— De jeito nenhum — respondo, achando graça. — Sou viciada em Snapple.

Vejo que Lucia e Sophie estão bem perto do vidro, então tiro o celular do bolso e chamo:

— Ei, meninas. Olhem para cá. Quero tirar uma foto de vocês.

Lucia envolve Sophie com um dos braços, e ela parece surpresa por um instante antes de retribuir o gesto e sorrir de orelha a orelha. Sinto o peito inundar de felicidade enquanto tiro fotos das duas. Logo em seguida, trato de enviar uma para Aiden, sabendo que ele vai ficar feliz da vida quando vir que Sophie e Lucia estão se dando bem.

Embaixo da foto, escrevo:

CASSIE

> Já estão superamigas e a gente ainda nem chegou na metade do zoológico.

— Você está mandando para o meu pai?

Percebo os olhos de Sophie em mim, então faço que sim.

— Ele queria um montão de fotos.

— Fale aí que ele tem que vir junto da próxima vez — pede ela. — Quero contar tudinho sobre como os hipopótamos matam um monte de gente.

Faço uma careta.

— Acho melhor a gente deixar essa parte de fora.

Sinto o celular vibrar e, quando olho para baixo, vejo a resposta de Aiden.

AIDEN

> Que maravilha. Parece que vocês estão se divertindo bastante.

Então, um segundo depois:

AIDEN

> Queria muito estar aí com vocês.

Sinto um friozinho na barriga quando meus lábios se curvam em um sorriso involuntário. Não sei como uma mísera mensagem consegue me deixar tão feliz. Mas aí lembro quem mandou. Em seguida, digito uma resposta sem pensar duas vezes.

CASSIE

> Foi um inferno chegar aqui, mas valeu a pena. A Sophie está muito feliz.

Ele responde na hora.

AIDEN
> Como assim um inferno?
> Aconteceu alguma coisa?

Ah, droga. Esqueci que ainda não tinha contado sobre o carro.

CASSIE
> É que o meu carro resolveu dar problema hoje de manhã.

Acho melhor deixar para contar sobre a carona de Iris pessoalmente.

CASSIE
> A gente pode voltar de Uber ou, sei lá, pegar um ônibus.

AIDEN
> Não. Eu busco vocês. É só me falar a hora.

CASSIE
> Não precisa. Sei que você está ocupado aí.

AIDEN
> Já falei que vou. Só me fala a hora.

CASSIE
> Tá bom, seu mandão.

AIDEN
> Até mais tarde.

Sei que é bobo, mas é impossível não sorrir enquanto falo com Aiden. Será que eu deveria contar que meio que gostei do jeito mandão dele?

Camila está me olhando estranho quando desvio os olhos da tela, e trato de camuflar meu sorriso com uma expressão mais casual.

— E aí, gente? Vamos continuar? Acho que tem algumas lanchonetes aqui perto. Podemos parar para comer alguma coisa.

— Eu estou *morrendo* de fome — reclama Lucia.

— Tudo bem, tudo bem — respondo, dando risada. — Já vamos alimentar vocês, pestinhas.

Camila ainda me olha de um jeito meio desconfiado, mas faço questão de ignorar.

Graças aos céus, Camila espera até depois do almoço, quando as meninas estão distraídas com os pandas, para me abordar:

— Então... como é o pai da Sophie?

— Hum? — Tento manter o rosto impassível. — Ah, o Aiden? Ele é... ótimo. Um cara bacana.

Adora falar sacanagem e tem um pau que desafia a ciência, mas acho que não é uma boa hora para trazer isso à tona.

— Arrã.

— Que foi?

— Você disse que ele é solteiro, né?

Reviro os olhos.

— Que diferença faz?

— Ah, sei lá, né... — Ela abre um sorriso cheio de malícia. — As pessoas não costumam ficar de risadinhas enquanto trocam mensagens com o chefe. Aí fiquei curiosa.

— Eu não fiz isso — protesto.

— De jeito nenhum.

Camila avança pela passarela no recinto dos pandas, e fico toda apreensiva enquanto a sigo. Estava tão na cara assim? Preciso dar um jeito de esconder melhor. Chego mais perto de Camila e, sem olhar para ela, digo:

— Não é o que você está pensando.

Quer dizer, meio que é, mas acho que é melhor eu não sair por aí gritando isso aos quatro ventos.

Camila me olha com ar de inocência.

— Eu não estava pensando em nada.

— Ah, tá — ironizo. — Conta outra.

— Ele é gostoso?

— *Sshh.* — Dou uma olhada em Lucia e Sophie, ainda entretidas em uma conversa animada a alguns metros de onde estamos. — Que diferença faz?

— Hum, então ele é gostoso mesmo — responde Camila, achando graça. — Nossa. E você está morando com ele? Por favor, me diga que está tirando uma casquinha.

— *Pelo amor de Deus* — sibilo para ela. — Será que dá para fechar a matraca?

— Já faz meses que não saio com ninguém — conta Camila. — Você sabe como a nossa vida é caótica. Mas, olha só, fico feliz por você ter conseguido arranjar tempo para dar umazinha no meio da correria da pós.

— Não é bem assim — torno a dizer, mas soa menos convincente desta vez.

— Ei, não estou julgando — tranquiliza-me Camila. — A Sophie é uma menina legal. Aposto que o pai dela também é.

Mordisco a parte interna do lábio, depois me viro na direção de Sophie. Ela acena quando me vê, e retribuo o gesto com um sorriso no rosto.

— Ela é muito legal mesmo — concordo.

— E menos pestinha do que a Lucia.

Dou uma cotovelada de brincadeira em Camila.

— Ei, a Lucia é incrível.

— É, é. Até que ela é legalzinha.

Hesito por um instante, lutando contra a vontade de contar tudo a ela, mesmo sabendo que não deveria. Andamos em silêncio por alguns instantes e a inquietação pesa sobre mim, até que por fim solto o ar bem devagar.

— O pai dela é incrível *mesmo* — digo baixinho.

O sorriso de Camila surge aos poucos, e em seguida ela chega mais perto de mim, retribui a cotovelada brincalhona e comenta, com ar conspiratório:

— Arrã, aposto que é.

Às sete da noite, já estamos todas exaustas. Depois de ver leões e tigres e ursos (minha nossa) até não poder mais, estamos prontas para ir embora.

— Tem certeza de que não quer uma carona?

Nego com a cabeça para Camila.

— Fica muito fora de mão para você. Aiden disse que viria nos buscar.

— Ele está atrasado — resmunga Sophie.

— Sério — insiste Camila. — Não vai ser incômodo nenhum. Mande uma mensagem para ele avisando e…

— Ah, lá está ele — interrompo quando vejo o carro de Aiden se aproximando da área de desembarque.

— Até que enfim — reclama Sophie.

Aiden estaciona no meio-fio antes de sair do carro e se apoiar no capô.

— Desculpem o atraso — pede. — Fiquei preso no trânsito.

Ele ainda está com o uniforme de chef, então deve ter vindo direto do trabalho. E provavelmente vai ter que voltar para lá depois. Por que fico toda boba só de pensar que ele largou tudo para vir nos buscar?

Vejo quando Lucia e Sophie se despedem com um abraço e combinam de se adicionar no Nintendo Switch, mas me distraio quando Camila se aproxima e sussurra no meu ouvido:

— Meu Deus, Cassie. Se você não estiver tirando uma casquinha daquele homem ali, merece ser presa.

Deixo escapar uma risada.

— Isso nem faz sentido.

— É um crime contra a humanidade. Pense em nós, meras mortais. Ocupadas. Exaustas. Na seca.

— Beleza, acho melhor a gente ir andando…

— Eu só quis dizer que…

Jogo meus braços ao redor de Camila e a puxo para um abraço.

— Obrigada por hoje, viu? Foi maravilhoso.

— Pelo jeito as meninas estão no maior grude, então vamos ter que repetir a dose.

— Claro.

Então, Camila volta a baixar o tom de voz.

— E eu espero, *do fundo do meu coração*, que você consiga agarrar aquele pai deli...

— Ei, meninas! — chamo enquanto me afasto de Camila. — Eu e a Sophie temos que ir, mas vamos combinar de sair mais vezes, tudo bem?

As duas assentem e se despedem outra vez, e Sophie ainda acena para Lucia enquanto eu a ajudo a entrar no carro.

— Desculpem mesmo pelo atraso — repete Aiden enquanto afivelamos os cintos. — Eu deveria ter saído um pouco mais cedo.

— Não tem problema — tranquilizo-o. — Nem esperamos tanto assim.

— Vou ter que voltar para o restaurante depois de deixar vocês em casa.

— Eu imaginei — comento.

Aiden espia o espelho retrovisor enquanto se afasta do meio-fio.

— E aí? Você se divertiu?

— Nossa, muito! — exclama Sophie. — Você sabia que os hipopótamos matam um monte de gente?

Solto um grunhido, e Aiden me olha de canto de olho, sem entender nada.

— É melhor nem perguntar — aviso. — É melhor nem perguntar.

Ajudo Sophie a descer do carro quando Aiden estaciona na frente da casa e confiro para ver se ela não esqueceu a sacola com as lembrancinhas. Quando estamos quase na entrada, ela se vira e olha para mim.

— Você não vem?

— Só um segundo — aviso. — Preciso conversar uma coisa com o seu pai.

— Tudo bem, mas você prometeu que ia montar o quebra-cabeça de canguru comigo.

— Eu sei, eu sei. Não esqueci.

Espero até que ela desapareça porta adentro antes de me esgueirar para o banco do carro, passar por cima do console e envolver o rosto de Aiden com as mãos para puxá-lo para um beijo. Ele parece surpreso por um instante, mas logo sinto seus dedos enroscados no meu cabelo e a língua deslizando pelo meu lábio inferior antes de encontrar a minha.

Eu o beijo com tanta avidez que nem parece que estamos dentro de um carro, no meio da rua. Não é lá muito apropriado, mas decido que não ligo. Tive um dia incrível com uma menina incrível e acabei de ser deixada na porta de casa por um cara incrível que me deixa surpreendê-lo com beijos repentinos.

Não tenho do que reclamar.

Aiden parece um pouco atordoado quando me afasto.

— O que eu fiz para merecer isso?

— Você é maravilhoso, ué.

Ele continua perplexo.

— Sou?

— Muito.

— Você está tentando me seduzir para ver se eu desisto do trabalho? Porque está funcionando.

Meus lábios se curvam sobre os dele e planto mais um beijo suave ali.

— Mais tarde — prometo.

Em seguida, me esgueiro para fora do carro e, assim que ponho os pés na calçada, percebo que Aiden está me olhando torto.

— Que foi?

— Talvez você seja má de verdade — resmunga.

Abro um sorriso malicioso.

— Ainda bem que você sabe onde eu moro, sr. Reid.

Mesmo depois de fechar a porta, ainda consigo ouvir os resmungos dele na minha cabeça.

16

Aiden

É AINDA PIOR TER que voltar ao trabalho com o gosto de Cassie ainda fresco nos lábios, mas dou um jeito. O movimento do restaurante não diminuiu durante minha ausência, e quando passo pela entrada de serviço, Marco vem correndo me encontrar. Parece esgotado, com a paciência por um fio.

— Acabou a chalota.

Dou um passo para trás.

— Como assim acabou, porra?

— E eu lá sei? Deve ter sido um erro de inventário. Acabamos de usar a última em um *poulet au vinaigre*, e tem mais dois pedidos na fila.

— Já estou até vendo que vou ter que dar o maior sermão no Alex — comento, resignado.

— Ele não veio — avisa Marco. — Está doente. Então, a menos que queira dar uma bronca por telefone...

Porra.

Era melhor nem ter voltado. A uma hora dessas, eu poderia estar em casa montando um quebra-cabeça com as meninas.

As meninas.

Fico surpreso por meu cérebro ter juntado as duas assim, sem mais nem menos. Não sei quando comecei a pensar nelas como uma coisa só, ambas à minha espera em casa, mas não deixa de ser verdade. E está ficando cada vez mais difícil ficar longe delas.

— Alô? Terra chamando Aiden — continua Marco, acenando com a mão bem na minha cara. — Qual é a desse sorriso aí? Você está me assustando.

— Não é nada — respondo, enquanto tento me recompor. — Tem cebola aí?

— Ah, deve ter. — Ele se vira e grita para um dos cozinheiros ir verificar, depois volta a olhar para mim. — Acha que dá para usar no lugar da chalota?

— Os clientes nem vão notar a diferença. É só carregar um pouquinho mais no alho. É o que dá para fazer.

— Droga. Isso nem passou pela minha cabeça — repreende-se Marco. — Mas é uma boa ideia. Nossa, graças a Deus que você voltou. Eu estava prestes a surtar.

Dou um tapinha no ombro dele, achando graça.

— Vai ficar tudo bem.

— Tudo bem? — repete ele, perplexo. — Ué, quem é você e o que fez com Aiden Reid?

Ainda há um resquício de sorriso nos meus lábios quando estico a mão para pegar um avental limpo e amarro os cordões na cintura enquanto me preparo para encarar o resto da noite. Por estranho que pareça, agora o restaurante movimentado parece menos intimidador do que quando cheguei.

E sei que é tudo graças às *meninas* que estão à minha espera em casa.

Só encerramos o expediente depois das dez, e Marco me garante que ele e os outros vão se encarregar de arrumar tudo sozinhos, já que tive que entrar mais cedo hoje. Em qualquer outro dia, eu faria questão de ajudar, mas só de pensar na possibilidade de encontrar Cassie ainda acordada em casa... é o suficiente para me fazer dar no pé.

Talvez seja porque ela e Sophie não saíram da minha cabeça esta noite — o passeio no zoológico, o fato de eu não ter ido junto —, mas a questão é que decido ligar para Joseph, o dono do restaurante, a caminho de casa.

Ele atende logo de cara e sua voz ressoa pelos alto-falantes do carro. Eu ficaria com o pé atrás de ligar para alguém assim, tão tarde da noite, mas sei que Joseph é do tipo que gosta de varar a madrugada acordado.

— Aiden? Tudo certo por aí?

— Ah, sim. Tudo certo.

— Noite tranquila, espero?

— Tivemos um probleminha com as chalotas, mas demos um jeito.

— Usaram cebola no lugar?

Dou risada.

— Exatamente.

— Sempre funciona.

— Mas... na verdade, estou ligando por outro motivo.

— Ah, é? — Ouço ruídos do outro lado da linha, como se ele estivesse se ajeitando na poltrona de couro em que gosta de fumar. — Está tudo certo mesmo?

— Está, sim, é só que...

— Ande logo, rapaz. Desembuche — pede, aos risos. — Por acaso o gato comeu sua língua?

— Bem, eu estava cogitando a possibilidade de delegar algumas das minhas funções para o Marco. Diminuir um pouco minha carga de trabalho e tal...

— Você não está pensando em pedir as contas, está?

— *Não* — respondo de forma enfática. — De jeito nenhum. Eu amo o restaurante e gosto muito de trabalhar para você. A questão é que... desde que a Sophie veio morar comigo para valer, venho percebendo como estive ausente na vida dela. E isso ficou mais escancarado agora que a vejo todos os dias. Posso ver *o quanto* perdi. Se é que faz sentido...

— Claro que faz — concorda Joseph, e solto um suspiro aliviado. — Você sabe que não vou abrir mão de você.

— E eu vou entender se você quiser me tirar do cargo de chef executivo ou se precisar reduzir meu salário para ficar mais condizente com as responsabilidades menores...

— Que bobagem — zomba Joseph. — Até parece. Vamos dar um jeito de você passar mais tempo em casa sem precisar mudar de cargo. — Em seguida, dá risada antes de acrescentar: — E o Marco ia se borrar todo se a gente sugerisse uma coisa dessas. Já pensou? Todo mundo lá sabe que a cozinha não funciona sem você.

— Só não quero ser injusto com você.

— Meu filho, você tem sido justo comigo há anos. Ralou naquele restaurante como ninguém. Sempre esperei que você encontrasse um motivo para tirar mais tempo para você. E não existe motivo melhor do que a família.

Faço que sim e sinto minha voz ficar carregada de repente.

— Muito obrigado, Joseph. De verdade.

— Bem, agora trate de arranjar uma garota, aí sim vou parar de me preocupar com você.

Ainda bem que ele não pode ver a cara que eu faço.

— Então...

— Hum?

— Seu aniversário é daqui a algumas semanas, né? Eu queria saber se posso levar uma convidada...

— Ora, ora. Quem diria? Você vai à festa? E ainda vai levar alguém?

— Bem... eu ainda não a convidei oficialmente, mas espero que ela aceite.

— Rapaz, não vejo a hora de conhecer essa mulher. Deve ser extraordinária para ter convencido você a maneirar no trabalho e começar a curtir a vida.

Esboço um sorriso involuntário.

— Ela é mesmo.

— Bom, então vá para casa, rapaz. Vou terminar de degustar o conhaque que acabei de me servir.

Deixo escapar uma risada.

— Um bom jeito de passar a noite.

— Amanhã a gente acerta os detalhes sobre a sua acompanhante. Vá logo convidá-la, hein?

— Sim, sim. Pode deixar.

— Boa noite, Aiden.

— Boa noite, chefe.

Fico até mais leve depois de desligar. Não fazia ideia dos rumos que essa conversa poderia tomar, mas tenho certeza de que tudo saiu melhor do que a encomenda. E acho que já estava mais do que na hora de dar uma desacelerada e passar mais tempo em casa. Quando Sophie veio morar comigo... minha vida estava de cabeça para baixo. Eu não sabia como equilibrar minhas responsabilidades como chef e como pai ao mesmo tempo. E talvez ainda não saiba, mas... se Cassie não tivesse aparecido, eu ainda estaria alheio a esse problema, sem nem me dar conta do sofrimento que estava causando a Sophie. Se não fosse por Cassie... talvez eu nunca tivesse aprendido a conversar direito com minha filha.

Perceber isso só aumenta minha vontade de voltar logo para casa e correr para os braços dela.

Estou tão bem-humorado que sinto que nada poderia estragar meu dia, mas logo vejo uma chamada de Iris no console do carro e percebo que estou redondamente enganado. Nunca sei o que esperar de uma conversa com ela, então sempre fico apreensivo.

— Alô?

— Oi — responde ela, com uma voz exausta. — Desculpe estar ligando tão tarde. Imaginei que você estaria arrumando as coisas no restaurante.

— Não, saí mais cedo hoje. Quis voltar logo para casa.

— Nossa, essa é nova.

— Pois é, tive um dia cansativo.

— A Cassie contou que hoje eu dei carona para elas até o zoológico?

Sou pego de surpresa com essa informação.

— Jura?

— É, o carro dela enguiçou, então ela me deu uma ligadinha. Até me convidou para ir junto.

— E por que você não foi?

— Não tinha ninguém para cobrir meu turno na floricultura. — Iris fica quieta por um instante, depois acrescenta: — Ela é bem obstinada para uma babá.

Começo a rir baixinho.

— Ô, se é.

— Escute, eu não queria discutir isso perto da Sophie, mas é que... sei que a Cassie é muito bonita e simpática e tudo o mais. Até *eu* estou começando a gostar dela, sabe?

Sinto o corpo inteiro formigar, sem saber onde ela quer chegar com essa história.

— E?

— É só que... acho que nenhum homem solteiro em sã consciência conseguiria morar com ela sem dar em nada.

— Olhe só, Iris, não sei o que você está tentando insinuar, mas não acho que seja da sua...

— Não estou *atacando* você, Aiden — interrompe ela, resignada. — Juro.

— Então o que é isso?

— Não sei que rumo a sua relação com a Cassie pode tomar e não tenho o menor interesse em descobrir, só não quero que a Sophie seja jogada para escanteio. Não se esqueça de que ela deve ser sua maior prioridade, entendeu?

Isso me irrita, ainda que só um pouquinho.

— Eu sei disso, ok? Você não precisa me dizer.

— Não precisa ficar com raiva, tá? É que eu me preocupo com a minha sobrinha. Só quero ter certeza de que ela está sendo bem cuidada.

— De novo, você não precisa me dizer isso.

Iris solta outro suspiro.

— Tudo bem. Eu não devia nem ter ligado, mas não conseguia tirar isso da cabeça. Enfim, está na cara que a Sophie *ama* a Cassie. Não é segredo para ninguém. Então, por favor, pense nas consequências antes de agir. Imagine como seria para a Sophie perder a Cassie sem mais nem menos só porque vocês dois engataram um relacionamento que não deu em nada?

Fico sem reação. Tenho que admitir que isso nem tinha passado pela minha cabeça. Até porque não quero cogitar a possibilidade de um futuro em que as coisas deem errado entre nós dois.

— Agradeço a sua preocupação — declaro com firmeza, tentando manter a conversa civilizada —, mas garanto a você que Sophie sempre foi e sempre vai ser minha maior prioridade.

— Tudo bem — responde Iris. — Eu só queria ter certeza.
— Bem, então se você já disse tudo o que tinha para dizer...
— Aliás — interrompe-me ela, e já fico preocupado de antemão —, eu realmente acho que a Cassie também ama a Sophie. E acho que ela faz bem para minha sobrinha.

Fico calado por um instante, pensando com meus botões.

— Também acho — digo por fim.

Quando Iris desliga, fico sozinho no silêncio do carro, lidando com todas as coisas ditas e os novos desdobramentos que eu *nem sequer* havia cogitado. Não pensei no que um término com Cassie poderia significar para Sophie e lá no fundo sei que tanto eu quanto minha filha sairíamos machucados dessa.

Aperto o volante com mais força.

Mais um motivo para garantir que isso não aconteça.

A casa está silenciosa quando chego. As luzes do quarto de Cassie estão apagadas e já passou da hora de Sophie ir dormir, então imagino que eu seja o único acordado. Ainda estou um pouco mexido com a ligação de Iris, então passo reto pelo quarto de Cassie e subo até a cozinha para pegar uma cerveja. Talvez isso me ajude a clarear as ideias.

E qual não é a minha surpresa quando chego ao andar de cima e me deparo com a luzinha do exaustor acesa... e Cassie apoiada na pia, tomando sorvete direto do pote. Eu a interrompo no meio da colherada, o talher ainda na ponta da língua enquanto lambe o restinho do sorvete, e a cena faz meu pau latejar, como um estímulo pavloviano.

Ela sorri, a colher ainda na boca.

— A gente tem que parar de se trombar assim.

— Pois é, já está virando hábito — murmuro de volta, distraído pelos seus lábios.

— Como foi o resto da noite?

— Longa. — Chego mais perto da bancada, diminuindo a distância entre nós dois. — Cansativa.

— Ah, tadinho — brinca ela.

Só porque vocês dois engataram um relacionamento que não deu em nada.

Odeio ainda estar remoendo isso. O que tenho com Cassie mal começou e já estou preocupado em como pode acabar. Quem faz esse tipo de coisa?

— Está tudo bem? — Cassie coloca a colher na pia e guarda o pote de sorvete no freezer enquanto contorno a bancada. — Você parece preocupado.

Eu a puxo para mais perto e sinto o cheiro do seu xampu, deixando o aroma acalmar meus pensamentos inquietos.

— Só tive uma noite muito, muito longa.

— Ah, é? — Ela se afasta e abre um sorriso acanhado, seus dedos tracejam meu peito. — Posso fazer alguma coisa para ajudar?

Envolvo o rosto dela com as mãos e acaricio suas bochechas com os polegares. Como é possível que eu só a conheça há tão pouco tempo? Por que tenho a impressão de que não conseguiria suportar perdê-la de repente?

Tento afastar esses pensamentos absurdos.

— Hum, tem alguma ideia?

— Bem, sei que você gosta muito de ser consolado de certa forma...

Sorrio contra seus lábios quando ela fica na ponta dos pés para me beijar, e a ideia de fazê-la gozar na minha língua alivia um pouco da tensão nos meus ombros.

— Eu vou adorar. Pode se acomodar aí na bancada — sussurro, os lábios ainda colados aos dela.

— Ah, não — responde Cassie com doçura, dando-me outro beijo suave. — Eu estava pensando em retribuir o favor.

— O que você quer dizer com...

Prendo a respiração quando ela se ajoelha devagar, empurrando as laterais do meu quadril até que eu esteja pressionado contra a bancada, com as mãos espalmadas sobre o tampo.

— Cassie, você não precisa...

Mas ela já está desafivelando meu cinto.

— Isso não vai fazer você se sentir melhor, sr. Reid?

— Caralho — sibilo, e sinto o corpo retesar quando ela me apalpa por cima da cueca. — Puta merda, Cassie.

Viro a cabeça na direção da sala de estar vazia e espio a escada escura.

— E se a Sophie...

— Ela está dormindo feito pedra — garante-me Cassie. — E a gente não vai fazer barulho. — Quando ela se vira para mim, vejo a hesitação em seu olhar. — A menos que você não queira...

Meu juízo trava uma batalha acirrada com a sensação das mãos de Cassie no meu corpo, mas de repente percebo que, do pé da escada, a única coisa visível seria minhas costas, já que Cassie está ajoelhada do lado oposto da bancada da cozinha. Duvido que seja uma boa ideia, mas a essa altura já está difícil pensar com a cabeça de cima.

— Sem barulho — repito, e vejo o sorriso triunfante de Cassie. — E rápido. — Engulo em seco. — Você tem certeza mesmo?

— Absoluta — ela praticamente ronrona, e meu pau se contorce na sua mão. — Só fique quietinho.

O toque continua suave, e ela me alisa com o indicador e o polegar antes de enganchá-los no elástico da cueca e puxá-la para baixo, revelando minha ereção. Em seguida, envolve meu pau com seus dedinhos finos e começa e me masturbar, um movimento intenso da base à ponta que faz meu sangue ferver. Deixo um sopro escapar por entre os dentes, maluco com o seu toque.

— Você não pode fazer barulho, Aiden — avisa ela com aquele sorriso acanhado. Em seguida, dá uma lambidinha na ponta, apenas o suficiente para me fazer ofegar. — Pode ficar quietinho para mim?

— Cuidado — sussurro em advertência.

Ela desliza o punho para baixo até que os dedos estejam logo abaixo da cabeça do meu pau, e em seguida começa a lamber toda a sua extensão.

— Cuidado com o quê? — pergunta Cassie, com a voz tão suave quanto a minha.

— Cuidado ou vou acabar fodendo essa boquinha linda aí.

— Fique à vontade — provoca ela, envolvendo-me com os lábios antes de retirá-los com um estalo molhado. — Se você quiser...

Meu Deus. Por que Cassie me faz perder o controle? Quero tratá-la com toda a delicadeza e doçura que ela merece, mas basta sentir o seu toque para eu me transformar em alguém incapaz de pensar em qualquer coisa que não seja meter o mais rápido e o mais fundo que puder.

— Então abra mais a boquinha — peço com os dentes cerrados. — Quero sentir sua língua.

Ela mantém o olhar fixo ao meu enquanto desliza a língua ao redor da pontinha, depois a envolve com os lábios e começa a chupar. Deixo escapar um suspiro, meus cílios tremulam com o calor da sua boca, e levanto a mão quase que por instinto para afastar o cabelo dela do rosto. Bem nessa hora, vejo a saliência do meu pau contra sua bochecha.

Essa cena seria o suficiente para me fazer gozar.

Cassie se ajeita um pouco, ainda ajoelhada, e agarra meu quadril com uma das mãos, enquanto a outra se mantém bem firme na base do meu pau enquanto, pouco a pouco, ela começa a me abocanhar por inteiro. Seus olhos se fecham quando ela me leva o mais fundo que consegue, e os lábios encontram o punho conforme minha cabeça inchada se aninha no calor suave da sua garganta.

— *Caralho*, Cassie — rosno baixinho. — Assim mesmo. Puta que *pariu*.

Pendo a cabeça para trás quando meu quadril dá uma guinada para a frente e tento ficar parado enquanto ela estimula a parte inferior do meu pau. Contraio a barriga quando sua língua desliza logo abaixo da cabeça, e quase me engasgo quando a sinto bem na fendinha da ponta.

Em seguida ela abocanha toda a cabeça de uma vez, tomando-a nos lábios, e me chupa em um movimento vigoroso antes de me tirar da boca. Deixa um pouquinho de saliva escorrer pela ponta e desliza o punho para baixo com firmeza antes de me tomar de volta, com a boca e a mão se movendo em sincronia.

— Você vai me fazer gozar na sua boquinha — rosno, sem fôlego, enquanto tento manter a compostura. — É isso que você quer?

Ouço sua resposta abafada, seguida de um aceno leve de cabeça que me empurra ainda mais fundo, as narinas inflando com sua respiração ofegante.

Ranjo os maxilares com tanta força que fico até com medo de ter lascado um dente.

— Você quer que eu goze nessa sua boquinha gostosa, quer?

Ela geme baixinho e leva os lábios de encontro ao punho, e vejo quando a outra mão desaparece entre suas pernas, e o pulso se move de um jeito que deixa claro que ela está se masturbando.

— Você vai gozar com meu pau na boca, Cassie?

As palavras saem ásperas, roucas, enquanto tento manter a voz baixa, esforçando-me para não fazer o menor barulho.

— Sua boca é deliciosa pra caralho — continuo, ofegante, com os dedos enroscados no cabelo dela. — Eu sabia que ia ser uma delícia. *Porra*.

Continuo segurando, não forte o suficiente para machucar, só o bastante para mantê-la paradinha ali. Sua mão desliza do meu pau em direção ao quadril, apertando em incentivo enquanto me olha através daqueles olhos semicerrados.

Aceno com a cabeça para ela, depois deslizo para dentro da sua boca em um movimento demorado, curioso, e Cassie fecha os olhos antes de soltar um gemido baixinho. Escorrego pela sua língua bem devagar, aprofundando-me mais e mais, e avanço o máximo que posso antes de notar sua resistência, então trato de recuar. Agora sei até onde ela aguenta. Repito todo o processo para sentir sua boca, meus dentes cerrados e o pau pulsando com a necessidade de extravasar, mas me seguro enquanto faço tudo outra vez, e *outra* — cada arremetida um pouquinho mais rápida do que a anterior.

— Não tem nem uma partezinha sua — digo com os olhos fechados enquanto puxo seu cabelo e acelero o ritmo das metidas — que eu não queira comer.

Cassie geme quando vou ainda mais fundo — os olhos turvos e marejados —, mas não se esquiva. Ela se endireita, ainda ajoelhada, com a mão ainda enfiada entre as pernas, e abre um pouco mais a boca quando meu pau chega ao fundo da sua garganta.

— *Caralho* — rosno. — Eu vou gozar. Você já tá quase lá?

Ela aperta os lábios em resposta, forçando-me a sentir cada centímetro úmido da sua boca enquanto mergulho mais e mais e *mais*. Um gemido suave e agudo se desprende de sua garganta, depois se transforma em um suspiro silencioso quando seu corpo começa a tremer, e o som reverbera por cada pedacinho do meu pau, me levando ao limite.

Deixo escapar um grunhido ofegante e apoio a mão na parte de trás da cabeça de Cassie enquanto me derramo na sua garganta. Sinto-a engolir o que ofereço, gota a gota — e as estrelas turvam minha visão, tamanho o prazer.

Depois, só se ouve minha respiração entrecortada na cozinha silenciosa, e desvencilho os dedos do seu cabelo, um por um, enquanto deslizo para fora da sua boca. Com as pernas bambas, eu a ajudo a se levantar e, sem me importar com o gozo que ainda deve estar na sua língua, seguro sua nuca e a puxo para um beijo.

Suas mãos espalmam meu peito enquanto eu a devoro, aprofundando o beijo à medida que as batidas do meu coração enfim começam a se acalmar.

Cassie arranha o tecido da minha camisa com a ponta das unhas.

— E aí? Está se sentindo melhor?

— Nem sei se existe uma palavra capaz de descrever como eu me sinto — respondo com uma risada ofegante. Roço os lábios nos dela bem de leve antes de murmurar: — Como você consegue ser tão perfeita?

Ela não responde, mas abre um sorriso tímido que diz muitas e muitas coisas, pelo menos para mim. Quando Cassie me olha assim, nem sei como vou conseguir lidar com todos os sentimentos que ela me provoca.

— Sabe... se você colocar o despertador para tocar bem cedinho, pode até dormir na minha cama.

— Ah, é? — pergunto, e meu olhar se perde na sua boca. — Mas não posso prometer que vou deixar você dormir.

O sorriso dela se alarga enquanto ela me puxa pela mão, conduzindo-me em direção às escadas. Eu a sigo sem pestanejar, porque como poderia ser diferente? Estou mesmo em apuros. Ainda não sei entender o que sinto, o que *quero* — e não sei como afastar a preocupação que vem a reboque, a ansiedade de me jogar cada vez mais nessa coisa nova até chegarmos a um ponto em que eu talvez não consiga lidar com o fim. Mas a essa altura do campeonato... não sei se posso fazer alguma coisa a respeito disso. Não tem como evitar esses sentimentos.

Porque sei, bem lá no fundo... que agora já não tem mais volta.

Conversa com @alacarte

> É meio estranho chamar você de "A".

Pois é. Sei que não sou lá muito criativo.

> Também fico me perguntando qual é o seu nome verdadeiro.

Às vezes eu queria que você soubesse.

Quero ouvir você gritar meu nome enquanto goza.

17

Cassie

— Por que você não trouxe minha garotinha junto?

Lanço um olhar ressabiado para Wanda.

— Ué, então quer dizer que agora a Sophie é a sua menina dos olhos? Fui trocada por uma mulher mais nova, é isso?

— Não tem como mandar no coração — responde ela, dando de ombros.

— Claro, claro — ironizo, achando graça. — A Sophie está na escola agora.

— Ah, que pena. — Wanda sai da cozinha arrastando os pés, depois se acomoda na cadeira de balanço. — Pelo jeito a garota se divertiu à beça no aniversário dela. Não parou de falar disso um minuto naquele dia em que vocês me trouxeram um pedacinho de bolo.

— E como se divertiu. Se a gente deixasse, capaz até de ir fantasiada de princesa para a escola.

— Esqueci de entregar o presente dela aquele dia — lamenta-se Wanda. — Leve para ela quando for embora, ok?

— Não precisa — respondo. — Vou trazê-la aqui depois da escola amanhã. O Aiden vai estar ocupado no restaurante, então deve chegar bem tarde em casa.

— E como andam as coisas entre vocês?

Tento manter o semblante impassível, fingindo interesse em um fiapo agarrado na minha blusa.

— Ah, sabe como é... Tudo tranquilo.

— Tranquilo, é?

— Arrã. — Consigo arrancar a bolinha de tecido e a enrolo entre os dedos para me manter ocupada. — Acho que vai ficar tudo bem. Aiden ainda não descobriu a verdade, então é só continuar tomando cuidado que vai dar tudo...

— O que foi que eu disse sobre mentir para mim, hein?

Eu a encaro, surpresa.

— Ué, que foi?

— Já falei, quem diz que está "tudo bem" nunca está dizendo a verdade.

— Ah, por favor, né. Isso aí é a maior lorota.

— Escute aqui, não é porque você é novinha que eu não consigo te dar uma coça, viu?

Reviro os olhos.

— Está tudo bem. Sério.

— Cassie.

Começo a mordiscar o lábio inferior, depois desvio os olhos para o tapete puído aos meus pés. Tenho medo de falar em voz alta e pôr tudo a perder. Faz só uma semana que voltamos da Disney, e toda vez que Aiden me toca (que parece ser sempre que possível), fico com a impressão de que vou ser desmascarada. Fiz de tudo para esconder a minha cicatriz, e se ele estranhou o fato de eu sempre ficar de blusa ou escolher uma posição que esconda minhas costas, ao menos não mencionou.

— Ele ainda não descobriu — repito. — Não sabe quem eu sou de verdade.

— Mas tem caroço nesse angu — acusa Wanda. — Você está mais nervosa do que peru em véspera de Natal.

— Você sabia que só perus machos fazem *glu-glu*?

— Garota, se você não me contar o que aconteceu agora mesmo...

— Eu... — Solto um som exasperado e me afundo ainda mais no sofá, depois agarro uma almofada e a aperto contra o rosto. — *Wanda*.

— Ah, meu Deus. O que foi que você fez?

Ainda com o rosto enfiado na almofada, respondo com a voz abafada:

— Eu dormi com ele.

— Quê? Não ouvi direito.

— Eu *dormi* com ele — repito mais alto, espiando por cima da almofada.

Wanda me encara com uma expressão indecifrável no rosto e continua em silêncio por alguns segundos antes de deixar escapar um suspiro.

— Puta merda.

— Pois é.

— Foi bom pelo menos?

— É *isso* que você quer saber?

Ela joga as mãos para cima, com ar de inocência.

— Ué? Se já está no inferno, abraça o capeta.

— Não era para você me dizer que essa é uma péssima ideia?

— Ah, e é mesmo, mas você já não estava há quase dois anos sem dar umazinha?

— Ei, era para ser segredo — reclamo.

— Ora, se alguém merece dar um pulinho na Rolândia, é você.

— Por favor, nunca mais diga "Rolândia" na minha frente.

— Você ainda não me respondeu. Ande logo, Cassie. Eu sou velha. Preciso de um pouquinho de emoção na minha vida.

— Sua vida sexual é mais ativa do que a de qualquer outra pessoa que conheço.

— Eu só estava tentando poupar seus sentimentos.

Cubro o rosto com as mãos.

— Foi maravilhoso. Pronto, falei. Está *sendo* maravilhoso. Não paramos desde que voltamos da Disney.

— Eita.

— Pois é. Eu sou uma pessoa horrível?

— Por qual motivo? Por dormir com seu chefe ou por esconder o fato de que ele já viu você espocando a cilibina pela webcam?

— Ai, *meu Deus*.

— Ué, que foi? Como os jovens chamam hoje em dia?

— Eu quero morrer.

— Ah, pare com isso — responde Wanda, rindo. — Você sabe que só estou pegando no seu pé, né?

— Mas você tem razão. Sou péssima mesmo, não sou? Eu deveria contar a verdade a ele.

— É, provavelmente deveria mesmo. Quanto mais demorar, pior fica, entende?

— Eu sei disso. Sei mesmo. Mas...

— Mas o quê?

— Eu estou com medo, ok? Eu *gosto* dele. Agora já não é mais um desconhecido do outro lado da tela, é o *Aiden*. E ele é perfeito, e estou com medo de estragar a porra toda, e ele sumir do mapa outra vez.

Medo é pouco. Estou *desesperada*. Essa última semana mais pareceu um sonho e, bem lá no fundo, algo me diz que, se Aiden descobrir a verdade, tudo vai por água abaixo. Já aconteceu uma vez, então é normal esperar que se repita.

— Para começo de conversa, ninguém é perfeito — rebate Wanda. — Então pode parar com isso. Além do mais, o Aiden pode ter dois paus e uma língua de vinte centímetros e o caralho a quatro, mas ainda assim seria um grande imbecil se largasse você.

— Bem — comento —, já aconteceu uma vez.

— Ele não a conhecia direito — insiste Wanda. — E você não o conhecia. Não para valer. Não permita que um momento ruim do passado estrague o seu futuro.

— É, sei lá.

— E isso não significa que você precisa guardar segredos.

Franzo a testa.

— Eu sabia que você ia dizer isso.

— Porque você sabe que eu tenho razão, Cassandra.

— Nossa. Nem chamou pelo apelido. Está jogando pesado, hein?

— Você sempre espera o pior das pessoas — continua Wanda, com um suspiro. — Não pode presumir que algo vai dar errado sem ao menos pagar para ver.

— Pois é, até agora, foi exatamente isso que aconteceu.

— Ah, besteira. Isso só vale para os pais horríveis que você tem. E você nem fala mais com eles. Ora, não deixe que o amargor causado por aqueles dois a impeça de desfrutar o lado doce da vida.

— É uma analogia divertida, hein?

— É que imagino que o Aiden seja gostoso e tal.

— Eca.

Wanda dá risada, depois torna a olhar para mim.

— Ué, por acaso estou errada?

— Você já está muito velha para ser tão tarada assim.

— Olhe o etarismo!

— É, é.

— Então, vai contar a verdade para ele? Você sabe que tenho razão. Quanto mais esperar, pior vai ficar.

— Eu sei disso. Sei mesmo. E vou contar tudo. É só que... ainda não estou pronta.

— E talvez nunca esteja — aconselha-me ela. — Mas não significa que não deva contar mesmo assim.

Solto um grunhido.

— Por que você tem que estar sempre coberta de razão, hein?

— É porque eu sou...

— Velha — concluo por ela. — É, sei.

— Dê uma chance a ele. As pessoas podem surpreender você se permitir.

— É, sei lá — respondo, resignada. — Quem sabe.

— Bem, eu sei — declara ela com determinação, depois solta um resmungo enquanto se levanta da cadeira de balanço. — Sabe por quê?

— Sei, eu sei — retruco, dispensando-a com um aceno.

— Quer tomar um goró?

— Mas ainda são duas da tarde!

— Ué, e por acaso isso faz diferença depois que você já passou dos setenta?

— Tenho que ir buscar a Sophie na escola já, já.

— Melhor, assim sobra mais para mim — comemora ela.

Observo-a arrastar os pés até a cozinha e amarrar o roupão felpudo na cintura. Fico analisando a textura do teto enquanto Wanda vasculha a geladeira. Sei que ela está mesmo coberta de razão, que continuar escondendo o jogo de Aiden só vai piorar a situação quando ele inevitavelmente descobrir a verdade; até porque não posso esconder a cicatriz nas costas para sempre. E considerando o tamanho e o significado dela e o fato de ele ser uma das quatro pessoas que sabem da sua existência, não sei se posso inventar uma desculpa.

Não permita que um momento ruim do passado estrague o seu futuro.

Odeio o fato de ela estar sempre certa.

Não conto a ele naquela noite, nem nas que vêm depois, e, passada uma semana, ainda estou na dúvida entre abrir ou não o jogo. Poderia até alegar que nem sobra muito tempo para tocar no assunto, já que todos os nossos momentos juntos giram em torno de beijos e carícias secretas que me deixam maluca, mas sei que isso não passa de uma desculpinha esfarrapada.

E o que é que eu diria, para começo de conversa?

Ah, aliás, você me assistia enquanto eu me masturbava. Achei que gostasse de mim, mas aí você tomou um chá de sumiço. Que engraçado a gente ter se reencontrado assim, né?

É absurdo até de pensar.

Estou com os olhos fixos na cafeteira, pensando com meus botões enquanto o café goteja na xícara, e deve ser por isso que não o escuto descer a escada. Só me dou conta da presença dele quando sinto os braços enlaçando minha cintura e me puxando para junto de si e não posso evitar o sorriso bobo quando sinto os seus lábios no meu pescoço.

— Bom dia.

— Cadê a Sophie?

— Ainda está dormindo — responde Aiden. — Acabei de conferir.

— Está ficando mais atrevido, hein? — provoco.

— Hum, talvez "viciado" seja uma palavra melhor.

— Eu chamo isso de garantia de emprego.

Ele se afasta de mim, aos risos.

— Rá, rá. Engraçadinha.

— O que você quer fazer para o café?

— Tanto faz, mas é melhor a gente começar a preparar já, ou a Sophie vai acordar e pedir panqueca de novo.

— Acho que você só está mordido porque ela não gosta das panquecas que *você* faz.

— Ora, eu já cozinhei até para senadores, mas não consigo agradar uma criança de dez anos... se ponha no meu lugar!

— Tente preparar outra coisa. Nem você é capaz de arruinar ovos e bacon.

Vejo Aiden revirar os olhos e dou uma piscadinha para ele antes de voltar minha atenção para a cafeteira.

— Vá cozinhar alguma coisa. Eu faço o café. Você pode ser o herói do café da manhã.

— Aposto que ela vai odiar — resmunga ele.

— Não se preocupe, eu ensino você — digo em tom sério. Depois, com minha melhor imitação de Norman Osborn, acrescento: — Sabe, eu sou um chef também.

— É normal eu ficar excitado por você estar fazendo referência a *Homem-Aranha*?

— Duvido muito — respondo, na lata. — Deve ter alguma coisa muito errada com você.

Solto um gritinho quando ele dá um tapa na minha bunda e sorrio quando o vejo vasculhar os armários em busca de uma panela. É em momentos assim, nessa rotina tranquila que estabelecemos, que parece ainda mais difícil contar toda a verdade, e ainda mais complicado é encontrar uma brecha para revelar a nossa história. Tudo tem sido tão perfeito, e por acaso não mereço uma dose de perfeição na vida? Faz séculos que não sinto o gostinho de algo assim. Tem que haver um equilíbrio entre "perfeito" e "péssimo" para todo mundo, não é?

Ouço os passinhos de Sophie na escada e a vejo se espreguiçar enquanto desce o último degrau, a cara do pai quando acorda. Acho que eu não deveria me sentir tão feliz por ter percebido essa semelhança.

Você está caidinha, Cassie Evans.

Ainda sonolenta, Sophie cambaleia até a cozinha feito um zumbi e então resmunga:

— O que tem para comer?

— Seu pai está cozinhando — aviso.

Ela faz careta.

— Mas não é panqueca, né?

— Ei — interrompe Aiden, soando ofendido. — E se eu estiver praticando?

— Nossa, vai precisar de *muita* prática — zomba Sophie.

Aiden olha para mim, incrédulo, com a espátula em uma mão e a frigideira na outra.

— É mole? Está vendo com o que eu tenho que lidar?

— Ah, tadinho — brinco, servindo uma xícara de café para ele. — Tão injustiçado.

Aiden balança a cabeça antes de voltar sua atenção para o fogão.

— Todo mundo contra mim, impressionante.

Sophie sorri para mim, já acomodada diante da bancada, e devolvo-lhe um sorriso conspiratório enquanto pego minha xícara de café. Observo em silêncio enquanto Sophie e Aiden jogam conversa fora e mais uma vez sou inundada pela culpa, alojada no meu peito como um peso de que não consigo me livrar. Nunca vivenciei isso antes, essa sensação calorosa de *estar em família*. Muitas vezes tive que preparar meu próprio café da manhã quando era criança, quase sempre em um lar vazio. Será que é por isso que tenho tanto medo de pôr tudo a perder?

Sinto uma pontada na cabeça só de pensar.

— Cassie?

Eu me viro com rapidez ao perceber que Aiden estava falando comigo.

— Oi?

— Eu perguntei se você prefere omelete, ovo mexido ou…

— Ah. Tanto faz, como vocês preferirem. Não sou exigente.

— Frito com a gema mole, então — decide ele.

Sophie resmunga irritada.

— Não! Eu gosto de ovo mexido!

— Ovo mexido, então — corrige Aiden.

Sophie apoia os cotovelos na bancada antes de perguntar:

— Podemos ir passear no parque depois do café?

— Você tem aula hoje — responde Aiden.
— Não tem, não — aviso. — Hoje tem reunião de pais e mestres.
Aiden parece confuso.
— Ué, eu não sabia. Não tenho que ir?
— Não — responde Sophie, toda cheia de si. — Eu sou boa aluna.
Dou risada daquele sorrisinho convencido.
— Veio um bilhete na mochila dela dizendo que ela não precisava ir porque está tirando nota máxima em tudo. — Lanço um olhar arrependido para Aiden. — Desculpe, esqueci de falar para você.
— Não, não. Não tem problema. Obrigado por se manter a par de tudo.
— Então, podemos ir? — pergunta Sophie, esperançosa. — Passear no parque? Por favor?
— Hum, não sei — responde Aiden, estalando a língua. — Não sei se vou conseguir sair de casa, estou triste demais por não saber fazer panqueca, sabe?
— Ah, mas você é bom em outras coisas — arrisca Sophie. — Por exemplo... você sempre sabe onde tem pilha!
— Uau — zomba ele secamente. — Nossa, agora minha vida voltou a fazer sentido.
Tento esconder o sorriso atrás da xícara de café quando Aiden me olha, e sinto um friozinho na barriga quando ele esboça aquele sorriso que deixa apenas alguns dentes à mostra. Tanta água já rolou entre nós dois, mas ainda fico surpresa em como ele consegue ficar lindo sem o menor esforço; basta olhar para a boca de Aiden que já fico toda boba. Não que exista motivo para isso, claro. Até parece que estou pensando em como os lábios dele estavam entre minhas pernas ontem à noite... de jeito nenhum.
— Sabe — digo a Sophie, tentando afastar esses pensamentos antes de ficar toda vermelha. — Encontrei um frisbee nas minhas coisas esses dias. Aposto que a gente ganha de lavada do bundão do seu pai.
— Isso! Vamos ganhar de lavada desse bundão!
Aiden franze a testa.
— *Sophie*.
— Opa. — Lanço um olhar de desculpas. — Foi mal.
Mas ele não parece zangado. Na verdade, tenho a impressão de que está se esforçando para não rir.

— Aliás, caso as duas espertinhas não saibam, eu era campeão de frisbee na faculdade.

— Ah, nossa — zombo, achando graça. — Não sei se isso é impressionante ou só triste mesmo.

Aiden levanta uma das sobrancelhas, mas não responde.

— Ande, vá tomar banho — diz para Sophie. — Quando você voltar, o café já vai estar na mesa. — Ele se vira e aponta a espátula para nós duas. — E depois vou ganhar de lavada das *duas* bundonas aí.

Sophie solta uma risadinha enquanto desce da banqueta, depois sobe os degraus em direção ao quarto. Quando já estamos a sós, Aiden vira o bacon, apoia a espátula no cabo da frigideira e lança um olhar furtivo na direção das escadas antes de me encurralar contra a bancada.

— Que história é essa de ganhar de mim de lavada, hein?

Olho para ele, e um sorriso malicioso se forma nos meus lábios.

— Está com medo, sr. Reid?

— De jeito nenhum — responde Aiden, confiante. — Com todo respeito a você e à minha filhinha que tanto amo, mas eu vou acabar com a raça de vocês.

Acho que isso não deveria me deixar tão excitada.

— E se eu for campeã de frisbee, hein? Vai que eu participei do torneio nacional durante o ensino médio...

— Acho que isso nem existe.

— Olha só, o fato de você nem saber da existência dos torneios nacionais não me inspira muita confiança nas suas habilidades...

Aiden sorri e acaricia minha mandíbula com a pontinha do nariz, me distraindo.

— Quer apostar?

— Hum... — Fecho os olhos quando sinto os lábios dele no meu pescoço. — Apostar?

— Só para ter mais graça.

— E o que acontece quando eu ganhar?

— *Se* você ganhar — corrige ele.

— É, vai sonhando.

— Se você ganhar — continua Aiden, e seus lábios suaves encontram minha pele —, eu vou te comer bem aqui nesta bancada depois de levar a Sophie para a escola amanhã.

— Ah, é? — Solto uma risada ofegante e quase derrubo a xícara quando ele agarra meu quadril. — Mas esse prêmio é para mim ou para você? O que acontece se você ganhar?

Ele se afasta com um sorriso brincando nos lábios e me olha fixamente antes de diminuir a distância entre sua boca e a minha.

— Se eu ganhar — murmura Aiden com os lábios colados aos meus —, vou te comer bem aqui nesta bancada depois de levar a Sophie para a escola amanhã.

— Uau! É um prêmio e tanto. Por que eu sinto que vou sair ganhando de qualquer jeito, hein? Que sortuda.

— Eu sou o sortudo aqui, pode acreditar.

Seus lábios roçam os meus, fecho os olhos quando o toque se intensifica, e minha cabeça gira, confusa, como sempre acontece quando ele me beija. Sinto a calidez da sua língua tracejando o contorno dos meus lábios, e quando os abro em convite, sou recompensada com um beijo lento, inebriante.

— O bacon está queimando — murmuro, distraída.

Aiden se afasta de mim, tentando sentir o cheiro de queimado.

— Merda.

— Tem certeza de que você é chef de cozinha mesmo?

Ele solta um muxoxo enquanto tenta salvar o bacon.

— Todo mundo só sabe criticar...

Ainda estou com um sorriso no rosto quando tomo outro gole de café, e a culpa parece ter amenizado depois do toque de Aiden, mas ainda não se dissipou por completo. É justamente disso que não quero abrir mão. Não quero perder essas manhãs tranquilas que poderiam se tornar o padrão, se eu permitisse. Não quero perder o toque de Aiden ou o sorriso de Sophie ou os bate-bocas fofos por causa de panqueca. Não quero perder nem um pouco disso.

Talvez não faça diferença, diz meu cérebro esperançoso. *Talvez o passado não tenha a menor importância. É tudo diferente agora, não é?*

Tomo outro gole de café e tento afastar essa linha de raciocínio.

Vou contar tudo a Aiden, prometo.

Mas, a essa altura, é a mim que tenho que convencer.

Eu já deveria ter sugerido isso há um tempão. Cici de quatro na cama, se masturbando com o vibrador que comprei para ela... Consigo ver cada pedacinho do seu corpo.

Imagino como ela se derreteria se eu deslizasse meus dedos para dentro dela, como ficaria molhadinha se sentisse meu pau. Não consigo pensar em outra coisa, e vê-la assim... com a bunda empinada e a bocetinha toda aberta para mim?

Acho que estou mesmo perdendo as estribeiras.

18

Cassie

Vou contar toda a verdade a Aiden hoje, já decidi.

Sei que não deveria ter esperado mais um dia, mas nos divertimos tanto no parque ontem (acabei perdendo no frisbee, mas considerando a aposta, será que perdi mesmo?), depois Aiden ficou até tarde no trabalho, e não tem como abordar um assunto desses por mensagem de texto. Mesmo cara a cara, ainda corro o risco de Aiden ficar zangado a ponto de me botar para fora de casa, e por mais que eu tente me preparar para essa possibilidade, no fundo sei que ficaria arrasada. Não tem como não ficar.

Aiden saiu para levar Sophie à escola, e enquanto isso estou andando de um lado para o outro da sala, cogitando todos os possíveis desdobramentos. Em algumas versões, Aiden fica confuso, mas entende. Em outras, fica tão irritado que nem consegue olhar na minha cara. E, nas versões mais delirantes, chega até a ficar *feliz* por ter me reencontrado.

Mas isso me parece bem improvável.

Ainda assim, preciso contar tudo a ele. Hoje. Antes que ele volte e me distraia com beijos e carícias e tudo o que isso traz. Sei que basta um toque dele para toda a minha determinação cair por terra, e uma partezinha do meu cérebro implora para que eu esconda o jogo só mais um pouquinho. E se hoje for nosso último dia juntos? Não posso ignorar essa possibilidade, por mais que eu queira.

Mas, se for o caso, vou sobreviver. Ou ao menos é disso que venho tentando me convencer. Já sobrevivi uma vez, certo? Foi horrível, claro, mas eu superei. Quase.

Mas agora é diferente, sussurra meu cérebro.

Aí é que está o cerne da questão. Aiden já não é o desconhecido cujos sussurros me excitavam na escuridão do quarto. Agora, é um cara tão bom que nem parece verdade, com um sorriso lindo e um olhar maravilhoso e uma risada viciante. Agora, Aiden vem acompanhado de piadas de pai e beijos na testa de Sophie e beijos secretos em mim e palavras doces e sacanagens sussurradas ao pé do ouvido, e não mais pelos alto-falantes de um computador. Agora ele é uma pessoa *real*, e isso significa que vai ser ainda mais difícil esquecê-lo, muito mais.

Passo e repasso o discurso na minha cabeça, tentando escolher as palavras certas para convencer Aiden de que eu não fazia ideia de quem ele era antes de vir para cá e que só escondi a verdade por medo da sua reação. Ele não pode me culpar por isso, pode? Parece uma atitude bastante razoável. Pelo menos para mim.

Inferno.

Isso vai ser um fiasco.

Meu celular vibra sobre a bancada, e estou tão nervosa que chego a pular de susto. Vejo a notificação de uma mensagem de Aiden e, enquanto desbloqueio a tela, sinto um nó se formar na boca do estômago.

AIDEN

> Já tô voltando.

Por mais que eu esteja uma pilha de nervos, ainda sinto um friozinho na barriga. Apesar de estar determinada a sabotar os planos de Aiden, confesso que ainda estou cogitando ficar quietinha e permitir que ele cumpra a promessa de me comer em cima da bancada da cozinha.

Você precisa contar tudo de uma vez por todas.

Droga. Odeio ter que fazer a coisa certa.

Depois de deixar as marcas das minhas pegadas no tapete de tanto andar de um lado para o outro, vou até a pia da cozinha e jogo um pouco de água fria no rosto. Mesmo enquanto tento aplacar os ânimos, sinto o coração acelerado no peito, a ansiedade cada vez maior. Até pensei em ligar para Wanda em busca de umas palavras de incentivo, mas acho que, se conversar com mais alguém sobre esse assunto, é capaz de eu sucumbir ao estresse. Seco o rosto com um pano de prato, depois fecho os olhos e respiro fundo para tentar desacelerar meus batimentos.

Estou tão abalada com esse leve ataque de pânico que nem chego a ouvir o barulho da porta no andar de baixo, então quase tenho um treco quando sinto os braços de Aiden ao meu redor, me puxando para colar seu corpo ao meu, com os lábios afundados no meu pescoço.

— Puta merda — deixo escapar, ofegante. — Você me deu um baita susto.

Sinto a risada dele reverberar na minha pele.

— Não foi minha intenção chegar de fininho.

As mãos já deslizam para enlaçar minha cintura, e fecho os olhos quando ele inclina o quadril para a frente, me fazendo sentir sua ereção.

— Nossa, alguém está impaciente hoje.

— Estou desde ontem pensando em comer você nesta bancada — sussurra ele, ainda beijando meu pescoço.

Fecho os olhos.

— Ah, então foi por isso que decidiu fazer aquela aposta no jogo de frisbee em que você trapaceou?

— Pegar o frisbee não é trapaça.

— Você é gigante, então é trapaça, sim.

— Desculpe. — Ele acaricia minha barriga por baixo da blusa, e seus dedos resvalam no cós do short. — Posso compensar você de alguma forma?

Meus lábios se curvam em um sorriso, e eu me perco no seu toque.

— Humm... talvez.

Espere aí. Nada disso. Não é justamente isso que estamos tentando evitar?

Eu me viro de forma brusca, tentando me afastar para clarear as ideias, mas estou encurralada contra a bancada, com os braços dele apoiados no tampo atrás de mim.

— Aiden, pensando bem, eu...

— Ora, ora. Tem alguém querendo desistir da aposta?

Ah, caramba. Ele ainda acha que estou só fazendo gracinha. Acho que o Aiden brincalhão é minha criptonita.

— Não — respondo, e seguro as laterais do seu quadril para afastá-lo, mas me desconcerto quando o polegar resvala na ereção sem querer. *Seja forte.* — Não é isso...

Ele abaixa a cabeça, ainda roçando os lábios nos meus.

— Porque foi uma vitória justa, Cassie — argumenta ele com a voz exalando sensualidade.

— Eu sei disso — consigo dizer.

Basta que ele se incline um pouquinho para que seu membro duro e ávido se encaixe entre minhas coxas, e sinto um arrepio percorrer todo o meu corpo.

— E eu vou te comer em cima desta bancada.

Eu não sou forte. Nem um pouquinho.

Dá até para sentir minha determinação se esvaindo enquanto me deixo levar pela sensação dos lábios dele nos meus. Fecho os olhos quando nossas línguas se encontram, a maciez contrastando com a dureza entre minhas pernas. Eu me perco nele, tanto que nem chego a notar quando suas mãos envolvem a minha bunda, puxando-me para seu colo antes de me acomodar na bancada a nossas costas.

E ele não para de me beijar, nem por um segundo.

Que se foda, vem um pensamento desgarrado. *Posso contar tudo mais tarde.*

Tento não pensar que talvez esta seja a última vez que ele me toca assim.

Sou pega de surpresa outra vez quando Aiden me gira, apoiando meu torso sobre a bancada, deixando-me na ponta dos pés. Em seguida, me agarra pela cintura e inclina o corpo sobre o meu, e posso sentir seu hálito quente na minha nuca.

— Fique aí — diz com a voz rouca, depois deixa escapar um grunhido satisfeito quando agarro as bordas da bancada.

Suas mãos deslizam pelo meu quadril, tiram meu short bem devagar, e o ouço suspirar baixinho quando vê minha calcinha cor-de-rosa com estampa de gatinhos.

— Mais uma estampada — comenta, rindo baixinho.

Ele me apalpa através do tecido, apertando minha bunda com força enquanto me contorço sob seu toque. Em seguida, desliza os dedos por entre minhas pernas, e sei que pode sentir minha umidade, a calcinha já praticamente encharcada ao menor dos estímulos. Deixo escapar um gemido quando seus dedos me acariciam, vagarosos.

Já estou com as pernas bambas quando Aiden finalmente tira minha calcinha, me deixando nua, ávida e prontinha para ele. Um dedo desliza para dentro, depois outro, a mão agarrada no meu quadril para me manter no lugar, estimulando-me o suficiente para me excitar, mas não para me satisfazer por completo.

— Aiden — gemo baixinho. — Será que você pode...

— Já, já — murmura ele em resposta, a voz rouca. — Primeiro quero olhar para você.

Estou totalmente exposta, talvez mais do que nunca, esparramada assim, em plena luz do dia, na maldita bancada onde tomamos café. Ainda assim, não sinto nem um pingo de vergonha. Não enquanto os dedos de Aiden deslizam para dentro e para fora de mim, devagar, com cuidado, como se ele quisesse memorizar cada pedacinho do meu corpo.

— Você é tão linda aqui embaixo — sussurra com admiração, se embrenhando ainda mais fundo para me fazer ofegar. — Tão macia.

Eu me viro para olhar para ele com o rosto ainda apoiado no granito, e vejo sua expressão inebriada, os olhos vidrados entre minhas pernas enquanto me estimula mais e mais. Observo o instante exato em que ele recolhe os dedos e os leva aos próprios lábios, com o olhar fixo ao meu enquanto lambe todo e qualquer resquício de mim.

Acho que ninguém me julgaria por ter começado a me contorcer, desesperada pelo seu toque, com o jeito que Aiden me olha.

Ainda o observo enquanto tira a cueca e, agarrando meu quadril, desliza para dentro de mim. Mais uma vez, fico atordoada com a ideia de estar tão exposta assim, e quando ele mergulha ainda mais fundo, sinto o calor brotar nas minhas entranhas, porque sei que ele pode ver tudo. E está observando cada detalhe... atentamente.

Sinto cada centímetro dele me penetrando devagar, aos poucos, e, através dos olhos semicerrados eu o observo, e vejo o estremecer dos cílios e o mordiscar no lábio inferior enquanto ele me preenche, mais e mais até que meu corpo esteja colado ao dele, meus dedos dos pés mal tocando o chão enquanto ele me segura contra a bancada.

Aiden me preenche por completo. Fica até difícil raciocinar.

Ele desliza para fora com cuidado, fazendo questão de que eu sinta cada centímetro enquanto ele se retrai. Depois, com um movimento mais rápido, volta a me preencher, e sibila entre os dentes quando chega ao limite. E então repete o processo outra vez, cada arremetida mais forte do que a anterior, mais profunda. Sinto tudo com mais intensidade nessa posição, e é igualmente perigoso e delicioso.

— Não consigo... — tento dizer, ofegante, com os olhos fechados e a boca entreaberta enquanto me concentro na sensação do seu toque. — Não consigo me tocar desse jeito.

— Está me pedindo para fazer por você?

— *Aiden* — ofego.

Ele mergulha mais fundo, mais forte.

— Eu quero que você me peça — diz ele, com a voz rouca. — Quero que me peça para fazer você gozar, Cassie.

— Aiden, juro que se você não... — Deixo escapar um grito quando ele me fode com mais força, e meu corpo se contorce contra a bancada. — Juro que se você não me tocar agora...

— Eu vou.

Depois abafa uma risada, afasta a minha blusa e acaricia a pele macia das minhas costas antes de se inclinar para plantar um beijinho ali.

— Mas primeiro queria ouvir você pedir.

Seus dedos deslizam pela minha coxa, traçando uma linha na parte interna, devagar, pouco a pouco, até parar a centímetros de onde anseio pelo seu toque. De súbito, porém, toda a minha atenção se concentra na mão que acaricia as minhas costas. Sinto o coração acelerar no peito, mas não tem nada a ver com o seu toque, nem com seu pau dentro de mim — é que sei que, se Aiden levantar minha blusa só mais um pouquinho, vai ver a cicatriz.

As pontas dos dedos dele resvalam na alça do meu sutiã, a outra mão ainda me acariciando entre as coxas, mesmo enquanto mantém um ritmo constante com suas arremetidas.

— Peça, Cassie.

— Quero que me toque *agora* — consigo dizer, com o coração martelando nos ouvidos em um misto de prazer e medo. — *Por favor*.

Sinto seu hálito quente contra a minha pele enquanto atende ao meu pedido, mergulhando os dedos entre as minhas pernas até encontrar o clitóris. Deixo escapar um gemido quando ele o massageia, e todo o meu corpo respira aliviado quando Aiden afasta a mão das minhas costas e a pousa na base da coluna.

Puta merda, ainda bem.

Em seguida, recolhe a mão e a apoia na lateral do meu quadril, agarrando-me com força enquanto me masturba sem parar, em descompasso com as estocadas intervaladas. As arremetidas estão mais profundas agora, o corpo se curva sobre o meu, pele com pele, e sinto a respiração ofegante contra minhas costas. Pelo movimento errático do seu quadril, posso sentir que ele está quase lá, posso ouvir nos gemidos suaves que escapam dos seus lábios.

— É tão gostoso quando você goza — diz, ofegante. — *Tão* gostoso. — Ele desliza ainda mais fundo, massageando meu clitóris intumescido. — Nunca senti algo melhor.

Suas palavras se espalham pela mim, me fazendo incendiar, e posso sentir aquela doce pressão se acumulando entre minhas pernas, antecipando o momento em que vai irromper em um prazer ilimitado.

— Assim mesmo — aviso. — Não pare.

Seus dedos escorregam pela minha umidade, mas ele continua massageando aquele pontinho que me faz clamar por mais.

— Não vou parar nunca.

Agarro as bordas da bancada com mais força e tento arquear as costas, mas estou colada na superfície de granito, e deixo escapar gemidos ofegantes, intensos, *desesperados*... e então eu sinto.

Começa com um tremor bem lá no fundo, um espasmo nas minhas paredes internas que só se intensifica com o vaivém do seu pau. Com um grunhido alto e gutural, Aiden dá uma última arremetida, até bem lá no fundo, mas não se retrai, não se move — continua onde está e permite que meu corpo trêmulo o conduza em direção ao ápice.

Em seguida sinto um latejar intenso e sou preenchida — com seu gozo, seu calor, sua essência —, e seu corpo é muito pesado para desabar sobre o meu assim, mas não me importo. É uma sensação tão gostosa, a imensidão do corpo dele moldado ao meu, e seus lábios me exploram por toda parte — nuca, pescoço, mandíbula —, qualquer pedacinho de pele nua ao seu alcance.

— Ainda bem que você é péssima no frisbee — comenta ele, com o rosto afundado no meu cabelo.

— Pfft, com a aposta que a gente fez, ganhar ou perder nem fazia diferença.

— É verdade. — Ele ri de leve, depois sinto seu corpo estremecer junto ao meu, a testa apoiada nas minhas costas. — Não quero sair de você.

— Meu querido, é assim que se fica com infecção urinária.

Ele deixa escapar uma risada.

— Que sexy.

— Cuidar da saúde vaginal é bem sexy mesmo — rebato. — Além do mais, se você não sair, vou ficar pingando para tudo quanto é lado...

Nós dois ficamos paralisados quando a campainha toca, atordoados por um instante, sem saber se não foi apenas fruto da nossa imaginação. Mas então ela toca de novo, e é como se a ficha caísse de uma vez, porque de repente Aiden desliza para fora de mim e saímos em disparada, de um jeito quase cômico, para tentar esconder o fato de que *acabamos de transar* na bancada da cozinha.

Aiden me lança um olhar esgotado enquanto veste a calça de moletom.

— Você está esperando alguém?

— Não — respondo, tentando encontrar minha calcinha. — E *você*?

— Não faço ideia de quem está aí.

— Será que não é do correio?

— Bem, deixe só eu... — Ele ajeita a bainha da camiseta. — Pronto, agora posso...

— Putz. — Faço uma careta. — Está escorrendo pela minha perna.

Aiden interrompe o que está fazendo.

— Eu não deveria ficar excitado com isso, né?

— De jeito nenhum, ainda mais agora — zombo, enxotando-o com um aceno. — Anda, vá abrir a porta enquanto vou ao banheiro.

— Espere só um segundo que já, já eu apareço lá para dar uma mãozinha — responde ele, com um sorriso malicioso.

— Chispa daqui — digo, dando risada.

A campainha toca outra vez e Aiden sai correndo escada abaixo, enquanto sigo na direção oposta até o lavabo perto da cozinha. Fecho a porta atrás de mim e solto um suspiro pesado, depois deixo escapar uma risada quando a adrenalina toma conta de mim. Sei que existe um andar inteiro entre a bancada da cozinha e a porta da frente, mas meu coração quase saiu pela boca quando a campainha tocou, quase como se tivesse sido *pega no flagra*, e todo o meu corpo ainda treme com o susto.

Trato de me limpar o mais rápido que posso antes de Aiden aparecer para me "dar uma mãozinha" — já rolou exposição demais para um dia só —, ainda rindo baixinho enquanto lavo e seco as mãos antes de voltar para o corredor. Mal dou três passos antes de ouvir a voz dela. O riso morre nos meus lábios, a adrenalina mais intensa, mais sombria, e tento me acalmar, sabendo que *não* teria como ela adivinhar o que estávamos fazendo momentos antes.

Dou de cara com a dona da voz assim que piso na cozinha: Iris, acomodada na extremidade do sofá na sala de estar ao lado, enquanto Aiden está na poltrona logo em frente, a tensão em pessoa. Ela ergue o olhar quando me vê e esboça um sorriso singelo, mas perceptível, e isso só pode ser um bom sinal, não é?

— Oi — cumprimento, mantendo o tom casual. — Quando você chegou?

— Agorinha mesmo — vem a resposta.

— Ah, desculpa. — Arrisco um sorriso. — Eu estava na lavanderia... nem ouvi a campainha.

Percebo como seu olhar se alterna entre nós dois, mas faço o possível para ignorar.

Não tem como ela saber.

Em seguida, seus olhos pousam em Aiden.

— Não imaginei que vocês dois estariam aqui. Você não faz academia de manhã?

— Ah. — Aiden encolhe os ombros, indiferente. — Nem todo dia.

Meu Deus. A sutileza de uma porta.

Avanço sobre os azulejos da cozinha até a geladeira e pego uma garrafa d'água.

— Aceita alguma coisa, Iris?

— Não, obrigada — responde-me ela. — Na verdade... dei uma passadinha para ver você.

Eu me detenho.

— Veio me ver?

— É. — Ela parece quase envergonhada. — Eu me lembrei do que a gente conversou aquele dia, sobre as fotos... sabe?

— Ah! — Fecho a porta da geladeira. — Claro! As que aparecem você, Sophie e a mãe dela, né?

— Isso... — Iris enfia a mão na bolsa e vasculha por um instante antes de tirar um envelope grosso lá de dentro. — Aí já aproveitei e mandei revelar um monte de fotos aleatórias que tirei com o celular.

Ela segura o envelope, meio sem jeito, enquanto atravesso a cozinha, e por fim se vira e o estende na direção de Aiden.

— E é para você também, acho — continua. — Sei lá. Não sei se você queria tantas fotos assim.

— Não, isso foi muito fofo — garanto, e estico a mão para tomar o envelope de Aiden, que ainda parece um pouco atordoado.

Quando abro, dou de cara com uma versão mais nova e mais dentuça de Sophie, com as bochechas rechonchudas, enquanto uma mulher linda a abraça por trás.

— Ai, meu Deus! — exclamo. — Olhe a Sophie bebezinha! Ela parecia uma bonequinha. — Faço uma pausa, percebendo o olhar de Iris em mim. — Rebecca era linda.

— Era mesmo — concorda ela.

— Ah, droga. Foi mal — digo, e devolvo o envelope para Aiden.

Ele o segura com cuidado, ainda meio fora de si.

— Isso foi muito... legal da sua parte, Iris.

— Eu sou legal, sabe? — retruca ela, na lata. Depois crispa os lábios e trata de acrescentar: — Às vezes.

Aiden solta uma gargalhada antes de responder:

— É, acho que sim.

— Sério, muito obrigada por trazer essas fotos — agradeço.

Iris dá de ombros.

— Ah, eu estava à toa e passei aqui perto. Não foi nada.

— Claro — concordo, com um sorriso. — Bom, tenho certeza de que Sophie vai adorar.

Os olhos de Iris suavizam, e os lábios se curvam em um leve sorriso.

— É, espero que sim.

— Sabe, você poderia...

Sou interrompida por um celular tocando, e Aiden demora vários segundos para perceber que é o dele.

— Ah. Foi mal.

Então se levanta da poltrona e vai até a cozinha para pegá-lo na bancada, depois dá uma conferida na tela e nos lança um olhar cheio de desculpas.

— É do trabalho — avisa. — Vou atender lá atrás.

Respondo com um aceno de cabeça antes de ele desaparecer pelo corredor, imagino que em direção à lavanderia, e quase perco o fio da meada, mas então avisto o envelope de fotos que ele deixou sobre a poltrona. Atravesso a sala de estar e me acomodo ali, depois começo a folhear as fotos.

— Enfim — continuo —, eu ia dizer que você deveria dar uma passadinha aqui mais tarde. Quando Sophie já tiver voltado da escola. — Ergo o olhar para avaliar sua expressão. — Se você quiser, claro.

Até quando Iris vai ficar tão surpresa por eu tentar incluí-la?

— Sério?

— Aiden vai estar no trabalho, então a gente nunca prepara um jantar muito elaborado, mas você está mais do que convidada. E aí talvez a gente possa ver todas as fotos? Aposto que a Sophie vai adorar ouvir você contando as histórias por trás de cada uma, especialmente das que ela ainda era muito novinha para se lembrar.

— Seria... — Ela se detém, ainda atordoada quando procura meu olhar, depois engole em seco. — Seria incrível, sério.

— Maravilha, então. — Abro um sorriso para ela. — Sophie chega da escola lá pelas quatro... e a gente costuma jantar entre cinco e seis da tarde... Então, pode vir quando quiser.

— Tá certo — diz Iris outra vez, como se ainda estivesse tentando assimilar o convite.

Assinto.

— Combinado.

O silêncio se estende entre nós por um instante — eu com o envelope na mão, Iris me olhando como se tentasse descobrir alguma coisa, mas, passado um minuto, talvez mais, ela balança a cabeça, como se para clarear as ideias, e faz menção de se levantar.

— É melhor eu ir logo para a floricultura — avisa, apressada, com a voz um pouco mais carregada do que um momento atrás. — Mas posso dar uma passadinha aqui às seis se estiver tudo bem.

— Perfeito — respondo. — A Sophie vai ficar muito feliz.

Iris pega a bolsa e torna a me olhar, e noto um sorriso singelo e cauteloso se formando nos lábios.

— Eu também.

— Maravilha. — Percebo que estou sorrindo feito idiota e trato de me levantar da poltrona. — Ah, vamos, eu acompanho você até a porta.

— Não, imagina — responde Iris, dispensando-me com um aceno. — Não precisa. — Depois, muda o peso de um pé para o outro. — Mas eu... vejo vocês mais tarde.

As pequenas vitórias parecem estar se acumulando, uma a uma, para se transformarem em um grande triunfo. Mas sei que é melhor não comemorar antes da hora. Iris é arredia como uma corça. É preciso se aproximar com cuidado.

Ela me dá um adeus apressado antes de correr escada abaixo, e só volto a me acomodar na poltrona quando escuto a porta da frente se fechar. Nem percebo que ainda estou sorrindo enquanto admiro as fotos.

— A Iris já foi embora?

Vejo Aiden voltando para a sala e respondo com um aceno.

— Acabou de ir. — Depois, de queixo erguido e toda presunçosa, acrescento: — *Maaas* ela vai passar aqui mais tarde.

— Sério? — Ele solta uma risada incrédula, balançando a cabeça. — Como é que você conseguiu ficar toda amiguinha da Iris em menos de um mês? Eu e ela estamos nos estranhando há um ano!

— Hum, deve ser por causa de todo esse meu charme.

Os lábios dele se curvam em um sorriso.

— Ah, é?

— Arrã, como você acha que consegui fisgar um cozinheiro profissional?

O sorriso se alarga enquanto ele revira os olhos.

— Espero que você não esteja me dando um golpe. Já pensou se um dia eu acordo e descubro que você roubou meu rim e nem se chama Cassie?

É uma piada, sei disso, mas basta para trazer tudo à tona outra vez. No calor do momento, joguei todas as preocupações para escanteio e me deixei levar pelo toque de Aiden mais uma vez, sem revelar toda a verdade.

E cá estamos sozinhos de novo, e já não tenho mais desculpas.

Se ele percebe a mudança repentina no meu humor, ao menos não deixa transparecer. Apenas pega o celular no bolso e dá uma olhada na hora enquanto eu o observo, com um sorriso vacilante nos lábios.

— Aliás, Aiden, eu queria...

— Merda — prageja ele. — É melhor eu me apressar.

Fico um pouco confusa.

— O que foi?

— O pessoal do trabalho ligou aquela hora — explica ele, resignado. — Tiveram um problema com o forno, e agora tenho que ir lá resolver.

— Ah... puxa.

Ei, se esforce um pouco mais para parecer triste. Não deixe seu alívio transparecer tanto assim.

— Pois é. — Aiden chega mais perto de mim e afasta meu cabelo do rosto antes de beijar minha testa. — Estou começando a me arrepender da profissão que escolhi.

— Ué, mas você adora cozinhar — respondo em tom sério.

O sorriso dele se alarga ainda mais.

— Qualquer dia desses, vou fazer você se arrepender de todas essas gracinhas.

— Claro, claro — digo, achando graça.

Continua ali, aquele aperto na boca do estômago, a noção de que eu deveria estar pondo todas as cartas na mesa de uma vez por todas, mas tento dar um jeito de amenizar minha culpa. Afinal, não seria uma boa ideia trazer o assunto à tona agora, quando ele está prestes a sair de casa, não é? Vai ser uma conversa demorada, tento me convencer. É melhor esperar.

Só não sei se estou fazendo isso pelo bem dele ou pelo meu.

— Ah, o que você ia dizer?

— Não era nada — disfarço, tentando não deixar transparecer o mar de ansiedade que me assola. — Eu só queria saber se você vai chegar muito tarde hoje.

— Não tão tarde assim, espero. — Ele se curva, e seus lábios pairam a centímetros dos meus antes de me beijar. — Vai ser mais fácil aguentar o tranco sabendo que você vai estar me esperando aqui em casa.

Hum, será? Acho que você mudaria de ideia se soubesse a verdade bombástica que pretendo revelar.

— Bem, eu vou estar aqui — murmuro em resposta.

Recebo outro beijo apressado nos lábios, como se ele não conseguisse se conter.

— Vou lá trocar de roupa.

— Tudo bem.

Só volto a respirar quando escuto seus passos desaparecendo escada acima, envolta por uma enxurrada de emoções sobre nosso passado e nosso presente e tudo o que aconteceu entre um e outro. Agora vejo que a demora para contar a verdade só significa que terei que passar mais tempo lutando contra a minha ansiedade, ciente de que ainda tenho horas pela frente até descobrir se Aiden vai me dar ouvidos ou apenas me expulsar de casa assim que souber o que tenho a dizer. E, para coroar, convidei Iris para jantar aqui, *justo agora* que comecei a cair em suas graças, e sei que vou ter que engarrafar todos esses sentimentos até que ela vá embora.

Eu me afundo na poltrona com um suspiro.

Não são nem dez da manhã, mas uma bebida bem que viria a calhar.

Conversa com @alacarte

 Quer saber de uma coisa TOTALMENTE maluca? Às vezes eu fico com ciúme das outras pessoas que te assistem.

Você acha que isso é pior do que eu ficar mais excitada quando é com você?

 Olha, posso não ser imparcial, mas não acho isso nem um pouquinho ruim.

Sabia que só mostrei minha cicatriz para você? Por acaso isso faz você se sentir melhor?

 Bem, já é um começo. Seria ótimo se eu também fosse o único a te ver pelada.

19

Cassie

Fingir que estava tudo bem na frente da tia e da sobrinha foi um verdadeiro tormento. Por sorte, Sophie se enturmou com uma menina da escola hoje e só quis falar sobre isso pelo resto da noite. Fiquei bem feliz em saber que ela parece ter feito uma amiga, e se eu não estivesse tão nervosa com a conversa que terei com Aiden mais tarde, até sugeriria que a levássemos a algum lugar para comemorar. Depois vieram as fotos, e como Iris se encarregou de esmiuçar cada detalhezinho por trás delas, pude apenas ouvir as histórias em silêncio.

A noite foi ótima, com exceção da angústia que me corroía por dentro. Pensei até em repetir a dose, convidar Iris mais vezes, mas nem sei se isso vai ser possível.

Afinal, até onde sei, esta pode ser minha última noite aqui.

Não fique pensando essas coisas. Ainda existe chance de dar tudo certo.

Comecei a fazer uns trabalhos da pós depois que Sophie foi dormir para me manter ocupada, mas, assim que entrei na plataforma, percebi que deixei muita coisa acumular ao longo da última semana. E, como se já não bastasse todo o estresse de hoje, vi que perdi o prazo de entrega de um trabalho, então agora tirei minha primeira nota vermelha. Sei que isso não vai me atrasar no curso nem nada, mas com certeza não ajuda a aplacar os ânimos.

No fim, a bebida veio mesmo a calhar. Aproveitei que Sophie tinha ido para cama e me servi uma grande taça de um vinho cuja marca nem sei pronunciar e que parece custar um terço do meu salário, mas pelo menos ajuda a aliviar a tensão. Surrupiei a garrafa da adega climatizada de Aiden, então, se tudo for para o brejo esta noite, essa pode ter sido a minha última pá de cal. Mas isso não me impede de degustá-lo.

Passei a última hora no sofazinho ao lado da escada, os olhos fixos na porta da frente e o notebook no colo, e a cada carro que passa, me pergunto quando é que Aiden vai chegar em casa.

Estou com a blusa cor-de-rosa que nos meteu em apuros algumas vezes e sei que é trapaça tentar estimular memórias de, bem, outros *estímulos* a essa altura, mas acho que preciso de toda a ajuda com que puder contar. Como se existisse a possibilidade de Aiden ficar tão distraído com meu decote a ponto de esquecer que passei semanas mentindo para ele.

Mentindo, não, corrige meu cérebro. *Você só omitiu.*

Claro, claro. Tem uma baita diferença.

Beberico o vinho sem pressa, deixando-o descansar na ponta da língua por um segundo antes de engolir. É seco e um pouco amargo, mas o gosto me ajuda a não cair no sono. Estou com o olhar vidrado de tanto cansaço, a tela do notebook fica cada vez mais borrada, e esfrego os olhos com os dedos enquanto reprimo um bocejo. Era de esperar que a ansiedade me mantivesse acordada, mas parece estar tendo o efeito contrário. Passei o dia consumida pela preocupação, e pelo jeito meu corpo começou a pagar o preço. Acho que as noites anteriores em claro ao lado de Aiden têm uma parcela de culpa nessa história, mas disso não vou reclamar.

Fecho a tela do notebook e o coloco de lado antes de apoiar a taça na mesinha de centro. Estico os braços para me espreguiçar, depois estalo o pescoço para um lado e para o outro. Vejo no celular que já passou das onze, então sei que Aiden vai chegar a qualquer momento.

Caramba, acho que eu devia *mesmo* ter dado uma ligadinha para Wanda.

Aposto que ela saberia dizer exatamente o que preciso ouvir. Ou então me aconselharia a tirar a blusa para distrair Aiden. Uma coisa ou outra. Além do mais, não duvido que ela fosse ficar toda orgulhosa por eu ter escolhido usar meu menor sutiã esta noite. Já eu, por outro lado... Ainda acho que é trapaça.

Suspiro e pego a taça de vinho outra vez, segurando-a perto da boca enquanto observo o corrimão da escada, perdida em pensamentos. Tento imaginar o pior cenário possível, porque, se você já *espera* decepção, você nunca se decepciona. Esse sempre foi o meu lema. Então talvez seja por isso que não paro de pensar na pior das hipóteses. Nela, Aiden me diz que não se sente confortável com a ideia de me manter como babá, que dirá como sua... seja lá o que eu signifique para ele. (Que patético só ter percebido agora que nem chegamos a rotular nossa relação.) Nela, Aiden me diz para arrumar as malas, aceitar o cheque de indenização gordo que vai me fazer (é bem a cara dele) e, em seguida, me expulsa da sua casa e da sua vida. Pela segunda vez.

Quanto drama. Ele nem sabia seu nome naquela época.

Balanço a cabeça para afastar esses pensamentos, depois levo a taça de vinho aos lábios outra vez. Fecho os olhos e inclino o pescoço para trás para tomar o último gole. Não estou bêbada, nem sequer *alegrinha*, então nem sei por que fico tão atrapalhada de repente. Talvez seja o nervosismo, ou quem sabe o estresse esmagador que tenho enfrentado nos últimos dias, mas o fato é que erro a mira e, em vez de entornar o vinho, acabo derramando tudo na minha camisa.

— Mas que merda.

O estrago foi feito. E, ao que parece, tinha bem mais vinho na taça do que eu imaginava. (Por que inventei de escolher a maior de todas?) A blusa está ensopada do peito até o umbigo, e quando me levanto para que não respingue no sofá, percebo que já está pingando no chão.

— Ah, que bom — ironizo, virando-me para apoiar a taça na mesinha. — Era só o que me faltava mesmo.

Tiro a blusa sem pensar duas vezes, e é só quando estou de joelhos enxugando o vinho esparramado que percebo a ironia da situação. Não foi exatamente assim que flagrei Aiden naquela noite em que ele derramou a cerveja? Ele mesmo chegou a dizer como foi estúpido. Mas que bela dupla formamos.

Mal posso acreditar no meu azar enquanto esfrego a blusa encharcada no azulejo, os seios e a barriga ainda respingados de vinho, limpando a bagunça o mais rápido que posso para dar tempo de me trocar antes de Aiden chegar em casa.

O universo já me agraciou com muitas situações constrangedoras em relação a Aiden, e desta vez não é diferente. Fico tão atordoada ao ouvir as chaves na porta que nem consigo me mexer, então só me resta ficar de quatro no chão, com a boca aberta, ainda segurando a camisa manchada de vinho. Depois de entrar, Aiden tira os sapatos e pendura as chaves no gancho, como de costume, e um segundo se passa antes que me aviste ali, estupefata, o encarando de volta.

— Cassie?

Parece que desaprendi a falar de uma hora para outra, então apenas continuo olhando para ele, e perceber que minhas costas estão nuas me enche de medo.

Aiden chega mais perto.

— O que aconteceu?

— Derramei o vinho — consigo dizer, e endireito o corpo, ainda ajoelhada, para que ele não veja minhas costas. — E me molhei.

— Nossa — responde Aiden, achando graça. — E seu primeiro instinto foi arrancar a blusa? Acho que você está passando muito tempo comigo.

Meu pânico aumenta à medida que ele se aproxima, e trato de ficar de pé o mais rápido que posso enquanto ele diminui a distância entre nós. Sorrindo, Aiden acaricia os meus seios, ainda respingados de vinho, e sinto a minha voz presa na garganta enquanto penso no melhor jeito de escapar.

Não era assim que eu pretendia contar tudo a ele.

— Acho que vou ali pegar outra blusa — aviso, e faço menção de sair.

Os braços de Aiden me envolvem, puxando-me para mais perto.

— Só para me fazer tirar depois?

— Ah, eu...

Meu coração bate acelerado, tão alto que me pergunto se ele consegue ouvir. É a primeira vez que fico sem camisa na frente de Aiden, sem contar quando estava deitada de barriga para cima ou no colo dele — totalmente no controle. O oposto de como me sinto agora. Seus dedos percorrem as minhas costas, avançando pouco a pouco, e a cada centímetro prendo um pouco mais a respiração.

— Aiden, eu preciso falar com você.

Ele sussurra baixinho, depois se curva e deixa os lábios deslizarem pelo meu maxilar.

— Sobre o quê?

— É que... — É tão difícil me concentrar enquanto ele beija meu pescoço desse jeito. — Já faz um tempo que estou para dizer isso e...

As mãos dele estão tão perto agora, e sei que a qualquer momento ele vai descobrir, e então perderei a chance de contar tudo com calma, do jeitinho que planejei. Espalmo as mãos no seu peitoral, dividida entre a vontade de puxá-lo para mais perto e a noção de que é melhor afastá-lo.

— Aiden, eu...

Puta merda.

Posso sentir todo seu corpo se retesar. O toque é curioso a princípio, as pontas dos dedos tracejam a borda da cicatriz como se tentasse descobrir do que se trata. Em seguida, ele começa a tatear seu formato, sem dúvida sentindo a diferença de textura entre aquele pedacinho e o restante da minha pele.

— Cassie, o que é...?

Eu me afasto de súbito, com os olhos fixos no chão, incapaz de olhar para ele. Sei que o momento chegou, que eu talvez nunca mais volte a ver seu sorriso e de repente sinto que vou desmoronar. Não faz tanto tempo que nos conhecemos, que cedemos a esses impulsos, então por que parece que algo importante chegou ao fim?

— Eu deveria ter contado assim que percebi — murmuro baixinho, ainda fitando o chão. — No começo eu... eu não sabia como tocar no assunto, e estava com tanto medo de perder o emprego, e *sei* que deveria ter contado tudo depois que transamos, mas é que... É horrível, eu sei que é, mas fiquei com tanto medo de você sumir outra vez, e fiquei arrasada da primeira vez, e sei que isso tudo soa ridículo agora, mas eu...

— *Ei.*

Finalmente encontro seu olhar e o sinto segurar meus ombros quando se abaixa para ficar na mesma altura que eu.

— Cassie, do que você está falando?

Vejo a confusão estampada nos seus olhos, mesclada com uma preocupação genuína, como se não tivesse entendido. E como poderia? Não estou falando coisa com coisa. Sinto as lágrimas brotando, tomada pelo medo do que pode estar por vir, mas respiro fundo, ciente de que é a coisa certa a fazer.

Endireito as costas, tentando não parecer tão patética quanto me sinto, e então me viro devagar até estar de frente para a parede do vão ao lado da escada. Fico em silêncio, esperando que ele diga alguma coisa. Demora alguns segundos, que mais parecem horas, mas finalmente sinto seu toque, mais uma vez tracejando minha pele. Talvez ele esteja tentando entender. Talvez nem se lembre, e sinto que isso seria ainda pior. Ser tão insignificante a ponto de ele *nem sequer se lembrar*.

Quando enfim rompe o silêncio, sua voz está incrivelmente suave.

— Você estava fazendo o jantar.

Ele não esqueceu. Isso não deveria me deixar tão feliz assim.

— Porque eu estava sozinha em casa — sussurro de volta.

— E acabou derrubando a panela de água quente em cima de você.

— Não consegui sair de perto a tempo — continuo, em um fiapo de voz. — E caiu tudo nas minhas costas.

— Eu...

Estou tremendo, mas acho que não é culpa do ar-condicionado.

— Cassie, você é...?

Só consigo responder com um leve aceno de cabeça.

Aiden volta a ficar em silêncio, um silêncio sepulcral. Quero tanto olhar para ele, mas tenho medo. Tenho medo de descobrir sua expressão. Será que está decepcionado? Irritado? Não sei qual das duas seria pior.

— Já faz quanto tempo que você sabe?

Engulo em seco.

— Desde que vi sua cicatriz.

— Então, desde que começamos a...

Aceno outra vez.

— Meu Deus, Cassie. Como você pôde esconder isso de mim?

Fecho os olhos com força. Ele definitivamente parece irritado.

— Eu estava com medo.

— Medo do quê?

— É que... você sumiu do nada naquela época, e eu achava... Nossa. Como fui ingênua. Eu cheguei a pensar que você gostava mesmo de mim, que queria me encontrar. Mas aí você simplesmente... *desapareceu*, e eu... — Solto um suspiro trêmulo. — Eu não queria ter que passar por tudo isso de novo. Especialmente agora que eu... conheço você. Seria mil vezes pior.

— E você não pretendia me contar nunca?

Abro os olhos, ciente de que já não tem mais como evitar, e o encaro para que veja a sinceridade estampada no meu rosto.

— Claro que pretendia! Eu ia contar hoje à noite. Na verdade, a intenção era contar de *manhã*, mas aí você... hum, me distraiu, e depois a Iris veio aqui e você precisava trabalhar, e achei melhor esperar uma oportunidade de conversar com mais tempo e...

As palavras morrem na minha boca quando finalmente leio sua expressão. Está irritado, sem dúvida, e confuso também, mas percebo que não há o menor sinal do que eu mais temia ver no seu rosto.

Decepção.

Aiden não parece enojado ou ofendido; claro, dá para ver que está bravo por ter passado tantas noites comigo sem que eu lhe contasse a verdade, mas de certa forma não parece tão terrível quanto imaginei.

— Eu sinto muito — falo baixinho. — Eu deveria ter contado antes.

Ainda vejo a dureza no olhar dele.

— É, deveria mesmo. Ainda nem acredito que não contou.

— Eu sei. — Volto a fitar meus próprios pés. Ainda estou sem blusa e ensopada de vinho. Não tinha como piorar. — Sei mesmo. Desculpe.

Ainda estou com o olhar fixo no chão enquanto espero que ele diga alguma coisa, o coração prestes a sair pela boca, sem saber se Aiden está disposto a ter uma conversa ou se só vai me pedir para ir embora. Não tenho vergonha do meu passado e não vou permitir que alguém tente me constranger, nem mesmo Aiden, e confesso que ficaria muito decepcionada se ele tentasse. Mas, pensando bem, escondi um montão de coisas dele, então talvez fosse justificado? Sei lá. Minha cabeça está latejando de tanto pensar e, para ser sincera, eu só queria que ele acabasse logo com isso.

Seja lá o que isso for.

20

Aiden

Estou tão atordoado que nem consigo falar. De tudo que eu poderia ter imaginado me esperando em casa, isso nunca teria passado pela minha cabeça.

Sei que ela está esperando que eu diga alguma coisa — o olhar fixo no chão, com ar de derrota, como se já estivesse certa de que vou mandá-la embora. Não posso fingir que não estou irritado por ela ter escondido isso de mim, mas acho que não é pelas razões que ela imagina. É que odeio saber que Cassie passou dias se afundando em preocupação sendo que poderia simplesmente ter aberto o jogo comigo. Acho que até entendo por que não me contou. Passei tanto tempo remoendo seu sumiço naquela época, então será que eu também não teria medo de arriscar tudo outra vez?

Eu cheguei a pensar que você gostava mesmo de mim, que queria me encontrar.

Não consigo parar de pensar nisso. Todo esse tempo, achei que era *eu* quem tinha entendido tudo errado. Será que, durante todos esses meses, ela ficou pensando a mesma coisa?

Eu não queria ter que passar por tudo isso de novo. Especialmente agora que eu... conheço você.

Será que, ao pensar que me afastei, ela sofreu tanto quanto eu ao achar que ela tinha feito o mesmo?

— Cassie, eu... — falo um pouco mais calmo agora, mas ainda atordoado. — Eu gostava mesmo de você. E queria sair com você.

Seu olhar enfim encontra o meu, e odeio ser o motivo do seu choro.

— Quê?

— Não sumi de propósito — explico. — Naquela época... eu tinha acabado de saber da morte da Rebecca. Aquele mês foi um caos total. Eu estava preocupado com a Sophie, tentando resolver as coisas para dar um jeito na minha vida. Quando finalmente tive tempo para respirar, já havia se passado semanas. Eu nem percebi. E quando fui atrás de você para me desculpar...

— Eu já tinha deletado minha conta — sussurra ela.

Concordo com um aceno e digo:

— Achei que eu é quem tinha entendido tudo errado.

Vejo seus lábios se entreabrindo em surpresa, a ficha caindo de uma vez, e percebo que ela nunca tinha nem sequer cogitado essa possibilidade. Percebo que Cassie ficou meses acreditando que, apesar de todas as nossas conversas, aquilo não passava de uma relação superficial. Que só fingi me importar com ela. Teve tanto medo que, mesmo agora, mesmo quando não consigo passar um dia longe dela, ainda acreditava que eu a descartaria sem mais nem menos.

Não consigo evitar. É a pergunta que venho remoendo desde que fui atrás dela e dei de cara com o perfil excluído.

— O que aconteceu?

— Eu...

Ela mordisca o lábio inferior com o rosto corado, desviando o olhar como se estivesse envergonhada.

— Eu não conseguia mais continuar com aquilo. Depois que você sumiu. Sei que é bobagem, mas... Senti sua falta e achei que você tivesse desaparecido da face da Terra, então eu só... — Cassie puxa o ar pela boca, os olhos ainda marejados. — Eu não aguentava mais.

Nem parece verdade. Sinto que a qualquer momento vou acordar e perceber que tudo não passou de um sonho. Como é possível que, em uma cidade tão cheia de gente, tenha sido justo ela a se candidatar à vaga de babá? Que a pessoa de quem Sophie mais precisava também seja a pessoa de quem eu mais precisava, mesmo sem saber?

— Vou entender se você quiser que eu vá embora — continua Cassie com firmeza na voz, os lábios trêmulos. — Mas não foi minha intenção esconder o jogo. É só que... eu não sabia como contar.

Talvez pedir que ela vá embora seja a coisa mais sensata a fazer. Talvez uma pessoa mais racional me julgasse por nem ao menos cogitar essa hipótese. Apesar de toda a história inusitada do nosso passado e do nosso presente e tudo o mais, nada me incomoda mais do que a ideia de Cassie sair por essa porta e nunca mais voltar. Nem sei se faz sentido. Não nos conhecemos tão bem assim para justificar essa possessividade em relação a ela, como se não pudesse deixá-la ir embora, mas...

É assim que me sinto.

— Não quero — digo a ela por fim, com a voz carregada. — Não quero que você vá embora.

Cassie parece surpresa quando volta a encontrar meu olhar.

— Você não está irritado?

— Estou — esclareço, e quando vejo seu semblante abatido outra vez, trato de acrescentar: — Mas não por você ter escondido isso de mim.

— Por que então?

— Estou irritado porque você teve que lidar com tudo isso sozinha. Irritado por você ter passado esse tempo todo com medo de que eu a mandasse embora sem ao menos me dar a oportunidade de dizer que não existe a menor chance de eu deixar que você vá embora outra vez.

Ela prende a respiração e está com uma aparência tão doce neste momento; algumas mechas de cabelo escapam do coque bagunçado, emoldurando seu rosto, os lábios macios entreabertos, praticamente implorando por um beijo, e os olhos... há tanto alívio estampado nos seus olhos que meu peito chega a doer.

Estico a mão com cuidado, como se estivesse me aproximando de um animalzinho assustado que pode fugir a qualquer momento, e até onde sei, ela pode mesmo fazer isso. Ainda está trêmula quando envolvo seu rosto, com os cílios tremendo enquanto seus dedos se fecham ao redor do meu pulso.

Talvez seja imprudente ficar tão feliz por descobrir a verdade, por saber que a pessoa que me faz perder a cabeça hoje é a mesma que me tirava do prumo naquela época. Seus olhos ainda estão fechados quando chego mais perto, e os cílios úmidos resvalam no meu rosto quando nossos lábios se tocam.

Cassie tem um gosto doce. Uma mistura do vinho derramado e de algo que é só dela. Eu a puxo para ainda mais perto, ávido por sentir mais do seu sabor, o que acontece sempre que a toco. Como se nunca fosse suficiente. Como se eu sempre precisasse de mais.

Sinto os dedos dela se esgueirando por baixo da blusa, tateando a pele irregular da minha cicatriz ao lado do umbigo. Estremeço com o seu toque, ao me lembrar de tudo a que essas marcas remetem — ao ser assolado pela compreensão de tudo o que eu lhe disse e tudo o que eu a vi fazer. Quantas vezes desejei poder tocá-la assim? Quantas vezes desejei descobrir se seus lábios eram tão macios quanto pareciam?

Como é possível que, depois de todo esse tempo, a resposta a essas perguntas tenham surgido de um jeito tão inesperado?

Eu deveria levá-la para o quarto, sei disso, mas não consigo parar de tocá-la. Como se tivesse medo de que, se parasse por um instante sequer, ela acabaria escapando por entre os meus dedos. Por isso, eu a faço se embrenhar ainda mais no vão atrás da escada, tocando sua cintura e seu quadril e todos os lugares que consigo alcançar enquanto o beijo me leva ao delírio.

Abaixo a cabeça e pouso os lábios no seu ombro, depois a incito a se virar, e percebo um pingo de hesitação antes de enfim atender ao meu pedido e ficar de costas para mim com as mãos espalmadas na parede. Deixo minha boca explorar seu corpo, beijando a pele irregular entre suas omoplatas como ainda não havia tido chance de fazer. Eu a sinto estremecer quando tracejo o formato da cicatriz com a ponta da língua, curvando as costas para ceder à pressão insistente da minha boca enquanto meus dedos abrem os fechos do sutiã. Se eu não estivesse tão ávido, tão impaciente, poderia passar a noite inteira explorando suas costas nuas. Mas me convenço de que haverá tempo de sobra mais tarde.

Cassie parece sem fôlego quando a viro de frente para mim e me ajuda quando tiro o seu sutiã e o deixo cair no chão. Por um segundo, fico hipnotizado pela visão dos seus seios, subindo e descendo a cada respiração ofegante, como se me implorassem para ser tocados. Mantenho o olhar fixo no dela enquanto me inclino para beijar o bico intumescido, e fecho os olhos ao sentir sua pulsação na ponta da língua.

— Seu coração está tão acelerado.

Ela morde o lábio, depois afasta uma mecha de cabelo da minha testa.

— Você sabia que geralmente o coração das mulheres bate mais rápido que o dos homens?

— É? — Meus lábios plantam no seu seio outro beijo, mais molhado desta vez para que eu possa sentir seu sabor. — Só porque o Snapple nunca ouviu como fica o meu quando estou tocando em você.

Cassie deixa escapar um suspiro quando abocanho seu mamilo, e fico hipnotizado com a forma como ela comprime os lábios, com o jeito que ela me observa por entre os olhos semicerrados. Será que deixei passar algum indício? Afinal, quantas vezes eu a vi gozar do conforto do monitor? A impressão é de que a vi de todas as formas possíveis, noite após noite, mas agora parece diferente. Será que é porque agora são *meus* dedos que a tocam, enquanto naquela época ela tinha que tocar a si mesma? Quero pensar que sim.

A pele de Cassie também é doce, e ainda sinto o gosto do vinho derramado quando deslizo a língua pelo bico eriçado e acaricio o outro com os dedos. Deixo a mão deslizar pela sua barriga, esgueirar-se pelo cós do short até chegar à calcinha e sentir sua umidade.

Caralho, ela já está tão molhadinha.

— É esquisito?

Afasto os lábios com um estalo úmido, depois pendo a cabeça para trás para enxergá-la melhor.

— O quê?

— Sei lá... Depois de tudo que aconteceu... — Ela solta uma risada nervosa. — Tipo, você... me pediu para fazer um monte de coisa.

Crispo os lábios quando afundo os dedos entre as pernas dela, curvando-os para que deslizem para dentro enquanto sua boquinha se abre em silêncio.

— Eu me lembro de tudo que pedi, Cassie.

— Hum. — Ela inclina o quadril para a frente, depois fecha os olhos. — Eu gostava.

— Gostava quando eu mandava você fazer tudo o que eu desejava?

Ela concorda com um leve aceno de cabeça.

— Arrã.

— Posso fazer isso agora — declaro, com a voz rouca. — Por que não começa tirando isto aqui?

Deixo os dedos deslizarem para fora dela e agarro o cós do short, dando um puxão. Quando recolho a mão e me endireito para ver se ela vai obedecer, sinto uma emoção familiar percorrer meu corpo. Uma coisa era ver do outro lado da tela enquanto ela fazia tudo o que eu mandava, mas agora é diferente. Já não é mais uma mulher desconhecida por quem nutro uma paixão imprudente. É *Cassie* — quente, macia, *real*. A mulher que domina meus pensamentos, mais e mais, a cada dia que passa.

Ela estende a mão para tirar o short, levando a calcinha junto, e os deixa cair no chão. Está mais escuro nesse canto, e a luz acima da porta não é forte o bastante para iluminá-la por completo, mas consigo distinguir cada curva suave da sua pele macia, desde os seios fartos até a barriga lisa e o quadril arredondado, e minhas mãos chegam a tremer, ávidas por tocá-la. Os lábios são do mesmo tom rosado dos mamilos, e sei muito bem que combinam perfeitamente com o lindo cor-de-rosa entre suas pernas.

Cada pedacinho de Cassie parece ter sido feito sob medida para me deixar maluco.

— Não acredito que passei todo esse tempo me perguntando — começo, e a sinto estremecer quando meus dedos roçam suas coxas, deslizando por entre elas e se esgueirando cada vez mais para cima — como seria tocar você.

Um suspiro silencioso escapa dos seus lábios entreabertos quando meus dedos acariciam a umidade entre suas pernas, e sinto meu pau pulsando por baixo do zíper.

— Mas não fazia ideia de que a realidade seria ainda melhor.

— Aiden — diz Cassie, ofegante, com os dedinhos finos resvalando na frente da minha calça jeans. — Tira isso.

— Aqui? — Aprofundo-me ainda mais, sentindo-a se contorcer ao redor dos meus dedos. — Você quer que eu te coma aqui?

Ela engancha o dedo no cós da calça, depois dá um puxão insistente.

— *Aiden*.

Parece que fomos transportados para outra época, em que Cassie só está esperando uma deixa, como se a única coisa que importasse fosse o que estou prestes a lhe pedir. A sensação me deixa inebriado, me faz perder o juízo.

Então eu a sinto me apalpar por cima do jeans e deixo escapar um sibilo por entre os dentes.

— *Caralho*.

— Eu gosto quando você xinga — diz ela, com uma risada ofegante.

— Gosta, é?

Ela assente.

— Gosto.

Continuo os movimentos de vaivém dentro dela, a outra mão envolvendo sua nuca enquanto a observo me tocar.

— Você quer meu pau, Cassie?

Um arrepio perceptível atravessa seu corpo, e ela se limita a responder com um aceno trêmulo.

Pressiono a virilha ainda mais na mão dela.

— Pode pegar.

Vejo-a mordiscar o lábio enquanto abre o zíper da calça, abaixando-a com as duas mãos antes de me apalpar por cima da cueca. Fecho os olhos quando ela me liberta, e seus dedos quentes e macios me envolvem em um movimento da base à pontinha. Em seguida, ela fica na ponta dos pés e deixa os lábios roçarem os meus, acariciando-me em um vaivém vagaroso que me enlouquece.

— Diga o que você quer que eu faça — murmura ela, com a boca colada na minha. — Você sabe que vou fazer o que você quiser.

Cassie se junta a mim nesse retorno ao passado, dizendo-me coisas que não escuto desde que ela as sussurrou para mim em um quarto escuro, com o rosto coberto por uma máscara. Sinto que seria capaz de gozar só de ouvir seus sussurros, mas eu quero mais.

— Coloque os braços ao redor do meu pescoço — ordeno, e sinto falta do seu toque quando ela obedece e afasta a mão do meu pau, mas sei que vai ser ainda melhor quando eu puder senti-la por dentro. — Segure-se em mim.

Cassie faz o que eu peço, então deslizo a mão pelas suas coxas antes de agarrar as laterais do quadril e puxá-la para cima, pressionando-a contra a parede enquanto ela enlaça minha cintura com as pernas. Estamos tão colados agora que meu pau resvala na sua virilha, e inclino o quadril para a frente para sentir a calidez escorregadia entre suas pernas. Eu a prendo contra a parede e sussurro para que segure firme enquanto arranco minha camiseta e a jogo no chão. No instante seguinte, seus braços já voltaram a enlaçar meu pescoço, e quase não preciso me mexer para deslizar para dentro dela.

Um som escapa dos seus lábios, algo entre um resmungo e um gemido, e chego mais perto para sussurrar-lhe ao pé do ouvido:

— Quietinha. — Eu a ajeito no meu colo e mergulho ainda mais fundo. — Você tem que ficar quietinha, esqueceu? Seja boazinha.

— Arrã... *ah*. — Ela apoia os calcanhares na minha bunda, e seus dedos se enroscam no meu cabelo. — Prometo — acrescenta, em um sussurro obediente. — Não pare.

Basta um ligeiro impulso para me alojar bem lá no fundo, enquanto ela estremece com nossos corpos colados. Tenho que me esforçar para não gozar logo de cara — é sempre um risco, gostosa como ela é —, e apoio a testa no seu ombro enquanto agarro as laterais do seu quadril.

— Você não faz ideia de como fantasiei com isso — sussurro, ofegante. — Eu queria tanto tocar você, Cassie. Naquela época... agora... o tempo todo, porra.

Ela beija meu pescoço, a língua passeando pela minha pele.

— Você pode me tocar quando quiser.

— Posso, é? — Afasto a cabeça para olhar para ela, depois agarro sua bunda e dou mais uma arremetida. — Quando eu quiser?

— *Arrã* — sussurra de volta.

Eu a levanto contra a parede, deslizando quase totalmente para fora antes de preenchê-la outra vez.

— Assim?

— *Ah*. — Sua cabeça cai contra a parede. — Como você quiser.

— Eu só quero — rosno enquanto a faço rebolar no meu colo — você.

— Assim mesmo — ofega Cassie. — Hum.

— Você consegue gozar assim? É só pedir que eu faço.

— Acho que... se você...

Ela arqueia as costas contra a parede, tanto que preciso agarrar seu quadril com mais força para não a deixar cair. Agora cada metida estimula aquele ponto que a faz ofegar, o corpo fica trêmulo a cada movimento do meu quadril e as pernas ainda mais apertadas em torno da minha cintura.

— *Assim mesmo* — geme ela, esforçando-se para manter a voz baixa. — *Isso*, não pare.

Como se fosse possível parar.

Posso sentir suas unhas fincadas nos meus ombros, fundo o bastante para deixar uma marca, mas a ardência fica em segundo plano quando começo a sentir seu corpo se retesar contra o meu. Ouço o estalar dos seus dedos e sinto o seu tremor, evidências de que ela está à beira do clímax. Por mais difícil que seja nessa posição, dou um jeito de deslizar a língua pela curva suave dos seus seios, ávido por sentir a pele dela nos meus lábios. Sinto a pressão aumentar quando meto mais uma vez e outra e *outra*, as pernas bambas e a pulsação acelerada se espalhando por todo o meu ser.

— Cassie, eu vou... *porra*.

Eu a seguro com força quando o clímax finalmente vem, os dois trêmulos, seu hálito quente contra minha orelha enquanto enterro o rosto no seu pescoço, afundando os dentes na pele macia enquanto ela planta beijos febris na minha mandíbula. E a seguro com força quando o torpor me domina, incapaz de soltá-la. Só percebo que ainda não a soltei, que ainda estou enraizado nela, quando a sinto afastar algumas mechas de cabelo para acariciar meus ombros.

Sou tomado por uma sensação indescritível quando finalmente me afasto e vejo Cassie ali, dissoluta, despenteada e satisfeita, sorrindo como se eu tivesse lhe dado um presente.

— Se tiver gostado, pode deixar um bônus — sussurra ela.

Deixo escapar uma risada, atordoado com a ideia de que isso é mesmo real e que ela está aqui, atordoado ao pensar nas voltas que o mundo deu para nos juntar mais uma vez. Ainda parece um sonho, e eu acreditaria nisso se não pudesse senti-la nos braços, tão quente, tão *verdadeira*. Fico imaginando quanto tempo ainda temos que passar juntos para que seja aceitável afirmar que estou caidinho por esta mulher. Mais do que já passamos, creio eu.

E o mais inacreditável é que mal terminamos e... eu já quero repetir a dose.

— De quantas horas de sono você precisa?

Ela me lança um olhar assustado.

— Sério? De novo?

— Ué, foi você que pediu um bônus — respondo em tom sério.

Cassie fica boquiaberta e me dá um tapinha no ombro, mas seu olhar deixa claro que ela está mais do que disposta a abrir mão de algumas horas de sono. Sei muito bem que cedo ou tarde vou ter que deixá-la ir para a cama, sei mesmo.

Mas ainda vai demorar um pouquinho.

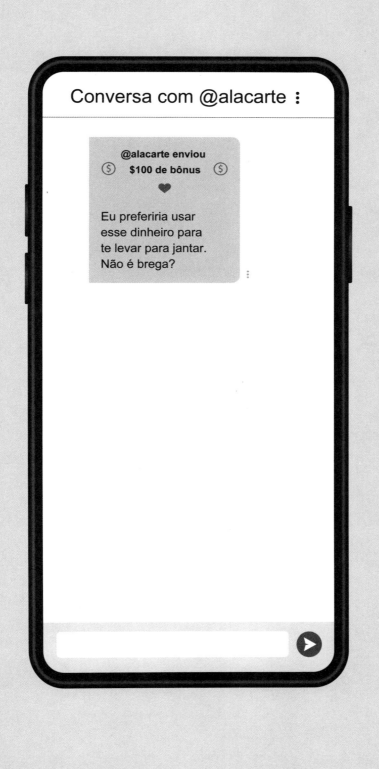

21

Cassie

Quando a luz do sol me acorda pela manhã, minha primeira reação é entrar em pânico. Eu me ajeito na cama, assustada, e sinto Aiden se remexer ao lado enquanto tateio a mesinha de cabeceira em busca do celular.

Sete e pouquinho. Ufa.

Sophie só costuma acordar lá pelas oito e meia, especialmente nos fins de semana. De qualquer forma, tenho aula hoje, e como acabei me esquecendo de ligar o despertador depois da noite com Aiden, já estou uns vinte minutos atrasada. Solto um bocejo enquanto devolvo o celular à mesinha de cabeceira, depois endireito os ombros e começo a me espreguiçar. Aposto que não dormimos mais do que quatro ou cinco horas na noite passada, e estou toda dolorida, mas ainda assim... só de ver Aiden esparramado na minha cama, com o cabelo despenteado e os lábios entreabertos enquanto dorme, eu já diria que valeu a pena.

Foi uma noite cheia de surpresa e alívio. Eu tinha tanta certeza de que Aiden me pediria para ir embora que cheguei a ficar desnorteada diante da sua reação compreensiva. E o mais impressionante é que, além de tudo, ele parece ter ficado *feliz* em descobrir quem eu sou, quem *nós* somos. É como se um peso enorme tivesse sido tirado das minhas costas agora que sei que não existem mais segredos entre nós dois. Parece que agora realmente pode ser para valer. Se Aiden também quiser, claro. Depois que ele descobriu tudo, partimos direto para a pegação e nem tivemos chance de conversar. Mas acho que vamos ter que esclarecer as coisas, cedo ou tarde. Eu me sentiria muito melhor se soubesse que não sou a única interessada em estabelecer uma relação que não se limite ao aspecto físico.

Sei que estou atrasada e que deveria estar me enfiando debaixo do chuveiro agora mesmo, mas não consigo me controlar com ele bem ali, ao meu lado. Seu corpo parece grande demais para minha cama queen size, um dos braços musculosos esticado acima da cabeça e o outro pousado sobre a barriga, os lençóis embolados ao redor do quadril. À luz da manhã, posso ver tantos detalhes que me tinham passado despercebidos durante nossos encontros na calada da noite — coisas como os pelos macios que revestem seu peitoral, de um tom mais claro do que o cabelo. Deslizo os dedos por ali, um carinho suave enquanto ele se remexe na cama, ainda adormecido, e afasta o lençol um pouco mais, ficando quase nu.

Eu é que não vou reclamar.

Vejo a hora no celular outra vez, avaliando minhas opções antes de me convencer de que xampu a seco está aí por um motivo. Claro, duvido muito que o tenham inventado só para que a donzela possa fazer sexo matinal com seu cavaleiro da armadura reluzente da época de *camgirl*, mas também serve para isso. Aconchego-me ao lado dele com cuidado, tracejando a borda da sua cicatriz, com o contorno visível por baixo do braço coberto. Em seguida planto um beijo ali, sentindo sua pele contrair sob meus lábios, mas ele continua adormecido.

Sorrio e dou outro beijo um pouco mais embaixo, na lateral do abdômen, deixando a língua deslizar enquanto a respiração de Aiden embala seu sono.

Espio o rosto dele por um instante antes de acariciar seu pau com a ponta do dedo, sentindo-o latejar levemente ao meu toque. As pernas já estão entreabertas, um dos joelhos dobrados para o lado, então não é muito difícil me esgueirar até ali para me aproximar da parte mais íntima do corpo dele. Envolvo-o com a mão e sinto o peso na minha palma, e mesmo esse toque suave o faz latejar.

Quanto tempo vai demorar até que ele acorde com meu toque?

Com delicadeza, deslizo a língua por todo o comprimento dele, quase imperceptível, e sob minha outra mão, apoiada na sua coxa, posso sentir Aiden se retesar. Faço movimentos circulares com a língua antes de abocanhá-lo e sinto como ele começa a enrijecer ainda mais. Fecho os olhos enquanto o tomo nos lábios, incapaz de acomodar toda a sua extensão, mas agarrando-lhe a base com o punho para cobrir os centímetros restantes.

Só percebo que ele está acordado quando já estou recuando e arregalo os olhos ao sentir sua mão envolvendo minha nuca. Sorrir com um pau na boca não é uma tarefa fácil, então tenho certeza de que estou ridícula, mas trato de lamber a pontinha para tentar compensar.

— Isso... — A voz dele está rouca de sono, os olhos vidrados e semicerrados enquanto me observa. — Este é um belo jeito de acordar.

Já está completamente duro agora, então fica mais fácil beijar todo o seu comprimento enquanto ele geme baixinho.

— Que horas são? — pergunta.

— Cedo — respondo. — Ela ainda vai demorar um pouquinho para acordar.

Os cílios de Aiden tremulam quando deslizo a língua por toda a sua ereção.

— Certo.

— Mas eu tenho aula hoje — continuo, estimulando-o com um vaivém preguiçoso do punho. — Então não posso demorar muito.

O canto da sua boca se curva em um sorriso.

— Se você continuar me tocando desse jeito, vai ser rapidinho.

Enquanto eu o abocanho por inteiro, Aiden me observa como se mal pudesse acreditar no que vê, como se eu fosse algum tipo de criatura mítica. Gosto disso. Ajuda a levantar a bola de qualquer uma. Inclino a cabeça para levá-lo ainda mais fundo, o punho ainda envolvendo o que minha boca não consegue alcançar.

Aiden é mais delicado agora, sem toda aquela intensidade brutal da última vez, mas gosto desse lado dele tanto quanto do outro. Pensando bem, nem sei se tem um lado dele de que eu não goste. Ele agarra meu cabelo com leveza, o toque quase imperceptível, mas isso também me deixa inebriada. Eu meio que gosto de estar no comando, para variar.

Ele deixa a cabeça cair contra o travesseiro, e os lábios entreabertos e a respiração cada vez mais ofegante me servem de incentivo. Sinto cada contração contra a minha língua, cada puxãozinho no meu cabelo, e tudo isso só aumenta minha vontade de levá-lo à beira do ápice. Dá para ver que ele não estava brincando quando disse que seria rápido. Faz pouco mais de um minuto que comecei, mas a respiração dele já foi reduzida a uma série de suspiros ofegantes, e o quadril se arqueia quase que por reflexo sempre que o levo o mais fundo que consigo.

— Cassie — murmura Aiden com a voz rouca. — É melhor você... Eu vou...

Sei exatamente o que ele está querendo dizer, e talvez seja presunçoso da minha parte, mas até que gosto disso. Porque sei que ele mal consegue se conter. Porque sei que *ele* gosta. Eu poderia repetir tudo de novo quantas vezes fossem necessárias para deixá-lo maluquinho, até que ele nem consiga mais *olhar* para o próprio pau sem imaginá-lo na minha boca.

Mas, com base na sua respiração ofegante, acho que nem vai demorar muito. Sinto o corpo dele se retesar ainda mais, os dedos se enroscam no meu cabelo, mas estou tão concentrada na forma como ele preenche minha boca que mal percebo. Meus lábios trabalham em sincronia com o punho, e escuto o gemido entrecortado antes de sentir o jorro quente no fundo da minha garganta. Tento me concentrar nos sons que escapam dos seus lábios, na forma como seu corpo estremece embaixo de mim, e fecho os olhos enquanto engulo tudo o que ele me oferece. Sinto uma satisfação imensa ao vê-lo ali, inerte de prazer, e isso faz meus olhos lacrimejantes e a falta de ar valerem a pena. Aiden parece atordoado enquanto contempla o teto, e mal se mexe quando rastejo por cima dele para me aninhar no seu peito.

— Bom dia — provoco.

Ele solta um suspiro.

— Nossa, depois disso nenhum despertador vai ter mais graça.

— Garantia de emprego — respondo, aos risos, achando graça da minha piadinha recorrente.

Em seguida, chego mais perto e colo meus lábios aos dele, que não parece nem um pouco incomodado em me beijar logo depois do que aconteceu, me puxando para intensificar ainda mais o beijo. Dou mais um selinho antes de dizer:

— Mas tenho mesmo que ir. Por sua causa, não vou ter tempo nem de tomar banho.

— Eu até diria que me sinto mal por isso, mas...

Abro um sorriso.

— É, longe de mim fazer você mentir por minha causa.

— Mas pode deixar que vou retribuir o favor mais tarde.

— Ô, se vai. Não se preocupe, eu tenho uma listinha mental para contabilizar os orgasmos.

— Uau, zero pressão, hein?

Sorrio ainda mais antes de lhe dar um último beijo.

— Vou pegar meu carro na oficina depois da aula, então passo para buscar a Sophie no restaurante mais tarde, ok?

— Ah, já consertaram?

— Pois é, descobri que a luzinha do motor está lá por um motivo, sabe? Não dá para simplesmente *ignorar*.

— Eu posso levar você para a aula, viu? — insiste Aiden.

Já discutimos esse assunto algumas vezes desde que minha caranga velha me deixou na mão, e reviro os olhos agora, como fiz das outras vezes.

— Acho que sou a única pessoa desta casa que não tem implicância com o transporte público.

Solto um gritinho quando ele aperta minha bunda.

— Bom, fico feliz que já tenham arrumado.

— Sim, eu e minha lata-velha um pouquinho menos amassada vamos conseguir buscar a Sophie depois da aula.

— Aposto que ela vai estar doidinha para ser resgatada de lá — comenta Aiden, resmungando.

Rolo para longe dele, gostando de sentir seu olhar fixo em mim, e o espio uma última vez antes de correr para me arrumar.

— Será que hoje ela vai dar mais uma chance para as suas panquecas?

Dou risada enquanto fecho a porta do banheiro atrás de mim, ainda ouvindo seus resmungos.

***

Depois de uma manhã agradável, o resto do meu dia foi só ladeira abaixo.

No fim das contas, não foi o meu "bom-dia" para Aiden que me fez chegar meia hora atrasada na aula, e sim o congestionamento que meu ônibus pegou por conta de um acidente de trânsito. Isso, somado ao fato de eu ter perdido o prazo daquele trabalho, me fez ouvir poucas e boas da professora. Fiquei com isso na cabeça, e me afetou de tal forma que cometi um monte de erros durante a aula, derrubei coisas e fiz várias análises equivocadas.

Estou exausta quando saio do campus, e o trajeto para San Diego parece ainda mais demorado do que o normal. Buscar o carro na oficina ajuda a acalmar meu ânimo, mas a conta me atinge como um balde de água fria. Antes de virar babá da Sophie, desembolsar uma grana dessas significaria passar uma ou duas semanas à base de miojo.

Coloco Taylor Swift para tocar e ver se me animo a caminho do restaurante, mas até mesmo o Spotify parece estar contra mim hoje, pois só toca músicas do álbum "Evermore" e quase nada do "Red". Parece até que o universo *quer* me fazer chorar.

Eu falo que ele está sempre querendo tirar uma com a minha cara.

Já fui buscar Sophie no restaurante algumas vezes e, por mais que a atendente não pareça mais julgar meu perfume barato, não sei se o mesmo se aplica aos meus coturnos batidos, porque mal tenho tempo de passar pela porta antes que ela já comece a olhar feio para eles. Toda santa vez. Mas nem dou bola hoje e me limito a cumprimentá-la com um aceno displicente enquanto vou direto para a cozinha. Tenho que atravessar o bar para chegar até lá, mas já estou craque em desviar dos bartenders para não atrapalhar.

Sei muito bem que meu humor não está lá essas coisas, mas não dá para fingir que não me animo rapidinho só de ver Aiden bancando o chef de cozinha — berrando ordens para os outros cozinheiros e espiando por cima dos ombros para avaliar o serviço —, com aquele uniforme que não deveria, mas me deixa caidinha. Ele não me vê logo de cara, ocupado demais criticando a carne assada que alguém preparou.

Sophie está empoleirada no banquinho de sempre, aninhada em um cantinho vazio perto das pias, e acena quando me vê, apoiando o Nintendo Switch na bancada antes de vir na minha direção.

— Será que a gente pode ir para casa? — pede, lançando um olhar cauteloso para Aiden. — Meu pai está com um mau humor daqueles.

Parece até que estamos conectados.

— Ué, o que aconteceu?

Sophie encolhe os ombros.

— Sei lá. Um cliente reclamou ou algo assim.

— Caramba.

Dou uma espiada em Aiden, que ainda está dando um sermão em quem presumo ser um dos subchefes, e fico pensando se não é melhor fugir de mansinho e avisar por mensagem. Não quero deixar a noite dele ainda pior. Antes que eu possa chegar a uma conclusão, porém, Aiden finalmente me vê do outro lado da cozinha, e seu semblante muda na hora.

Ele diz uma última palavrinha ao subchefe antes de se aproximar.

— Oi — cumprimenta, com uma expressão sorridente no olhar exausto. — Como foi seu dia?

Reviro os olhos.

— Pelo jeito, tão maravilhoso quanto o seu — ironizo. — O que houve?

— Ah, uma palhaçada — resmunga Aiden. — Deixei um bife passar do ponto e o cliente devolveu com um comentário muito simpático sobre o restaurante não merecer as estrelas que tem.

— Ai. — Faço uma careta. — Essa pessoa deve ser a alegria da festa, hein?

— E o seu dia? O que aconteceu?

Sei que Aiden vai se sentir culpado se eu contar que me atrasei, sendo que foi escolha minha passar mais um tempinho com ele esta manhã, e não quero lhe causar mais uma preocupação desnecessária neste momento.

Por isso, apenas encolho os ombros.

— Ah, só um dia chato. Não aconteceu nada demais.

— Que pena — responde ele.

Abano o ar, como se não fosse nada.

— Não, está tudo bem.

— Sophie — chama Aiden. — Por que você não vai buscar suas coisas lá no escritório?

— Tô indo!

Quando estamos a sós, ele me lança um olhar de canto de olho.

— Eu queria tanto beijar você agora.

— Os cozinheiros são muito fofoqueiros?

— Ah, o restaurante inteirinho ficaria sabendo em questão de minutos.

Acho graça do comentário.

— É, então é melhor não arriscar.

Aiden assente como se concordasse, mas algo nos seus lábios diz o contrário. Vejo a mandíbula retesada, hesitante, como se ele lutasse com a ideia de dizer mais alguma coisa.

— Sabe — começa, por fim. — Meu chefe vai dar uma festa no fim de semana que vem.

Endireito os ombros.

— Uma festa?

— É, para comemorar o aniversário dele. Faz isso todo ano.

Acho que ele está tentando me dizer que ficarei sozinha com Sophie nesse dia.

— Ah, sim. — Assinto, meio sem propósito. — Parece legal.

— Achei que talvez a gente pudesse ir junto.

Isso me pega de surpresa.

— Quê?

Não sei se timidez combina muito com um homem desse tamanho, mas devo confessar que lhe cai bem.

— Tipo um encontro? — acrescenta ele.

Fico boquiaberta.

— Mas... o que vamos dizer para a Sophie?

— Bem... — Aiden estica a mão apenas o suficiente para que seu dedo mindinho resvale no meu, tão leve que mal chega a ser um toque, mas sinto o corpo todo estremecer. — Acho que a gente deveria contar a verdade para ela.

Meu coração acelera no peito, o friozinho na barriga cada vez mais intenso quando vejo a seriedade nos olhos de Aiden.

— E você... está bem com essa ideia?

— Pois é, ela vai acabar descobrindo cedo ou tarde — responde ele. — Até porque você não vai sumir da nossa vida tão cedo. — Vejo um lampejo de dúvida cruzar seu rosto, como se ele próprio não tivesse muita certeza, mas buscasse uma confirmação. — Né?

Abro e fecho a boca algumas vezes, como se fosse um peixinho dourado. Imaginei que uma hora ou outra teríamos que definir o que somos e se vemos futuro para essa relação, mas nunca pensei que Aiden estaria disposto a se jogar de cabeça sem nem pestanejar. Ainda nem tive tempo de assimilar a ideia, mas ele já está pronto para botar todas as cartas na mesa. Parece um pouco imprudente, e muito fofo, mas a resposta está na ponta da língua, simples, fácil.

— Não — digo a ele. — Não vou sumir.

Aiden abre um sorriso tão radiante que chego a ficar sem fôlego, e preciso me segurar para não o beijar agora mesmo.

— Então? Quer ir comigo?

— Vai ser uma festa muito chique? Porque eu nem tenho roupa para isso.

— Deixe que eu cuido disso — insiste. — Só diga que quer ir comigo.

Mordo o lábio enquanto penso no assunto, ainda preocupada sobre como Sophie vai reagir a essa notícia, mas radiante de saber que Aiden *quer* contar tudo a ela. E, afinal, quem estou querendo enganar? Até parece que não vou aceitar esse convite. Por mais imprudente que seja, o fato é que estou tão pronta quanto ele para me jogar de cabeça. Como poderia ser diferente?

— Quero — respondo. — Eu quero ir com você.

Outro sorriso deslumbrante para me tirar do prumo.

— Ok. Encontro marcado.

Encontro marcado.

Já fui a muitos primeiros encontros, mas acho que nunca tive um com um cara com quem já estou transando. Ainda assim, me sinto mil vezes mais empolgada para este encontro do que para qualquer outro que já tive. Parece até que acabei de ser convidada para o baile de formatura.

Sophie aparece antes de eu ter chance de responder qualquer coisa, mas acho que meu sorriso bobo fala por mim. Pelo menos o de Aiden está igualzinho, então me sinto menos ridícula.

— A gente pode ver *Encanto* depois do jantar?

Em qualquer outro dia, eu acharia ruim — embora o filme seja ótimo, já vimos dezenas de vezes —, mas nesse dia isso nem me incomoda. Faço carinho na cabeça dela, com o sorriso ainda estampado no rosto.

— Claro que sim.

— Oba! — Ela se vira para abraçar Aiden. — Tchau, papai. Amo você.

— Tchau — responde ele, retribuindo o abraço. — Também amo você.

Sophie passa por mim, e dou uma última olhada para Aiden antes de ir atrás dela.

— Vejo você mais tarde?

— Claro. — Ele me lança um olhar intenso, o verde e o castanho dos olhos um pouco mais calorosos do que o normal. — Até mais tarde.

Levo pelo menos uma hora para parar de sorrir.

Meu coração está tão acelerado. Talvez isso seja um grande erro.

Talvez ele seja alguém totalmente diferente do que parece.

Mas isso não parece me impedir de continuar.

E ele ainda está esperando minha resposta.

— Eu também quero ver você — digo, sem fôlego. — De verdade.

Posso ouvi-lo soltar o ar de uma vez, como se estivesse prendendo a respiração esse tempo todo.

Faço menção de tirar a máscara, mas ele me impede com um som de protesto.

— Mas você disse que...

— Quero poder tocar em você quando a vir pela primeira vez — declara ele, e sinto uma onda de calor irromper na minha barriga. — Porque quando a gente se encontrar... tenho a sensação de que não vou conseguir parar.

22

Cassie

Esperamos até o dia da festa para contar tudo a Sophie. Não sei se é muito inteligente da nossa parte ficar de tanta enrolação, mas acho que Aiden também está bastante preocupado com a reação dela. Sophie está sentada na poltrona diante do sofá, com o queixo apoiado nos dedos como um mafioso enquanto nos observa atentamente.

— Então… vocês são tipo… namorados?

Aiden e eu trocamos um olhar, e faço que sim. Essa é com ele.

— Isso — responde ele, com um pigarro. — Nós estamos namorando.

Sophie alterna o olhar entre nós dois mais uma vez.

— E por que vocês esconderam isso?

— Não estávamos tentando *esconder* — explico rapidamente.

— A gente só não queria deixar você confusa — conclui Aiden.

O rostinho dela continua inexpressivo, vazio como uma tela em branco. E está nos olhando de um jeito que chega a me dar arrepios; parece até que estou contando ao meu pai sobre meu primeiro namoradinho, o que é hilário, pois sei muito bem que ele não daria a mínima. Pelo jeito, contar para a Sophie é uma experiência bem mais estressante.

— Mas eu *sei* o que é namorar — argumenta ela. — É tipo ficar se beijando e tal.

Aiden faz uma cara de quem preferiria estar em qualquer outro lugar.

— E sair juntos — continua ele, ignorando o comentário da filha. — Hoje à noite, por exemplo. Quero levar Cassie comigo a uma festa.

— Tipo um encontro — esclarece Sophie.

— Isso — concorda ele. — Um encontro.

Ela estreita os olhinhos, pensativa. Parece até o Poderoso Chefão. Um senhor do crime com um metro e meio de altura. Ou talvez seja só o nervosismo falando por mim.

— Mas Cassie continua sendo minha babá, certo?

— Claro que sim — garanto a ela. — Isso não vai mudar.

Sophie torce o nariz.

— Vocês têm que ficar se beijando?

— A gente pode dar uma maneirada nos beijos — propõe Aiden, mas sei muito bem que ele vai continuar me enchendo de beijos quando Sophie não estiver por perto. — Se assim ficar mais confortável para você.

— É nojento — protesta ela, fingindo vomitar.

Não consigo deixar de rir.

— Um dia você vai mudar de ideia.

— Não vou, não — rebate ela.

Aiden abafa uma risada.

— Isso, continue pensando assim para sempre — diz, depois observa a filha com atenção. — Você tem algum... problema com isso? Porque para mim é muito importante que você esteja de acordo, Soph.

— Ah, está tudo bem. — Ela encolhe os ombros. — Mas, se vocês dois terminarem, a Cassie vai continuar sendo minha babá.

— Bom saber onde estou na sua lista de prioridades — resmunga Aiden.

Dou um tapinha no braço dele, toda sorridente.

— E não se esqueça disso jamais.

— Posso ir jogar videogame agora? Estou quase derrotando o chefão.

— Claro, pode ir — concorda Aiden. — Mas você tem certeza de que está bem, né?

Sophie faz menção de ir embora, mas de repente se vira com uma expressão confusa no rosto.

— Ué, mas então com quem eu vou ficar hoje?

— Ah — começo. — A Wanda perguntou se você quer ficar com ela hoje à noite.

Os olhos de Sophie se iluminam.

— Posso dormir lá?

— Sophie — intervém Aiden. — Tenho certeza de que não é isso que...

— Vou perguntar para ela — interrompo, pois sei que Wanda não se importaria nem um pouquinho. Em seguida, me viro para Aiden: — Acho que ela ia adorar para falar a verdade. Mas só se você concordar.

Ele parece pensativo.

— Bom, se você acha que não vai incomodar...

— Ah, pode apostar que a Wanda falaria na lata — comento, aos risos.

Em seguida, dispenso Sophie com um aceno e espero até que ela tenha desparecido escada acima para apoiar a cabeça no ombro de Aiden, sorrindo para ele.

— Até que não foi tão ruim — comento.

— Só eu que tive a impressão de estar sendo entrevistado?

— Ah, não, ela estava meio Don Corleone mesmo...

Aiden mantém o olhar fixo nos degraus por onde Sophie acabou de subir.

— Foi bom a gente ter contado, né? Não gosto de ficar mentindo para ela.

— Acho que vai ficar tudo bem — tranquilizo-o. — A Sophie é bem espertinha. Ela ia acabar percebendo uma hora ou outra.

— É, acho que ia mesmo.

Estico a mão e começo a percorrer a mandíbula dele com a ponta do dedo.

— Até porque não sei se essa história de "maneirar nos beijos" vai funcionar muito bem...

Ele abafa uma risada.

— Ah, é? Por acaso está insinuando que não consigo ficar um segundo sem encostar em você?

Nem preciso responder — simplesmente olho para baixo e dou um tapinha na mão dele, que está apoiada no meu joelho há uns dez minutos, enquanto seus dedos traçam círculos sem nem perceber.

Aiden revira os olhos.

— Tá, tá. Você venceu.

— Enfim, espero que você tenha comprado uma gravata para combinar com meu vestido. Quero toda pompa e circunstância para esta noite.

— Pompa e circunstância — repete ele, balançando a cabeça enquanto ri. — Bem, não comprei uma gravata nova, mas comprei um vestido para você.

Afasto o rosto e olho para Aiden, perplexa.

— Como é que você sabia meu tamanho?

— Eu... bem, talvez eu tenha dado uma olhadinha no seu guarda-roupa — responde ele, acanhado.

Cubro a boca com a mão, fingindo estar chocada.

— Ai, meu Deus, daqui a pouco você vai estar xeretando minha gaveta de calcinhas.

— Prefiro ver suas calcinhas jogadas no chão, não guardadas na gaveta.

Contenho um sorriso e desvio o rosto para que ele não me veja toda vermelha. Em seguida, tracejo um círculo no dorso da mão dele, ainda apoiada no meu joelho.

— Então... estou curiosa. Que tipo de vestido Aiden Reid compraria para mim?

— Um com um decote questionável, pode apostar.

Balanço a cabeça em advertência.

— Pervertido.

— Talvez — responde ele, achando graça.

Em seguida, chega mais perto como se fosse me beijar, mas ergo a mão e cubro sua boca.

— Ei, não esqueça. Temos que maneirar nos beijos.

Solto um gritinho quando ele lambe minha palma, afastando-a enquanto agarra meu pulso para me puxar mais para perto. Então me mantém assim enquanto pressiona a boca na minha, e meus protestos de brincadeira não são páreo para a maciez dos seus lábios. Ele solta um suspiro satisfeito enquanto se demora ali e só se afasta quando já me rendi por completo.

— O resto fica para mais tarde — murmura ele.

Só então me ocorre que *mais tarde* significa após o nosso primeiro encontro oficial, quando teremos a casa inteirinha só para nós dois, algo que nunca aconteceu desde que me mudei para cá. E, pela forma como Aiden olha para mim, aposto que está pensando o mesmo que eu. Preciso me esforçar para manter a voz impassível quando enfim respondo.

— Então — digo de um jeito muito casual, que de modo nenhum deixa transparecer que só consigo pensar no sexo desinibido de mais tarde. — Pode me mostrar o vestido?

— Sossegue o facho — aviso, aos risos, enquanto estamos parados diante da porta de Wanda.

Aiden ajusta a gravata (acho que eu poderia escrever um textão sobre por que ele deveria usar gravata todo dia, porque puta merda), com aquela mesma expressão nervosa que me dá vontade de rir toda vez que vejo.

— Por que estou com a impressão de que vou conhecer seus pais?

— Bem, a Wanda está mais perto disso do que meus pais de verdade, então... é meio que isso mesmo.

— Certo. Merda. Foi mal.

— Ih, falou palavrão, pai — repreende Sophie ao nosso lado.

— Eu sei — lamenta-se ele. — Desculpe.

Sophie se inclina para espiar Aiden.

— Por acaso o papai está com medo da Wanda?

— Não estou com medo de ninguém — rebate ele.

Dou uma cutucadinha em Sophie com o cotovelo.

— Ele está se borrando de medo dela.

— Eu *não* estou com medo da...

Aiden fica quieto quando a porta finalmente se abre, revelando Wanda com pantufas e pijama cor-de-rosa e roupão. Ou seja, nem um tiquinho intimidadora. Mesmo assim, Aiden fica duro feito pedra ao meu lado.

Wanda abre um sorriso radiante para Sophie, que vai correndo abraçá-la, e depois faz carinho na cabeça dela. Ver como as duas se dão bem me deixa toda quentinha por dentro.

Em seguida, Wanda lança um olhar sério para Sophie.

— Você está preparada para perder de lavada no rouba-monte?

— Não! Dessa vez eu vou ganhar! Treinei um montão.

Wanda não parece muito convencida e a observa com uma expressão intrigada.

— Ainda tem que comer muito arroz e feijão antes de começar a frequentar o cassino comigo.

Aiden continua de bico fechado ao meu lado, e Wanda nem percebe sua presença a princípio. Primeiro, faz um gesto para que Sophie entre e vá buscar o baralho, e a garota se despede de nós com um adeus apressado, como se tivesse coisas mais importantes para fazer.

A expressão calorosa de Wanda se dissipa quando ela finalmente se vira para Aiden e apoia as mãos no quadril enquanto o analisa de cima a baixo.

— Você é o tal do Aiden?

Ele concorda com um aceno rígido da cabeça.

— Sim, senhora.

— Pode parar com essa baboseira de senhora. Me chame de Wanda.

— Certo. Wanda. Desculpe.

Minha amiga crispa os lábios enquanto batuca o pé o chão.

— Sua filha é uma figura e tanto — comenta ela.

— Obrigado — agradece Aiden. — A Sophie fala muito bem de você. Muito obrigado por cuidar dela hoje à noite.

— Bom, já que você roubou essa aqui de mim — responde Wanda, apontando o polegar na minha direção —, uma companhia bem que vem a calhar.

Aiden parece prestes a cavar um buraco para se enfiar no chão, e tenho que me segurar para não cair na risada.

— Sinto muito por isso — pede ele. — Hum, não foi minha intenção roubar a Cassie de você.

Então Wanda olha para mim e solta um assobio.

— Uau, olhe só para você — elogia. — Sua bunda ficou um arraso nesse vestido.

Encolho o queixo e pisco para ela algumas vezes, batendo os cílios, e me viro de perfil.

— Não ficou incrível? O Aiden que escolheu.

— Ah, é? — Ela se vira para ele, parecendo achar graça. — Escolheu, foi?

Deslizo as mãos pelo tecido preto e sedoso que me serviu como uma luva, e dou um tapinha no meu quadril antes de assentir.

— Ele mandou bem, né?

— Aposto que ele nem estava pensando na sua bunda quando comprou — brinca Wanda.

Dou uma olhadinha para trás para espiar a bunda em questão.

— Ah, duvido que tenha sido sem querer.

Quando me viro para Aiden, percebo que suas orelhas estão vermelhas feito um pimentão, então decido dar um basta na brincadeira. Vai que ele desiste de me chamar para sair outras vezes. Tento transmitir um sinal para Wanda, mas ela não capta meu olhar.

— Então, Aiden — continua minha amiga, em um sussurro. — Você já parou de ver aqueles vídeos de peitinho, né?

— *Wanda!* — repreendo. — Pelo amor de Deus.

Aiden parece prestes a ter um treco, e sinto meu pescoço esquentar de vergonha. É, agora já era. Ele nunca mais vai me chamar para sair.

Já estou a ponto de implorar para a terra me engolir quando Wanda finalmente abre um sorriso e solta uma gargalhada enquanto dá um tapinha no peitoral de Aiden.

— Só estou pegando no seu pé, rapaz — diz, aos risos. — Cuide bem da minha menina, viu?

Aiden assente com rigidez.

— Claro. Pode deixar.

— Ela contou que tenho implante no quadril? Se você partir o coraçãozinho dela, eu meto-lhe um...

— Então — interrompo. — Acho que é melhor irmos andando. Você tem nosso número, então qualquer coisa é só...

Wanda ainda está gargalhando quando a fuzilo com os olhos, deixando claro que vou fazer picadinho dela mais tarde.

— Divirtam-se, crianças — despede-se ela, nos enxotando. — Pode deixar que eu cuido da pestinha.

— Sério — insiste Aiden. — Qualquer coisa é só ligar, ok?

— Não se preocupe — tranquiliza Wanda, com um sorriso. — Vou cuidar bem dela.

Ela se despede com um aceno antes de fechar a porta e gritar para Sophie começar a embaralhar as cartas. Aiden continua imóvel por um instante, ainda parecendo atordoado quando seu olhar encontra o meu.

— Não sei se ela me odeia ou não.

— Ah — respondo, achando graça. — Ela amou você.

Ele assente.

— Ok, então tá.

— Venha — chamo, alisando a gravata vermelha entre os dedos. — Vamos fazer este vestido valer a pena.

O restaurante fica outra coisa quando não está apinhado de clientes tagarelando em mesas abarrotadas. O proprietário fechou quase todo o ambiente, com exceção do salão de jantar principal, onde montou algumas mesas para os funcionários. Avisto a atendente que sempre me olha feio (Aiden me disse que ela se chama Laura e de brava só tem a cara mesmo) sentada a uma das mesas com um bartender, e ela me cumprimenta com um aceno de cabeça quando nosso olhar se encontra. Chega até a esboçar um sorriso, mas bem de leve.

É, talvez ela só tenha cara de brava mesmo.

O salão está a meia-luz, conferindo-lhe a atmosfera romântica de sempre, e quando Aiden me conduz até uma das cadeiras elegantes em que não me sento desde aquela entrevista de emprego esquisita, finalmente cai a ficha de que estamos mesmo em um *encontro*. Sinto o coração acelerar enquanto me acomodo à mesa, bem de frente para Aiden, que abre um sorriso caloroso quando percebe que estou olhando para ele.

— Que foi?

— É engraçado — respondo.

— Por quê?

— Da última vez que estivemos aqui, eu quase cuspi em você.

— Foi muito fofo — garante-me ele.

— Sério?

— Você vai me achar muito pervertido se eu disser que passei o resto daquela noite pensando na sua boca?

— Ô, se vou — respondo, inexpressiva. — Você deveria estar atrás das grades.

Seu sorriso fica ainda maior.

— Tudo bem, então não vou contar as outras coisas pervertidas que pensei desde que você se mudou lá para casa.

— Ah, qual é — protesto. — Pode ir me contando. Já sei que você é tarado mesmo.

— Mas e se eu disser que só quero ser tarado com você?

Solto um suspiro e finjo procurar o celular na bolsa.

— Cruzes. Vou ter que ligar para a polícia, não vai ter jeito.

Aiden dá risada, e encerro o teatrinho antes de retribuir o sorriso.

— Não tem problema. Eu passei um tempão pensando nas suas mãos naquela noite, então estamos quites.

— Nas minhas mãos? — Ele observa os próprios dedos, e um vinco se forma na sua testa. — O que têm elas?

— Elas são enormes, ué.

— E daí?

— Ah, você sabe o que dizem sobre caras com mãos grandes...

Ele arqueia a sobrancelha.

— Nossa, quem é a tarada aqui, hein?

— Acho que fomos feitos um para o outro — respondo, estalando a língua.

A expressão dele suaviza.

— Concordo.

Percebo alguém se aproximar da mesa, um homem que deve ter seus cinquenta e poucos anos, a julgar pelos cabelos grisalhos já rareando. E ele acena para Aiden quando o vê. Está usando um terno preto e gravata combinando, mais elegante do que todos os convidados, e logo deduzo que deve ser o chefe.

— Aiden! Que bom que você veio. Podia jurar que você viria com aquela baboseira de "não sou muito chegado a festas" de novo este ano.

— Ah, bem... — Aiden começa a ficar vermelho. — Achei que seria legal dar uma passadinha, para variar.

O homem se vira para mim, com o sorriso parcialmente escondido pelo bigodão espesso e grisalho.

— Ah, aposto que esta moça adorável não tem nada a ver com isso, hein? — Ele estende a mão para mim. — Joseph Cohen, querida. Sou o dono desta velharia.

— O restaurante é lindo — elogio. — Cassie, prazer.

— Cassie — repete ele. — Como esse feioso aí conseguiu conquistar uma menina tão linda?

Está na cara que é só brincadeira, e vejo Aiden revirar os olhos por trás de Joseph, então apenas dou de ombros e jogo as mãos para cima, fingindo descrença.

— Ele me venceu pelo cansaço. Ficava fazendo serenatas na minha janela a noite inteira, sabe como é…

— Ora, não duvido nadinha — responde Joseph, achando graça. Depois, aponta um dedo para Aiden. — Eu gostei dela, viu? — Em seguida, acrescenta para nós dois: — Divirtam-se esta noite! Tomem um vinhozinho, dancem. É meu aniversário, eu insisto.

— Ah, eu jamais recusaria vinho grátis. Já imaginou que ofensa? — respondo, em tom sério.

Joseph solta outra gargalhada.

— Exatamente. — Ele dá um tapinha na beirada da mesa. — Bem, tenho que dar uma circulada para conversar com o pessoal. Todo mundo adora uma palavrinha com o chefe na noite de folga, sabem?

Espero até que ele esteja bem longe antes de me inclinar sobre a mesa e perguntar:

— Certo, isso aí foi só fingimento ou seu chefe é legal de verdade?

— Não — responde Aiden, dando risada. — Ele é ótimo mesmo. Joe me deu um voto de confiança quando me contratou. Depois que me formei, passei alguns anos trabalhando como subchefe em um restaurante três estrelas, mas não estava conseguindo arranjar outro emprego em lugar nenhum. Um dia Joe foi ao restaurante e gostou tanto da comida que pediu para conhecer o responsável. Aí insistiu que eu fizesse uma entrevista de emprego e, bem, o resto é história.

— Ele parece muito bacana — concordo. — É ótimo ter um chefe legal em vez de trabalhar para um babaca.

Aiden crispa os lábios.

— E você sabe disso por experiência própria?

— Ah, sem dúvidas. Meu chefe é muito rígido. Adora ficar me dando ordens.

Ele entrelaça os dedos antes de se inclinar para mais perto de mim.

— Posso começar a dar outro tipo de ordens se você quiser.

Sinto um calorzinho na barriga e tenho que me lembrar de que ainda temos uma festa inteira pela frente antes que ele possa arrancar meu vestido. Não que Aiden pareça disposto a facilitar a espera. Tento fingir que não me afetou nadinha, mas a verdade é que estou até com as pernas bambas.

Em seguida, aponto o bar com a cabeça e respondo:

— Acho bom você me pagar uma bebida primeiro.

O resto da noite passa em um piscar de olhos; jantamos um filé incrível cujo nome nem sei pronunciar, a carne tão macia que chega a derreter na boca, e de sobremesa servem um sorvete de amora que me dá vontade de morar dentro do freezer da cozinha. Se não estivéssemos em um restaurante cinco estrelas, eu provavelmente teria lambido a tigela até não sobrar nem uma gota.

Joseph passa um tempinho na nossa mesa entre um prato e outro, contando histórias divertidas sobre Aiden e o restaurante. Em dado momento, a voz de uma mulher começa a entoar baixinho dos alto-falantes uma música francesa que não consigo entender, e vejo as pessoas saindo das mesas em direção à pista de dança.

Ora, tenho vinte e cinco anos e já perdi as contas de quantas vezes saí para dançar em um encontro, mas, quando Aiden se levanta e estende a mão para mim, chego a ficar tonta. Quase como se fosse a primeira vez.

Ele me conduz em direção à pista e me puxa para mais perto, com as mãos enormes apoiadas nas laterais do meu quadril, um toque cálido e agradável através da seda do meu vestido. Enrosco os braços em seu pescoço e abro um sorriso tímido quando ele começa a me conduzir ao ritmo da música.

São movimentos simples, apenas um arrastar de pés e um vaivém lento, mas basta para me fazer tremer todinha.

— Falando em primeiros encontros — digo a ele —, este colocou a régua lá em cima.

Sinto-o acariciar meu quadril com a ponta do dedo.

— Fico feliz em saber. Já faz um tempão desde meu último encontro.

— Do meu também — admito. Em seguida, acrescento um pouco mais baixo: — Mais de um ano.

Ele esboça um sorriso, tão leve que mal dá para ver.

— O meu também.

— Às vezes nada disso parece real — confesso. — Toda hora fico achando que vou acordar no sofá da Wanda.

— E como você acha que eu me sinto? Tenho que me beliscar todos os dias. Não entendo como alguém como você gostaria de ficar comigo.

— Hum, pera lá também, né, sr. Reid. Não finja que você não é um pedaço de mau caminho, altão e com olhar sedutor.

— Olhar sedutor?

— Ah, qual é? Seus olhos são tão lindos que chega a ser injusto.

Sinto sua mão deslizar até a minha cintura, depois voltar para o quadril, como se ele quisesse memorizar o formato do meu corpo. Seu toque me faz arrepiar.

— Acho que os seus são mais bonitos.

— Você, meu amigo, é maluquinho.

Sua risada é tão baixa que mal consigo ouvir por causa da música, mas então Aiden chega mais perto e sussurra no meu ouvido, e seu hálito quente me faz estremecer:

— Você que me deixa maluco, Cassie.

Fecho os olhos quando sinto o beijo suave no meu maxilar, as pernas bambeando de um jeito ridículo que achei que só acontecesse nos filmes.

Faz pouco mais de uma hora que chegamos a esta festa, quase duas, na verdade, mas só consigo pensar em dar o fora deste lugar elegante e voltar para casa para fazer umas coisas nem um pouco elegantes com Aiden. Talvez até indecentes.

Tenho que ficar na ponta dos pés para alcançar seu ouvido, baixando a voz para um sussurro antes de perguntar:

— Vai demorar muito para gente ir embora?

Sinto a pele dele se arrepiar quando roço a unha bem devagarinho pela sua nuca.

— Podemos ir quando você quiser — responde ele em um sussurro, me puxando para mais perto.

— Acho que estou pronta para ir embora, sr. Reid.

Ele solta um grunhido suave que quase faz minhas pernas bambearem outra vez, depois aperta meu quadril.

— Então vamos para casa.

Casa.

Estranhamente, a palavra me faz estremecer.

Nem sei dizer como estou feliz por não precisarmos esperar o garçom trazer a conta.

Não lembro como conseguimos entrar em casa, e muito menos subir os dois lances de escada até o quarto de Aiden. Mal tenho tempo de assimilar que esta é a primeira vez que estou no quarto dele, já que nunca tivemos coragem de ficar aqui, considerando que o quarto de Sophie fica logo adiante no corredor. Algum cantinho da minha mente registra o esquema de cores do quarto, nos mesmos tons de preto e cinza do resto da casa, mas mal presto atenção. E nem tenho tempo para pegar no pé dele por causa disso agora. Não com o jeito que ele segura meu rosto, com a língua escorregando pela minha enquanto tento desabotoar sua camisa.

Aiden já arrancou a presilha que prendia meu cabelo, e seus dedos se enroscam nas mechas grossas enquanto a outra mão desliza pela minha coxa para subir o vestido. Ele deixa escapar um gemido áspero quando abro o último botão da camisa dele, e minhas mãos alisam o peitoral e os ombros antes de puxar sua cabeça para mais perto de mim, tentando aprofundar ainda mais o beijo. Tudo nesta noite parece mais *intenso* do que das outras vezes que estivemos juntos. Uma mistura inebriante de ter um primeiro encontro e contar tudo para Sophie, fazendo com que tudo pareça mais *verdadeiro*.

Continuo arrebatada pelo beijo até que o sinto abrir o zíper nas costas do meu vestido. Quando dou por mim, vejo que a essa altura já desabotoei sua camisa, arranquei a gravata e abri a braguilha da calça.

— Calma! Espere um pouquinho!

Os olhos de Aiden estão extasiados quando ele se afasta.

— Esperar o quê?

— O vestido — respondo depressa. — Preciso pendurar primeiro.

— Que se foda o vestido — rosna ele, e tenta me beijar outra vez.

— É o vestido mais bonito que eu tenho! Vai ficar todinho amassado no chão.

— Aí a gente compra outro — rebate Aiden.

Dou risada. A avidez na voz dele faz maravilhas pelo meu ego.

— Vá para a cama, sr. Reid. Eu já volto.

— Ah, nem pensar. De jeito nenhum que você vai até lá embaixo — reclama ele, depois acena com a cabeça em direção a uma portinha no quarto. — Pode pendurar no meu closet.

Antes de me afastar, dou um selinho rápido nele, que parece uma criança fazendo birra por ter que esperar. Abro as portas do closet e acendo a luz para procurar um cabide.

— Jesus — murmuro.

O closet dele é do tamanho do meu banheiro. Avisto alguns cabides vazios no fundo do armário, atrás de um mar de camisetas pretas e calças de moletom cinza e jeans escuros, e vou até lá para pegar um enquanto tiro o vestido. Começo abrir o fecho do sutiã para dar uma mãozinha a Aiden, e de repente algo chama minha atenção. Fico imóvel por um segundo, com uma ideia se formando na cabeça. Mordo o lábio, pensativa.

Será que seria bobo ou sexy?

— Se você não sair logo daí — chama Aiden, impaciente —, eu vou te comer aí mesmo.

Ah, que se dane.

Antes que eu mude de ideia, trato de agarrar a roupa que me chamou a atenção e começo a vesti-la. O dólmã de chef é grande demais para mim, a bainha bate no meio da coxa e as mangas são tão compridas que cobrem as mãos, mas, quando me viro para o espelho, tenho que admitir que... não fica nada mal. As fendas no uniforme deixam meus seios e a calcinha de renda preta (comprei uma sem estampa para variar) à mostra.

Tento fazer minha melhor imitação de Jessica Rabbit quando volto para o quarto, iluminada pela luz do closet enquanto deslizo a mão pela moldura da porta e me apoio no batente. Aiden está sentado na cama, só de cueca, e arregala os olhos enquanto me examina dos pés à cabeça.

— Na edição de hoje de "Em quem vestiu melhor?"... — brinco, com uma risadinha nervosa.

Mas Aiden não ri. Parece até sério, na verdade.

— Não tem nem comparação — responde com firmeza. Em seguida, me chama com o dedo e diz: — Venha cá.

Consigo atravessar o quarto sem tropeços ou demais trapalhadas que poderiam arruinar o ar sexy que estou tentando passar e avanço pela cama até a cabeceira, onde ele está apoiado em alguns travesseiros pretos (óbvio). Ele me puxa para o colo, e minha virilha fica colada na ereção marcada na cueca, e a calidez faz tudo entre as minhas pernas formigar. O olhar de Aiden segue o movimento da mão quando ele a apoia na minha barriga, atento enquanto a desliza mais alto e afasta as abas do dólmã, deixando meus seios à mostra.

— Caralho — diz. — Como você consegue ser tão perfeita?

Arqueio as costas para que meus mamilos rocem seu peitoral, e nós dois estremecemos quando começo a plantar beijos delicados no seu maxilar.

— Como você consegue ficar parado aí sem encostar em mim?

— Ainda não decidi o que quero fazer primeiro.

As mãos deslizam pelo meu quadril, mergulhando dentro da calcinha antes de apertar minha bunda.

— Será que começo com as mãos?

Em seguida, ele abaixa a cabeça e começa a circular meu mamilo com a ponta da língua, arrancando-me um gemido abafado.

— Ou com a boca?

Depois agarra minha bunda e me puxa para ainda mais perto, tão perto que posso sentir seu pau pressionando minha virilha.

— Ou com isto aqui?

É difícil raciocinar, mas consigo dizer:

— Posso ficar com as três opções?

— Claro que pode — responde ele, com uma risada seca.

Seus dedos estimulam o bico do meu peito, rolando-o entre as pontas enquanto seus lábios encontram os meus. É um beijo demorado, até mesmo preguiçoso — um contraste gritante com a avidez urgente de antes. Quase como se quisesse aproveitar cada segundo. Prolongando pelo máximo que puder. Estou dividida entre pedir para que ande logo ou me deixar apreciar sem pressa.

Ele mordisca meu lábio inferior, depois dá um beijinho no canto da boca.

— Passei tanto tempo assistindo a você. — Outro beijo lento, vagaroso. — Eu estava obcecado, Cassie.

— Eu parei de fazer shows particulares — confesso. — No fim eles eram só para você.

Sinto seu pau latejar entre minhas pernas. Pelo jeito, Aiden gostou de saber disso.

— Você era tão linda. Fazia tudinho que eu pedia.

— Eu gostava — sussurro.

Ele se afasta para me observar com seus olhos escuros.

— Quer fazer isso agora?

— O quê?

— Sempre imaginei como você ficava quando estava gozando, sem máscara, sem nada. Fazendo tudo que eu mandava. Pode me mostrar agora?

Meu estômago palpita de nervosismo e empolgação, e mordo o lábio, pensativa. A avidez no rosto de Aiden torna a ideia muito mais interessante, e preciso de um mísero segundo para tomar uma decisão. Chego mais perto e o puxo para um beijo intenso antes de perguntar:

— E que tipo de showzinho você quer hoje, A?

Sinto sua respiração ofegante nos meus lábios.

— Já faz alguns dias que estou pensando nisso, para ser sincero.

— Ah, é?

Ele tateia a mesinha de cabeceira, depois abre a gaveta e vasculha lá dentro até achar um longo embrulho de seda.

— Tenho um presente para você.

— Um presente?

Ele me entrega o embrulho, sem tirar os olhos enquanto afrouxo o cordão e enfio a mão lá dentro. Meus dedos resvalam no silicone macio e aveludado, tão familiar, e uma onda de calor se instala no meu ventre quando puxo o vibrador cor-de-rosa que parece... muito realista.

— Ah, não precisava — murmuro.

Eu me afasto, ainda montada sobre suas pernas, e arqueio o corpo para que ele possa ver tudinho. Já faz muito tempo desde a última vez, mas com Aiden como espectador, parece fácil. Apoio a pontinha do vibrador entre meus seios, deixando-o deslizar pela minha barriga.

— Estou feliz que você voltou — digo, com doçura. — Senti saudade.

Isso tem um efeito imediato em Aiden. A respiração fica mais ofegante, as narinas mais dilatadas à medida que seu corpo se retesa.

— É difícil ficar longe de você.

— Ah, é? — Passo a pontinha do vibrador ao redor do meu umbigo, sem tirar os olhos de Aiden. — É só isso que é duro?

— Gostei da sua roupa — sussurra ele, com a voz rouca.

Abro um sorriso enquanto afasto a lateral do uniforme, deixando um dos ombros à mostra.

— Isto aqui? É do meu namorado.

— É?

— Ele vai ficar uma fera se descobrir que estou usando com você.

Vejo Aiden cerrar os punhos quando começo a deslizar o vibrador pelo elástico da calcinha, e não sei se ele vai conseguir manter o teatrinho por muito tempo.

— Então é melhor a gente não contar para ele.

— Você ainda não me disse o que quer, A — continuo, com um sorriso. — Sabe muito bem que vou fazer tudinho que você pedir.

— Vai, é? — Seu peito sobe e desce, ofegante. — E se eu quiser que você use esse brinquedinho aí na sua bocetinha linda?

— Ah, este aqui? — Deslizo o vibrador pelo corpo, um arrastar demorado pelo meio dos seios, e só então o levo em direção aos lábios para lamber a pontinha. — Hum, não sei. Será que vai caber?

— É bom caber — rosna ele. — Quero você molhadinha para quando eu te comer.

Fico até sem fôlego.

— É isso que vai acontecer? Vou sentir o seu pau mais tarde, A?

— É isso que você quer, Cici? Quer sentir o meu pau todinho dentro de você?

— Hum. — Continuo deslizando o vibrador pelo meu corpo, desta vez para baixo, passando pela calcinha em direção à umidade entre minhas pernas. — Parece bem melhor do que este brinquedinho bobo.

— Logo, logo — promete ele, e nem consigo descrever como fico feliz em saber que, desta vez, é *verdade*. — Tire essa calcinha para eu ver como você está molhada.

Preciso manobrar para arrancar a calcinha nessa posição, mas finalmente consigo deslizá-la pelas coxas e jogá-la ao lado da cama antes de me acomodar no colo dele outra vez. Sei que Aiden consegue enxergar cada detalhezinho agora, meu corpo todo banhado pela luz que vem do closet, e isso fica mais evidente pela forma como seus olhos se fixam no vibrador que desliza pela minha virilha.

Inclino a cabeça para o lado.

— Assim?

— Isso, assim mesmo — concorda ele, com a voz rouca. — Só um pouquinho mais devagar.

Continuo com movimentos lentos, exagerados, mantendo as pernas afastadas para que ele consiga ver tudo. O dólmã de chef está escorregando, quase caindo no colchão.

— Acaricie seus mamilos para mim — murmura Aiden.

Fecho os olhos enquanto obedeço, sentindo-me estranhamente poderosa pela avidez *desesperada* na sua voz. Como se ele precisasse gastar até a última gota de autocontrole para não encostar em mim. Como é que eu nunca tinha percebido isso?

— Pode enfiar o brinquedinho aí? Quero ver você rebolando nele.

Prendo a respiração enquanto deslizo o vibrador para dentro de mim sem o menor esforço, de tão lubrificada que estou — sem contar que é muito menor do que o pau de Aiden. Nem sei como eu conseguiria me contentar com qualquer outra coisa depois dele. Começo a fazer movimentos de vaivém, vagarosos, sem pressa, e os sons escorregadios e úmidos reverberam pelo cômodo enquanto uso a outra mão para beliscar o bico do meu peito.

— Aposto que seu pau é muito melhor que isto aqui — comento, acanhada. — Será que vai caber?

— Ah, vai caber tudinho — rosna ele. — E se pudesse eu passaria *dias* com ele dentro de você, Cici.

— Eu ia adorar — respondo, inebriada, enquanto empurro o vibrador ainda mais fundo. — Mas por enquanto... posso fingir que este brinquedinho é seu pau se você quiser.

— Então vai precisar meter com mais força, Cici. Porque é isso que eu estaria fazendo. Metendo com força até você gritar implorando por mais.

Está ficando cada vez mais difícil manter esse teatrinho, até porque eu sei que vai ser *infinitamente* melhor quando Aiden *finalmente* me tocar.

— Posso ligar o vibrador, A? Preciso de um pouquinho mais — peço, com um beicinho.

— Hum, não sei — responde ele, com cuidado. — Você se comportou direitinho para merecer isso?

— Eu fui tão boazinha — digo, ofegante. — Por favor, A?

— Pode ligar — rosna ele. — Deixe essa bocetinha prontinha para mim.

Ligo o vibrador e aperto os botões até sentir a vibração constante que me faz ofegar.

— Ah.

— Está gostoso assim, Cici?

Faço que sim e fecho os olhos enquanto me concentro nos movimentos de vaivém.

— Arrã.

— Mais gostoso que o meu pau?

Nego com a cabeça.

— Estaria muito mais gostoso se fosse você.

— É isso que você quer, né? Sentir o meu pau todinho aí dentro.

— É — respondo, ofegante.

— Então fala para mim, Cici. Fala que quer o meu pau.

— Eu... *ah*. — Alcanço um pontinho do meu corpo que me faz estremecer, e meu punho dói enquanto tento manter o ritmo. — Eu queria que fosse você. Queria estar rebolando no seu pau, não neste brinquedinho. *Preciso* de você, A.

— Precisa, é? Pode implorar? Implore pelo meu pau, Cassie.

Abro os olhos de repente e vejo como Aiden parece *transtornado*. Está todo vermelho, os punhos cerrados com tanta força que dá para ver as veias salientes nos braços. Os lábios estão entreabertos, as pálpebras semicerradas, e decido dar uma colher de chá para o deslize de me chamar pelo nome e voltar ao teatrinho.

— Por favor, A — sussurro, empurrando o vibrador ainda mais fundo. — Por favor, eu quero seu pau.

— Hum, não acredito em você. Será que quer mesmo?

Deixo escapar um suspiro quando atinjo aquele ponto outra vez, e meu corpo estremece conforme o orgasmo se aproxima.

— Não paro de pensar nisso. Como seria gostoso sentir você dentro de mim. — Pendo a cabeça para trás, com as coxas trêmulas, tão perto que quase posso sentir o gostinho. — Aposto que você... — Prendo a respiração, minhas mãos tremem. — Aposto que você faria...

Sinto o corpo todo retesar quando atinjo o orgasmo, não tão arrebatador quanto os proporcionados por Aiden, mas intenso o suficiente para o suor brotar dos meus poros e a respiração ficar entrecortada. Quando finalmente consigo abrir os olhos, vejo Aiden me observando como se eu nem fosse real, o semblante repleto de admiração e deslumbre e uma outra coisa que faz meu peito doer.

— *Porra*, Cassie. Como você consegue ser tão...

— Cassie? — Sorrio para ele, ainda ofegante. — Quem é essa? Você sabe que meu nome é Cici.

— Cici — repete ele com firmeza.

— Você queria estar me tocando agora, A? — Deslizo o vibrador para fora de mim, depois o desligo e o esfrego pela minha barriga para espalhar os fluidos na pele. — Porque eu queria que estivesse.

Vejo sua mandíbula retesar.

— Não sei se consigo continuar assim.

— Ah, é? Qual o problema? Achei que você gostasse de me assistir...

Ele se afasta dos travesseiros de repente e chega mais perto de mim, curvando meu corpo até que eu esteja deitada no colchão, esparramada sob ele, e apoia as mãos em cada lado da minha cabeça.

— Aiden?

— Mudei de ideia — declara em tom sério, com os olhos fixos nos meus. — Eu quero a Cassie. — Depois, afasta a manga do meu ombro e a desliza ainda mais para baixo. — Só a Cassie.

Meu coração começa a bater mais forte quando ele arranca o dólmã de mim e o joga para longe.

— E não quero mais assistir — conclui.

Mal consigo respirar quando Aiden se curva na minha direção, arrebatando-me em um beijo que me faz arrepiar até o último fio de cabelo. A língua desliza entre meus lábios até encontrar a minha, e fecho os olhos enquanto sinto a pele formigar, o estômago se contorcer. A mão dele repousa no meu quadril, apertando-o de leve, depois perambula pelo meu corpo — pelas costelas, entre os seios — antes de deslizar pela barriga e se alojar entre minhas pernas.

— Você está tão molhadinha — diz, maravilhado.

Envolvo as laterais do seu quadril com as mãos, puxando-o mais para perto.

— Por sua causa.

— *Caralho*.

A urgência reaparece quando Aiden me beija, mas o resto do seu corpo não parece ter a menor pressa. Ele me agarra pelo quadril enquanto se pressiona contra mim, indo e voltando para que eu possa sentir o calor do seu pau na minha virilha. O tecido fino da cueca parece uma barreira grande demais, e começo a puxá-la com impaciência, ávida por sentir seu corpo. Ele a arranca com um movimento ligeiro, sem a menor dificuldade, e em questão de segundos não há qualquer coisa entre nós dois.

Deixo escapar um suspiro nos lábios dele quando sinto seu corpo nu colado ao meu, embalados por aquele vaivém vagaroso, a cabeça do seu pau estimulando meu ponto mais sensível a cada movimento.

— Aiden — sussurro entre um beijo e outro. — Aiden, será que dá para...

E, como se pudesse ler meus pensamentos, ele começa a deslizar para dentro de mim, pouco a pouco, sem interromper os beijos enquanto se aprofunda cada vez mais, preenchendo-me de um jeito lento e torturante, como se fosse demorar uma eternidade para chegar até o fim. É tão diferente do vibrador, tão *melhor*, e mais uma vez me pergunto se um dia eu conseguirei me contentar com outra coisa, agora que o conheço. Espero nunca ter que descobrir.

Sinto a calidez prazerosa de seu corpo contra o meu, seus lábios deslizando por cada pedacinho de minha pele, provocando arrepios onde quer que toquem. Ele continua imóvel dentro de mim enquanto beija o meu rosto, o maxilar, deslizando a boca até o meu pescoço — e depois de aguentar a tortura por um tempo, começo a me debater com impaciência.

— Fique quietinha — diz ele, não como uma ordem, mas um apelo. — Quero sentir você.

Paro de me contorcer e o sinto ofegar no meu pescoço, plantando um beijo suave bem ali enquanto a mão desliza por minha coxa, curvando-se na dobrinha do joelho para levantá-lo enquanto afasta minhas pernas, depois levanta a cabeça para me admirar. Ele engole em seco, com os olhos semicerrados, e mantém meu joelho pressionado contra o peito antes de abrir um sorriso sonhador e me beijar outra vez.

E só então ele começa a se mexer.

Aiden afasta o quadril antes de arremeter com aquele mesmo movimento vagaroso, com os lábios e a língua me mantendo tão distraída que mal consigo reclamar do ritmo lento. Não que eu fosse reclamar. Sinto uma fricção deliciosa a cada deslizar, cada centímetro dele me preenchendo por completo. Ainda estou sensível depois do orgasmo, então todos os sentidos estão à flor da pele, e cada toque parece mais *intenso*.

O braço dele serpenteia pelas minhas costas, puxando-me para perto e pressionando meu joelho contra seu peito, o outro cotovelo apoiado no colchão enquanto me beija. Estamos tão colados que consigo sentir a base do seu pau resvalar em mim a cada movimento, uma pressão formigante irrompendo entre minhas pernas à medida que ele me penetra uma vez atrás da outra.

Sinto uma ardência na coxa por ficar nessa posição, mas assim consigo senti-lo bem lá no fundo a cada estocada, e o prazer supera qualquer desconforto. Seus beijos são hesitantes, como se não conseguisse se concentrar, e então ele enterra o rosto no meu pescoço e deixa escapar um grunhido.

Agarro-lhe pelos ombros quando ele começa a aumentar o ritmo, sentindo seu hálito quente na minha garganta.

— *Aiden* — chamo, ofegante, sentindo aquele calor formigar a ponto de irromper. — Ah. *Ah*. Eu vou....

— Você vai gozar?

Tento assentir.

— Não pare.

— Nunca. — As metidas começam a ficar mais irregulares. — Porra. Eu não quero parar nunca.

— Só... assim mesmo... *isso*... Eu vou...

É como uma chuva de fogos de artifícios pipocando na minha visão, espalhando-se por cada pedacinho da minha pele, uma confusão de luzes e cores enquanto meu corpo se contrai para receber o orgasmo. Aiden continua com os movimentos de vaivém, a respiração cada vez mais ofegante na minha orelha, e deslizo os dedos sobre seus ombros, deixando beijos inebriados onde quer que eu alcance.

O corpo dele também se retesa ao atingir o ápice, trêmulo contra a minha pele, seu pau latejando bem lá no fundo antes de ele desabar sobre mim. Aiden é pesado e grande demais para isso, mas gosto de sentir seu corpo prensado contra o meu. Continuo beijando seu maxilar enquanto ele tenta recobrar o fôlego, estremecendo a cada resvalar dos meus dedos em sua pele.

E é só quando fica menos ofegante, respirando fundo antes de soltar o ar, que ele enfim desliza para fora de mim. Em seguida, deita-se de lado na cama, ainda me mantendo perto, mas sem me esmagar com seu peso, e observa quando entrelaço as mãos na nuca. Ele parece exausto, com a cabeça apoiada em um dos bíceps enquanto o outro descansa na lateral do meu quadril, mas seus olhos estão expressivos e atentos enquanto estudam meu rosto.

Levo as pontas dos dedos até seus lábios, tracejando o contorno bem devagarinho.

— Você sabia que as partes mais sensíveis do corpo humano são as pontas dos dedos e os lábios?

— Ah, é? — Ele beija meus dedos. — Parece bem sugestivo para uma tampinha de Snapple.

Em seguida, Aiden estica o braço para envolver meu pulso, virando-o para deixar um beijo na palma da minha mão. Um esboço de sorriso brinca em seus lábios quando ele olha para mim, como se estivesse guardando um segredo, e é tão contagiante que não consigo evitar sorrir de volta.

— Você já imaginou o que teria acontecido se a gente tivesse se encontrado naquela época?

— Se a gente tivesse se encontrado? — repete Aiden, com os lábios ainda tracejando minha palma.

— É. Tipo, o que será que teria acontecido?

Ele ri baixinho, e apenas uma lufada de ar escapa das suas narinas. Depois vira meu punho e começa a roçar os lábios contra meus dedos.

— Eu acho que estaríamos assim mesmo.

Sinto um friozinho na barriga enquanto um calor irrompe no meu peito, e por um momento tenho a impressão de que sairia flutuando para longe se a mão de Aiden não estivesse me segurando na cama. É um sentimento totalmente novo, e eu gostei.

— Ainda parece um sonho — sussurro. — Toda hora sinto que vou acordar.

Os lábios de Aiden se curvam, e mal tenho tempo de admirar seu sorriso antes de ele rolar para cima de mim outra vez.

— Não tem problema — diz ele, e seus olhos se demoram nos meus lábios por um instante antes de beijá-los. Ele é lento e doce, e tudo o que ele é, e posso sentir meus cílios tremulando, inebriados, quando ele se afasta. — Eu não pretendo deixar você dormir hoje mesmo.

— Tarado — provoco.

Aiden me beija outra vez, e eu posso sentir sua ereção resvalando na minha coxa.

— Não se preocupe — murmura ele com os lábios colados nos meus. — Você vai acordar bem aqui, na minha cama.

Esse sentimento parece mais intenso do que o peso de seu corpo contra o meu, e me deixo levar por ele enquanto me derreto nos braços de Aiden, cada vez mais inebriada com seus beijos e seus toques e tudo o mais.

23

Cassie

Sonho com meus pais durante a noite, o que é totalmente inesperado, considerando que não falo com eles desde que saí de casa, aos dezoito anos. Sonho com o dia em que fui embora, com a expressão decepcionada do meu pai e o discurso inflamado da minha mãe — uma briga da qual mal consigo me lembrar. O rosto dos dois é um borrão confuso e, mesmo me esforçando, não consigo distinguir suas feições. Será que esqueci como eles são?

O sonho traz uma dor a reboque, uma dor que não me permito sentir há muito tempo — a ansiedade acachapante por estar sozinha. A preocupação esmagadora por ter sido uma decepção para as duas pessoas que deveriam me amar incondicionalmente.

Sinto meus pés afundando na grama diante de casa enquanto a voz da minha mãe começa a se dissipar, e uma onda de pânico irrompe no meu peito conforme luto para escapar dali. Atiro os braços para cima, a boca escancarada para gritar, mas sem emitir nenhum som, e percebo que o chão vai literalmente me engolir sem que eu possa fazer algo a respeito.

Mas de repente ouço meu nome, como um suspiro suave soprado pelo vento, e mãos fortes agarram as minhas e começam a me puxar de volta. Há um lampejo de marrom e verde olhando para mim, acompanhado de um sorriso ofuscante. Ele sussurra meu nome outra vez, depois mais uma, e o pânico dá lugar a uma onda de calor que faz todo o meu corpo formigar.

Cassie.

Cassie.

Cassie.

— Cassie.

Acordo rodeada por lençóis macios e beijada por lábios ainda mais macios, e solto um grunhido quando espreguiço os braços e os enfio debaixo dos travesseiros. Aiden está fazendo carinho nas minhas costas, os lábios ainda dando beijos suaves nos meus ombros.

Que sonho mais esquisito, penso.

Mas não tenho tempo para pensar nisso agora e ronrono feito um gatinho quando sinto a boca dele tracejando os contornos da minha cicatriz.

— Bom dia — murmura Aiden, com os lábios colados na minha pele.

Solto um bocejo, virando o rosto para espiá-lo por cima do ombro.

— Que horas são?

— Acho que bem cedinho — responde ele. — Meu celular ainda está no bolso da calça.

— O meu ficou lá embaixo.

E sair da cama é a última coisa que eu quero fazer agora.

— Por que é que você está tão animadinho logo cedo?

Ele sorri antes de se aproximar para beijar meu ombro outra vez.

— Tive uma noite maravilhosa.

— Mas você não está exausto?

— Estou acostumado a dormir pouco — garante ele. — E você é um belo de um incentivo para ficar acordado.

Preciso reunir uma força descomunal para rolar de lado, com os olhos ainda inchados de sono enquanto apoio o rosto na mão. Sei que nessa posição meus seios estão quase totalmente expostos, e não vou fingir que não fico extasiada ao ver Aiden os admirando com avidez.

— Nem pense nisso — aviso. — Estou fora de serviço. Minha pobre vagina está em greve. Para ser sincera, acho até que estou com uma paralisia temporária lá embaixo.

— Ah, duvido muito. — Ele acha graça. — Não me lembro de ter ouvido essas reclamações ontem à noite.

— Eu não me responsabilizo por nada que fiz ou disse durante o orgasmo.

Aiden ri de novo, depois se aproxima para me beijar.

— E beijo, pode?

— Desde que você se comporte — murmuro, chegando mais perto dele.

Sinto-o suspirar contra meus lábios antes de apoiar sua testa na minha.

— É melhor a gente se levantar. Aposto que a Wanda já deve estar a ponto de botar a Sophie na rua.

— Duvido muito — respondo. — Quando liguei para a Wanda ontem à noite depois da festa, ela disse que a Sophie ainda estava ganhando de lavada no baralho. Capaz até de ela só deixar a menina sair de lá quando parar de ganhar dela.

— Será que a Wanda vai preparar panquecas para o café da manhã? Assim minha filha pode adicionar mais alguém à lista de pessoas que ela prefere em vez de mim.

— Nossa, alguém está com dor de cotovelo, hein?

Aiden solta uma risada zombeteira.

— Não estou com dor de cotovelo nenhuma.

— Arrã, tá bom. — Deito-me de costas na cama, depois espreguiço os braços outra vez. — Acho que você vai ter que me carregar lá para baixo.

— Só se você continuar pelada.

— *Tá bom*. Já vou me levantar. Estou morrendo de sede.

Quando estico as pernas pela beirada da cama, sinto uma ardência nas coxas e uma dorzinha nas costas, mas basta lembrar o que as causou para deixá-las de lado. Aiden se espreguiça atrás de mim enquanto visto a camiseta branca que ele estava usando ontem à noite. Fica gigantesca em mim, mas acho que dá para o gasto. Só vou buscar água lá embaixo mesmo.

Ouço Aiden rolando para fora da cama enquanto saio do quarto e estalo o pescoço para os dois lados antes de descer a escada. A casa está muito mais silenciosa sem Sophie; normalmente, escuto os barulhinhos do videogame ou as músicas de *Encanto* tocando pela enésima vez, e de repente percebo que, por mais que minha noite com Aiden tenha sido incrível, eu sinto saudade daquela pestinha.

Já na cozinha, pego uma garrafa de água na geladeira e vejo as horas no relógio do forno. São oito da manhã, que é o horário que Sophie costuma acordar, então até botarmos a roupa e chegarmos lá, aposto que ela já vai estar tocando o terror na cozinha de Wanda. Dou risada só de pensar. Já consigo até imaginar Wanda fingindo estar incomodada com a energia de Sophie.

Acabei de encher o copo d'água e estou prestes a levá-lo à boca quando escuto passos apressados na escada, pesados e urgentes, quase como se Aiden estivesse correndo. Em seguida, ouço sua voz.

— Não, não, claro — diz ele, em um tom preocupado. — Estou indo agora mesmo. E a Sophie, ela está...? Certo. Ok. Sim, eu sei. A tia dela? Está aí? Isso é...

Ele está parado no pé da escada, com os olhos fechados, e segura o celular com força em uma das mãos enquanto a outra está cerrada em punho ao lado do corpo.

— Certo. Que bom que a Sophie não está sozinha. Sim. Daqui a quinze minutos eu chego.

Apoio o copo na bancada quando ele desliga e se põe a fitar o chão por um instante, como se nem soubesse o que fazer. Sigo apressada em sua direção e envolvo seu queixo com a mão para forçá-lo a olhar para mim.

— Ei, o que aconteceu?

Aiden pisca como se só tivesse notado minha presença neste instante, os lábios entreabertos e o olhar fixo no meu rosto como se tentasse encontrar as palavras certas.

— Cassie, a...

— Aconteceu alguma coisa? — Posso sentir a preocupação se esgueirando por meu corpo como um calafrio. — Está tudo bem com a Sophie?

— Ela está bem — tranquiliza-me Aiden, depois estica as mãos para segurar meus pulsos. — A Sophie está bem. É... — Seus lábios se contraem em uma linha fina no semblante aflito. — É a Wanda.

Cada pedacinho do meu corpo fica gelado de repente.

— O que aconteceu?

— A Wanda, ela... — Ele engole em seco, como se lhe doesse ter que dizer isso. — A Wanda infartou.

Fico em silêncio. Apenas corro em direção ao quarto para me trocar.

Descubro mais detalhes durante o trajeto até o hospital. Logo pela manhã, Wanda começou a sentir dores no peito, acordou Sophie e, antes de desmaiar, a instruiu a ligar para a emergência. Sophie ficou lá apavorada, sozinha, tentando nos contatar.

Mas nossos celulares estavam jogados em algum canto da casa.

A culpa que sinto é palpável, e imagino que a de Aiden esteja ainda pior. Sem dizer uma palavra, ele segura o volante com tanta força durante todo o caminho até o hospital que os nós dos dedos ficam brancos. Por mais que os médicos tenham avisado que o quadro de Wanda é estável e que o pior já passou, ainda sou consumida pelo medo, pela sensação sufocante de saber que a primeira pessoa que amei de verdade está deitada em um leito de hospital.

Quando finalmente chegamos, tenho que correr para acompanhar o ritmo de Aiden conforme avançamos pelo corredor onde Wanda está internada, e quando finalmente avistamos Sophie abraçada com Iris, sou inundada de alívio e pavor. A garotinha parece exausta e não nos nota logo de cara, acomodada ao lado da tia em um banco no corredor.

Iris está com o olhar fixo no chão, o semblante tomado pela fúria, e já sei que isso não vai ser bom. Ela vira a cabeça quando escuta nossos passos, fuzilando-nos com o olhar enquanto puxa Sophie para ainda mais perto de si.

— Ah, finalmente resolveram dar o ar da graça.

Aiden a ignora e vai direto até Sophie, ajoelhando-se diante dela e envolvendo seu rostinho com as mãos.

— Você está bem?

— Tô — murmura Sophie com o beicinho trêmulo. — Wanda está doente. Tentei ajudar, mas ela... ela caiu no sono e não acordava mais.

— *Shh* — tranquiliza Aiden, afrouxando o aperto de Iris e puxando a filha para os seus braços. — Você fez muito bem. Não é sua culpa. Desculpe por não termos atendido, tá?

Iris parece lívida de raiva, e nunca a vi com uma expressão tão sombria quanto agora, enquanto nos encara com o que só pode ser descrito como desprezo.

— Como você teve a indecência de deixar sua filha com uma senhora idosa e depois passar a noite ignorando o celular?

— Não ouvi tocar — responde Aiden com firmeza. Dá para ver que está se esforçando para manter a civilidade, mas o estresse é visível. — Foi um erro.

— Um erro — ironiza Iris, ficando de pé enquanto gesticula para nós dois. — Por que será, hein? Será que foi porque vocês decidiram sair para curtir a noite sozinhos? — Ela me lança um olhar deliberado que é tudo menos agradável.

Sinto a culpa me corroer por dentro e odeio ser o motivo dessa briga. Iris me olha como se eu fosse uma sujeirinha na sola de seu sapato, e a expressão exausta de Aiden faz com que eu me sinta exatamente assim. Percebo que a relação amigável que comecei a construir com ela foi arruinada, cada vitória sufocada pelos escombros. Está na cara que ela me acha tão culpada quanto Aiden, senão mais.

— Iris, ele não tem culpa, foi...

— Nem comece — vocifera ela. — Você me enganou direitinho, sabia? Achei mesmo que você se *importava* com a Sophie. Mas era outra coisa que você queria, não?

Recuo como se ela tivesse me dado um tapa e ouço a respiração pesada de Aiden ao meu lado. Ele sorri para Sophie, pega algumas cédulas na carteira e as entrega para ela.

— Por que você não vai comprar alguma coisinha para comer? — sugere Aiden, apontando para a máquina de venda automática no fim do corredor. — Aposto que você está com fome.

Sophie assente, pega o dinheiro e lança um olhar cauteloso para os três adultos estressados ao redor antes de se afastar.

Iris volta a olhar para mim como se eu fosse um monte de lixo, e sinto o rosto arder de vergonha. Acho que foi ilusão minha acreditar que estávamos nos aproximando, porque bastou um erro para que tudo desmoronasse.

A voz de Aiden é cautelosa quando enfim volta a falar:

— Bem, fico feliz por você ter vindo cuidar da Sophie, mas...

— Claro que eu vim cuidar dela — sibila Iris. — Eu *sempre* cuido da Sophie. É justamente por isso que ela deveria ficar comigo. — Ela cutuca o peito de Aiden. — Você deixou sua filha sozinha com uma senhora idosa que você mal conhece para ir trepar com a sua babá. Onde é que você estava com a cabeça?

Sinto o ar escapar dos meus pulmões, como se tivesse levado um soco. Do jeito que ela fala, parece uma coisa suja e vulgar, como se eu fosse uma qualquer que Aiden arranjou para dar umazinha. Ouvir as coisas ditas desse modo faz com que eu me sinta *imunda*.

Aiden está lívido de raiva, com a mandíbula contraída como se estivesse se esforçando ao máximo para não fazer picadinho de Iris.

— Você não faz ideia do que está falando...

— Acho que faço, sim — rebate Iris, com um risinho zombeteiro. — Fiz vista grossa porque achei que essa aí se importava com a Sophie, mas está na cara que ela só quer saber de *você*. Pelo jeito, a Sophie é um mero detalhe na vida de vocês dois.

— Iris — diz Aiden com firmeza. — Não se atreva a...

— Não me diga o que posso ou não posso fazer, Aiden Reid — vocifera ela, tão exaltada que percebo que já não tem mais volta. — Fiquei na minha enquanto você tentava bancar o pai e fiz de tudo para tentar ajudar, para buscar a melhor alternativa para a *Sophie*. Mas seu ego é tão gigantesco que você nunca chegou a cogitar o que poderia ser melhor para a sua filha. Mas só digo uma coisa: morar com você é que não é.

— Meu *ego* não tem nada a ver com a história — rebate ele. — A Sophie é *minha* filha, não sua, e não vou permitir que você venha até aqui para me dizer que...

— Ora, não preciso dizer nada para você — interrompe Iris, com uma risada irônica. — Posso falar direto com um juiz. Aposto que ele vai adorar saber tudo o que aconteceu hoje.

O pânico me arrebata outra vez, corroendo-me por dentro como se estivesse prestes a irromper.

— Espere — intervenho. — Iris, sinto muito por isso. É tudo minha culpa. Eu nunca faria nada para prejudicar a Sophie. Foi ideia minha que...

— Não estou nem aí — interrompe Iris, com os olhos vidrados e marejados com lágrimas reprimidas. — Minha única preocupação é que hoje de manhã a minha sobrinha me ligou de uma ambulância, completamente apavorada, porque o *pai dela* não atendeu a droga do celular. Tudo porque ele estava muito ocupado trepando por aí.

— *Já chega*. — O rosto de Aiden está vermelho, tomado por uma expressão rígida que nunca vi antes. — Dê o fora daqui, Iris. Agora.

— Você não pode me dizer o que...

— Se você não for embora neste exato minuto — continua ele em tom ameaçador —, amanhã vou ao tribunal para entrar com uma ordem de restrição. Está disposta a desembolsar uma grana com os advogados?

Iris estreita os olhos.

— E você acha que isso vai colar?

— Quer descobrir?

Um segundo se passa enquanto fico ali entre eles, em silêncio, completamente atordoada.

— Tudo bem — concede Iris, por fim. — Mas saiba que isso não acabou, Aiden. Eu sempre soube que você ia acabar fazendo merda. Só tive que ficar quietinha esperando. — Ela faz menção de se afastar, mas então se vira para olhar diretamente para mim, a expressão contorcida em um misto de decepção, mágoa e raiva. — Espero que você tenha valido a pena.

Aiden mantém o olhar fixo em um pontinho na parede enquanto Iris se afasta pisando forte, e a vejo se despedir de Sophie mais além no corredor. Estico o braço na direção de Aiden, sem saber muito bem por quê — talvez para confortá-lo —, mas logo recolho a mão, lutando contra um sentimento estranho.

Espero que você tenha valido a pena.

Em um piscar de olhos, todas as coisas boas que senti nas últimas vinte e quatro horas se esvaem, deixando para trás apenas culpa, preocupação e vergonha. Até este momento, nunca tinha me ocorrido como nossa relação poderia afetar Aiden a longo prazo; nunca tinha pensado no que as pessoas poderiam achar por ele estar, na falta de um palavreado melhor, comendo a babá.

Aiden finalmente se vira para me olhar, e suas feições deixam transparecer um misto de sentimentos. Medo, raiva, arrependimento — está tudo lá.

O pior de tudo, porém, é ver a decepção estampada em seus olhos. Não sei se é destinada a mim, a ele ou a essa situação como um todo, mas basta para trazer à tona o sofrimento de uma época em que eu estava muito acostumada a receber esse olhar. Era praticamente o único que meus pais dirigiam a mim.

Eles também me viam como um fardo.

— Sinto muito — sussurro, ainda sufocada pela culpa.

Aiden balança a cabeça.

— Não é culpa sua, Cassie.

Claro que é. Como não seria?

Sinto vontade de chorar, mas me esforço para conter as lágrimas.

— Eu errei — continua ele, categórico, com os olhos fixos no chão. — E vou arcar com as consequências.

Errou? Em ficar comigo? Nem tenho coragem de perguntar. Engulo o nó entalado na garganta e tento buscar as palavras certas, mas elas não vêm.

— É melhor você ir ver como a Wanda está — sugere ele, exausto, com ar de derrota. — Vou levar a Sophie para casa.

Ele está afastando você.

Parte de mim acha que ele não faria isso, mas uma voz alta e patética diz o contrário, se sobrepondo a todo o resto.

— Tudo bem — respondo baixinho. — É. Você tem razão.

— Vejo você em casa — despede-se ele, tentando esboçar um sorriso, mas sem muito sucesso.

Faço que sim quando ele me dá um tapinha no ombro, sem o menor resquício do calor que antes irradiava de seu toque. Na verdade, o gesto só serve para piorar as coisas. Eu o observo caminhar em direção a Sophie, que se acomodou em um banquinho mais adiante no corredor, e ela me lança um último olhar antes de ir embora, despedindo-se com um leve aceno.

Retribuo com um sorriso, mas, assim como o de Aiden, é quase imperceptível.

***

Ver Wanda rodeada de aparelhos deixa meu humor ainda pior. A enfermeira disse que os remédios a deixariam sonolenta, e já faz mais de uma hora que está apagada, mas não vou arredar o pé até que ela acorde. Meu celular está desligado desde que chegamos, já que não o coloquei para carregar durante a noite. Mais um erro que cometi nas últimas 24 horas.

Apoio a cabeça na parede do quarto, esfregando os braços para espantar o frio. Sem nada mais para fazer, passei a última hora repassando a discussão com Iris, relembrando suas palavras coléricas, a expressão preocupada de Sophie e o ar de derrota de Aiden.

Eu errei.

Tento me convencer de que talvez não estivesse se referindo a mim, e sim a essa situação como um todo. Mas, para ser sincera, nem sei se faz diferença. Seja lá qual tenha sido o motivo que nos trouxe até aqui, a questão é que agora sei, bem lá no fundo, que me tornei um trunfo que Iris pode tirar da manga a qualquer momento em sua luta incansável pela guarda de Sophie. Pelo jeito, me tornei a *maior* munição que ela tem. Não sei se consigo conviver com isso.

Espero que você tenha valido a pena.

Esfrego os olhos com as mãos, respirando fundo enquanto as lágrimas ameaçam vir à tona. Sinto que estou encurralada, dividida entre o que eu quero e o que é melhor para essa família de que gosto tanto. Será que sempre vou ser uma pedra no sapato deles? Um trunfo que pode ser usado contra Aiden a qualquer momento? O que vai acontecer quando ele tiver que enfrentar Iris no tribunal? Será que vai decidir que não valho a pena? Não acho que ele vá abrir mão de Sophie por minha causa, e eu não continuaria com ele se fizesse isso. Grande parte do meu amor por Aiden vem do fato de ele ser tão dedicado à filha.

Afasto as mãos dos olhos de repente, desnorteada enquanto pisco para o teto.

Eu... amo Aiden?

A constatação me atinge com força total, mas, em vez de euforia, sou arrebatada pelo medo. Se eu amar Aiden e continuarmos juntos, ele vai insistir nessa relação mesmo depois de já ter ficado claro que minha presença é prejudicial para os dois. Ou, pior ainda, ele vai me abandonar. As duas alternativas dilaceram meu peito, e sei que lidar com qualquer uma delas bastaria para me deixar em frangalhos.

Não consigo evitar a sensação nociva de que, se não for embora logo, vou me tornar um fardo cada vez mais pesado para os dois.

— Nossa, você está um caco.

Eu me aprumo de repente, e vejo Wanda me espiando do leito.

— Ai, meu Deus. Você acordou — digo, aliviada, e me levanto em direção a ela. — Como você está se sentindo?

— É, dá para o gasto. Pelo menos não precisaram me abrir. Mas aposto que vão ficar enchendo meu saco para mudar minha alimentação e blá-blá-blá...

— E você vai obedecer *direitinho*.

— Não venha bancar a mãe para cima de mim, não, hein, garota? A minha já morreu faz tempo.

Apesar de tudo, isso me faz rir.

— Você me deu um baita susto, Wanda. Preciso que você continue viva por mais uns vinte anos, no mínimo.

— Deus me livre — resmunga ela. — Aliás, como você conseguiu entrar aqui?

— Falei que era sua neta.

— Muito espertinha, hein?

Olho para ela, preocupada.

— Mas é sério, você está bem mesmo?

Wanda abre um sorriso cansado.

— Eu falei que você ia acabar me matando do coração qualquer dia desses. — Seu sorriso se dissipa ao ver minha expressão aflita. — Ah, deixa disso. — Ela tenta se ajeitar na cama, e apoio a mão em suas costas para ajudá-la a se sentar. — Ainda não morri. — De repente, ela parece preocupada. — Cadê a Sophie?

— O Aiden a levou para casa. — Sinto um aperto no peito só de pensar nos dois. — O que aconteceu? Você lembra?

Wanda encolhe os ombros.

— Eu comecei a sentir umas dores no peito, aí pedi a ela que ligasse para a emergência. Ela fez tudo direitinho. Tenho uma ou outra lembrança vaga da ambulância, mas depois disso não me recordo de quase nada.

— Ela não conseguiu falar com a gente — conto, cheia de culpa. — Nós dois deixamos o celular de lado ontem à noite.

Wanda dá uma risadinha.

— É, deveriam estar muito ocupados debaixo dos lençóis.

— Ei, não tem graça! Eu e o Aiden estamos nos sentindo um lixo. A Sophie teve que ligar para a tia dela.

— Eita. Aquela megera que vive pegando no pé do rapaz? Deve ter sido bem divertido.

— Foi péssimo, Wanda. Ela atacou o Aiden de um jeito... — Sinto as lágrimas acumulando nos olhos e preciso me esforçar para contê-las. — Ela ameaçou levar o caso para o tribunal.

— Ah, que leve. Ela só está amargurada.

— A Iris ameaçou o Aiden por *minha* causa, Wanda. Se ele não estivesse comigo na noite passada...

— Aí eu provavelmente estaria mortinha — declara Wanda, sem rodeios. — Ora, aquela garota salvou a minha vida. Isso é obra do destino, menina.

— Sei disso, mas se eu não tivesse...

— Ah, feche a matraca — interrompe ela, estalando a língua. — Pode parar de se culpar. Você não tem culpa do meu coração ser uma porcaria.

— Não sei o que fazer — admito em um sussurro, e as lágrimas se acumulam no cantinho dos olhos e ameaçam vir à tona. — Se eu continuar com eles, a Iris vai usar isso contra o Aiden.

— Como assim "se eu continuar"? Não vá me dizer que você está pensando em ir embora...

— Eu... — Engulo em seco, sentindo uma lágrima solitária escorrer pelo rosto. — Eu não quero ser responsável por prejudicar os dois. Não quero... — Respiro fundo, tentando engolir o choro. — Não quero ser o fardo de ninguém outra vez.

Wanda me observa em silêncio enquanto abaixo a cabeça e enxugo as lágrimas. São muitas emoções desabando sobre mim de uma só vez, e me sinto ainda pior de ficar aqui reclamando dos meus problemas enquanto Wanda acabou de sobreviver a um maldito infarto. Ela continua em silêncio enquanto me acalmo e espera até que a última lágrima caia antes de perguntar:

— Já acabou?

Dou de ombros, tentado me esquivar, e assoo o nariz.

— Acho que sim.

— Quantas vezes vou ter que dizer que nem todo mundo é igual aos seus pais? Aqueles dois devem ter sido forjados nas profundezas do inferno. *Você* nunca teve culpa de nada.

— Não tive? Eles nunca me quiseram. Eu era um estorvo, nada mais. Sabia que eles *nunca* me ligaram, Wanda? Nem uma mísera vez em sete anos. Ficaram extasiados quando fui embora. Como posso não ter culpa?

— Isso só aconteceu porque eles são egoístas de merda. Seus pais nunca deveriam ter tido filhos. Muito menos uma filha tão especial quanto você. Eram pessoas amarguradas com vidinhas vazias que preferiram ignorar esse presente que a vida deu a eles em vez de apreciá-lo.

— Não sei se...

— Você acha que fugir vai adiantar alguma coisa? Não vai impedir aquela moça de atormentar essa família. Gente teimosa não desiste quando vê um obstáculo no caminho, Cassie. Simplesmente procura um atalho.

— Desculpe — peço, arrependida. — Nem acredito que estou aqui chorando as pitangas depois da noite que você teve.

— A alternativa era ficar vendo novela ruim — rebate ela, com um aceno.

— Ainda assim.

— Não tente se sabotar, querida. Você pode viver coisas boas, mas primeiro precisa se *permitir*.

O que ela diz parece bem sensato, e uma pessoa sensata até poderia concordar. Mas não sinto nem um pingo de sensatez neste momento. Só sinto raiva e tristeza e, acima de tudo, derrota. Como se estivesse encurralada em um beco sem saída, e a única escapatória fosse escalar por uma parede cravejada de pregos enferrujados.

Enxugo as lágrimas outra vez quando ouço a porta do quarto se abrir, e uma enfermeira animada nos cumprimenta e começa a comemorar o fato de Wanda estar acordada. Em seguida, menciona alguma coisa sobre exames e sinais vitais, e por mais que minha amiga não diga, posso sentir seu desdém.

— Vou voltar mais tarde — aviso a Wanda. — Seja boazinha com as enfermeiras.

Wanda revira os olhos.

— Ainda não mordi nenhuma.

Se eu não estivesse em um estado tão lastimável, estaria gargalhando da expressão assustada da enfermeira.

— Não se esqueça do que eu disse, hein? — insiste Wanda. — Não tome decisões estúpidas.

Faço que sim, mas sei que não é sincero. Saio do quarto do hospital com um fardo enorme nas costas e tento conter as lágrimas até encontrar um lugar isolado onde possa me permitir desabar sem reservas. Sei que não posso ser um empecilho na vida de Aiden e Sophie. Não vou permitir que isso aconteça. Não importa o quanto eu... me importe com eles. Com os dois.

Vai ser melhor se eu fizer isso agora, antes que as coisas fiquem ainda mais sérias. Antes de chegarmos a um ponto de onde já não tenha mais volta. Antes que Aiden perceba que nunca vali a pena. Não sei se a decisão que tomei é estúpida ou não, mas de uma coisa eu sei: vai doer terrivelmente.

Nunca estive tão nervoso assim. Já faz semanas que sonho com este dia, desde que decidimos nos encontrar pessoalmente. Sei que é ridículo estar tão apreensivo com um encontro a essa altura do campeonato, mas já conferi meu cabelo no espelho três vezes e já troquei de roupa pelo menos umas cinco.

Minhas mãos estão ávidas por tocá-la, e estou desesperado para ouvir sua voz ao vivo.

E hoje é o dia.

Dou uma última olhada no espelho do corredor e tomo um susto quando o celular começa a tocar. Fico um pouco confuso quando vejo o nome na tela. Não existe razão para a irmã de Rebecca estar me ligando.

O pavor se instala no meu peito. Será que aconteceu alguma coisa com Sophie?

Atendo o celular e prendo a respiração.

— Iris?

24

Aiden

Sophie não abre a boca durante todo o trajeto para casa. Já pedi desculpas três vezes por não ter atendido ao telefone, mas nem sei descrever como me sinto péssimo por saber que minha filha passou horas sozinha sem alguém para confortá-la. Estou com um buraco no estômago desde que a vi sentada naquele corredor, parecendo mais desolada do que nunca.

Ela continua quieta quando chegamos em casa — limita-se a dizer que está cansada enquanto sobe os dois lances de escada até o quarto, e fico me debatendo entre lhe dar um pouco de espaço ou implorar para que fale comigo. A essa altura, nem sei qual das alternativas vai aplacar mais os ânimos, se é que é possível, mas no fim decido que ela já passou muito tempo sozinha hoje.

Eu a sigo até o quarto e a ajudo a tirar os sapatos enquanto ela me observa com um olhar embotado. Depois a acomodo debaixo das cobertas e me sento ao seu lado na cama, notando as olheiras profundas.

— Sophie, eu sinto tanto por isso — digo-lhe mais uma vez, e tudo que eu queria era ter um jeito de consertar as coisas. — Eu deveria ter estado lá com você. Estou me sentindo péssimo por você ter passado por tudo isso sozinha.

Ela encolhe os ombrinhos.

— Está tudo bem.

— Não está, Soph — enfatizo, chegando mais perto para acariciar seu cabelo. — Eu deveria proteger você. É meu dever garantir que você nunca se sinta assim, e eu falhei. Mas prometo que vou fazer de tudo para nunca mais pisar na bola desse jeito, tudo bem?

— Eu não estou brava com você — responde ela, baixinho.

Balanço a cabeça.

— Eu estaria bravo comigo se fosse você.

— Mas eu não estou — garante ela. — Juro.

— Mas você não está bem — insisto. — Fale comigo. Eu quero ajudar.

Ela se ajeita no travesseiro, depois fecha os olhos com força para conter as lágrimas.

— A Wanda estava mal — começa ela, angustiada. — E eu não sabia o que fazer. Achei que ela fosse morrer.

— Ah, filha.

Aproximo-me com cuidado, depois a aninho junto ao meu peito. Ela se vira e enterra o rosto ali enquanto apoio a bochecha no topo de sua cabeça.

— Você se saiu muito bem, Soph. Passou por uma experiência assustadora, e você nunca deveria ter que lidar com algo tão aterrorizante assim. Mas você foi incrível. Incrível *mesmo*. Salvou a vida da Wanda, sabia?

Por mais que não veja seu rosto, eu a sinto balançar a cabecinha contra o meu peito.

— Ela está bem?

— Os médicos disseram que ela precisa descansar um pouquinho, mas logo, logo vai ficar boa — conto a ela. — A Cassie está lá fazendo companhia para ela.

— Você acha que a Cassie está com raiva de mim?

— Quê? — Olho para baixo para encará-la. — Claro que não. A Cassie nunca ficaria com raiva de você, filha. Ela ama você.

A voz de Sophie está mais baixinha agora.

— Não quero que ela fique brava e vá embora.

— Sophie. — Sinto um aperto no peito. — É por isso que você está tão preocupada? Não vai acontecer.

— Promete?

— Vou fazer de tudo para que nunca aconteça.

— Eu também amo a Cassie — sussurra ela com o rosto enterrado na minha camisa.

Fecho os olhos enquanto acaricio suas costas, tracejando círculos com a ponta dos dedos para tranquilizá-la. Demora um tempo para sua respiração se estabilizar, mas percebo quando ela cai no sono e o corpinho relaxa em meus braços, quando finalmente sucumbe ao cansaço deixado pela tensão da manhã. Continuo abraçado nela mesmo depois que adormece, aproveitando esse momento de silêncio para refletir sobre a conversa que tivemos.

Nem consigo imaginar o que Sophie sentiu naquela situação — sozinha com Wanda, sem conseguir falar comigo e com Cassie, sem ter ideia do que fazer. Fico devastado só de pensar no pânico que ela deve ter sentido, atormentado pela culpa e pela vergonha de não ter estado lá para cuidar da minha filha. O pior de tudo é pensar em como a noite passada foi incrível, como eu estava feliz até ver todas as chamadas perdidas. Tudo parecia perfeito pra caralho até a desgraça acontecer. E agora estou me sentindo um lixo.

Isso sem contar a dose extra de culpa por ter deixado Cassie sozinha no hospital, mas a verdade é que eu não sabia como agir. Tenho certeza de que ela vai entender que Sophie precisava muito de mim naquele momento e que eu estava sobrecarregado com a situação toda, mas isso não alivia minha culpa.

E ainda tem Iris. A cretina da Iris.

Ela nunca gostou de mim, nem quando Rebecca engravidou, nem quando tentamos engatar um relacionamento, nem quando decidimos que era melhor cada um seguir seu rumo — e tudo ficou ainda pior quando arranjei o emprego no restaurante e passei a ter uma vida muito mais atribulada.

As coisas foram para o brejo de vez depois da morte de Rebecca, quando Sophie veio morar comigo. Agora parece até que a missão de vida da Iris é provar que não sirvo para ser pai. E cá estou eu, entregando de bandeja a faca que ela pretende usar para me apunhalar pelas costas.

Que situação caótica do caralho.

Não consigo parar de pensar na expressão de Cassie no hospital, seu olhar abatido deixando claro que estava se culpando por Iris ter perdido a linha.

Eu deveria ter falado alguma coisa para tranquilizá-la, sei disso, mas Sophie parecia tão mal, quase catatônica, que tudo que eu queria era trazer minha filha para casa e garantir que ela ficasse bem. Quero me desculpar direito com Cassie assim que ela voltar. Não que eu tenha ideia de quando isso vai acontecer, já que o celular dela ainda está desligado.

Eu também amo a Cassie.

É a única parte desse caos todo que me traz um pinguinho de felicidade. A confissão acanhada de Sophie. Cassie ama minha filha, e Sophie a ama de volta — isso me desperta sensações totalmente novas, me faz fantasiar com um montão de possibilidades ao lado de Cassie, coisas que nem deveriam passar pela minha cabeça depois de tão pouco tempo juntos, mesmo considerando o nosso passado. Mas aí é que está. Fantasio com tudo isso de qualquer forma.

Abraço Sophie mais forte, tentando afastar os pensamentos inquietos. Terei tempo de sobra para tentar entender o que tudo isso significa, de preferência em um dia que não tenhamos comido o pão que o diabo amassou.

Fecho os olhos e bocejo enquanto tento me convencer disso.

Ainda temos tempo de sobra.

Não sei por quanto tempo cochilei, mas Sophie ainda está profundamente adormecida ao meu lado quando abro os olhos, então me afasto com cuidado para não a acordar. Solto um bocejo enquanto coço a nuca, depois pego o celular na mesinha de cabeceira para conferir as horas. Já passou do meio-dia, mas Cassie ainda nem deu sinal de vida. Talvez ainda esteja no hospital.

Guardo o celular no bolso da calça jeans, incomodado com o fato de não ter recebido notícias dela. Sei que ela estava sem bateria, mas esperava que pelo menos me desse uma ligadinha do hospital. Tento me convencer de que só está ocupada cuidando de Wanda e que vai entrar em contato assim que puder. Decido preparar o almoço para ver se me distraio um pouco. Posso deixar Sophie dormir até que esteja pronto.

Fecho a porta do quarto com cuidado, depois avanço pelo corredor na ponta dos pés para não fazer barulho. Já estou no meio da escada, a apenas três degraus do patamar, quando vejo Cassie sentada no sofá, com o rosto afundado nas mãos.

— Cassie?

Ela olha para mim de imediato, com os olhos vermelhos e uma expressão abatida, como se estivesse chorando. Fico atordoado ao vê-la nesse estado e desço os últimos degraus às pressas para ir ao seu encontro.

— Oi — digo baixinho, acomodando-me ao lado dela no sofá. — Que horas você chegou? A Wanda está bem?

Cassie me observa de um jeito estranho, o olhar se demorando nas minhas feições, os lábios trêmulos. Ela funga uma vez, depois assente, movendo-se de forma quase mecânica.

— Está, sim — responde. — Mas vai ter que ficar uns dias internada.

Solto um suspiro aliviado.

— Mas essa é uma boa notícia, certo? A Wanda é muito durona, você sabe disso. Até parece que ia se deixar abater por uma coisinha dessas.

— Pois é — concorda ela baixinho. — Ela vai viver mais do que nós dois juntos.

Fico preocupado com a monotonia em sua voz. Está na cara que ela não está bem.

— Aconteceu mais alguma coisa? O que foi?

— A gente... — Ela engole em seco, limpando a garganta como se estivesse com dificuldade para falar. — A gente precisa conversar sobre o que aconteceu no hospital. Com a Iris.

Merda.

Fecho os olhos e deixo escapar um suspiro frustrado.

— Porra. Eu sinto muito, Cassie. Ela não tinha o direito de falar com você daquele jeito. E eu deveria ter interferido, mas as coisas aconteceram tão...

— Você não tem culpa — interrompe ela, com urgência na voz. Em seguida, estica a mão e a apoia no meu joelho. — Você não tem culpa de *nada*.

— Sei muito bem que não dava para prever o que aconteceu esta manhã, mas mesmo assim me sinto péssimo com a forma como a Iris tratou você. Odeio que você tenha sido arrastada para essa bagunça toda.

Tento esboçar um sorriso, desesperado para ver alguma outra coisa em seu rosto além da melancolia.

— Um jeito estranho de encerrar uma noite maravilhosa — acrescento.

Ela não sorri, pelo contrário, lágrimas começam a cair de seus olhos como se estivesse prestes a chorar de novo.

— Cassie. — Chego mais perto e seguro seu rosto com uma das mãos. — Por favor, converse comigo. Quero saber por que você está chorando.

— É só que... Acho que eu ainda não tinha percebido como isso seria difícil.

Fico um pouco confuso.

— Isso o quê? A Wanda? Ela vai ficar bem, Cassie. Logo, logo ela vai voltar para casa e vai ficar tudo bem. Você vai ver.

— Vou ficar na casa dela — declara ela, de repente.

Isso me pega desprevenido, e só então percebo a mala de mão ao seu lado no sofá.

— Ah... claro. — Dou um aceno encorajador, deixando meus sentimentos de lado. Os dela devem ficar em primeiro lugar agora. — Claro. Imagino que a Wanda vá precisar de ajuda quando voltar para casa. Pode ficar lá pelo tempo que precisar.

Uma lágrima solitária se esgueira pelos cílios de Cassie antes de escorrer pela bochecha, e só então me dou conta do que estive ignorando nos últimos minutos. Ela está me olhando como se nunca mais fosse me ver.

Sinto uma pontada aguda no peito.

— Quanto tempo você pretende ficar lá, Cassie?

Vejo seu lábio inferior tremer, e a pontada no peito se transforma em um aperto, roubando o ar dos meus pulmões.

— Cassie — começo a dizer, em um fiapo de voz. — Por favor, não...

— Eu não posso fazer isso, Aiden — declara ela, desolada. — Não posso ser usada para prejudicar você. Ou mesmo a Sophie. Simplesmente não posso.

— Cassie, aquelas coisas que a Iris falou... vai ficar tudo bem. Ela só estava de cabeça quente, mas vai acabar se acalmando. Não vou permitir que nada aconteça.

— Mas já aconteceu — rebate ela, com a voz estrangulada. — E só vai piorar daqui para a frente. Vão jogar o início do nosso relacionamento na nossa cara. Vão me usar como um trunfo. E eu não posso ser isso, não posso. Você não vai *querer* que eu seja. E aí... vou acabar virando um fardo para vocês dois.

Não consigo entender essa linha de raciocínio. Como ela pode acreditar que ir embora é a melhor solução? Pensar em Cassie saindo pela minha porta faz com que eu sinta que estou me debatendo em um mar revolto, desesperado para alcançar a superfície enquanto algo me puxa para baixo. Parece que estou me *afogando.*

— Cassie, vamos conversar. Foi uma manhã estressante, você está abalada. Não precisa tomar uma decisão agora. Se a gente...

— Eu não vou mudar de ideia, Aiden.

Tenho quase trinta e dois anos, mas nunca me senti tão impotente quanto agora. Posso sentir Cassie escapando por entre meus dedos, e tudo parece injusto, *irreal* — eu a tive por tão pouco tempo, e agora vou perdê-la de vez.

— Você vai mesmo embora?

Ela faz que sim, e sinto meu peito se despedaçar.

— Guardei algumas coisas ali — diz, apontando para a malinha de mão que eu adoraria jogar pela janela — e vou pedir que alguém venha buscar o resto.

Ela vai desaparecer. De novo.

— A Sophie... — começo a dizer, atordoado. — Ela está dormindo. Acho melhor eu...

— Não — interrompe Cassie, negando com a cabeça. — Acho que vai ser melhor para ela se eu for embora sem me despedir.

Sinto uma ardência no pescoço e me levanto de imediato do sofá, invadido por um misto de tristeza e raiva e frustração.

— Melhor para quem, Cassie? Para você ou para ela?

— Para nós duas — sussurra ela, uma nova leva de lágrimas brotando nos olhos. Então se levanta do sofá, mal encontrando meu olhar. — Vai ser melhor se ela me odiar.

— Você acredita mesmo nisso? A Sophie *ama* você. Ela nunca esteve tão feliz desde a morte da mãe, e é tudo graças a você. Se você sumir, a Sophie vai ficar arrasada.

Não só ela, quero gritar. *Sophie não vai ser a única a ficar arrasada.*
— Eu sei — sussurra Cassie, cabisbaixa.
— Você disse que não ia sumir da nossa vida — trato de lembrar a ela. — Por que me deixou contar a verdade para a Sophie se já estava decidida a ir embora?
— Sinto muito — limita-se a dizer, pegando a mala. — Eu queria que existisse outro jeito.
— Mas *existe*. — Agarro seus ombros, virando-a de frente para mim antes de envolver seu rosto em minhas mãos. — Fique aqui. Podemos dar um jeito nisso juntos. Acabei de encontrar você. Não jogue o que temos no lixo sem nem ao menos dar uma chance a nós dois, Cassie. *Por favor*.

Seu olhar recai na minha boca, seus lábios ainda trêmulos, e sinto meu autocontrole ruir. Ela não se esquiva quando chego mais perto, e a ouço suspirar segundos antes de meus lábios encontrarem os seus. As lágrimas umedecem nosso beijo, deixando-me ainda mais desesperado, e tento puxá-la para mais perto, querendo diminuir a distância entre nós, que parece aumentar a cada segundo.

Por um instante ela se deixa levar, e chego a acreditar que talvez ela caia em meus braços e esqueça toda essa conversa, mas é um momento passageiro, que se esvai por entre meus dedos, assim como ela. Cassie se afasta, com os olhos ainda fechados, enquanto envolve minhas mãos com delicadeza para afastá-las de seu rosto. Em seguida, afasta-se de mim, e há apenas trinta centímetros entre nós, mas parecem quilômetros.

— Me desculpe.

Duas palavrinhas, mas são o suficiente para me deixar em frangalhos. Ainda assim, vejo a dor estampada em seus olhos. Sei que isso a está corroendo por dentro. Sei que ela não quer ir embora. Como posso deixá-la ir quando me olha desse jeito? Como se quisesse que eu a puxasse de volta para os meus braços?

— Você não quer ir embora — apelo, desesperado. — Sabe que não. E não vou deixar você ir embora por causa dessa idiotice. Eu *preciso* de você, Cassie.

Ela respira pela boca com os olhos arregalados enquanto sua determinação parece titubear. Os lábios se fecham, depois se abrem outra vez, como se tentasse dizer alguma coisa, mas já não soubesse como. Então solta um suspiro ofegante, com os lábios crispados, e os olhos se voltando para o chão, e por um segundo tenho a impressão de que consegui convencê-la a ficar.

— Aiden, eu... não é só por causa da Iris.

— O que é, então? Seja o que for, podemos dar um jeito juntos. Você só precisa me dar uma chance para...

— Isso tudo é demais para mim — declara ela, categórica.

Parece que levei um soco na boca do estômago. Toda a certeza e a confiança que eu sentia escorrem pelo ralo, pois eu não estava preparado para a possibilidade de Cassie estar se afastando não apenas para o meu bem, mas também para o *dela*.

— Como assim?

— Eu... — Ela coça os braços, nervosa. Será culpa? — Tenho andado muito distraída por causa disso. Fiz besteira na pós, e a verdade é que... Não tenho tempo para toda a bagagem que vem com isso. Com nossa relação. Eu amo a Sophie, amo mesmo, mas não estou pronta para ser a mãe de ninguém. Não era isso que eu tinha em mente. A essa altura da vida, não estou preparada para ser o que você precisa que eu seja.

Cada emoção que irrompeu no meu peito quando entendi os motivos de Cassie se esvai e morre, deixando para trás apenas um vazio frio que, para mim, consegue ser mais assustador do que a ideia de ela simplesmente ir embora. Parece um ponto final. O fim de uma coisa que talvez nunca tenha existido.

— Ah.

Não sei mais o que dizer. Como responder a uma coisa dessas? Foi muita ilusão minha acreditar que os sentimentos de Cassie eram tão intensos quanto os meus. Como fui ingênuo.

Uma risada seca me escapa.

— Certo. Eu não... — começo a dizer, com a voz carregada. — Eu não sabia que você se sentia assim.

— Me desculpe — repete ela.

Me desculpe.

Que frase ridícula. Vazia. Como é que, em milhões de anos, não conseguimos inventar palavras melhores para dizer a alguém que acabou de ter o coração despedaçado? É quase a mesma coisa que oferecer um Band-Aid para alguém que foi mordido por um tubarão.

Completamente inútil.

— Tudo bem — respondo.

Agora sou eu quem não consegue sustentar seu olhar. Não sei se estou envergonhado ou entorpecido.

— O erro foi meu — continuo, e sigo em direção ao sofá para dar um descanso às minhas pernas trêmulas. — Eu não deveria ter presumido que você sentia o mesmo por mim.

Eu a ouço engolir o choro, mas ainda não consigo olhar para ela. Tenho medo de que, se o fizer, acabe desabando.

— Aiden, eu...

— Pode deixar que digo adeus a Sophie por você — interrompo, sem um pingo de emoção na voz. — Uma hora ou outra ela vai entender.

De canto de olho, vejo suas pernas caminhando em direção ao sofá, depois as mãos agarram a alça da mala, trêmulas. Acho que ela voltou a chorar. Ainda sinto um ímpeto de abraçá-la, mas como sei que ela não quer isso, continuo enraizado no sofá, com os punhos cerrados ao lado do corpo, o olhar fixo no chão.

— Tchau, Aiden — despede-se ela, tão baixinho que mal chega a ser um sussurro. — Eu sinto muito.

Não me despeço. Nem sei se sou fisicamente capaz de me despedir. É quase como se meus lábios estivessem colados em protesto. Como se o fato de não dizer adeus de alguma forma fizesse tudo isso desaparecer.

Mas posso ver Cassie se afastando de mim, e a constatação esmagadora de que ela não vai voltar é tão sufocante e tangível que posso senti-la pesar nas minhas costas. Prendo a respiração até ouvir a porta da frente bater atrás dela; acho que eu ainda nutria a esperança de que, enquanto descia as escadas, ela pudesse mudar de ideia. Ainda não sei como vou contar tudo a Sophie, assim como não sei como vou reunir forças para sair do sofá e lidar com o fato de ter perdido Cassie tão pouco tempo depois de tê-la encontrado.

Nem chego a chorar, por mais que eu queira. Mas a verdade é que estou entorpecido. Por isso, apenas afundo o rosto nas mãos, e meus ombros tremem enquanto fecho os olhos e tento esquecer o jeito que Cassie me beijou... como se não quisesse ir embora. Mesmo que eu já saiba que essa lembrança vai voltar para me assombrar mais tarde. Tenho a sensação terrível de que vou ser assombrado por tudo relacionado a ela.

Uma parte de mim acha que eu deveria ter dito a Cassie que a amo.

A outra sabe que isso não seria o bastante para convencê-la a ficar.

Conversa com @alacarte

> Eu não acredito que você me deu um bolo.

> Aconteceu alguma coisa?

> Por favor, me diga que aconteceu alguma coisa. Ou eu vou me sentir uma bela de uma idiota.

> Alô? Tá aí?

25

Cassie

— Você sabe que uma hora vai ter que parar de ficar chorando pelos cantos, né?

Levanto a cabeça do veludo puído do sofá e olho feio para Wanda.

— Será que dá para ter um pouquinho mais de compaixão?

— Ué, por quê? — zomba ela, enquanto mexe a sopa. — Por acaso fui eu que mandei você ir lá bancar a idiota?

Solto um grunhido e afundo o rosto no sofá outra vez, o lugar onde tenho dormido nas últimas duas semanas. Já fazia mais de dois meses desde a última vez que afoguei as mágoas neste sofá, e depois de tudo o que aconteceu, parece uma ironia cruel ter vindo parar aqui de novo. Às vezes fico fantasiando que volto no tempo e me impeço de aceitar o emprego.

Não sei se seria melhor, mas pelo menos eu não estaria no estado lastimável que estou agora.

Mentir para Aiden e fazê-lo acreditar que eu não tinha espaço para ele e Sophie na minha vida foi a coisa mais difícil que já fiz. No fim das contas, sei que foi um mal necessário, que os dois vão ficar melhor sem mim, mas isso não diminui o meu sofrimento. Não sei se um dia vou conseguir esquecer a expressão desolada de Aiden. E olhe que já tentei.

Nem quero imaginar como Sophie deve ter reagido quando soube que fui embora; quando começo a pensar nisso, me sinto um lixo completo, em vez de um mero *lixinho*. É impossível uma criança de dez anos entender essa história sem pé nem cabeça de se sacrificar por um bem maior. Ora, depois de duas semanas pensando no assunto, até eu já comecei a achar que não faz o menor sentido. Nenhuma decisão tomada em prol do bem deveria fazer alguém se sentir tão mal.

— Você não falou mais com ele desde aquele dia?

Nego com a cabeça, o rosto ainda enfurnado nas almofadas do sofá.

— Aposto que os dois não querem mais me ver nem pintada de ouro.

— Ora, quanta baboseira. Seja lá o que você tenha dito para ele, é só dar uma boa afogadinha no ganso que resolve.

— Tem tanta coisa errada no que você acabou de falar...

— Tudo que eu digo é genial.

Reviro os olhos.

— Nem sei se tem ganso em San Diego.

— Ah, garota, você me entendeu.

— Ele me odeia, Wanda — choramingo, enterrando de novo o rosto nas almofadas. — E está certo em odiar. Eu fui a maior babaca mesmo.

— Você fez o que achava melhor — argumenta ela. — Mesmo que seja de uma imbecilidade sem tamanho.

— Nossa. Valeu.

— Nem vem, eu tentei fazer você mudar de ideia.

— Eu sei. — Fecho os olhos para não chorar pela centésima vez desde que fui embora da casa de Aiden. — Mas é melhor assim.

Wanda solta um muxoxo que dá a entender que tem muito a dizer sobre o assunto, mas, como se por milagre divino, ela não abre o bico. Não que eu já não tenha escutado poucas e boas desde que a trouxe do hospital. Tenho tentado me manter ocupada com as aulas e a busca infrutífera por outro emprego. Adoraria poder dizer que tenho sido útil durante a recuperação de Wanda, mas não demorou nem um dia para ela bater o pé e dizer que não queria ser "mimada". Teimosa que só. E, para falar a verdade, tenho andado tão deprimida que é mais provável que ela esteja cuidando de mim do que o contrário.

— Por que você não sai para dar uma voltinha?

Nego com a cabeça.

— Não quero.

— Você está parecendo assombração. Se não sair de casa logo, vai começar a acumular teia de aranha.

— Estou bem assim, Wanda.

— É, fale isso para o seu cabelo — ironiza ela. — Quando foi a última vez que ele viu uma escova?

— Muito bom contar com seu apoio — respondo, impassível. — Fico impressionada com tanto carinho.

— Se é carinho que você quer, levante a bunda desse sofá e vá dizer para aquele grandalhão maravilhoso que você o ama. Aposto que ele tem todo o carinho do mundo para dar.

Rolo de lado no sofá, depois me levanto.

— Tá bom. Estou indo.

— Para a casa do Aiden?

— Não, para o *mercado*.

— Teimosa feito uma mula — resmunga ela.

— É, também te amo.

Calço os sapatos perto da porta, ignorando a sugestão de Wanda de que eu deveria pentear o cabelo. Quando vou pegar as chaves, acabo vendo meu reflexo no espelhinho pendurado na porta e percebo que estou mesmo um caco. Meu cabelo está todo bagunçado e minha pele, que geralmente é ótima, está pálida — e fica ainda pior por conta das olheiras profundas por não conseguir dormir direito. Isso sem contar a tristeza estampada na minha cara, que não consigo esconder de forma alguma. Enquanto prendo o cabelo em um coque, decido que vou tomar um longo banho quente assim que voltar do mercado.

— Não esqueça de comprar pão — grita Wanda atrás de mim.

— Tá, tá. Pode deixar — respondo por cima do ombro, batendo a porta atrás de mim.

Só saí de casa para ir às aulas da pós no fim de semana passado e, mesmo lá, fiz de tudo para evitar as pessoas, especialmente Camila. O mercado fica a apenas alguns quarteirões do apartamento de Wanda, mas é o trajeto mais longo que percorri desde então, por isso vou encarar como uma vitória.

Para ser sincera, nem preciso comprar nada no mercado. Só quis provar para Wanda que sou capaz de fazer alguma coisa que não seja cair no choro. Ainda assim, trato de colocar uma barra de chocolate (duas, na verdade) e um chá de pêssego na esteira do caixa antes de a atendente passar o pão que Wanda pediu. Talvez esses agradinhos me ajudem a liberar um pouco de endorfina.

Estou parecendo até a Wandinha Addams, mas não tão descolada.

A noite ainda não caiu quando saio do mercado, e, enquanto caminho pela rua, penso em encontrar um banco no qual me acomodar por uns vinte minutinhos, até Wanda ter tempo de terminar de preparar o jantar, para passar a impressão de que dei umas voltas por aí. Talvez assim ela largue um pouco do meu pé. Mas duvido muito. Abro o chá enquanto ando pela rua, virando a tampinha por puro hábito para ler o que está escrito ali.

Querofobia é o medo de ser feliz.

Fico paralisada no lugar, olhando feio para a embalagem. Era só o que me faltava. Se Aiden estivesse aqui, aposto que acharia que estou inventando. Pensar nele faz a dor no meu peito aumentar. Por isso, rosqueio a tampa de volta e guardo a garrafa na sacolinha de plástico, determinada a jogá-la fora na primeira lata de lixo que eu encontrar.

O aroma familiar de bolo recém-saído do forno invade minhas narinas quando passo na frente de uma cafeteria de que gosto, injetando a primeira dose de endorfina que sinto desde que fui embora da casa de Aiden. Fico parada diante da vitrine enquanto considero minhas opções. Pensando bem, uma tortinha de ricota parece um jeito muito melhor de passar o tempo do que um banco qualquer.

Estou com a aparência de alguém que passou semanas enfurnada dentro de uma caverna, mas tento ignorar isso para reunir coragem e entrar. Os outros clientes com certeza já viram coisas mais estranhas do que uma pós-graduanda em frangalhos que parece pronta para cair no choro a qualquer momento. Acho que não é algo inesperado para uma estudante. Pelo menos vejo que não tem muita gente lá dentro e agradeço essa bênção.

Tiro o celular do bolso enquanto espero na fila do balcão e sou invadida por um sentimento cada vez mais familiar de melancolia ao ver que não tenho nenhuma notificação. Aiden não tentou falar comigo desde que fui embora, e por que falaria? Eu praticamente disse que não queria mais saber dele. Uma mentira tão deslavada que poderia estar na capa de qualquer revistinha de fofoca, bem ao lado de uma notícia sobre alguma cantora pop que tem um alienígena escondido no porão.

Já perdi as contas de quantas vezes me perguntei se um dia vou deixar de amá-lo.

A fila anda, e eu avanço arrastando os pés, depois dou uma conferida no interior da cafeteria para ver quantas pessoas estão tendo que aturar minha aparência péssima. Quase todas as mesas estão vazias, com exceção de algumas nos fundos, bem perto da parede. Um homem de meia-idade beberica uma xícara enquanto lê o jornal em uma delas, e em outra um jovem casal mantém uma conversa animada, e bem lá no fundo, digitando furiosamente no notebook e com cara de poucos amigos, está... não consigo desviar o olhar.

Sei muito bem que a cidade é imensa e, portanto, as chances de topar com alguém que você não quer ver não são lá muito grandes. Não sei dizer uma porcentagem de cabeça, já que não me importo com estudos populacionais e não trabalho para o Censo, mas tenho certeza de que é um número *bem* pequeno.

E, ainda assim, lá está Iris, escondida nos fundos de uma cafeteria da qual sou cliente assídua.

Ela nem nota minha presença, ocupada demais em fuzilar a tela do notebook com os olhos, e fico curiosa para saber o que tem ali. Apesar das minhas tentativas desesperadas de esquecer Aiden e Sophie, a aparição de Iris é um lembrete doloroso de que não fiz progresso. Vê-la ali é como cutucar a ferida causada pela ausência deles, fazendo com que arda e doa tanto quanto no dia em que eu mesma a abri no meu peito.

A decisão de ir até ela é quase inconsciente; só percebo que estou caminhando em sua direção quando já estou quase na mesa. Meus pés se mexem por conta própria conforme avançam, um passo de cada vez, até chegar até lá. Iris só me nota quando afundo na cadeira logo à frente, ainda segurando a sacolinha com o pão de Wanda. Ela arregala os olhos ao me ver, surpresa, como se tentasse assimilar o fato de eu estar ali.

— Oi — digo.

Ela ainda parece atordoada com a minha presença.

— Cassie? O que você está fazendo aqui?

Não sei o que responder. Nem eu mesma sei.

— Eu... Eu vi você sentada aqui, aí pensei em...

Então eu reparo nas olheiras abaixo de seus olhos, tão profundas quanto as minhas. Vejo como ela se parece com Sophie — as mesmas maçãs do rosto, o mesmo nariz — e percebo que sei muito pouco sobre essa mulher que virou minha vida de cabeça para baixo. De repente me dou conta de que preciso entender por que as coisas chegaram a esse ponto.

— Você odeia o Aiden? — pergunto. — Quer mesmo tirar a Sophie dele?

Ela recua, parecendo furiosa.

— Como é que é?

— Eu preciso saber — insisto. — Preciso saber que não tive escolha.

— Você não está falando coisa com coisa — reclama ela, fechando o notebook. — E eu não devo nada a você, nem ao Aiden. Então faça o favor de dizer a ele que...

— Não tenho como dizer nada a ele — interrompo baixinho, sentindo aquela ardência familiar nos olhos, e imploro para que as lágrimas não venham agora. — Eu fui embora. Naquele dia que nos encontramos no hospital.

Iris solta uma risada zombeteira.

— Ah, é? Por quê? Perdeu a graça quando você percebeu como era inapropriado?

— Não — respondo, negando com a cabeça. — Fui embora porque o Aiden é um ótimo pai.

— Ah, claro. Conta outra.

— É a verdade — declaro, sem rodeios. — Ele é um excelente pai e ama a Sophie, e eu não queria ser responsável por alguém tentar tirá-la dele.

— Você ter ido embora não muda o fato de que o Aiden deixou a Sophie sozinha com uma senhora que ele mal conhecia e depois sumiu quando a filha precisava dele... Tudo porque estava com *você*.

— E eu não posso fazer nada para mudar isso — admito. — Sei muito bem. Foi um erro. Não tenho como voltar atrás. Mas tenho como me afastar para que eles não sofram mais. Mesmo que isso os machuque no processo.

Iris me encara por um bom tempo, com as sobrancelhas louras franzidas e os lábios crispados em uma linha fina.

— Por que você está me dizendo tudo isso?

— Porque você precisa escutar — insisto. — Eu sei que o Aiden trabalha muito, mas ele tem se esforçado à beça para passar mais tempo com a Sophie. Ele é *maluco* pela filha. Só quer o melhor para ela. Não sei por que você se esforça tanto para tirá-la dele quando está na cara que ela *quer* ficar com o pai.

— Mas ela não sabe o que quer — argumenta Iris em um tom mais baixo, desviando os olhos.

— Eu acho que sabe, sim — rebato. — Isso ficou claro para mim todos os dias, por semanas a fio. Estava na cara o quanto ela queria ficar com o pai. Não é possível que você não saiba como ela iria sofrer se você os separasse, então por que é que ainda está insistindo nessa história?

— Porque eu *preciso* — explode ela, penteando o cabelo com os dedos. — Você não entende.

— Então me explique.

— Por que eu faria isso?

— Porque estou me oferecendo para ouvir e estou começando a desconfiar que não tem mais ninguém fazendo isso por você.

— Você não sabe nada da minha vida — rebate ela. — Não faz ideia de como é perder a única família que tem.

Sorrio para ela, mas é vazio.

— Você ficaria surpresa.

— Ah, é? Por acaso você sabe como é acordar um dia e saber que sua irmã simplesmente... se foi? Sua outra metade, a pessoa mais importante da sua vida sumiu assim. — Iris estala os dedos. — Em um piscar de olhos. — Iris começa a fitar o teto, os olhos marejados. — Ela era tudo que eu tinha. Nossos pais já morreram. Sabia disso? Morreram quando éramos adolescentes. Eu praticamente a *criei* e nem tive chance de me despedir. Você *não sabe* como é passar por isso.

— Tem razão — respondo com sinceridade. Infelizmente, tive que me sujeitar aos meus pais por muito tempo antes de poder fugir. — Não sei mesmo.

— E aí minha sobrinha, o único pedacinho da Rebecca que me resta... de repente foi arrancada de mim também. *Dias* depois de enterrarmos minha irmã. — Iris passa os dedos pelos cabelos, parecendo perdida. — A Rebecca se foi de repente, e aí um cara que só via a filha uma ou duas vezes por mês aparece e a leva embora? Só porque eles têm o DNA em comum? Desde quando isso é justo? Eu estava lá quando a Sophie nasceu. Segurei a mão da Rebecca durante o parto. Cortei o cordão umbilical. *Eu*. Não o Aiden. *Eu*. E agora ela...

Seus olhos estão vermelhos, as lágrimas ameaçando vir à tona, e, pela primeira vez desde que conheço Iris, não vejo a mulher reservada que ela aparenta sempre que a encontro. Vejo uma irmã assustada, atormentada pelo luto, uma tia solitária — alguém que não sabe o que fazer ou que rumo tomar. Pela primeira vez desde que a conheci, Iris parece... triste. Nem um pouco diferente de como me sinto, na verdade.

— Eu não posso perder a Sophie também — sussurra Iris, com o choro entalado na garganta. Em seguida, enxuga os olhos antes de acrescentar: — Aposto que você está adorando isso.

Nego com a cabeça.

— De jeito nenhum. Só estou pensando que todos nós poderíamos ter evitado muito sofrimento se você e o Aiden tivessem uma conversa franca.

— E você acha que eu não tentei?

— Mas tentou *mesmo*? — Eu a encaro com firmeza. — Olhe só, eu conheço o Aiden. Ele é um cara legal. Sensato. Não deixaria a Sophie longe de você só por birra. Veja só como foram esses últimos meses. Não demos um jeito de você participar mais da vida dela?

Ela fecha a boca, com a culpa estampada nos olhos enquanto fita o tampo da mesa.

— Mas isso não partiu do Aiden. Foi ideia sua.

— Fico feliz em saber que pelo menos uma partezinha sua acredita que eu realmente me importava com a Sophie.

— Veja bem, eu tenho certeza de que você se importa com ela, mas você tem que entender que...

— *Você* tem que entender que o Aiden vai errar. Estando eu na vida dele ou não. Não é justo avaliar um pai pelos erros que ele comete, e sim pelo quanto ele se esforça para consertá-los.

Iris me encara com um olhar de pura perplexidade, a cabeça para o lado como se tentasse me desvendar.

— Não entendo por que você quer tanto ajudar. Você acabou de dizer que foi embora de lá.

— Fui mesmo — respondo, com uma risada amarga. — E foi a coisa mais difícil que já fiz na vida. E agora estou me perguntando se foi mesmo a decisão certa.

— Então, você está tentando me ajudar?

— Não — corrijo. — Quero ajudar *os dois*, o Aiden e a Sophie. Quero que eles tenham toda a felicidade que merecem. Se para isso eu preciso explicar para você, tim-tim por tim-tim, como ter uma conversa franca como um ser humano normal... Bem, acho que vale a pena passar pelo desconforto desse papo.

Iris me olha, ainda atordoada. Em seguida, o vinco na sua testa suaviza, e ela me encara como se estivesse me vendo pela primeira vez.

— Você ama o Aiden, não é?

— Eu... — Engulo em seco, e só de pensar nisso sinto uma nova onda de dor que suspeito que não irá embora tão cedo. — Sim. — Concordo com um leve aceno de cabeça, os olhos fixos no meu colo. — Eu amo. Os dois.

Iris fica em silêncio, e, para ser sincera, nem sei se sobrou muito a dizer. Aponto para a mesa, meio sem jeito, depois tamborilo os dedos sobre o tampo.

— Vou deixar você em paz agora — aviso. — Só... pense no assunto. Não tem por que vocês continuarem se machucando assim.

Iris assente, ainda atordoada, olhando para mim como se eu tivesse duas cabeças em vez de uma. Mas nem sei se posso culpá-la, já que essa foi uma das conversas mais estranhas que já tive na vida. Não faço ideia se vai servir de alguma coisa, mas pelo menos eu tentei.

— Cassie — chama Iris quando faço menção de sair da mesa.

Fico parada na beiradinha da cadeira.

— Oi?

— Quero me desculpar — diz ela. — Por tudo o que eu disse. Eu estava magoada.

Outra risada seca e vazia me escapa.

— É, pois é. Bem-vinda ao clube.

Não me despeço quando saio da mesa de Iris, nem olho para trás. Saio da cafeteria com a sacolinha do mercado ainda na mão, e a tortinha de ricota fica esquecida. Não tenho como saber se isso vai ajudar os dois de alguma forma, mas a ferida no meu peito parece menor, menos dolorida. Talvez nunca cicatrize por completo. Talvez só me reste esperar que Aiden e Sophie sejam felizes.

Mesmo que seja sem mim.

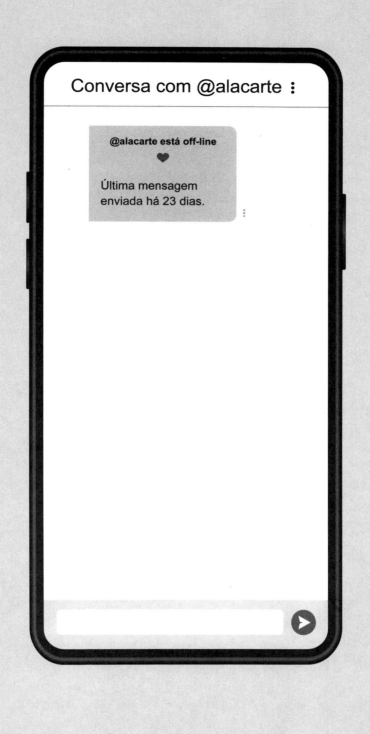

26

Cassie

Por mais estranho que pareça, eu me sinto um pouquinho menos deprimida alguns dias depois da minha conversa com Iris. Ainda estou péssima e morrendo de raiva de mim mesma, mas não sinto mais que o céu está prestes a desabar. Pelo menos não o tempo todo. Acho que é porque estou me permitindo sonhar que aquela conversa vai resultar em algo bom para a família que deixei para trás — que, em meio a todo o sofrimento, eles vão encontrar a felicidade. Que não serei um fardo para alguém. Nunca mais.

Ainda estou dormindo no sofá de Wanda, mas pelo menos já não estou mais vivendo como uma planta. Tomei banho (vários, diga-se de passagem) e penteei o cabelo. Até troquei os moletons da fossa por roupas menos deprimentes, tipo legging e uma camiseta larga, que estão limpas, devo acrescentar. Esse é um detalhe importante.

Passei a maior parte do dia terminando os trabalhos que eu tinha adiado até o último minuto para poder chorar mais um pouquinho, e quando enfim fico em dia com todas as matérias — a primeira vez em semanas que consigo essa façanha sem ser na véspera das aulas presenciais —, estou quase me sentindo eu mesma de novo. Quase.

Fecho o notebook quando escuto os passos de Wanda reverberando pelo corredor e a vejo ajeitar o roupão em volta do corpo antes de me observar por cima dos óculos.

— Olhe só para você — diz, parecendo impressionada. — Não é que tinha uma mulher de verdade lá no fundo do poço?

Reviro os olhos.

— Vou repetir: é muito bom contar com seu apoio.

— Ah, garota. Só estou pegando no seu pé. Fico feliz de ver você com essa carinha. Eu já estava quase contratando um exorcista ou coisa que o valha.

— Rá, rá, estou adorando essas suas piadas de assombração.

— Cheguei até a ligar para o número dos caça-fantasmas — continua ela, impassível. — Mas foi um bobalhão de Kentucky que atendeu.

— Já não está na hora de você se arrumar para o bingo?

— Ainda tenho tempo de sobra. — Ela caminha até a cadeira de balanço para se acomodar, depois volta a me estudar por cima dos óculos. — Você parece bem melhor mesmo. Será que aquela jararaca deu ouvidos ao que você disse na cafeteria?

Dou de ombros.

— Não faço ideia. Mas quero acreditar que sim. Faz com que eu me sinta melhor.

— Acho que você se sentiria ainda melhor se fosse lá conferir por conta própria.

— Não quero discutir isso outra vez.

— Mas a gente nem chegou a falar sobre isso. Quando não está enfurnada no banheiro, está aí tomando posse do meu sofá.

— Nossa. Uns meses atrás, você estava praticamente me implorando para ficar aqui.

— Bem, mas isso foi antes de você arranjar uma família que está doida para ter você de volta.

Sinto um aperto no peito.

— Não é isso que eles querem. Pode acreditar em mim.

— Você acha mesmo que eles iriam desistir de você assim, em questão de semanas?

— Eu disse ao Aiden que não tinha tempo para eles. Que era tudo demais para mim.

— Ah, fazer o quê? É normal fazer coisas estúpidas quando amamos alguém.

— Pois é — concordo, achando graça. — É mesmo.

— Só não quero que você se arrependa depois.

— Talvez eu me inspire em você — continuo, dando risada. — Um namorado novo por semana. Parece um sonho.

— Não é — rebate Wanda, categórica. — Acha mesmo que parece um sonho?

Recuo no sofá.

— Como assim?

— Por acaso você acha que eu gosto de morar sozinha neste apartamento minúsculo?

— Eu... — Nem sei o que dizer. — Não estou entendendo.

— Cassie — diz Wanda, rindo. — Você é muito inteligente para ser burrinha desse jeito. Claro que não estou vivendo um sonho. — Ela estala a língua. — A vida dos sonhos é voltar para casa todos os dias e ser recebida pela pessoa que você ama.

— Mas, se não está feliz com esse arranjo, então por que você não...

— Porque eu já tive minha chance, e a desperdicei. Igualzinho ao que você está fazendo agora.

Não faço ideia de como responder. Em todos esses anos, Wanda nunca deixou transparecer o menor arrependimento em relação ao seu estilo de vida. Claro, é um pouco inusitado que ela tenha chegado a essa idade sem se casar, mas sempre imaginei que tinha sido uma escolha. Nunca me ocorreu que ela pudesse desejar uma vida diferente.

— Por que você nunca me falou nada sobre isso?

Wanda dá de ombros.

— Você nunca precisou ouvir até agora. — Ela cruza as pernas e deixa escapar um suspiro pesado, pensativa, com os olhos fixos no pé que balança no ar. — Eu tinha mais ou menos a sua idade quando conheci o Henry.

— Henry?

Wanda sorri, perdida em suas lembranças.

— O típico surfista rato de praia que morava em La Jolla nos anos 1970. Loiro, olhos azuis... bonito até demais. E, claro, como eu era linda de morrer, ele ficou maluquinho por mim assim que nos conhecemos.

— Claro, claro — concordo com um sorriso.

— Eu me achava a boazuda, Cassie. É sério, se os vídeos de peitinho já estivessem na moda naquela época, eu teria ganhado uma fortuna.

— Não duvido nadinha.

— Lá estava eu, uma morena peituda que se achava a rainha da cocada, e então conheci Henry. Vou te dizer, Cassie. Ele me deixou de queixo caído. Naquele dia, me pagou um sorvete na orla da praia, e nem consigo me lembrar sobre o que conversamos, mas eu fiquei... — diz, juntando as mãos em um gesto exagerado — caidinha. Logo de cara.

— E o que aconteceu?

— Não nos desgrudamos naquele verão. Ficávamos esparramados na areia da praia, dávamos uns amassos no carro dele, e depois fazíamos... outras coisas. — Faço uma careta, e Wanda solta um muxoxo. — Ora, deixe disso. Nós duas sabemos muito bem o que é um pênis.

Espero nunca mais ouvir essas palavras se não for pedir muito.

— Enfim — continua Wanda. — Claro que eu amava Henry, e é claro que ele estava obcecado por mim...

— Sem dúvida — provoco.

— Ô, se estava — reclama ela. — Mas... — Ela solta um suspiro, depois balança a cabeça. — Fui uma tonta. Tinha só vinte e sete anos e ainda não sabia nada da vida. Só queria saber da próxima festa, da próxima aventura, e Henry... por incrível que pareça, ele... queria ir além.

Percebo a testa ligeiramente franzida, a tristeza estampada em seus olhos, dizendo-me que essa ferida, seja lá qual for, nunca cicatrizou por completo.

— Ele me pediu em casamento — continua ela, com a voz distante. — No fim daquele verão. Chegou até a se ajoelhar e tudo o mais. E tinha até... — Wanda sorri, mas a tristeza ainda está lá. — Ele tinha até arranjado uma aliança. Era simples de dar dó, mas sei que ele deve ter passado o verão inteiro economizando para conseguir comprá-la.

Wanda fecha os olhos e está na cara que está se lembrando desse momento como se fosse ontem. Como se nunca tivesse parado de pensar nisso.

— Ele arranjou um emprego em uma construtora em São Francisco e queria que eu fosse junto — retoma. — Queria começar uma vida nova ao meu lado.

Posso imaginar o que aconteceu, claro, já que Wanda está aqui e não há o menor sinal de Henry, mas seu silêncio me diz que, mesmo depois de todo esse tempo, este ainda é um assunto doloroso para ela. Por isso, limito-me a afirmar o óbvio.

— Você recusou — comento baixinho.

Ela assente.

— Eu recusei.

— Por quê?

— Por quê? — repete Wanda, com uma risada seca, os olhos fixos no teto enquanto balança a cabeça. — Porque achei que precisava do agito. Achei que não estava pronta para sossegar e bancar a dona de casa. Pensei que, de alguma forma, essa vida que Henry estava me oferecendo ia podar minhas asinhas. — Wanda respira fundo, depois solta o ar pela boca, com aquele mesmo sorriso triste brincando em seus lábios. — E aí ele foi embora. Arrumou as trouxinhas e aceitou o emprego. E me abandonou, porque eu o forcei a fazer isso.

— Wanda, eu...

— Não precisa dizer nada. — Ela me dispensa com um gesto. — Já faz quase meio século. Só colhi o que eu mesma plantei.

— Mas eu não fazia ideia.

— Porque antes não precisava saber de nada disso, mas agora precisa. E sabe por quê?

Nego com a cabeça.

— Não, por quê?

— Porque — continua ela — oito meses depois que o Henry foi embora, eu estava em um estado lastimável. Sentia tanta saudade dele que mal conseguia sair da cama. Precisei de *oito* meses inteirinhos para perceber que tinha cometido o maior erro da minha vida e que já não queria mais pular de festa em festa. Eu só queria o Henry.

— E aí? O que aconteceu?

— Eu fui atrás dele. — Ela acena com a cabeça. — É, fui atrás dele. Peguei um avião para São Francisco determinada a reconquistá-lo. Estava decidida a fazer o que fosse preciso. Rastejar, implorar... qualquer coisa.

— E o que houve?

O sofrimento no semblante dela chega a ser palpável, e é surpreendente que a dor pareça tão fresca, mesmo depois de todos esses anos.

— Ele partiu para outra — conta ela, baixinho. — Ele se casou com uma coisinha adorável que era recepcionista na construtora em que trabalhava. Eu os vi juntos quando cheguei. Ela estava de vestido branco, entregando-lhe o almoço que havia preparado, e os dois pareciam... tão *felizes*. Nem tive coragem de ir falar com ele. Dei meia-volta e fui direto para casa.

Então ela me olha no fundo dos olhos, com firmeza, como se o mais importante estivesse por vir, como se eu precisasse entender o que está prestes a me dizer.

— E eu *nunca mais* senti por alguém o que senti por Henry — conclui ela, por fim. — Nunca mais.

— Wanda, eu... eu sinto muito. Sempre imaginei que você amava a sua vida.

Ela solta um suspiro.

— Até que dá para o gasto. Eu me divirto, é claro. E tenho você agora, e isso basta para mim. Mas agora vejo você aí, cometendo os mesmos erros que eu, e não posso ficar de braços cruzados enquanto a história da minha vida ameaça se tornar a sua. Confie em mim, Cassie. Você não vai querer ver o Aiden casado com uma linda loira em um vestidinho branco. Não tem como esquecer um sofrimento desses. Não tem como esquecer a pessoa que poderia ter sido sua se você não a tivesse mandado embora.

Mantenho o olhar fixo no colo, tentando encontrar a resposta certa. Eu me sinto horrível por ter passado tanto tempo com Wanda sem nem desconfiar que ela já viveu algo assim; por que ela nunca me contou? Talvez se eu soubesse disso antes, não teria...

De jeito nenhum.

Não posso culpar outra pessoa pelas minhas escolhas. Fui *eu* quem disse tudo aquilo para Aiden e fui eu que decidi por nós dois que era melhor cada um tomar seu rumo. Eu poderia ter conversado com ele para ver se chegávamos a uma solução juntos, mas escolhi deixá-lo de mãos atadas com minhas mentiras quando disse que não o queria. Sou a única culpada por todo o tormento que vivi nas últimas semanas. Será que vou passar o resto da vida assim? Sempre arrependida do que poderia ter acontecido entre nós dois?

Já sei a resposta a essa pergunta. Sei disso porque mesmo antes de descobrir o nome de Aiden, mesmo antes de saber como ele era ou de onde veio ou conhecer seus sorrisos e seus beijos... eu já sentia saudade dele. Passei um ano com saudade mesmo quando não o conhecia direito. E, agora que o conheço tanto, sei que essa saudade *nunca* vai dar trégua.

— Meu Deus — murmuro, a cabeça baixa. — Eu estraguei tudo.

— Arrã — concorda Wanda. — Mas ainda está em tempo de consertar. Você pode ir lá pedir desculpas. Pode ir se declarar para aquele homem e explicar que você é uma grande imbecil.

— Ah, fácil assim, né? — respondo, achando graça.

Wanda assente.

— Mamão com açúcar. — Em seguida olha para o relógio na parede, conferindo a hora antes de se levantar. — Agora, se me der licença, preciso me arrumar.

— Para o bingo?

— Não — responde ela. — Tenho um encontro.

Fico boquiaberta.

— Como é que é?

— Ué, isso aí mesmo que você ouviu — retruca ela, de queixo empinado. — Um encontro de verdade.

— Com quem?

— Fred Wythers.

— *Como assim?* Achei que você tinha dado um pé na bunda dele.

— Bem, dei mesmo. Mas isso foi porque ele queria algo mais sério, e eu não estava pronta para isso na época.

Ainda estou embasbacada com a informação.

— E agora está?

— Infartar faz a gente pensar nas coisas, garota. Vai que eu morro amanhã? — Ela encolhe os ombros. — Talvez eu tenha decidido que não quero mais empacotar sozinha.

— Isso é... — Ainda estou tentando assimilar tudo o que aconteceu nos últimos vinte minutos. — Isso é ótimo, Wanda.

— É, vamos ver — resmunga ela. — No mínimo vou ganhar um jantarzinho.

Não tem como não achar graça. É a cara da Wanda.

— Claro.

— Agora, quero que você fique aí sentadinha nesse sofá...

— Isso não vai ser um problema — devolvo.

— E pense em tudo o que eu lhe disse. Talvez você perceba que não quer acabar como eu, no fim das contas. — Então dá uma piscadinha. — Mesmo que eu seja legal para caramba.

Desato a rir enquanto ela atravessa o corredor para ir se arrumar para o seu encontro (vou precisar de um tempinho para me acostumar com a ideia), deixando-me exatamente onde me encontrou, mas com a cabeça fervilhando de pensamentos.

Já faz uma hora que Wanda saiu, e, por mais que tenha sido estranho vê-la em um de seus terninhos mais bonitos, sendo buscada na porta da frente como se estivesse a caminho do baile de formatura, ela estava uma gracinha daquele jeito, se esforçando para esconder o entusiasmo. Fred me cumprimentou com um olá amigável antes de saírem, acenando com uma das mãos enquanto a outra segurava um buquê, e vi o rubor nas bochechas de Wanda quando recebeu as flores. Eu nunca a tinha visto desse jeito, mas gostei.

Mas devo admitir que fiquei me sentindo patética quando ela se virou por cima do ombro e disse que eu não precisava esperar acordada. A mulher tem setenta e dois anos e é mais saidinha do que eu.

Fiz quase nada nesse meio-tempo. Não que seja uma grande surpresa, mas fiquei pensando com meus botões. Refletindo sobre a história de Wanda, sobre a minha situação atual... mas, acima de tudo, pensei muito em Aiden e Sophie. Imaginei mil formas diferentes de me desculpar, se é que deveria fazer isso, e cada cenário me leva de volta ao mesmo sentimento de culpa, ao medo esmagador de que nada que eu diga faça a menor diferença. Como eles poderiam me perdoar depois que fui embora daquele jeito? Abandonei-os como se não fossem importantes para mim.

Sei que cedo ou tarde vou ter que me levantar deste sofá e preparar alguma coisa para comer, ao menos se quiser manter a fachada de que estou me recuperando aos pouquinhos, mas meu cérebro virou purê depois de tanto pensar. Então, para ser sincera, apagar a luzes e ir dormir às — dou uma olhadinha no relógio e solto um grunhido — sete da noite me parece uma ótima ideia.

Ainda estou analisando minhas opções conflitantes quando ouço uma batida na porta e fico um pouco confusa sem saber quem poderia estar aqui a essa hora. Ainda está muito cedo para Wanda já ter voltado e, até onde sei, ela não tem muitos amigos além de mim, então quem poderia ser? Sortuda que sou, capaz de ser o velhinho do apartamento ao lado com minha encomenda que ele "abriu sem querer porque entregaram lá por engano". Arrã, sei. Aposto que ele só não gostou do que tinha no pacote.

Solto um suspiro frustrado quando sou forçada a abandonar o trono de veludo depressivo que passou a ser meu lar e então caminho até a porta para espiar pelo olho mágico, mas ninguém está no corredor. Espio outra vez, confusa, e confirmo que realmente está vazio lá fora. Estamos em 2023 e as pessoas ainda tocam a campainha dos outros e saem correndo? Sério?

Puxo a correntinha e destranco a fechadura, irritada, e finalmente abro a porta na esperança de flagrar o pilantrinha que se atreveu a me pregar uma peça quando já estou no fundo do poço. E logo percebo que eu não estava exatamente equivocada, já que não consegui ver ninguém pelo olho mágico, mas também não estava cem por cento certa.

Porque tem, sim, alguém do outro lado da porta, uma pessoinha muito baixa para ser vista pelo olho mágico e que não deveria estar aqui, especialmente sozinha. Fico perplexa ao ver o cabelo castanho e as sardas e o rostinho que faz meu coração doer, atordoada enquanto tento assimilar o fato de ela estar ali. Viro a cabeça para o corredor para confirmar que, sim, ela está mesmo sozinha, e trato de sufocar minha decepção enquanto observo a garotinha que faz com que eu me sinta eufórica e culpada ao mesmo tempo.

— Sophie?

Acho que me sinto mais imbecil do que qualquer outra coisa.

Nunca fui trouxa assim. Não sou de fazer esse tipo de coisa.

Mas meio que ter me apaixonado por um cara que nunca nem vi, cujo nome nem sei, bem… não alivia muito minha barra.

Fico olhando para as configurações da conta, do mesmo jeito que fiz várias e várias vezes nas últimas semanas, me perguntando se sou uma idiota ou não. Será que deveria estar tão magoada por causa de um cara que mal conheço? A ponto de deletar meu perfil?

Mas a verdade é que sinto saudade dele.

E tenho a impressão de que não posso seguir adiante com essa história, porque penso nele toda vez que entro na minha conta.

Respiro fundo quando clico no botão de excluir.

"Tem certeza de que deseja excluir sua conta?"

Eu menti.

Definitivamente me sinto mais magoada do que imbecil.

27

Cassie

— O que você está fazendo aqui?

Sophie ainda está parada diante do capacho desbotado do apartamento. Estou tão atordoada que ainda nem a convidei para entrar, então fico ali, imóvel no batente, enquanto ela coça o braço com ar de culpa.

— Sophie — insisto, segurando seu braço com delicadeza e a conduzindo para dentro antes de fechar a porta. — Como você veio para cá?

— De Uber — responde ela, na maior naturalidade.

— De Uber? — repito, sem acreditar. — Você veio de Uber?

— Arrã.

— Sozinha?

Ela mostra um celular que reconheço.

— Isso, usei o telefone do meu pai para pedir.

— Você usou o... — Sigo confusa, tentando assimilar o que ela acabou de dizer. — Cadê seu pai?

— Está trabalhando — responde ela. — Eu dei um jeito de sair de mansinho do restaurante.

— Sophie, isso foi *muito* perigoso. Isso não se faz, entendeu? Você é muito nova para sair atravessando a cidade assim de Uber. Aliás, onde arranjou meu endereço?

— Papai tinha no telefone.

Tudo o que ela diz parece perfeitamente razoável e sensato, mas não entra na minha cabeça. Sei que Sophie é muito inteligente, mas isso parece impossível até mesmo para ela.

— O que você veio fazer aqui, Sophie?

Ela olha para o chão.

— Eu precisava ver você.

— Ah, precisava me ver?

— Arrã. Eu queria ligar, mas o papai não deixou.

Sinto um aperto no estômago. Ela queria me ligar? Mais uma vez, sou corroída pela culpa por ter ido embora sem me despedir.

— Sophie... seu pai deve estar desesperado atrás de você.

— Não está, não — murmura ela. — Ele vai me devolver.

— Quê?

Ela olha para mim, totalmente desamparada.

— Ele vai me devolver para a tia Iris!

— Venha aqui. — Eu a puxo pela mão e a levo em direção ao sofá, depois dou um tapinha no lugar ao lado para que ela se acomode. — Do que você está falando?

— Eu ouvi os dois conversando no telefone — conta-me Sophie. — Ele estava combinando de me levar para a casa dela. Não quer mais ficar comigo porque você foi embora por minha causa.

— Ah, Sophie. — Meu coração se despedaça mais um pouquinho. — Eu não fui embora por sua causa.

— Mas as babás sempre vão embora por minha causa. E eu... — Seus olhos estão cheios de lágrimas. — E eu não consegui ajudar a Wanda. Foi por isso que você foi embora? Papai não quis me contar, mas foi por isso, né?

— Ah, querida. — Eu a puxo para perto, envolvendo-a em meus braços enquanto sinto o aroma familiar de seu xampu de melancia. Respiro fundo, e as emoções entalam na minha garganta. Achei que nunca mais fosse sentir esse cheiro. — Não foi por isso que eu fui embora. Você não fez nada errado. *Nadinha*.

Ela se aninha ainda mais ao meu peito, com os braços agarrados na minha cintura.

— Então por que você sumiu?
— É uma história... complicada.
— Você estava com raiva do meu pai?
— *Não*. Não foi isso. Eu não estava com raiva de ninguém.
— O papai sente saudade de você — murmura ela, com o rostinho enterrado na minha camisa. — Ele nunca fala sobre você, mas fica o tempo todo triste.

Preciso fechar os olhos para impedir que as lágrimas venham à tona.

— Eu também sinto saudade dele — admito baixinho. — Sinto saudade de vocês dois.

— Então volta para casa! Se você voltar, talvez ele não me mande embora!

— Soph... — Eu me afasto um pouco para poder olhá-la nos olhos. — Seu pai não vai mandar você embora. Ele jamais faria isso. Ele ama você.

— Então por que ele estava combinando de me levar para a casa da tia Iris?

Repasso a conversa que tive com Iris e não sei se essa história entre os dois significa que começaram a se entender, mas espero que sim. Tenho certeza de que Aiden jamais abriria mão de Sophie. Em hipótese alguma.

— Duvido que seja isso que você está imaginando — argumento. — Talvez eles só estejam tentando dar um tempo nas brigas. Os dois só querem que você seja feliz.

— Eu não quero ir embora de casa — protesta ela, chorosa. — Quero ficar com meu pai.

— Claro que quer — tranquilizo-a. — E sei que seu pai também quer que você fique lá. Ele ama tanto você, Sophie. E é por isso que tenho certeza de que deve estar morto de preocupação agora.

— Talvez — murmura Sophie.

— Tenho certeza — insisto —, e é por isso que você precisa voltar para lá.

— Mas, mesmo se eu continuar morando com meu pai — continua ela —, você não vai voltar para casa.

Sinto um aperto no peito, como se algo me comprimisse por dentro, e as lágrimas pinicam meus olhos enquanto Sophie me lança um olhar penetrante. Seus olhos verdes são do mesmo tom do olho direito de Aiden, e tenho a impressão de que estou observando uma versão em miniatura dele. Isso só aumenta a saudade que sinto.

— Não sei se seu pai vai querer que eu volte, Sophie. Eu disse... umas coisas horríveis quando fui embora.

— Por quê?

— Porque... achei que era necessário. Achei que eu precisava ir embora para proteger vocês dois.

Sophie torce o nariz.

— Mas que bobinha. Você não pode proteger a gente. É pequena demais. Meu pai é *bem* maior, então você deveria deixar ele cuidar disso.

Não consigo deixar de rir, rendida por sua lógica infantil — tão simples e tão direta ao mesmo tempo. Estico a mão para acariciar seu cabelo, afastando uma mecha do rostinho antes de envolver sua bochecha.

— Não sei se é tão simples assim — admito. — Aposto que seu pai não quer me ver de jeito nenhum.

— Mas você não ama o meu pai?

Isso me pega completamente desprevenida.

— Quê?

— Ué, vocês saíram juntos — insiste Sophie. — E estavam... — ela faz uma careta — se beijando e tal. Então isso significa que você ama o meu pai, não?

— Eu... nossa. Você é boa em colocar os outros em uma saia justa, hein?

— O que isso significa?

Aperto o topo do meu nariz, suspirando.

— Deixe para lá. Não sei se amar o Aiden faz diferença.

— Claro que faz. Mamãe sempre dizia que o amor resolve qualquer coisa.

Pressiono os lábios, sentindo um aperto no coração.

— Ela dizia isso?

— Arrã. — Sophie assente com entusiasmo. — Então, se você ama o meu pai, podemos dar um jeito nisso! Você pode voltar para casa, aí ele não vai me mandar embora, e tudo vai voltar ao normal!

— Sophie, não é tão simples assim.

— Mas, se você...

— Acredite em mim — interrompo. — Eu adoraria que as coisas fossem diferentes, mas infelizmente não são.

Sophie abaixa a cabeça e sinto aquela ferida no meu peito — que eu tinha tanta certeza de que estava começando a cicatrizar — arder outra vez, como se estivesse fresca. Eu daria tudo para que as coisas fossem tão simples quanto ela acredita; eu adoraria levá-la de volta ao restaurante, pedir desculpas e me atirar nos braços de Aiden ou mesmo aos seus pés, mas sei que não é assim que a banda toca. Sophie não viu a expressão no rosto de Aiden quando eu disse que eles eram demais para mim. Peguei cada momento feliz que vivemos juntos e joguei direto no lixo. Acho que nada que eu possa dizer vai remediar isso.

— Mas tenho que levar você de volta — aviso, resignada. — Então preciso que você ligue para o restaurante e descubra se ele ainda está lá ou se já foi para casa.

Nem consigo imaginar o pânico que Aiden deve estar sentindo neste momento; a essa altura, já deve ter mobilizado toda a força policial de San Diego. Sophie está toda cabisbaixa, e sei que as coisas não saíram conforme ela esperava. Eu adoraria poder dizer o que ela queria ouvir. Adoraria poder dizer que vai ficar tudo bem, mas não sei se é o que o futuro nos reserva. Nem para mim, nem para nós três.

Ajudo Sophie a digitar o número do restaurante e entrego o celular para ela, porque sou covarde demais para ligar por conta própria. Prendo a respiração enquanto ela espera alguém atender e logo me dou conta de que serei obrigada a ver Aiden outra vez. Nem imagino o sermão que Sophie vai levar quando voltar, e está na cara que ela também está preocupada com isso, a julgar pelo nervosismo estampado no rosto. Mas acho que eu tenho mais motivos para temer.

Porque duvido que Aiden sequer vá dirigir a palavra a mim.

Os outros funcionários do restaurante nos informaram que Aiden foi para casa atrás de Sophie assim que percebeu que ela havia fugido. Eu estava certa sobre ele estar morto de preocupação; isso fica evidente pela quantidade de sirenes do lado de fora da casa deles quando entramos na rua. Sophie olha apavorada para mim enquanto estaciono diante do portão, sem dúvida arrependida de ter fugido, sem saber qual vai ser a reação do pai.

— Você pode entrar comigo?

Eu a encaro com o cenho franzido, ainda sentada no banco do carro, depois torno a olhar para as luzes vermelhas e azuis rodopiando na porta de entrada.

— Não sei se é uma boa ideia...

— Mas ele quer ver você — insiste ela. — E talvez ele não fique tão bravo se você estiver junto.

— Olhe só, acho que ele vai ficar bravo de qualquer jeito — aviso. — O que você fez foi muito errado, Soph.

Ela baixa a cabeça.

— Eu sei.

Fico dividida com a ideia de ver Aiden outra vez, mas sinto um aperto no peito ao ver o rostinho desamparado de Sophie e sei que, apesar do meu desconforto, preciso fazer isso por ela. Isso e muito mais.

— Tudo bem — concordo. — Vou entrar junto. Mas vou só acompanhar você até lá dentro e depois vou embora, entendeu?

Ela assente depressa, parecendo aliviada.

— Entendi.

Enquanto a acompanho até o portão, sinto que *eu* sou a criancinha em apuros, não ela. Apoio a mão com delicadeza em suas costas enquanto a conduzo escada acima. A porta da frente está entreaberta e todas as luzes da casa estão acesas, mas o hall está vazio quando entramos. Escuto algumas vozes vindo do andar de cima, um ruído de pessoas falando ao mesmo tempo, mas, acima de todas elas, ouço uma voz familiar. Uma voz que me dá um frio na barriga, ainda agora.

Sophie estende a mão para mim, parada ao pé da escada, e me lança outro olhar preocupado quando entrelaço os dedos nos dela. Não a solto enquanto subimos os degraus e, a princípio, ninguém parece notar nossa presença. Estão todos muito ocupados tomando notas e fazendo ligações, e bem ali, no meio de tudo, parecendo totalmente fora de si, está Aiden Reid. Ainda está com o dólmã de chef, os braços cruzados enquanto mantém uma conversa acalorada com um policial, e vejo seu cabelo todo bagunçado, como se tivesse esfregado a cabeça sem parar. Parece desesperado de preocupação.

Fica nítido quando finalmente nos vê; ele interrompe uma frase no meio, com os olhos arregalados e a boca entreaberta, como se tivesse esquecido o que estava prestes a dizer. Em seguida, seu olhar recai em Sophie, depois em mim e assim por diante, como se tentasse assimilar o fato de ela estar ali, especialmente ao meu lado.

— Sophie — chama, aliviado, cruzando o cômodo e caindo de joelhos para abraçar a filha. — Onde você se meteu? Faz ideia de como fiquei preocupado? Você não pode sumir assim. — Ele afasta o corpo para fitá-la da cabeça aos pés. — Você se machucou? Está tudo bem?

Ela responde com um leve aceno.

— Estou bem.

— Onde você estava?

— Na casa da Wanda — intervenho baixinho.

Aiden se vira para mim, e mesmo que esteja desse jeito — esgotado e confuso e atordoado —, a mera visão dele despedaça meu coração. Posso sentir cada beijo e cada toque de uma vez, tudo voltando com um único olhar. Ele engole em seco enquanto se levanta, depois fica me olhando como se eu fosse um fantasma.

— Na casa da Wanda?

Faço que sim.

— Ela foi para lá de Uber.

— De Uber — repete ele, categórico. Depois olha para Sophie com o cenho franzido. — Você pegou um Uber?

Ela tira o celular do bolso, toda acanhada, e devolve para ele.

— O endereço estava salvo no seu telefone.

— Você pegou o endereço... Pelo amor de Deus, Sophie. Fica do outro lado da cidade. Você faz ideia do risco que correu?

Ela olha para os próprios pés, mudando o peso de um lado para o outro.

— Desculpe.

— Por que você fez isso?

— Porque eu... achei que você ia me mandar embora.

Aiden fica visivelmente surpreso.

— Quê? De onde você tirou essa ideia?

— Eu ouvi você conversando com a tia Iris hoje de manhã — murmura Sophie. — E você falou que ia me levar para a casa dela.

Ele suspira, depois esfrega o rosto com as mãos.

— Para fazer uma visita, Soph. Não para ficar de vez. Sua tia e eu... estamos tentando nos entender. Não queremos mais viver em pé de guerra. — Aiden se abaixa e segura o queixo dela com delicadeza. — Eu *nunca* mandaria você embora. Entendeu? Nunca.

— Foi o que a Cassie falou — responde Sophie, com a voz trêmula. — Mas eu fiquei morrendo de medo.

— Desculpe, filha — pede Aiden, exausto. — Eu pretendia contar para você amanhã. Não fazia ideia de que você tinha escutado a conversa. Mas preciso que entenda que nada que diga ou faça vai me fazer mandar você embora. Entendeu?

Dá para ver que ele tem dificuldade de olhar para mim. É evidente pela forma como seu olhar se detém no topo da cabeça de Sophie por um ou dois segundos antes de finalmente se fixar no meu.

— Obrigado — agradece. — Por trazer a Sophie de volta.

— Imagine — respondo, sem jeito. — Só queria ter certeza de que ela chegaria em casa em segurança.

— Claro. — Vejo a ligeira tensão em sua mandíbula. — Entendi.

Coço o braço, ainda sem saber muito bem como agir.

— Bom, então... acho melhor eu ir embora.

Faço menção de me virar na direção da escada, pois está cada vez mais difícil olhar para ele. Espero que, com o tempo, seu rosto vire apenas um borrão na minha memória, porque acho que vou ficar maluca se eu tiver que recordar seus traços perfeitos dia sim, dia não.

Fico surpresa quando a mão de Aiden agarra meu pulso, puxando-me gentilmente para trás.

— Isso é tudo o que você quer dizer?

— Quê? — Observo sua mão em meu punho antes de encontrar seu olhar. — Como assim?

Seus olhos parecem arder enquanto sustentam o meu olhar, um deles quente e escuro como mel, o outro esverdeado e brilhante como espuma do mar. Infelizmente, acho que meu cérebro não conseguiria esquecer esses olhos nem se tentasse.

— A Iris e eu tivemos uma longa conversa hoje de manhã — continua ele. — E ela me contou umas coisas bem interessantes.

— Ah, é? — pergunto, com o pulso acelerado. — Jura?

— É. Juro. Pelo jeito, alguém trombou com ela em uma cafeteria e a convenceu a me ligar para resolver as coisas.

— Ah, bem... Achei que era o mínimo que eu podia fazer.

— O que eu não entendo é... por quê?

— Como assim, por quê?

— Bem, se você estava tão determinada a sair da nossa vida, se estava tão certa de que éramos demais para você, por que continuou se importando com nossa situação com a Iris? Por que insistiu para que ela tentasse se entender comigo?

— Eu...

— E por que disse a ela que sou um pai maravilhoso, que eu e a Sophie merecemos ser felizes?

— Ora, é só que...

— Por que uma pessoa tão determinada a nos afastar se importaria com essas coisas?

— Aiden, a questão é que...

— Porque ela *ama* você — interrompe Sophie.

Nós dois olhamos para Sophie, surpresos, enquanto ela nos encara de volta, indiferente e até mesmo irritada. Como se já estivesse de saco cheio dessa conversa.

Aiden se vira para mim com o semblante cheio de esperança, e mesmo esse lampejo de avidez em seus olhos é o suficiente para me fazer estremecer. Nenhum de nós dá um pio, e acho que talvez ele esteja esperando que eu confirme ou negue, mas parece até que perdi a voz. Abro a boca, sem conseguir formar as palavras, e mais uma vez Sophie decide vir em nosso auxílio.

— Não se preocupe — continua ela, naquele mesmo tom entediado. — Meu pai também ama você.

Imagino que eu pareça tão surpresa quanto ele quando nossos olhares se encontram novamente e percebo como seus olhos esquadrinham os meus em busca de qualquer sinal de mentira.

— Isso é verdade?

— Eu... — Engulo em seco, com os lábios ressecados de repente. — É.

— Você me ama?

Tento parecer mais segura do que me sinto.

— Amo, sim.

Sou pega desprevenida quando Aiden me puxa para perto, mas a perplexidade logo se esvai quando seus lábios encontram os meus. Há um quê de desespero em seu beijo, mesclado ao alívio, e meus braços envolvem seu pescoço como se por instinto, tentando chegar o mais perto que posso. Enrosco os dedos em seu cabelo enquanto ele enlaça minha cintura com força, e é só quando ouvimos o pigarro a nossas costas que nos lembramos de onde estamos.

Sinto o rosto arder de vergonha quando vejo o policial parado ali perto, todo sem jeito, fazendo de tudo para desviar o olhar enquanto tenta chamar nossa atenção.

— Bem — diz ele. — Acho que podemos dar este caso por encerrado, não?

— Ah. — Aiden olha atordoado para mim e para Sophie antes de deixar escapar uma risada. — É, acho que sim. Desculpe, policial.

— Hum, enfim. Vamos deixar vocês em paz. — O policial gesticula com o dedo, chamando os outros guardas antes de lançar um olhar penetrante para Sophie. — Da próxima vez, faça o favor de avisar aonde está indo, mocinha.

Sophie fica branca que nem papel.

— Pode deixar, senhor.

— Muito bem. — Os lábios do policial se curvam em um sorriso quando nos afastamos para lhe dar passagem, depois ele se despede com um aceno. — Tenham uma ótima noite.

Acho que só voltamos a respirar quando ouvimos a porta da frente bater no andar de baixo, e Aiden ainda me olha como se achasse que eu fosse desaparecer a qualquer momento. Em seguida, ele se vira para Sophie e diz:

— Você e eu temos muito o que conversar, filha.

— É. — Ela abaixa a cabecinha. — Eu sei.

Ele se afasta de mim, inclinando-se para beijar o cabelo de Sophie.

— Mas estou feliz em saber que você está bem.

— Desculpe — pede ela outra vez.

— Por que você não vai para o seu quarto? — sugere Aiden. — Daqui a pouquinho eu vou lá.

Sophie faz uma careta.

— Vocês vão se beijar de novo?

— Vamos — responde Aiden. — Vamos, sim. — Ele sorri quando ela mostra a língua. — Mas acho que você está nos devendo essa.

— *Tá, tá* — reclama ela.

Depois segue em direção às escadas que levam até o quarto, e Aiden espera até ouvir a porta batendo antes de se virar para mim.

— Você não deveria ter mentido para mim — repreende-me ele. — Essas últimas semanas foram horríveis.

— Eu sei — respondo, fitando o chão. — Para mim também.

Aiden estende a mão e envolve meu queixo, levantando-o para me forçar a olhar para ele.

— Eu senti tanta saudade — admite. — Tanta saudade, Cassie. Puta merda. — Em seguida, deixa escapar uma risada enquanto balança a cabeça. — Senti saudade até dos fatos aleatórios que você tira do Snapple.

Esboço um sorriso.

— Você sabia que não existem duas impressões labiais idênticas?

— Hum, acho que quero pôr isso à prova.

Fico na ponta dos pés e fecho os olhos enquanto roço meus lábios nos dele.

— Também senti saudade de você.

— Se quiser se redimir comigo — começa ele, me puxando para ainda mais perto —, basta voltar a morar aqui.

Meu coração chega a bater descompassado enquanto meus lábios se curvam em um sorriso.

— Por acaso está oferecendo meu emprego de volta?

— Não. — Aiden nega com a cabeça, inclinando-se até que seus lábios fiquem a poucos centímetros dos meus. — Estou oferecendo a minha vida inteira a você se quiser.

Tudo dentro de mim se ilumina como se milhares de fogos de artifício rebentassem no meu peito, e sinto a pele formigar e o coração acelerar enquanto todos os meus sentidos ficam à flor da pele, arrebatada pelo que só posso descrever como felicidade pura e genuína. Sei que ainda temos muito o que conversar, muito a dizer, mas acho que isso pode ficar para depois. Por ora, só quero aproveitar a sensação de estar aqui, de saber que Aiden ainda me quer, mesmo depois de tudo que aconteceu. Por ora, isso é mais do que suficiente.

Finjo considerar sua oferta antes de responder:

— Você vai fazer panquecas?

— De jeito nenhum.

— Ah, já que é assim...

Ele sorri quando me puxa para outro beijo, e eu me derreto em seus braços, o coração palpitando de alegria enquanto a ferida escancarada no meu peito começa a cicatrizar, como se nunca tivesse existido. Percebo então que não era exatamente uma ferida, e sim um buraco, um pedaço que me faltava — e estava aqui, com eles, só esperando que eu viesse buscá-lo.

— Ah — murmura Aiden, com os lábios ainda colados aos meus. — Caso não tenha ficado claro... — Ele beija o cantinho da minha boca, e sinto seu sorriso ali, como se estivesse marcado na minha pele. — Eu também amo você.

Então eu me derreto em seu beijo outra vez, pensando quanto tempo podemos continuar assim antes que Sophie apareça para nos dar uma bronca, e de repente sou invadida por uma leve pontada de pânico. Desvencilho-me dos braços de Aiden e o encaro com seriedade.

— Nunca, sob hipótese nenhuma, podemos contar para a Sophie como nos conhecemos.

Aiden começa a rir, já me puxando para seus braços outra vez.

— Como quiser, Cici.

Aposto que mais tarde vamos ter que dar um jeito de resolver toda essa história dos beijos. Sei que Sophie vai insistir para a gente maneirar, porque é a cara dela, mas acho que esta noite temos passe livre. Não é todo dia que se encontra o amor por causa de um vídeo de peitinho. Acho que temos motivo de sobra para comemorar com alguns beijos. Já posso até ouvir as piadas da Wanda. Até parece que ela vai deixar esse assunto morrer.

E, por mais estranho que pareça... percebo que não me importo nadinha.

Já atualizei a página mil vezes. Parece exagero,
mas deve ser por aí mesmo.

Meu cérebro não consegue conceber a ideia de ela ter
simplesmente... sumido. Sem deixar rastro.

Tento calcular quantos dias faz desde a última
vez que conversamos... e sinto um aperto no peito
ao perceber que foram muitos. O tempo voou nesse
último mês, e com tudo o que aconteceu...

Eu deveria ter falado alguma coisa para ela.

Deveria ter dito alguma coisa, qualquer coisa, para deixar
claro que não dei um bolo nela de propósito.

Mas não disse, e agora ela se foi.

E eu nem sei como ela se chama de verdade.

Epílogo

Aiden

Um ano depois

— Pare de atualizar essa página de cinco em cinco segundos — digo, achando graça. — Não vai mudar nada.

Cassie me olha feio da bancada da cozinha, fazendo um beicinho adorável quando volta a contemplar a tela do notebook.

— Mas eles falaram que a nota ia sair hoje.

— Eu sei, mas não sabemos que horas vai ser. Você vai ficar maluca se ficar conferindo de minuto em minuto.

Ela começa a roer a unha, nervosa, e eu dou um tapinha no sofá.

— Venha aqui ficar comigo.

As últimas notas que ainda não foram lançadas estão acabando com Cassie; o último obstáculo a ser superado em sua longa jornada de pós-graduação. Entendo perfeitamente por que ela está tão ansiosa, já que essa prova vai determinar se todo o seu esforço valeu a pena para que ela se torne uma terapeuta ocupacional licenciada, mas odeio vê-la tão estressada assim.

Ela sai da cozinha arrastando os pés, e agarro-lhe o pulso antes que passe direto por mim, puxando-a para o meu colo.

— Vai ficar tudo bem — trato de tranquilizá-la, aninhando seu rosto no meu peito. — Você vai passar.

Ela solta um muxoxo frustrado.

— E se eu não passar?

— Aí você tenta outra vez. Não vai ser o fim do mundo. Mas... isso não importa, porque você *com certe*za vai passar.

— Estou com medo de ter ido mal — confessa baixinho. — Você já me ajudou tanto, e se eu não começar a contribuir na parte financeira, acho que...

— Você não precisa fazer isso — declaro, dando risada. — Pode fazer o que quiser, desde que continue aqui comigo.

— Por que isso soa tão tarado?

— Acho que é coisa da sua cabeça.

Ela zomba.

— Arrã, vai sonhando.

— Pare de se preocupar com a prova ou vou ligar para a Wanda.

Ela solta um grunhido.

— Não, por favor. Se você ligar, ela vai acabar vindo aqui.

— E qual o problema?

— Vai trazer o Fred junto.

Dou risada.

— Ué, eles são casados.

— Eu sei, mas estão num grude insuportável. Já faz três meses que se casaram. Não é possível que tenham que ficar se beijando o tempo todo, né?

— Você está parecendo a Sophie — provoco.

Cassie faz uma careta.

— Deve ser assim que ela se sente quando vê a gente se beijando.

— A Wanda diria para você deixar de ser boba.

— É, bem, não foi a Wanda que precisou fazer uma prova sobre tudo o que aprendeu na pós.

— Está tudo *bem*, Cassie. — Dou um beijo no topo de sua cabeça. — Vai ficar tudo bem.

— Quero só ver se você vai continuar falando isso depois que sua namorada jogar o futuro dela pela janela.

Seguro-lhe o queixo e levanto seu rosto, sorrindo quando vejo sua expressão descontente. Em seguida acaricio seu lábio inferior com a ponta do dedo. É incrível que, mesmo depois de um ano, eu continue tão embasbacado por ela. Seus olhos azuis são como a imensidão do céu, e eu poderia me perder neles sem problemas — na verdade me perco, com frequência. Pela milésima vez, agradeço aos céus por ela estar aqui comigo.

Chego mais perto para beijá-la, e fico feliz ao perceber que seu corpo parece relaxar com o meu toque.

— Faça o que você quiser com o seu futuro. Só me deixe fazer parte dele.

— Nossa. — Cassie sorri, com os lábios colados nos meus. — Você ficou mais brega com o tempo.

— Nem vem que eu sei que você adora.

— Só um pouquinho.

— Pare de se preocupar — insisto.

— Mas e se...

Eu a beijo outra vez.

— Pare.

— Mas talvez eu...

Outro beijo, mais intenso agora.

— *Pare*.

— *Aiden*, mas e se...

— Ei — uma voz chama da cozinha. — Você passou.

Nós nos afastamos depressa ao perceber o olhar julgador da garotinha de onze anos. Sophie balança a cabeça e aponta para a tela do notebook.

— Você passou — repete.

— Quê? — Cassie olha de Sophie para mim, depois de volta para ela. — Eu passei?

Sophie verifica a tela outra vez.

— É o que está dizendo aqui.

— Ai, meu Deus. — O rosto de Cassie se ilumina, e ela joga os braços em volta do meu pescoço. — Eu passei!

Em seguida me puxa para um beijo que me faz fechar os olhos e desejar muito que estivéssemos a sós, e eu a abraço ainda mais forte, sem querer soltar.

— *Eca* — reclama Sophie. — Vocês prometeram que iam maneirar nos beijos.

Sorrio, com a boca ainda grudada na de Cassie.

— Estamos comemorando.

— Ué, escolham um jeito menos nojento para comemorar — rebate Sophie.

— Na verdade, essa é uma ótima ideia — concordo, e afasto o rosto para sorrir para ela. — Foi por isso que fiz reservas para hoje à noite.

Sophie se anima toda.

— A gente vai sair para jantar?

— Arrã. — Faço carinho nas costas de Cassie. — Convidei a Iris e a namorada dela. A Wanda e o Fred também.

Cassie ainda parece surpresa.

— Você reservou um restaurante para nós?

— Isso mesmo.

— E se eu não tivesse passado?

Deslizo os dedos por sua têmpora, afastando uma mecha de cabelo antes de prendê-la atrás da orelha. Mantenho a palma da mão apoiada em seu rosto e na imensidão de seus olhos vejo todo o meu futuro.

— Eu sabia que teríamos motivo para comemorar — respondo baixinho.

O sorriso dela se abre devagar, os lábios se curvando de um lado, depois do outro, até que ilumina todo o seu rosto, e quando ela chega mais perto para me beijar de novo, mal consigo escutar os protestos de Sophie. Acho que ela vai nos dar uma colher de chá por hoje.

Enfio a mão no bolso onde guardei a caixinha de veludo, e sorrio contra a boca de Cassie, porque sei que temos *mesmo* muitos motivos para comemorar.

E esse é só o começo.

Acho que é uma ideia idiota.

Acho que Marco sugeriu que eu desse uma olhada só de brincadeira. Mais um jeito de me zoar por não ter namorada.

Então, o que estou fazendo aqui, encarando a tela do computador, depois de ter acabado de criar uma conta no OnlyFans?

Dou uma olhadinha rápida e, para ser sincero, não é muito diferente de qualquer site de pornografia. Então volto a me perguntar: o que estou fazendo aqui?

Estou prestes a sair da página e botar uma pedra nesse assunto, porque Marco nunca pode descobrir que entrei mesmo… mas então vejo o perfil dela na aba de recomendações.

Não sei o que é — o rosto está coberto, o cabelo tem um tom berrante de lilás que mais parece uma peruca —, mas algo em sua foto me atrai.

Clico no perfil e dou uma olhadinha no conteúdo gratuito só para saciar minha curiosidade.

Cici.

É, acho que vou ter que pagar para ver onde isso vai dar.

Agradecimentos

Antes de mais nada, preciso dizer: *santo Tûk tolo, eu publiquei um livro.*

E com isso quero dizer que uma equipe cheia de pessoas fantásticas — a quem nunca serei capaz de expressar toda a minha gratidão — fez um montão de coisas que não sou inteligente o bastante para entender e deu um jeito de trazer minhas palavras ao mundo enquanto me davam tapinhas nas costas e diziam "Deixa com a gente". Vamos exaltar os verdadeiros heróis desta história, então?

Quero agradecer, sem ordem específica, a:

Cindy Hwang, minha editora maravilhosa, que praticamente me tirou da sarjeta, enfiou uma caneta metafórica na minha mão e disse: *escreva sem medo de ser feliz e sacana*. Conhecê-la mudou minha vida para melhor, e não faço ideia de como ela aguenta minhas maluquices e as enxurradas de e-mails carentes, mas sou eternamente grata por isso. Jessica Watterson, um anjo em forma de agente, tão boazinha que consegue aturar uma montanha de mensagens e e-mails ansiosos enquanto (como é praxe quando lidam comigo) me dá tapinhas nas costas e me diz que vai ficar tudo bem. As de Verdade™: as mulheres que também são bondosas o bastante para aturar um monte de textões que consistem em: *plmdds não vou conseguir tá tudo péssimo será que é melhor eu sumir*, tudo enquanto (isso mesmo) me dão tapinhas nas costas e me dizem que vai ficar tudo bem. Minha amiga altona, por sempre, sempre, sempre estar disposta a gritar o quanto sou maravilhosa, mesmo quando não acredito (raramente), e por ser uma luz constante em um mundo muitas vezes sombrio. Minha vovó (ela tem quase a mesma idade que eu, mas tem alma de velhinha, e nós a amamos por isso), que leu este livro trocentas vezes enquanto (*será que já deu?*) me dava tapinhas nas costas e dizia que eu era uma imbecil por duvidar da minha capacidade. Minha parceira de união estável, que ficou tão boa em reconhecer um surto iminente que às vezes simplesmente olha para a minha cara e pergunta: *Quer dar um pulinho no escritório para conversar?* Ela não é muito de dar tapinhas nas costas, mas sua voz da razão garantiu minha sanidade com mais frequência do que eu gostaria de admitir. Meu apoio emocional, que esteve ao meu lado nos piores momentos, mesmo quando nem sei se eu merecia, e que sempre sabe a coisa certa a dizer, uma santa que ainda não me largou por meus trocadilhos péssimos, e olhe que eles são uma piada. Minha avó *de verdade* (que não tem alma de velhinha), que me deu um livro da Johanna Lindsey certo verão e teve a gentileza de não contar para minha mãe que tinha (oh, não) cenas de *sexo* nele — eu não estaria aqui se não fosse por isso. Toda a minha família, por gritar para o mundo todo ouvir que sua filha/irmã/prima/sobrinha está escrevendo este livro *hot* — sou muito grata a vocês. Jessica Mangicaro e Kristin Cipolla, por seu gosto impecável para piadas de tiozão e Taylor Swift (respectivamente) e por me fazerem acreditar que as pessoas podem realmente querer ler este livro (e por serem incríveis em convencer os *outros* a ler este livro). Angela Kim por aturar uma enxurrada de e-mails de uma certa autora cujo nome não será revelado durante o caos que é a etapa de revisão do livro (e sempre sendo muito útil e adorável, apesar de seu gosto questionável para representações do Batman). Minha terapeuta (sim, estou agradecendo à minha terapeuta) por me manter inteira nos últimos anos. Só estou aqui por causa de sua bondade, sua sabedoria e sua capacidade de me aturar por horas a fio enquanto me dá tapinhas nas costas e me diz que (*ok, já deu para entender*). Monica Roe, pela capa fantástica, assim como toda a equipe da Penguin Creative (um agradecimento especial a Rita Frangie, uma diretora de arte incrível, por me mostrar que azul era a escolha óbvia para a cor da capa — vamos exaltar essa gênia visionária). Alaina Christensen, Alissa Theodor e Kristin del Rosario, pelo trabalho incrível no design e projeto gráfico e por darem o destaque necessário para as trocas de mensagens (graças a elas, o livro ficou ó, uma maravilha). Toda a equipe da Berkley que fez um montão de coisas para que este livro fosse possível. Cada pessoinha que me mandou mensagem e me ajudou a navegar pelas águas desconhecidas das redes sociais, me adotando em suas comunidades e surtando com a ideia deste livro e com os trechos que liam — mas, acima de tudo, por aguentarem meus devaneios e minha dificuldade de manter conversas casuais. E a você, que está lendo este livro, por tê-lo escolhido, por correr os olhos pelos meus agradecimentos gigantescos (se é que chegou até aqui) e por ajudar a torná-lo *realidade*.

Quando olho para trás, para minha versão de quinze anos sentada diante de um computador todo trambolhão enquanto fuçava no Microsoft Word para tentar escrever um romance esquisito (e péssimo) porque estava fascinada com os livros que surrupiava da estante da avó, posso afirmar com certeza que aquela garota não fazia ideia de que um dia veria *seu próprio livro* em uma prateleira (inclusive nas da estante da avó, porque ela é maravilhosa e já até encomendou na pré-venda).

Cada etapa desta jornada foi surreal, divertida, assustadora e *maravilhosa*. Não sei o que vai acontecer daqui para a frente, mas fico feliz em poder olhar para aquela adolescente desengonçada e sonhadora e saber que ela conseguiu, mesmo que jamais imaginasse ser possível.

Ah, e para aquela pessoa de quem roubei as capas, obrigada por me manter deslumbrada, depois de todo esse tempo.

Este livro, composto na fonte Fairfield,
foi impresso em papel Lux Cream 60g na Rettec.
São Paulo, outubro de 2024.